ハヤカワ・ミステリ文庫
〈HM462-2〉

サイレンズ・イン・ザ・ストリート

エイドリアン・マッキンティ
武藤陽生訳

JN202259

早川書房

8261

日本語版翻訳権独占
早　川　書　房

©2018 Hayakawa Publishing, Inc.

I HEAR THE SIRENS IN THE STREET
by
Adrian McKinty
Copyright © 2013 by
Adrian McKinty
Translated by
Yousei Mutou
First published 2018 in Japan by
HAYAKAWA PUBLISHING, INC.
This book is published in Japan by
arrangement with
PROFILE BOOKS LIMITED
c/o ANDREW NURNBERG ASSOCIATES INTERNATIONAL LIMITED
through TUTTLE-MORI AGENCY, INC., TOKYO.

マーティ・マクフライ：ちょっと待ってよ、ドク。デロリアンを……タイムマシンに改造したの？

ドクター・エメット・ブラウン：どうせつくるなら、かっこいいほうがいいだろ？

——ロバート・ゼメキス＆ボブ・ゲイル
『バック・トゥ・ザ・フューチャー』、一九八五年

Now I lay me down to sleep
I hear the sirens in the street
All my dreams are made of chrome
I have no way to get back home

——トム・ウェイツ "A Sweet Little Bullet
From A Pretty Blue Gun"、一九七八年

SWEET LITTLE BULLET FROM A PRETTY BLUE GUN
Words & Music by TOM WAITS
© by FIFTH FLOOR MUSIC INC
Permission granted by FUJIPACIFIC MUSIC INC.
Authorized for sale in Japan only.

ブリテン諸島地図

北アイルランド地域
（イギリス領）
デリー（ロンドンデリー）
グラスゴー
ラーン
アイランドマージー
キャリック
ファーガス
ベルファスト
イギリス連合王国
アイルランド共和国
ダブリン
ロンドン

用語集

・**北アイルランド**：アイルランド島北東部に位置するイギリス領地域。イギリス本国からの入植者の子孫であるプロテスタント系住民が多数派だが、島にもともと住んでいたカソリック系住民も存在している。

・**アイルランド共和国**：北東部を除くアイルランド島を領土とする国家。第一次世界大戦後にイギリスから独立。カソリック系住民が多数派を占める。

・**北アイルランド紛争**：「トラブルズ」とも。北アイルランド地域におけるプロテスタント系住民とカソリック系住民の宗教的対立や、イギリスによる統治をめぐる諸問題を背景に、一九六〇年代末から激化した紛争。おもにカソリック系の穏健派（ナショナリスト）と過激派（リパブリカン）、プロテスタント系の穏健派（ユニオニスト）と過激派（ロイヤリスト）の四派閥が複雑に関係し、テロ組織やイギリス本国の軍隊も関わって多数の犠牲者を出した。

・**ナショナリスト**：北アイルランドと南のアイルランド共和国との統一を目標とするカソリック系の一派。本書では〝カソリック系南北アイルランド統一主義〟と訳出した。

・**リパブリカン**：ナショナリストのなかでも武装闘争を活動主体とする過激な一派。本書では〝カソリック系南北アイルランド統一主義過激派〟と訳出した。
・**ユニオニスト**：イギリスからの分離独立を是としないプロテスタント系一派。〝プロテスタント系親英派〟と訳出。
・**ロイヤリスト**：ユニオニストのなかでも武装闘争を活動主体とする過激な一派。本書では〝プロテスタント系親英過激派〟と訳出した。
・**アイルランド共和軍**（ＩＲＡ）：リパブリカン系の組織で、本シリーズではおもに、武力闘争路線の派閥、ＩＲＡ暫定派のことを指す。〝軍〟という名称が紛らわしいが、実際にはテロ組織と認定されている。ダフィのようなカソリックの警官を〝裏切り者〟とみなし、賞金を懸けている。
・**アルスター防衛連隊**（ＵＤＲ）：イギリス軍予備役。北アイルランドの治安維持を目的とする。左記のアルスター防衛同盟と紛らわしいが、まったく別の組織であることに留意されたい。
・**アルスター防衛同盟**（ＵＤＡ）：プロテスタント系右派組織。ＩＲＡと敵対している。アルスター自由戦士（ＵＦＦ）はＵＤＡの下部組織。
・**アルスター義勇軍**（ＵＶＦ）：プロテスタント系のテロ組織。
・**アルスター**：本書ではわかりやすさを優先して〝北アイルランド〟という訳語にルビを振ったが、正確に言えば北アイルランド六州（アーマー州、アントリム州、ダウン州、ティロン州、ファーマナ州、デリー州）に加え、アイルランド共和国の三州も含まれる。
・**特別部**：王立アルスター警察隊の一部門で、MI5（英国情報局保安部）と密接に連携している。北アイルランド紛争時代にはとりわけ対IRA暫定派の活動に従事した。
・**血の日曜日事件**：一九七二年にロンドンデリー（本書内では〝デリー〟と呼ばれている）で、デモ行進中の多数のカソリック系市民がイギリス陸軍パラシュート連隊に射殺された事件。
・**アングロ・アイリッシュ**：アイルランドに移住してきたプロテスタント系イギリス人の子孫。
・**アイルランド語（ゲール語）**：ケルト語派に属する言語。話者はケルト系（カソリック）が多い。
・**フォークランド紛争**：アルゼンチン沖フォークランドの領有をめぐり、一九八二年にイギリスとアルゼンチンのあいだで起きた紛争。

サイレンズ・イン・ザ・ストリート

登場人物

ショーン・ダフィ……………………王《R》立アルス《U》ター警察隊《C》警部補。
カソリック教徒

トム・ブレナン……………………同警部

マクラバン（クラビー）………………同巡査刑事

マティ・マクブライド…………………同巡査刑事。鑑識官

アラン・マカリスター…………………同警部補

バーク……………………………………同巡査部長

アントニー（トニー）・マクロイ……同特別部警部

デヴィッド・ドアティ…………………同警部補

マーティン・マッカルパイン…………ア《U》ルスター防《D》衛連隊《R》大尉

エマ・マッカルパイン…………………マーティンの妻

ハリー・マッカルパイン………………マーティンの兄。準男爵

ウィリアム・オローク…………………元アメリカ内国歳入庁調査官

ジェイムズ・ファロウズ………………在ベルファストアメリカ領事

ジョン・デロリアン……………………デロリアン社社長

リチャード・コールター………………B&B〈ダンマリー・カントリー・イン〉経営者

ウィリー・マクファーレン……………コールターの部下

ボビー・キャメロン……………………ア《U》ルスター防《D》衛同盟《A》メンバー

ローラ・キャスカート…………………病理医

アリス・スミス…………………………謎の女

1　悪意という名の街

その無人工場は熱力学第二法則的未来《エントロピー》からの映画の予告編だった。波形加工、燃焼機関、真空管を修理する手立てが失われた時代からの。錆《さび》と蠟燭《ろうそく》の惑星《ほし》からの。その世界ではすべてがこんなふうだ。壁一面を覆う糞《ふん》。かびの生えたごみの山。床に散乱する奇妙な機械類。落ち葉の層や油や割れたガラスが、どことなく熱帯雨林の暗い低木層を思わせる。脳裏に響くメロディは下降する十連符のオスティナート、ショパンのエチュード第二番のパスティーシュ。曲名は出てこないが、有名な曲だということはわかっている。この銃撃が終われば、すぐに思い出すだろう。

ショットガンの銃声が鳥たちをざわつかせていた。身を隠すため、なかば解体された蒸気タービンの背後に向かって走っていると、天井からカワラバトの群れが飛び立ち、白いアスベスト粒子の微細なシャワーを浴びせてきた。まるで核の冬の雪のように。

ショットガンがもう一度火を噴き、俺たちの左手六メートルの地点で窓ガラスが砕けた。

あの警備員の射撃の腕前と良識はどっこいどっこいだ。

　タービンの分厚いステンレス鋼製のファンのうしろに隠れ、頭上を旋回しながら降りてくる鳩たちを眺めた。迷信深い男なら、その鬱々《うつうつ》とした飛びっぷりに凶兆を読み取っただろうが、俺の相棒〝クラビー〟ことマクラバン巡査刑事は、ありがたいことに、もっと芯の通った男だった。

「撃つのをやめてもらえねえか、くそ馬鹿たれ！　俺たちゃ警察だ！」俺がまだ息もつけずにいるうちに、クラビーが叫んだ。

　最後に放たれたショットガンの残響が死に絶えると、荘厳な不協和音が生まれた。それからもっと荘厳な沈黙が。

　アスベストが革ジャケットの上に積もり、俺は黒のタートルネック・セーターを引っぱりあげて口を覆った。

　鳩たちが着地しはじめていた。

　風が梁《はり》をきしらせていた。

　どこかで鐘の音がした。

　アルヴォ・ペルトの交響曲のなかにいるようだ。が、俺の両耳のあいだで今なお奏でられているメロディの作者はペルトではない。誰だ？　フランス人の誰かだ。

　もう一度、ショットガンの銃声。

　警備員はたっぷりと時間をかけてリロードをすませただけで、お楽しみはこれからだと考えているらしい。

「撃つのをやめろ！」クラビーが繰り返した。

「こっから出てけ！」声が応じた。「おめえらチンピラにはうんざりだ！」

時代を感じさせる声。今とはちがうアイルランドからの、三〇年代、いや、もっと古い時代からの声。だが、歳月はその声になんの重みも自信も与えていなかった――もろく、気短で、危うい疑念のほかは。

終わりはこうしてやってくる。警官なら誰でも知っている。勇猛果敢に戦って散るのではなく、無差別爆弾テロ、カーチェイス中の判断ミスで死ぬ。あるいは北ベルファストの工場の廃墟で、耄碌《もうろく》しかけた警備員に撃ち殺される。今日は四月一日。死ぬのにいい日ではない。

「俺たちは警察だ！」クラビーが繰り返した。

「あんだって？」

「警察！」

「そうだ、警察を呼ぶぞ！」

「俺たちが警察なんだ！」

「あんたらが？」

俺は煙草《たばこ》に火をつけ、腰をおろし、大きなタービンの外殻に寄りかかった。

というより、この部屋そのものが巨大なタービン室だ。電気を生むために造られた、とてつもなく大きな空間。この繊維工場を設計した技師たちは、北アイルランドの不足がちで信用ならない電力供給に対処するには、こうした暴君こそが最良の政策だと考えたのだ。この場所の全盛期を見てみたかった。透明な窓ガラスからさんさんと光が注ぎ、タービンの大聖堂があらんかぎりの大音量で歌うのを。冷却塔、化学プレス。石油を衣服に変える秘密を知る、白衣の雇われ錬金術師たち。この工場のすべてがちょっとした見ものだったにちがいない。

けれど、今はもうちがう。繊維はない。労働者はいない、製品はない。そして、それらは二度と帰らない。アイルランドの重製造業はつねにせいぜい〝暫定的〟といったところで、それはやってきたときと同じくらい慌ただしく、島から引きあげていった。

「警察なら、どうして制服を着てねえんだ?」警備員が訊いた。

「刑事だからだよ! 私服刑事だ。まあ聞け、あんたはとても困った事態に立たされている。銃をおろしたほうがいいぞ」俺は怒鳴った。

「そんなこと、誰が俺に命令できる?」

「俺たちだよ!」クラビーが怒鳴った。

「あい? あんたらとどこの軍隊がだね?」

「くそったれのイギリス軍だよ!」クラビーと俺が同時に怒鳴った。

一分間のやりとりの末、警備員は、自分は少しばかり早合点してしまったかもしれないと認めた。双子の男の子の父親になったばかりのクラビーは憤懣《ふんまん》やるかたなく、この警備員に一番重い罰を科してやろうと鼻息を荒くしていたが、ポリエステル製の青い制服に身を包み、潤んだ眼をしたこの老警備員は、警察を辞めたあとの俺たちのキャリアを暗示しているように思えた。「見逃してやろう」と俺は言った。「書類仕事が増えるだけだ」

「ボスがそう言うんなら」クラビーはしぶしぶ同意した。

警備員は名前をマーティン・バリーといった。俺たちは夜警が見つけたという血痕を調べるためにここに来たのだと告げた。

「ああ、あれのことかい？　俺も巡回中に見たよ。あまり深くは考えんかったがね」かく言うバリー氏は、ここ三十年間、どんなことについてもあまり深く考えてこなかったように見えた。

「どこです？」とクラビー。

「外のごみ捨て場のそばだ。マルコムが警察に通報してたとは知らんかった。そんなメモも残ってなかったしな」

「血痕を見たなら、どうしてご自分で通報しなかったんです？」とクラビーが訊いた。

「どっかのごろつきがここに忍び込んで勝手に怪我したからって、警察に通報しなきゃならんのか？　あんたら紳士諸君はもっとましな仕事に精を出してると思っとったが」

ということは、骨折り損のくたびれ儲けだったのだろうか。

「いちおう、その血痕の場所に案内してもらえませんか？」と俺は訊いた。

「ああ、外だけどな」バリー氏は嫌そうに答えた。

まだ骨董まがいの十二ゲージ・ショットガンを振りまわしていたので、クラビーが取りあげ、中折りして弾を抜いてから返した。

「ところで、どうやってここに入ったんだね？」

「門があいてたんです」とクラビー。

「あい。ごろつきどもが錠を壊したんだよ。やつらめ、いっつもここに忍び込んではブツを盗んでいきやがる」

「ブツって？」取り散らかった周囲を眺めまわしながら、クラビーが訊いた。

「連中はあのタービンの残りをいずれ韓国に運び出すつもりなんだ。とても高価なシロモノだからな」

俺は煙草を吸い終え、吸い殻を水溜まりに捨てた。「その血痕とやらを見に行きましょう」

「わかったよ、あい」

俺たちは外に出た。

雪が降っていた。

アスベストのまがいものではなく、本物の雪が。

地面を見ると一センチ弱積もっていた。電車はきしみをたてて止まり、高速道路は閉鎖され、ラッシュアワーの通勤は混迷をきわめることになるだろう。クラビーが空を見あげてくんくんと鼻を動かし、「婆さんがガチョウの毛をむしってやすね」と大声で言った。雪をガチョウの毛になぞらえた慣用句だ。

「本にそう書くといい」と俺は言って、クラビーに歯を見せた。

「俺に必要な本は一冊だけです」クラビーは陰気に応じると、胸ポケットに入れてある聖書を叩いた。

「あい、私もだ」とバリー氏も同意し、まごうかたなき長老派教会信徒であるらしきこのふたりは、心得顔で目配せを交わした。

この種の会話は俺の神経に障った。「電話帳は必要ないのか？　誰かの電話番号を調べなきゃならないときはどうする？　おたくらの欽定訳聖書には載っていないだろ」

「ところがどっこい」とバリー氏。が、彼がカバラの秘法を使って未知なる電話番号を占うすべを説明してくれるより早く、俺は指を一本あげてそれを制し、錆びついた大きな廃物入れのコンテナが一ダースばかり並んでいる場所に向かって歩き出した。コンテナはどれもごみでいっぱいだった。

「ここがさっき言っていた場所ですか？」

「あい。ごろつきどもはあそこから登ってくるんだ」バリー氏が指さした場所を見ると、そこだけフェンスが引き倒され、ちょうど乗り越えられるぐらいの高さになっていた。

「あれじゃ警備が厳重とは言えませんね」クラビーがレインコートの襟を立てながら言った。

「だからこれを持っとる！」バリー氏はお気に入りの爬虫類でも叩くようにショットガンをぽんぽんと叩き、豪快に言った。

「いいから血痕を見せてください」と俺は言った。

「こっちだよ。もしあれが血で、それも人間の血ならな」バリー氏の声にはかすかに不吉な響きがあり、俺は思わず噴き出してしまうところだった。

彼が見せてくれたのは薄い赤茶色っぽい乾いた痕跡で、それはフェンスからコンテナまで続いていた。

「なんだと思う?」とクラビーに訊いた。

「私の意見を言ってやろうか! 泥棒に入ったガキどもがコンテナのなかをひっかきまわして、ひとりが怪我をした。ざまあみろってもんだ。で、連中はフェンスまで駆け戻り、ジャンプで跳び越え、ママーと泣き叫びながらおうちに帰った。そんなとこだろう」

クラビーも俺もかぶりを振った。ふたりともその見解には賛同できなかった。

「俺がこの人に説明しときやすから、ボスはコンテナのなかを確かめてきてくだせえ」

「説明?」とバリー氏。

「この血痕はフェンスから遠ざかるほどに薄く、細くなってます」

「だから?」

「このへんの芸術破壊活動家のなかに、ジャクソン・ポロックばりにドリッピング画法を駆使するやつでもいねえかぎり、何か、もしくは何者かがここを引きずられていって、あのコンテナのどれかに捨てられたってことです」

俺はクラビーを一瞥《いちべつ》した。「なら行こう。コンテナのなかに入ってみようじゃないか」

クラビーは首を横に振った。

俺は自分の肩を指さした。私服でなければ、俺が警部補の階級であることを示す肩章があるはずの場所を。

しかし、これはクラビーには効かなかった。「俺は入りやせんよ。ぜってえに。このズボンはおろしたてなんです。かみさんに生きたまま皮を剝がれちまう」

「コイントスで決めよう。表か裏か？」

「ボスからどうぞ。俺からすりゃ、そいつはギャンブルとおんなしなんで」

「じゃあ表だ」

俺はコインを投げた。

結果がどうなるかは、やるまでもなく、誰の眼にも明らかだった。

俺は血痕が終わっているように見える場所に近づき、そこから一番近いコンテナによじ登った。が、我らが天才犯罪者がそんな安直なことをするはずもなく、何も見つからなかった。

工場のさまざまな瓦礫をかき分けた。濡れた段ボール、濡れたコルク材、石材、割れたガラス、鉛管。そのあいだ、バリー氏とクラビーは哲学談義に花を咲かせていた。「若い男向けの仕事だって？　近ごろじゃあ、こそ泥になるかオマワリになるか、そのどっちかしかない。ちがうか？」

「失業手当を支給する人間だって必要ですよ」とクラビーが応じた。まさにそのとおりだ。こそ泥、オマワリ、刑務所の看守、失業手当給付担当者。というのが、ヨーロッパ最悪の悪徳政治がはびこる北アイルランドの求人だ。

俺はコンテナの内側をよじ登って外に出た。

「どうでした？」とクラビー。

「有機物は見当たらない。科学でまだ解明されていない新種の生命体を別にすればな。こいつはたぶん、地球の種を絶滅させるウィルスに突然変異するやつだ」

「それ、映画で観た気がします」

俺は五十ペンス硬貨を取り出した。「よし、コンテナはまだほかにもある。もう一度コインで決めるか？」

「その必要はねえですよ、ショーン。さっきのコイントスがここにあるコンテナ全部の分ですから」

「おいおい、俺に全部押しつけるつもりか？」

「ボスはそのためにいい給料をもらってるんでしょう」そう言うと、彼のつぶらで死んだ魚のような瞳が、ますますつぶらに、ますます死んだ魚のようになった。

「確かにコイントスには負けたが、巡査部長への昇進試験で俺の助けが必要になったときは覚えていろよ」

今度は望んだとおりの効果があった。クラビーは首を横に振り、鼻を鳴らした。「わかりやしたよ。手分けしましょう。俺はこっちのふたつ。ボスはそっちのふたつをお願いしやす。さっさと終わらせて、凍え死ぬまえに撤収しやしょう」

そのスーツケースはフェンスから三番目のコンテナのなかにあった。見つけたのはクラビーだった。

赤いプラスティックの隙間から血が流れ出ていた。

「こっちです！」クラビーが声を張りあげた。

俺たちはゴム手袋を着け、ふたりがかりで外に運んだ。重かった。

「さがっていてください」俺はバリー氏に言った。

シンプルな真鍮製のジッパーをおろし、スーツケースをあけた。入っていたのは男の首なし死体だった。全裸で、膝から下と肩から先がなくなっている。この時点で気づいたことをクラビーと俺が話し合っているあいだ、バリー氏はうしろで嘔吐《えず》いていた。

「性器はまだついてやすね」

「打撲傷の痕跡がないな。ということは、武装組織の犯行という線は除外していいだろう」

もしこの男が情報屋、二重スパイ、誘拐された敵対勢力の一員なら、まずまちがいなく、真っ先に拷問を受けているはずだからだ。

「目立つ刺青《いれずみ》もねえです」

「じゃあ、ムショには入っていなかったということか」

死体の皮膚をつまんだ。氷のように冷たく、硬い。死んでから、まる一日は経っている。日焼けして締まった体つき。年齢は不詳だが、五十代か、六十代というのもありえる。胸毛はグレーと白で、たぶん、まあ、ただの当て推量に過ぎないが、もとはブロンドだったのが日光で色落ちしたのだろう。

「もともとはかなり色白みてえですね」男の下着が穿かれているはずの場所に眼をやりながら、クラビーが言った。

「そうだな。これが日焼けなのはまちがいない。このあたりのいったいどこにこんな日焼けができる場所がある？」

「さあ」

「賭けてもいいが、こいつは水泳をやっていたと思う。この日焼けの跡は〈スピード〉の水着の跡だ。締まった体をしているのもそれで説明がつく。屋外プールを使っていたんだ」

むろん、北アイルランドには室内プールなど数えるほどしかないし、屋外プールにいたってはひとつもない。陽射しだってほとんどない。というわけで、当然ながらクラビーは次なる質問を口にした。

「てことは、こいつは地元の人間じゃねえと、ボスはそう考えてるんですね？」

「ああ、そうだ」

「そいつは困ったことになりそうですね」クラビーがぼやいた。

「ああ。相棒、困ったことになる」

俺は足を踏み鳴らし、両手をこすり合わせた。雪はいよいよ本降りになりつつあり、陰惨な北ベルファスト郊外を古いレースの色に変えようとしていた。湾から冷たい風が吹いてきていて、頭のなかでは今もあの音楽が無限にリピートされていた。両眼を閉じ、数小節だけその調べに身を委《ゆだ》ねる。ヴァイオリン、ヴィオラ、チェロ、それからピアノが二台、フルート、グラス・ハーモニカ。グリッサンドのような二台のピアノの流れの上で、フルートがメロディを奏でている――一台目のピアノはショパンを思わせる、降下していく十連符のオスティナート、二台目はもっと穏やかな六連符。

「万が一ってこともあるし、ケースのなかに書類でも入ってないかどうか調べてみやしょう」クラビーが言い、俺の空想を中断した。

結局何も見つからず、ランドローバーに戻って通報した。犯罪捜査課の鑑識官マティと予備巡査数名がつなぎ服姿でやってきて、現場を撮影し、指紋を採り、血液サンプルを回収した。

軍用ヘリが湾の低空を飛び、サイレンの音がダウン州に響いていた。遠くのたんたんたんというのは迫撃砲か爆発の音だろう。街は煙突の煙にすっぽりと覆われ、煙という名のその撮影技師は、例によって例のごとく、八ミリの白黒で街を撮影していた。これはベルファスト。

〝トラブルズ〟と遠まわしに呼ばれる低レベルな内戦が勃発して十四年目の都市。

じりじりと日が進んだ。灰色の雪雲は濃い紫と黒になった。粘土のような黄色い海は無感動に待ち、難破と殺戮《さつりく》を夢見ていた。

「もう帰ってもいいですかね？」クラビーが訊いた。「『ダラス』が始まるまでに帰らねえと、話についてけねえんです。かみさんはユーイング家とバーンズ家の区別もつかねえし」

「なら帰ってやれ」

俺は鑑識班の仕事ぶりを観察し、煙草を手に突っ立っていた。やがて救急車がやってきて、身元不明男性《ジョン・ドウ》をキャリックファーガス病院の死体安置所《モルグ》に運んでいった。

俺は車でキャリック署に引き返し、上司であるブレナン警部に報告に行った。警部は大柄でぶっきらぼうな男で、『セールスマンの死』のウィリー・ローマンのように自分の台詞《せりふ》を大声で言わないと気がすまないところがあった。

「現時点での君の見解は、ダフィ？」

「外は凍えるほどの寒さでした。ナポレオンがモスクワから撤退したときと同じです。馬を食わなきゃなりませんでした。生きて帰れただけラッキーです」

「被害《ガイ》者の見当は？」

「外国人だと思います。たぶん旅行者でしょう」

「そいつは悪いニュースだな」

「ええ、ガイ者は空港で配られる満足度調査に〝よかった〟とは書かないでしょう」

「死因は？」

「自殺ではなさそうです」

「どんなふうに死んでいたのかね？」

「まだわかりません。首を切り落とされてるからといって、何がわかるわけでもありませんが、我々の一流チームが分析中ですのでご安心を」

「マクラバン巡査刑事はどうした?」

「ダラスです」

「あいつ、私には飛行機恐怖症などと抜かしていたが、あの大嘘つきめ」

ブレナン警部はため息をつき、人さし指でデスクを叩き、無意識に(わざとかもしれないが)モールス信号で〝馬鹿《アス》〟と打った。

「もし外国人なら面倒なことになる。それはわかっとるな?」

「あい」

「眼に見えるようだよ。書類仕事に次ぐ書類仕事。偉大なる酋長たちに呼び出され、君がベルファストの馬の骨に仕事を奪われる未来がな」

「旅行者が死んだくらいで、そんなことになりますかね?」

「今にわかる。担当から外されたとしても、今度はあんな真似はしないでくれよ。君もずいぶん学んだはずだ、そうだろ、ショーン?」

俺たちのどちらも、前回の殺人事件の担当から外されたときに俺がしでかした馬鹿をきれいさっぱり忘れてはいなかった。

「今は心を入れ替えました。チームの和を大切にします。サッカーでいえば、ケヴィン・キーガンではなくケニー・ダルグリッシュです。このヤマが上層部にまわされることになったとしても、できるかぎり協力しますし、どんな命令にも従います。掩蔽壕《えんぺいごう》まで警部にお供します」

「そうならんことを祈ろう」

「アーメン」

ブレナンは椅子の背にもたれ、新聞を手に取った。「よし、警部補、行っていいぞ」

「はい」

「ああそれから、金曜日はキャロルの誕生日だ。今年は君が当番だぞ。ケーキに帽子。用意するものはわかっとるな。ちなみに私はアイシングをバタークリームにするのが好きだ」

「昨日、マカフリーの店に注文を出しておきました。帰りがけにヘンリエッタに確認してみます」

「よろしい。オフィーリア、尼寺へ行《ゆ》ケーキ！」

「そのシャレ……以前から温めていたんですか？」

「そうとも」そう言って、ブレナンはにやりと笑った。

俺は踵《きびす》を返した。

「待ちたまえ！」

「はい？」

「ネープルズではネープルズは？　縦のカギ、三番。三文字」

「ナポリです」

「はあ？」

「ネープルズは現地語読みでナポリです」

「なるほど。よし、行きたまえ」

　コロネーション・ロードへの帰りしな、マカフリーの店に立ち寄り、ケーキを確かめた。典型的なアイルランドの誕生日ケーキで、スポンジ、クリーム、ラム、ジャム、砂糖が層になっている。警部の好みを伝えると、アニーは問題ないと言った。もしご希望でしたら、アイシングの厚みを一・五センチにすることもできますけど。そいつは最高だと俺は言い、心臓電気ショック装置を忘れずに用意しておこうと考えた。

　キャリックファーガスのさびれたショッピング・エリアを抜け、板を打ちつけられた店舗やカフェ、無残な姿をさらしている公園や遊び場を通り過ぎた。退屈し、ぼろをまとった子供たち。ピューリッツァー賞写真家の作品集のなかで眼にするような子供たちが、鉄道線路を見おろす壁の上に陰気な顔をして座り、ベルファスト行きの電車に物を落としてやろうと待ちかまえている。

　厳重な防備が施された〈メイス・スーパーマーケット〉に立ち寄った。建物は宗派がらみ、武装組織がらみの落書きに覆われており、すっかり色褪せ、ありえそうもない主張が書かれている――〝イエスはベイ・シティ・ローラーズを愛してる！〟

　駐車場にはいつものようにフライドポテト《チップス》の包装紙、ビニール袋、ポテトチップの袋が散乱しており、俺はそれらをかき分けて進んだ。

　買い物をしていると、ずっと頭のなかで響いていた音楽の断片が店のスピーカーから流れてきた。先週ここに来たときに耳にしていたにちがいない。コーンフレーク、テキーラのボトル、ハインツのトマトスープを手にレジに向かった。

「この曲はなんだい？　一日じゅう頭のなかで流れているんだ」レジを担当していた十五歳の少女に訊いた。

「わかんないけど、すっごくひどい曲じゃない？」

会計をすませてブースに行くと、バセット・ハウンドのような顔に愁いをにじませて『ゴルの無法者』を読んでいた副店長のトレヴァーが、飛びあがって驚いた。トレヴァーも曲名を知らなかった。

「テープは私が選んでるんじゃない。言われたとおりにしてるだけだ」彼は言い訳がましく言った。

プレイ・ボックスを確かめさせてもらってもいいだろうか？　好きにしてくれ。俺はテープの山をかき分け、今かかっているカセットを見つけた。《ライト・クラシカル・ヒッツ4》。曲のリストを上から順に眺めていくと、これにちがいないという曲があった。カミーユ・サン＝サーンスの《動物の謝肉祭》から、《水族館》。

変わった曲で、ファンのあいだでは人気だが、音楽家のあいだではそうではない。メロディはグラス・ハーモニカが担当している。実に奇天烈な楽器で、一説によれば、これを練習する者はみな発狂してしまうという。俺はうなずき、カセット・ボックスを下に置いた。

「お気に召さないようなら、もうかけないよ、警部補。苦情を言ってきたのはあんたが初めてじゃない」とトレヴァーが言った。

「いや、そうじゃない。俺はサン＝サーンスのファンなんだ」と言おうとしたが、トレヴァーはすでにテープを《コンテンポラリー・ヒッツ・ナウ！》に替えてしまっていた。スーパーを出ると、大型の火炎爆弾が巻きあげる煙が湾の対岸のバンガー地区から漂ってきていた。消防と救急のサイレンの音が、奇妙にうねる灰色の大気に響いた。

スーパーの外に設置されたスピーカーがポール・ウェラーの甲高いバリトンで《悪意とい《Town Called》う名の街《Malice》》の最初の数小節を歌いだし、この選曲はげんなりするほどぴったりだと認めざるを得なかった。

2 死にゆく大地

俺たちは立ち、湾の向こう、五キロ先の北ベルファストを眺めていた。空は腐敗したような茶色で、建造物の群れが雨の染みた長方形となって陰気な地平線上に並んでいる。ベルファストは美しくない。干潟《ひがた》に建設され、岩盤という基礎がないため、天を衝く建物はひとつもない。建築様式としてはヴィクトリア朝風の実用主義的な赤レンガ建築と六〇年代のブルータリズムとが混在しているが、どちらも紛争によってあれよという間に崩壊した。のちには千もの車載爆弾によって。そして、残ったものがなんであれ、それらは爆弾テロを防ぐためのコンクリート壁、有刺鉄線、鋼鉄の防護フェンスに覆われた。

ここ北ベルファスト郊外ではテロはたまに起きる程度だが、景気悪化と紛争のあおりを受け、建築様式は流行遅れの実用主義のまま進歩せず、こうした建造物のおもな目的は人の心を滅入らせることにあるようだった。この植民地ののんきな役人たちはつねに木を植え、落書き一掃キャンペーンに金を出しているが、木がひとつところに生えたままでいることはなく、自宅に書かれた武装組織の落書きを消すだけの勇気のある男でも、街の共有部分については我関せずを貫いていた。

俺は二本目の煙草に火をつけた。建築様式について考えていた。なぜなら、ローラのことを考えないようにしていたからだ。

もう一週間近く会っていない。

「なかに入りやせんか？」とクラビー。

「まあ待て。火をつけたばかりだ。先にこいつを吸わせてくれ」

「どうしたんです。医師《せんせい》を待たせたらご機嫌斜めになりますぜ」クラビーは予言した。

こぬか雨。

野良犬。

亡妻の服を着、かつては亡妻をのせていた無人の車椅子を押しながら、マコーレーという男が舗道をやってきた。ランドローバーの脇に立つ俺たちを一瞥すると、「くそオマワリどもが。ひとり残らず磔《はりつけ》にしてやればいいんだ」と吐き捨て、俺たちが捨てた吸い殻を拾った。

「ショーン、行きやしょう。まじな話。病理医の先生と約束したんですから」

クラビーはローラと俺がお互いを避けているとは知らない。

ローラと俺がお互いを避けているとは、俺も知らなかった。

二週間前、ローラはプレゼンのために数日間エディンバラに行き、帰ってくると、仕事が溜まっていて眼がまわるほど忙しいと言った。

というのが公式見解だ。だが、何かが起きていることはわかっていた。何カ月もまえから起きようとしていた何かが。

たぶん、俺たちが出会って以来ずっと起きようとしていた何かが。

今年に入ってから、ローラはすでに三度エディンバラに渡っている。俺以外のやつとつき合っているのか？　俺の勘はちがうと言っているが、刑事でも不意打ちを食らうことはある。いや、刑事だからこそ、なおさら不意打ちを食らう。

しばらくまえから、自分がローラをはめてしまったような気がしていた。俺たちふたりを生か死かの状況に置くことで。俺が撃たれることで。俺の回復期間中、俺のもとに留まるという以外の選択が、どうしてローラにできただろうか。昏睡し、目覚めたら〈女王の警察メダル〉を授与されていた男を見捨てるなど、彼女にはできなかったはずだ。

ある程度は、ローラは自分で自分の身を守っていた。俺と一緒にコロネーション・ロードの家に住むのを拒むことで。本人の弁によれば、それは界隈のプロテスタントの女たちに白い眼で見られるからだった。

ローラはストレイドに家を買った。ふたりのあいだで結婚が話題になったことはなかった。

俺たちのどちらも「愛してる」と口にしたことはなかった。

最近になってローラがここを離れるようになるまで、俺たちは週に二、三べん会っていた。

俺たちはなんだ？　ボーイフレンドとガールフレンド？　とてもそうは思えない。

じゃあなんだ？

まるでわからない。

クラビーは例の半分閉じたような、苛立ちのこもった茶色の瞳で俺を見ると、こつこつと腕時計を叩いた。

「もう九時十五分です」その道徳的権威のある声は、刑事としてというより、アイルランド長老派教会の第六世代の長老として発せられていた。「九時に来いって言われてたんです。遅刻ですぜ」

「わかったわかった。そう怒るな、なかに入ろう」

病院内部。磨かれた表面。ひそひそと交わされる声。漂白剤とカーペット用洗剤のケミカルなにおい。タンノイのおんぼろスピーカーから染み出るジャンゴ・ラインハルトの《Tears》。

受付の新米看護師が不審者でも見るような眼つきで俺たちを見た。辛辣で、アイルランド的で、かわいらしく、冗談の通じない看護師の見本のような女性。

「ここでは喫煙はご遠慮願います」

俺は煙草を灰皿に突き刺した。「キャスカート先生に会いたい」

「どちらさまですか？」

「キャリック署のダフィ警部補です。こっちは私の精神的指導者のマクラバン巡査刑事」

「どうぞお進みください」

俺たちは解剖室の自在ドアのまえで立ち止まり、ノックした。

「どなた？」

「ダフィ警部補とマクラバン巡査刑事です」

「入って」

なじみのにおい。頭上のまばゆい照明。ステンレス鋼のボウルに盛られた腸、内臓。きらりと光る、整然と並べられた精密機械。今日の主役は車輪つき担架にのせられた昨日からの旧友。

ローラの顔はマスクに隠れていて、俺は無意識のうちに、すばらしく突拍子もないことを連想してしまう。

「ふたりとも、おはようございます」とローラは言った。

「おはようございます、キャスカート先生」クラビーが機械的に返した。

「やあ」俺は明るく言った。

ローラと俺の眼が合った。

彼女は俺の視線を数秒間受け止めたあと、マスクの下でほほえんだ。はっきりしたことはわからないが、俺を捨てて別の男のもとに行こうとしている女の眼つきには見えない。

「で、被害者について何かわかりましたか、キャスカート先生?」

ローラはクリップボードを手に取った。「白人男性。六十歳前後、頭髪はグレーもしくは白。背が高く、身長は百九十三から百九十五センチ。左の臀部に治癒ずみの傷痕があり、重度の外傷によるものと思われます。交通事故による傷か、年齢から察するに、榴散弾による傷でしょう。背中に〝No Sacrifice Too Grea〟という刺青があり、これは〝いかなる犠牲《No Sacrifice》も大きすぎることはない《Too Great》〟というモットーか、聖書からの引用と思われます。皮膚が冷凍室に密着していたため、Great の t の文字は欠けています」

「冷凍室？」

「期間は不明ですが、この遺体はしばらくのあいだ冷凍されていました。死体が取り出され、スーツケースにしまわれた際、皮膚片が冷凍室に残ったままになり、それで t の部分が欠け落ちたものと思われます。写真は撮ってありますし、今日じゅうに現像できます」

「刺青の言葉をもう一度教えてください」クラビーが手帳をめくりながら訊いた。

ローラは肩をすくめた。「聖書の一節かしら？　〝いかなる犠牲も大きすぎることはない〟です」

　俺はクラビーを見た。クラビーも何も思い当たる節《ふし》がないらしく、首を横に振った。

「続けてください」

「被害者の頭部、両腕、両脚は死後に切断されています。割礼も施されていますが、これは出生時に、ですね」

　ローラは口を閉じ、また俺を見た。

「死因は？」

「それなんですが、警部補、そこがほんとうに変わっていまして」

「もう充分変わったガイ者ですけどね」とクラビー。

「続けてください、キャスカート先生」

「殺人と自殺、両方の可能性があります。どちらにしても、死因は偶発的なものです。この被害者は毒を飲んでいます」

「毒？」クラビーと俺は声をそろえて言った。

「そうです」

「まちがいありませんか？」とクラビー。

「まちがいありません。きわめて珍しく、毒性の高いアブリンという毒です」

「初めて聞く名前です」と俺は言った。

「いずれにしろ、それが死因です。咽頭と食道からアブリンの粒子が検出されました。肺に出血があることからも、ほぼまちがいありません」

「殺鼠剤か何かですか？」

「いえ、それよりずっと珍しい毒で、トウアズキに含まれる自然の毒素です。もちろん精製、製粉する必要はありますが。殺鼠剤と比べると、まったく味がしないという利点があります。さっきも言ったように、とても珍しい毒ではありますが、アブリンが使われたことはまちがいありません……わたしは毒物学も勉強していましたから」

「間抜けな質問ですみませんが、トウアズキというのはなんです？」

「トリニダード・トバゴ固有種の熱帯産マメ科植物の一般的な名称です。もとは東南アジア固有のものだったと思いますが。このあたりで見かけることはほとんどないので、リサーチが必要でした」

「毒殺とはな……ジーザス」

「続けてもいいですか？」

「お願いします」

「被害者はアブリンを経口摂取しています。水で流し込まれたのかもしれませんし、食べ物に混入されたのかもしれません。味はわからなかったはずです。アブリンは数分以内に胃のなかで溶け、血液中に流れ込み、細胞を突き抜けて、またたく間にタンパク質合成を阻害します。タンパク質が合成されなければ、細胞は生きられません」

「するとどうなるんです？」

「肺から出血し、腎不全、心不全が起き、死にいたります」

「ひどいな」

「ええ。でも少なくとも、このプロセスはきわめて迅速に進行したはずです」

「迅速というのはどれくらいのことですか？　数秒？　数分？」

「数分です。被害者が摂取したアブリンは自家製で、粗末なものです。政府の細菌戦研究所で精製されたようなものではありません」

「お粗末でも、効果はてきめんだった」

「そのとおりです」

俺はうなずいた。「死んだのはいつです？」

「それはまた別の難問です」

「というと？」

「死体がどれだけのあいだ冷凍されていたのかはわかりませんから」

俺はうなずいた。

「冷凍されていたというのは確かなんですか？　背中から皮膚がはがれてるってことでしたが、そうなる可能性はほかにもあると思いますが」とクラビー。

「まちがいありません。遺体のほかの部分も、冷凍によってまんべんなく細胞が損傷しています」

「で、いつから冷凍されていたかはまったくわからないわけですね？」と俺は訊いた。

ローラはうなずいた。「わたしの能力では、冷凍されていた期間を特定することはできません」

「となると、死亡時期もわからない？」

「残念ながら、死亡時刻も死亡時期もわかりません。引き続き調べてはみますが」

「毒殺され、冷凍され、切断され、遺棄された……か」クラビーは悲しげに言い、それを手帳にメモした。

「ええ」ローラは言い、あくびをした。俺は彼女にほほえみかけた。ローラはもう死というものに飽きてしまったのだろうか？　病理医ってやつはいずれみんなそうなるのか？　それとも俺たちに飽きた？　いや、俺に？

「トゥアズキか。興味深いですね」クラビーがまだ手帳に何かを書き込みながら言った。

「犯人は愚かではありません」とローラ。「ある程度の教育を受けています」

「つまり、地元武装組織のメンバーのほとんどは除外できるってことですね」クラビーがつぶやいた。

「武装組織の人間はそれほど賢くない？」とローラ。

「毒というのは、彼らにしては手が込みすぎています。このあたりじゃ誰もそんなことはしません。だって、なんの意味があります？　北アイルランドのどこでだって銃を手に入れられるというのに」と俺は言った。

クラビーはうなずいた。「俺の記憶では、最後に毒殺事件があったのは一九七七年です」

「そのときはどんな事件だったんです？」とローラ。

「妻がお茶に除草剤を入れて夫を毒殺したんです。単純な事件でした」

「じゃあ、今回のはどうだ？　武装組織に与《くみ》しない一匹狼の犯行か？」

「かもしれやせん」

「よし、クラビー、頼みがある。園芸店に電話をかけて、トゥアズキについて訊いてみてくれ。それと〝いかなる犠牲も大きすぎることはない〟という言葉についても調査を頼む」

クラビーは間抜けではなかった。行間を読むことができた。俺がローラとふたりきりで話をしたがっているとわかってくれた。

「署には歩きで戻るつもりですか？」

「あい。そうするよ。たまには運動もしなきゃならんからな」

「わかりやした」そう言って、クラビーはローラのほうを向いた。「またお会いできてよかったです、キャスカート先生」

「わたしもです、マクラバン巡査刑事」

クラビーがいなくなると、俺はローラに近づき、彼女のマスクを外した。

「どうしたの？」

「言ってくれ」

「言うって何を？」

「何がどうなっているのか教えてくれ」

彼女は首を横に振った。「ねえ、ショーン、今日はそういう時間はないの」

「そういう時間？」

「ゲームの時間。ドラマの時間」

「ドラマなんかじゃない。何がどうなっているか知りたいだけだ」

「なんの話？」

「俺たちの関係のことだよ」

「何もどうにもなってないわ」

が、その声は震えていた。

表でクラビーがランドローバーのエンジンをかける音が聞こえた。

一、二秒待った。
「わかった。わたしのオフィスに行きましょう」

「ああ」

俺たちは廊下を歩き、オフィスに入った。相変わらずぼんやりしたベージュ色、壁にかかったアイルランドの水彩画も相変わらずだ。ローラは革張りの椅子に腰をおろし、赤みがかった髪をおろした。彼女は青ざめ、弱々しく、美しかった。

数秒が這うようにゆっくりと過ぎた。

「大したことじゃないんだけど」ローラは切り出した。

俺は両眼を閉じ、患者用の椅子にもたれ、なんてこった、と思った。そいつはものすごく大したことって意味じゃないか。

「エディンバラ大学から非常勤の仕事をオファーされてるの」ローラの声は炭鉱のどん底から聞こえてくるようだった。

「おめでとう」反射的に答えていた。

「すねないで、ショーン」

「すねてない」

「医学部で教えるの。遺体を使った基礎解剖学の一年生クラス。正直言って、わたしには休息が必要だと思う。この、この――」

「この俺からの？」

俺に関することである必要はなかった。ちょっとでも脳みそのあるやつはここから出ていく。行き先はどこだっていい。イングランド、スコットランド、カナダ、アメリカ、オーストラリア……肝心なのは出ていくことだ。

「それはもちろんそうだろう」

ローラは自分がそれを心躍るチャレンジだと思っていて、必ずしもふたりの関係の終わりを意味しているわけではないと説明した。

俺はうなずき、ほほえみ、それが彼女のためだとうれしく思った。

心の底から理解した。ローラは北アイルランドを去り、二度と戻らない。タイタニック号にもう一度乗りたいやつがいるだろうか？

それに、彼女の妹たちもハイスクールを卒業し、両親も海外への移住計画を進めている。ローラをここに引き止めているものは、くそみたいな仕事とこの俺だけで、いずれもポイ捨て可能だ。

「いつ行く予定なんだ？」

「月曜」

「そんなに急に？」

「アパートメントの賃貸契約にサインしたの。だから家具をそろえないと」

「ストレイドの家はどうするんだ？」

「あとのことは母さんがやってくれる」

「病院はどうする？　君の代わりはいるのか？」

「診察はほかのお医者でもできるし、解剖の仕事は昔教わった先生に代わりをお願いしてある。ヘイガン先生というの。もう引退された身だけど、わたしのために復帰してくださるって。経験豊富な先生で、スコットランドヤードで何年も働いて、ロンドンの王室施療病院で教鞭を執っていた方。数カ月でよければ、喜んでわたしの穴を埋めてくれるって。この手の仕事については、わたしよりずっと優秀よ」

「それはどうだろうな」

彼女はほほえんだ。

それから沈黙があった。はるか遠くの受付から子供の泣き声が聞こえてきた。

「週末、一緒に夕食でもどうだ？」

「とても忙しいの。荷造りやら何やらで」

じゃあ、そういうことなんだな。いや、いい、いい。俺は泣きついたりしないぞ。「気が変わったら電話をくれ」

「わかった」

俺は立ちあがった。まばたきして彼女を見た。ローラの眼差しはしっかりしていた。決心がみなぎっていた。リラックスさえしていた。「じゃあ、ローラ」

「じゃあね、ショーン。ずっとじゃないわ。十週間だけだから」彼女は何か別のことを言い足そうとしたが、その唇は一瞬震えただけで、また閉じられた。

俺はうなずき、見苦しい真似をせずにすむよう、それには触れないことにした。ローラに向かって軽くうなずくと、オフィスを出て、叩きつけるようにしてドアを閉めた。病院の受付に流れるブロンディの《Heart of Glass》を退場曲にして。

駐車場に出て、「くそ！　くそ！　くそが！」とひとしきりわめいてから煙草に火をつけた。もっとましな悪態の言葉をひねり出そうとしたが、アイルランド人の表現力はオスカー・ワイルド、W・B・イエイツ、ジョン・ミリントン・シング、バーナード・ショーの時代から明らかに後退していた。〝くそ〟を三べんと煙草を一本。それがこの損なわれた時代に俺たちが思いつく精いっぱいだった。

徒歩で鉄道橋を渡った。

海からの強風がベルファスト・ロードに駐まっている車両の屋根の上に泡を運び、ここからスコットランドまで白波が立っていた。スコッチ・クォーターのゴスペル・ホールの外で、杖をついた乱れ髪のアメリカ人伝道師が、年金生活者の群れを相手に、終末は近い、死にゆく大地はその最後の日々を迎えていると説いていた。しばらくその説教に聞き入り、この男の言い分にはとても説得力があると思った。が、〝救済〟よりも先にやってきた異常な高波が俺をびしょ濡れにした。それからまた別の波が。老人たちは神のこの歪んだジョークに笑い転げた。

〈ロイヤル・オーク〉は今日の営業を開始したばかりだったが、筋金入りのアル中たちと、警官割引を最大限に活用しようという意気軒昂な警官たちで、すでにいっぱいだった。

バーテンのアレックスは絞り染めのシャツに毛皮のブーツ、床まで届くヴェルヴェットのケープという格好だった。一九七二年に通じる時空トンネルでも見つけたか、エルトン・ジョンにでも会いに行くつもりなのだろう。いずれにしろ、俺にはどうでもいいことだ。

挨拶をし、強いスコッチを頼んだ。

「女？　それとも仕事？」アレックスが訊いた。

「それ以外にはないのか？」

「あい。そうだ」アレックスは考え深げに言った。

「じゃあ女だ」

「そういうことならダブルにしとく。店のおごりだ」と彼は同情たっぷりに言った。

3 大きくて赤いやつ

ダブルのウィスキーのお代わりとついでにギネスで、本腰を入れて飲みたい誘惑に駆られたが、今日は金曜日で、それは取りも直さずランチ・スペシャルがこってりピッツァということであり、その食い物は心臓病棟のにおいを発していた。

署に戻り、デスクにいたバーク巡査部長に挨拶し、古風なサパタひげを褒めてから、まっすぐに上階《うえ》の捜査本部室に向かった。

「ジーザス！　どっから湧いて出たんすか？」と、今まさにダーツボードに向かってダーツを投げようとしていたマティが言った。

「禅修行の第十九段階ではテレポートを学ぶんだ。さあダーツをしまえ、仕事だ」俺は苛々して言った。

マティは最後のダーツを投げてからデスクについた。

マティめ、こいつは最近やけに俺の神経を逆なでしやがる。髪を長髪にし、ミック・ジャガーのような天然パーマなので、顔が横に大きくなっている。おまけに小指に指輪をはめ、白いTシャツの上に白いジャケットを着るようになった。どういうつもりでそんな格好をしているのかはわからないが、俺は好きじゃない。皮肉でも好きとは言えない。

マティとクラビーが間抜けヅラをさげて俺を見ていた。

「行方不明者の捜索願は？」と俺は訊いた。

「今んとこは出てねっす」とマティ。

「あのモットーについては何かわかったか？」

「まだです」クラビーが陰気に答えた。

「しっかりしろ！ウィンストン・チャーチルもこう言っているぞ。〝ボートがダンケルクから戻ってくるまで、マスをかいてる暇はない〟」

「チャーチルはそんなこと――」

「それからマティ、君は園芸店に電話して、トウアズキについて訊いてくれ」

俺たちは一時間、電話をかけまくった。

トウアズキの在庫がある園芸店は北アイルランド国内に一軒もなかった。北アイルランド園芸協会にも電話したが、不発に終わった。彼らの知るかぎり、トウアズキを展示したり栽培したりしたことのある人間はひとりもいない。が、トウアズキの栽培には温室が不可欠だということがわかった。

「犯人《ホシ》は温室を所有している可能性が高い。ホワイトボードにそう書いておいてくれ」

クラビーがそれをホワイトボード上の、ボックスと矢印が描かれたリストに追加した。

「君たちは引き続き電話をかけていてくれ。俺は図書館に行ってくる」

スコッチ・クォーター沿いを歩いて戻った。廃品売りがフォード・トランジット・バンの後部にアブない感じの山羊をのせ、〝山羊売ります。癇癪持ち。あらゆる交渉に応じます〟と看板を出していた。

「遠慮しておくよ」と俺は言った。雹《ひょう》が降りはじめていたので、慌ててキャリックファーガス図書館に駆け込み、クレメンス夫人にこんにちはと言った。

「天気はあとでだいぶ回復するらしいですね」と世間話をつけ加えた。

「そんなこと、誰が言ったの？」夫人は疑っていた。

俺はそんなクレメンス夫人を大変好ましく思っていた。もうじき七十五歳。ガンで片眼を失い、ガラスの義眼の代わりにアイパッチをつけている。そこがいい――海賊のような趣がある。気難しい女性で、この図書館の往時を知っており、本を借りようとする人間をもれなく憎んでいる。

「植物、園芸、植物学に関する本はどこです？」

「581」と夫人は言った。「コーナーの先頭にいい百科事典があるわ」

「ありがとう」

581の棚に行き、トウアズキの項を調べた。

アブラス・プレカトリアス（トウアズキ）：トリニダード・トバゴで広くジェクイリティ・シード、蟹の眼《クラブズ・アイ》、ロザリオ豆、〝ジョン・クロウのビーズ〟、〝嘆願豆〟、インディアン・リコリス、アカー・サガ、ギディ・ギディ、ジャンビー・ビーズなどの名称で知られる、細長い多年生つる植物。樹木、低木、生け垣などに絡みつく。マメ科植物で長い羽状葉を持つ。インドネシア原産。伝播先である熱帯、亜熱帯地方で栽培される。成長が早く、侵襲性が高い。インドではその種はしばしばパーカッション系の楽器に利用される。

「おもしろい」と俺はつぶやいた。ページをコピーし、クレメンス夫人の助けを借りて毒物に関する本も見つけた。目当てのものは "ジェクイリティ・シード" の項にあった。

ジェクイリティ・シードは非常に毒性の高いアブリンを含んでいる。アブリンはよく知られる毒、リシンと近い関係にあり、ふたつのタンパク質サブユニットAとBから構成される二量体である。B鎖は細胞膜上の特定の輸送タンパク質と結びつき、アブリンが細胞内に入るのを促進する。アブリンが細胞膜内に入ると、A鎖がリボソームの26Sサブユニットを不活性化し、タンパク質合成が阻害される。アブリン一分子は毎秒最大千五百のリボソームを不活性化する。症状はリシンによるものと同一だが、アブリンは桁ちがいに毒性が高い。兵器に転用された毒性の高いアブリンは肝不全、肺水腫を引き起こし、摂取すれば間もなく死亡する。アブリンの解毒剤は発見されていない。

このページもコピーし、雹のなかを駆け足で署に戻った。署内はがらんとしていて、いたのはマクダウェルという、ずんぐりむっくりのうざい新米予備巡査だけだった。こいつは出勤初日にわざわざ俺のところにやってきて、出し抜けに「あなたはほんとうにフェニアン《カソリック》なんですか」と訊いたのだった。俺にとって幸運なことに、そのときは雨が降っていたので、芝居がかった動作でウールのキャップを脱ぎながら、俺に角が生えているかどうか確かめてみるといいと答えた。署は笑いに包まれ、マカリスター警部補は息ができなくなって脱腸するところだった。それ以来、マクダウェルは俺を避けている。

ほかのみんなは二階の会議室に立ち込める紫煙の向こうにいて、ちょうどブレナン警部がテロ組織の近況についてブリーフィングをしているところだった――ベルファストで警察署の署長と軍の管区指揮官を対象にしたミーティングがあり、そこで説明されたばかりのことを今ここで繰り返しているのだ。「ちょうどいいところに来たな、ダフィ警部補。座ってくれ。君にも関係があることだ！」

「わかりました」そう言って、俺は部屋の後方、バーク巡査部長とクインの隣に座った。

話を聞いたが、内容はあまり頭に入ってこなかった。ブレナンによれば、我々は特別部の連中が言うところの〝態勢立て直し〟期に入ったらしい。アイルランド共和軍《ＩＲＡ》の何が問題かといえば、彼らがうなるほどの金を抱えているということだった。昨年のハンストのおかげでＩＲＡへの志願者は急増した。とりわけボビー・サンズが殉死したあとには。そのため、ＩＲＡの人材採用担当は志願者を門前払いしなければならないほどだった。そして、みかじめ、ドラッグ売買、ボストンやニューヨークのアイリッシュ・パブに置かれた募金箱を通し、組織に金が流れ込んでいた。リビア人はIRAにセムテックス爆薬、ロケット砲、アーマライト・ライフルを供給していた。目下のところ、IRA指導部はこうした人材や武器を持て余していたが、この小康状態が長続きするはずもなく、俺たちはいずれ勃発するであろう一大闘争に向けて気を引き締めておく必要があった。

ブレナンはそうした事実を説明しただけで、激励や励ましの言葉は口にしなかった。みんながそうした言葉に飽き飽きしていると、よく承知しているのだ。しかし、大切にしまい込んであるとっておきのウィスキーをふるまうことさえせず、それはちょっと勘弁ならなかった。

「ちゃんと聞いとるのかね、ダフィ?」

「あい。暴動どころか、こいつは革命だ《ce n'est pas une revolte》、というやつですね?」

「あい、そうだ。外国語はしゃべるな。よし、みんな、話は以上だ」ブレナンはぶっきらぼうに言った。

俺はマティとクラビーをつかまえ、捜査本部室に戻った。ホワイトボードには身元不明男性《ジョン・ドウ》について判明している事実が羅列されていたが、その上にでかでかと、赤い〝1〟の数字が輝いていた。

「これはなんだ?」とクラビーに訊いた。

クラビーはほくそ笑み、自分のデスクから紙切れを取り、俺に渡した。アメリカ陸軍第一歩兵師団について調べたメモだった。

「ガイ者はアメ公です。〝いかなる任務も困難すぎることはない、いかなる犠牲も大きすぎることはない〟というのは、アメリカ陸軍第一歩兵師団のモットーだったんです。ちょいとリサーチしました。ガイ者が第二次世界大戦の世代の人間で、この部隊に所属していたなら、あの大戦のなかでも最悪の戦闘を経験してやす。シチリア、ノルマンディ、ヒュルトゲンの森。榴散弾による傷もそのときにできたもんでしょう」

「よくやった、クラビー！」俺は大いに満足して言った。「お手柄だな！　これが糸口になるぞ。アメリカ人か！　いやはや」

「俺も手伝ったんすよ！」マティがおもしろくなさそうに抗議した。

「わかっているよ」俺はマティをなだめた。

「アメリカ人の元陸軍兵士が北アイルランドに旅行に来た、もしくは生まれ育った場所に帰ってきた。で、かわいそうに毒殺されちまった、ってとこですかね」クラビーが重々しく言った。

「あい」俺はあごをさすった。「税関と入国管理局には電話したか？」

「しました。今調べてもらってます。過去三カ月のうちに北アイルランドに入国したアメリカ人旅行者全員の名前をまとめてもらってるとこっす」とマティ。

「どうして過去三カ月なんだ？」

「死体は冷凍されてたから、もちろんそれよりまえって可能性もありますが、もし三カ月以上まえに入国したんなら、行方不明者として捜索願が出てるはずだと思ったんす」マティは少しむきになって答えた。

「もう一度電話して、過去一年間で調べてもらえ」

「まじすか？　そんなことしたら、該当者はきっと何百人にもなるっす。もしかしたら何千人かも」

「必要なら過去五年分だって洗い出さなきゃならん。俺たちが求めているのは結果だ。警部の話を聞いただろ。今、俺たちがひとつのヤマに集中できるのは贅沢なことなんだ。あと何カ月かしたら、何件もの殺しを同時に調べる羽目になるかもしれないんだぞ」

マティはうなずき、電話をかけた。俺はアブリンの性質についてわかったことをクラビーに伝えた。

「こいつはほんとに珍しい毒みたいですね」

「あい。そんな植物を栽培できた人間がいたのかどうか、種を入手できる場所があったのかどうか、そのあたりを突き止めないとな」

「またくそ電話をかけまくって？」

「またくそ電話をかけまくってだ」

俺はトイレに行き、いつもそこに置きっぱなしにされている《サン》紙を読んだ。メディア王ルパート・マードックについて、これだけは言ってやってもいいが、彼は便所で読むのにちょうどいい新聞をつくってくれた。

トイレから戻ると、マティが誇らしげな顔をしていた。

「名前のリストについて、税関はなんと言っていた？」

「不満たらたらでした」

「ハッパはかけたのか？」

「あいつらものぐさだから、仕事と名のつくものはやりたがらねえっす。でも、ぐいぐいねじあげてやったら、週末までにリストを用意すると言ってました」

「いいぞ。公務員の言う週末は、年末の意味だがな」

「あい。で、次は何すりゃいいっすか？」

「あのスーツケースはまだ保管してあるのか？」

「もちろん。証拠保管室にあります」

「スーツケースの出どころや、北アイルランドで同じものがいくつ売れているか、そういった線を洗ってくれ」

「それ、なんの意味があるんすか？」マティは生意気に言い返した。

「ウィリアム・シェイクスピアの言葉にこういうのがある。〝いいからやれ、汝、このくそったれ〟」

「そうします、ボス」と返事をすると、マティはスーツケースにかけられたビニールの覆いを解きに証拠保管室に向かった。

午後の残りの時間、アイルランドじゅうの園芸店に電話をかけた。何もわからなかった。

トウアズキという名前を聞いたことのある者は数えるほどしかおらず、それを栽培している人間や種を注文した人間の記録は一件もなかった。

ベルファストの中央郵便局に電話し、種が押収されたり、郵便物に封入されたりしていたという記録はないかどうか尋ねた。心当たりはないから折り返すと言われた。

クラビーがイギリスの税関に電話し、同じ質問をした。下っ端の受付数人にたらいまわしにされたあと、〝警察連絡担当官〟が電話口に出て、そうした種の輸入は違法でも課税対象でもないため、税関としてはなんの注意も払っていないと言われた。

郵便局からの折り返しの電話でも同じ話を聞かされた。

特別部のディック・サヴェッジに電話した。ディックは俺と同時期にクイーンズ大学に在籍し、化学を専攻していた。出世頭ではないが、自殺の方法や、ほんとうの自殺と自殺に見せかけた殺人を区別する方法について、鋭い考察を記した内部文書をいくつも書いていた。

ディックはアブリンのことは知っていたが、それがイギリス諸島で毒殺に使われたケースは記憶にないということだった。でも調べてみる、と彼は言った。

俺はブレナン警部のオフィスに行き、ガイ者はアメリカ人にまちがいないという悪いニュースを切り出した。とはいえ、身元は入国管理局の記録から特定できる可能性が高い、とも。

「氏名が判明したら、アメリカ領事館に報告しなきゃなりません。第一歩兵師団の退役軍人リストと照合するにあたっても、領事館の協力が必要になるでしょう」

ブレナンはうなずいた。「で、私にその電話をかけさせようというんだな」

「警部の口から言ってもらったほうがいいでしょう。警部は署長ですから、私がかけるより正式な依頼として受け取られやすくなるとか、まあいろいろあります」

「自分でやりたくないだけじゃないのか？」

「たぶん難しい交渉になるでしょうから」

「ほかには？」

「今日はちょっと落ち込んでいまして。どうやらガールフレンドに振られたみたいです」

「君がつき合っとった、あの女医のことかね？」

「あい」

「そうなるだろうとは思っていたよ。君とは住む世界がちがう」

「電話はかけてもらえますね？」

「くその嵐が吹き荒れることになるぞ、アメリカ人が殺されたとなると……問題はすでにたっぷり抱えとるというのに」

俺はそこに立ったまま、溶けた豚脂《ラード》が鋳鉄製の小鍋の上に広がっていくように、疲弊したあきらめがブレナンのつやを失った顔の上に広がっていくのを見ていた。ブレナンは聞こえよがしにため息をついた。「わかった。君の代わりに電話しておこう。ここじゃなんでも私任せだ。アメリカ人でまちがいないんだろうな？」

　刺青のことを話した。

「そうか、わかった。行け。キャロルのケーキを準備しておけ。あと三十分で出勤してくるぞ」

キャロルが三時にやってくると、パーティが始まった。

紅茶、ケーキ、パーティ・ハット、透明なレモネードとブラウン・レモネード。

キャロルがこの地球に生まれてちょうど六十年。彼女はケーキを食べ、お茶を飲み、にこにこしながら、何もかもがとてもすてきだと言った。ブレナンが乾杯の音頭をとり、キャロル本人ではなくブレナンが、彼女が一九四一年にこの仕事に就いた最初の週に、ドイツ空軍のハインケルＨｅ111が二百五十キロ爆弾を署に投下したときの話をした。この話はみんな聞いたことがあったが、何度聞いてもいいものだった。その日負傷したのは留置場に入れられていた男だけで、そいつは腕を折っただけですんだ。が、ハインケル飛行隊の残りが向かった先、ベルファストでは、人々はそんなに幸運ではなかった。

太陽が顔を出し、あまりに天気がよかったので、何人かがぞろぞろと非常階段に出て、コークにラムを注《つ》ぎはじめた。ほっそりした腰つきのかわいらしい女性予備巡査が、あなたが素手で三人の人間を殺したというのはほんとうなのかと、あまり聞かないジョーディー方言で俺に尋ねてきた。

薄気味の悪いものを感じたので、俺はこっそり退散し、キャロルにキスをし、みんなに挨拶をすませ、オフィスに鍵をかけて家に帰った。

ヴィクトリア団地のコロネーション・ロードには、珍しく穏やかな時間が流れていた。野良犬たちは通りのまんなかで寝そべり、野良猫たちはスレート葺《ぶ》きの屋根の上を歩き、髪にローラーを巻いた女たちはビニールひもに洗濯物を干し、細縁帽にパイプの男たちは庭を掘っていた。三本の通りから集まった子供たちが〝一、二、三、缶を蹴れ〟というかくれんぼの上級版で遊んでいた。あどけなく、靴もなく、五〇年代の映画エキストラのような服を着た子供たち。

俺は自宅の外にBMWを駐め、隣人たちに会釈をしてからなかに入った。

パイントグラスにウォッカ・ギムレットをつくり、スープの缶を適当に選び、それより無限に大きな注意を払って、今宵をともにするレコードを選定した。ジョイ・ディヴィジョンの《アンノウン・プレジャーズ》、ニック・ドレイクの《ブライター・レイター》、ニール・ヤングの《アフター・ザ・ゴールド・ラッシュ》。そうとも、まさにそういう気分だ。

革張りのソファに腰をおろし、時計を確かめた。子供たちの遊びは終わり、ベルファストじゅうが光に包まれていた。軍用ヘリが空を飛んでいた。

電話が鳴った。

「はい？」

「ダフィか？」

「そういうあんたは？」

「職場で君を探したが、すでに帰ってしまったようだったんでな。実に悪運の強いことだ」

チクリ魔事務のケニー・ディエルだった。

「どうかしたのか、ケニー？」

「めちゃくちゃさ。ほんとにめちゃくちゃな状況で、私は頭を抱えっぱなしだ。これが誰のせいなのか、ひょっとして君ならわかるんじゃないかと思ってね」

「ガヴリロ・プリンツィプのせいか？」

「は？」

「なんの用なんだ、ケニー？」

「まあ、それとは別に、君の部署にも問題があってな、ダフィ警部補。マティ・マクブライド巡査刑事が提出した前回の給与期間分の超過勤務請求は、はっきり言って詐欺だぞ」

「意外じゃないね」

「マクブライド巡査は超過勤務請求と同時に一・五倍増しの危険手当を請求することはできない。それじゃ三倍になっちまうからな。ダフィ、いいかね、私の眼の黒いうちは、たとえ誰であろうと三倍の手当を受け取ることなど……」

俺は注意を払うのをやめた。会話が自然な結論に達すると、そっちの懸念は理解できたと言って電話を切った。テレビをつけた。一方には説教師、もう一方には今日一日への思い。この国は聖書狂いだ。

三十分後、特別部のディック・サヴェッジから電話があり、アブリンに関する情報を教わった。きわめて珍しい毒で、やはりイギリス諸島での殺人に使われたケースはひとつもないということだった。アメリカでならアブリンが使われた事件が数件あるかもしれないので、調べてみてはどうかと言われた。

礼を言ってローラに電話をかけたが、彼女は出なかった。

もう一杯ウォッカ・ギムレットをつくり、飲み、スープの火を止め、《ブライター・レイター》を全曲リピート再生にセットし、それから気を変えた。ヘロインや酵母ペースト《マーマイト》と同じく、ニック・ドレイクは少量に留めておくのが一番だ。

北アイルランド《アルスター》の春の気象にありがちなこととして、強い横殴りの雨がキッチンの窓に打ちつけていた。プレーヤーを七十八回転モードにし、しばらくレコードを物色したあと、インク・スポッツとエラ・フィッツジェラルドの《Into Each Life Some Rain Must Fall》を見つけた。

インク・スポッツの男が歌う出だしはなんとかこらえたが、そこにエラが加わると、感情を抑えきれなくなりそうだった。

電話のベルが俺を驚かせた。

「はい?」

「ボスはいっつも俺に向かって、おまえは怠け者のくそたれだ、まじめに仕事をしてない、とかなんとか言ってますよね?」

マティだった。

「そんなことはこれまでに一度も口にしたことはないと思うがね、マティ。それどころか、さっきも馬ヅラの悪鬼、事務のディエルから君の名誉を守ってやったところだ」

「見え透いた嘘っすね」

「君は被害妄想だよ」

「まあ、ボスたちが女性予備巡査とよろしくやって、おうちに帰ってるあいだも、俺はこうして夜遅くまで仕事をしてたわけっすけど」

「で、どうした?」

「進展がありましたよ。そりゃもう、すっげえ進展が」

「言ってくれ」

「うしろのどんちゃん騒ぎはなんすか?」

「どんちゃんいってるのはエラ・フィッツジェラルドだ」

「聞いたことない男っすね」

「で、どうしたんだ? ほんとうに何か見つけたのか?」

「もうこのヤマはばっちし解決っす、俺のおかげでね」

「スーツケースのガイ者の件か?」

「ほかに何があるんすか?」

「なら、もったいぶらずに話してくれ」

「俺は今日遅番なんで、どっちにしろ署の留守番をしてなきゃならなかったんすがね。で、昔の《ペントハウス》の隠し場所を漁ってマスでもかこうと思ったんです。でも、やっぱりもうちょっと有意義なことをしようかなって思い直して、あのスーツケースをもう一度調べたんす」

「で……?」

「鑑識作業はやりようがなかったっす。採取できる指紋はないし、付着してる血はガイ者のものだけですから。でも、スーツケースにはたいてい、自分の住所を書き込める小さなビニールのラベルがついてますよね?」

「そのラベルはクラビーが確認ずみだ。住所の書かれたカードは入っていなかった。ホシもそんなに馬鹿じゃない」

「俺もそう思いましたよ。でもラベルを切りひらいてみたら、しわくちゃになったカードの小さな切れ端が底に入ってたんす。ビニールを切って隙間にライトを当てなきゃ見えないようなやつが」

「くそ」

「まさにっす」

「アドレス・カードが入っていたのか?」

「ピンセットでそいつを取り出して、広げてみたら、なんとまあ。スーツケースの持ち主の名前と住所が書いてあるじゃないっすか!」

「そいつは誰だったんだ?」

「地元の人間で、マーティン・マッカルパインとかいうやつっす。住所はアイランドマージーのバリーハリーで、ミル・ベイ・ロードのレッド・ホール・コテージってなってます。どう思います?」

「じゃあ、スーツケースは殺されたアメリカ人のものじゃなかったわけだな？」

「みたいっすね。ボスがいつも言ってるように、天才犯罪者なんてもんはいねえんす。たいがいの悪党はただのくそ馬鹿たれです」

「君はスターだ、マティ」

「不遇のスターっすね。次はどうします？」

「そうだな、君と俺とで、明日の朝一番にマッカルパイン氏のお宅訪問だ」

「明日？　土曜っすよ」

「それが？」

　マティはうめき声を漏らした。

「いえ。いい考えだと思います」

「じゃあ署で会おう。七時ちょうどに」

「もうちょっと遅い時間にしません？」

「遅い時間にはできないよ。ルシアン・フロイドに俺の肖像画を描いてもらわなきゃならんし、アンフィールドにも行って、負傷中のアラン・ハンセンの代わりにリヴァプールのセンターバックを務めなきゃならん」

「頼んますよ、土曜はゆっくり寝たいんす」

「駄目だ、朝一番に行ってそいつの機先を制すんだ。楽しくなるぞ」

「わかりましたよ」

「改めて、よくやった。君はいい仕事をしたぞ」

電話を切った。物事のなりゆきというのはおかしなものだ。こうして、ほんとうに一瞬のうちに、このいかにも厄介そうなヤマの捜査の道は大きくひらかれた。

4　マシンガン・シルエット

アラームはダウンタウン・ラジオの〝スポーツ・トーク〟にセットしてあった。それは一日をなんの変哲もなく始めるにはうってつけのやり方で、今朝のテーマは北アイルランドが一九八二年のワールド・カップに出場できるかどうかだった。この話題はいつもどおり、フォワードのジョージ・ベストの話におよび、この三十五歳の選手にまだそれだけの技量が残っているかどうかが焦点になった。ベストについて俺が最後に漏れ聞いていたのは、彼はアイルランド代表としてプレーする際には本気を出さないという悪い評判だった。が、それよりもっと評判になっていたのが、フランスのラグビー・チーム全員を合わせたよりも大酒を喰らい、現ミス・ワールドと現ミス・ユニバースを同じ週末に口説いたという話だった。

ラジオを切り、コーヒーを淹れ、黒のタートルネック・セーター、ジーンズ、ドクターマーチンのブーツで外に出て、水銀スイッチ式爆弾が仕掛けられていないかどうか、BMWの車底を覗いた。ちょうどこの時間、王立アルスター警察隊の七千人の男や女たちが同じことをしている。そのうちのひとりかふたりは爆弾を見つけ、パンツにひとしきり漏らしたあと、爆弾処理班に電話をかけ、朝のルーティンをちゃんと守っていてよかったと幸運の星に感謝する。

ラジオをつけ、署への短いドライブのあいだ、ブライアン・イーノを聴いた。イーノの大ファンというわけではないが、これかニュースかの二者択一で、ニュースは聞くに堪えなかった。誰が聞けるだろうか。世界の終わりを望む者でなければ。

ローラのことを考えた。どうしたらいいのだろうか。俺は彼女を愛していたのか？ それってどんな気持ちなんだ？ ローラがいなくなったら、俺は傷つくだろう。痛むだろう。それが愛なのか？ 三十二にもなって、どうしてそんなこともわからないんだ？ それってふつうのことなのか？「ジーザス」とひとりつぶやいた。三十二歳にして、俺にはティーンエイジャー並みの感情的深みしかない。

たぶんこの状況のせいだろう。北アイルランドのせいで麻痺し、幼児化し、退行し……あい、そういうことにしておこう。

詰所のレイに会釈し、警察署に乗り入れた。

マティはいつもどおり遅刻してやってきた。俺たちが動き出そうとしているとバーク巡査部長がやってきた。ラスクールでの暴動に対処するために、ニュータナビー署が至急の応援を要請しているという。そいつはとんだお門ちがいだ。俺は暴動鎮圧にあたる警官じゃない。刑事だ。それに階級だってバークより上だ。といって、困っている同僚の頼みを無下に断わることもできない。だろ？

「こんなの俺の仕事じゃない」とか「ほんとなら釣りに行ってたはずなのに」と愚痴を垂れ

流しているマティを連れて、A2を飛ばし、コンクリートに囲まれた愉快な地獄、またの名をラスクール団地に向かった。

「花の金曜を楽しめたか？」俺は愚痴を言い終えたマティに尋ねた。

「まあ、いつもどおりでしたよ。外出禁止なんで、夕食はフィッシュ・アンド・チップスとスペシャル・ブルーを六缶。それから『サファイア＆スティール』のビデオでマスをかいて……」

「オカズにしたのはデヴィッド・マッカラムか？　それともジョアンナ・ラムリー？」

マティは眼をむいた。

ラスクールに着いた。気のない暴動が前夜からだらだらと続いているだけで、地上で三十人ほどのチンピラどもが、燃え尽きたバスの背後から石や火炎瓶を投げていた。おそらくもう二十人ばかりが付近の高層ビルからガソリンを詰めた牛乳瓶を投げ、援護しているのだろう。アンダーソン警視正麾下《きか》の警官たちはたっぷり距離をとり、チンピラどもを疲弊させていた。俺は警視正のもとに出頭した。マティはローバーに残ってザ・クランプスの同人誌《ファンジン》『痙攣したやつら』を読んでいた。来てくれてありがとう、でも君たちの力は必要ないだろう、とアンダーソンは言った。

コーヒーを勧められ、警視正自らフラスコ瓶から一杯注いでくれた。なぜ暴動が起きるのかという話になった。アンダーソンは社会の貧困が根本的な原因にあると言い、俺は倦怠感というものは二十世紀末を生きる人間の持病なのだと言った。もうちょっとで意気投合するところだったが、アンダーソンが「すべては神の計画に組み込まれているのだ」とやりだしたので、退散することにした。

「もし我々の手が必要ないなら、もう失礼しようかと思いますが、かまいませんか？」と訊くと、警視正はかまわないと言った。

何事もなくローバーの車内に戻り、団地を出ようとしていると、低層家屋から飛んできた燃料缶の石油爆弾がローバーに命中した。缶は爆発し、炎がフロントガラスいっぱいに暴力的に広がった。一、二秒後、激しいマシンガンの銃撃がランドローバーの装甲をへこませ、凶暴な音をたてた。

「ジーザス！」マティが叫んだ。俺はアクセルを踏み込み、このトラブルからおさらばしようとした。さらなるマシンガンの攻撃が車の後方の道路を引き裂き、後部ドアをがたがたいわせた。

「撃たれてる！」マティは叫んでいた。

「わかってるよ！」

クラッチを踏み、バックギアから三速《サード》にシフトチェンジし、加速してカーブを曲がった。コーナーを百メートル過ぎたところでハンドブレーキを引き、ランドローバーのタイヤをきしませ、映画のように車体を百八十度スピンさせた。炎がフロントガラスのワイパーを溶かし、下部のエンジンブロックにまでその舌を伸ばそうとしていた。もしガソリンタンクに達したら……俺は支給されている拳銃と消火器をつかんだ。

「まさか防弾ベストも着けずに外に出るつもりじゃないでしょうね？」マティは震えあがっていた。

「事件が発生したと通報しろ。アンダーソンに応援を送ってもらうんだ。気をつけるように言っておけ」俺は怒鳴り、ドアをあけた。

「出ちゃ駄目だ、ショーン！　連中の思うつぼだ。待ち伏せされてる！」

「あれだけの警官がいるんだ。あの半分しかいなかったとしても、連中は待ち伏せなんかしない。チンピラどもはとっくに家に帰ってるさ。マシンガンを二度ぶっ放せば、今夜パブでヒーローになれる。それだけの話だ」

「ショーン、よせ！」

「通報しろ！」

俺はランドローバーを降り、周囲の低層家屋に拳銃を向けたが、近くには誰もいなかった。一方の手に拳銃、もう一方の手に消火器を持ち、フロントガラスに泡を放射すると、炎はあっけなく消えた。

車内に戻り、応援を待った。そのまま二十五分座っていたが、アンダーソンの警察部隊は現われなかった。そこでマティに、今朝はほかに仕事があるわけだから、この事件についてはあとで報告書にまとめることにしようと提案した。

「もし――もしだぞ――そうすることで、鑑識官としての君のプライドが傷つかないのならな。銃撃戦の現場に飛び出していって、空薬莢、ガソリン缶、その他もろもろの証拠を集めてこないと君の気がすまないというんなら、話は別だが」

マティの返答は「そんなん知ったこっちゃねっす！」だったので、俺たちはまたA2に戻り、北を目指した。だが、石油爆弾のせいでタイヤのうち一輪のゴムが焼けてしまっていて、別のローバーに乗り換えるために、のろのろとキャリックファーガス署に引き返さなければならなかった。

この日は決して軌道に乗らないことが宿命づけられていた。ブレナン警部がオフィスにいて、昔はハンサムだった顔に醜悪な表情を浮かべていた。マティが新しいローバーを借りる手続きをしているあいだに、俺はこっそり捜査本部室に忍び込もうとした。が、ブレナンに見つかってしまい、オフィスに呼び出された。

「おはようございます、警部。土曜の朝だというのに、こんなところで何をしているんです？」

「仕事だよ、ダフィ、仕事だ。殺人事件の被害者については何かわかったかね？」ブレナンはぼそぼそと尋ねると、デスクの上に両足をのせた。スリッパを履いていた。服は部屋着のようだし、ひげだって剃っていない。ひと晩じゅうここにいたのか？　家庭内で何か問題でも起きたか？　コロネーション・ロードの俺の自宅には誰もいないし、スペースもあり余っている。よかったら使ってくださいと言ってみるべきか？　ドラマの『おかしな二人』でオスカーがフェリックスに部屋を貸したように。けれど、そんなシナリオが俺の脳内で形成されるより早く、考え直した。ブレナンは長老派だ。そんな申し出は侮辱と捉えるに決まっている。

「いくつか有望な線が出てきました。過去一年間に北アイルランドに入国したアメリカ人のリストを税関と入国管理局にまとめさせています。ガイ者の年齢層などと一致し、第一歩兵師団に従軍していた過去のある人間は、ひとり残らず照合するつもりです。身元はすぐに特定できるでしょう」

「そうか」ブレナンはあくびをしながら言った。「ほかには？」

「ガイ者が閉じ込められていたスーツケースから名前が出てきました。発見したのはマティです。大した捜査手腕ですよ。古いラベルに住所が書いてあったので、今日これから現地に行ってみるつもりです」

「よくやった」

「差し出がましいことかもしれませんが、もし寝泊まりできる場所をお探しなら、コロネーション・ロードの俺の家には今誰もいませんし、スペースも余っています」思わず口走っていた。

ブレナンは自分のスリッパを見つめ、メモ用紙から足を浮かせると、デスクの下に足をしまった。家庭の事情を見抜かれ、機嫌を悪くしていた。ブレナンには貫禄があった。とてもあった。かつてはロンドンのオールド・ヴィック・シアターで『ハムレット』のクローディアス役として名を馳せ、今ではUTVでハープ・ラガーのCMに出ている落ちぶれ俳優のような貫禄が。

「君が私のためにできることがある……何かわかるかね、ダフィ？」

「なんでしょう？」

「くそタイムマシンをこしらえて四十五秒前に戻り、私が〝よくやった〟と言ったあとにその口をつぐんでおくことだ、わかったか？」

「わかりました」

「顔色が冴えんな。どうかしたのか？　風邪かね？」

「いえ。マティとふたりでローバーに乗っていたときに石油爆弾を投げられまして。外に出て消火しなきゃなりませんでした」

「石油爆弾を投げられた？　報告はあげたのか？」

「いえ、まだです」

「ちゃんと書けよ」

「はい」

「今朝の新聞は読んだかね、ショーン？」ブレナンはそれまでより少し角の取れた口調で言った。

「いえ」

「ニュースは聞いたかね？」

「いえ」

「世情に鈍感になってはいかんぞ、警部補！」

「はい。何かおもしろいニュースでもありましたか？」

「ガルティエリ将軍は自分の個人的な声明を――最高の声明というものがあまねくそうであるように――全世界に向けて発表する必要があると考えた。風雨にさらされ、羊のくそにまみれた便所で力みながらな」

「その将軍というのは誰です？　何があったんです？」

「アルゼンチンがフォークランド諸島に侵攻したんだ」

「フォークランド諸島？」

「フォークランド諸島だ」

「全然わかりません」

「南大西洋の島々だよ。《デイリー・メール》によれば、アルゼンチンは一万人規模の軍隊を送り込んでいるらしい」

「なんてこった」

「それがどういうことかわかるか？　フォークランドはイギリス領だ。サッチャーとしては取り返さなきゃならん。でなきゃ辞任だ。だから侵攻艦隊を派遣する。あちこちから兵士がかき集められるだろう。私の予想では、北アイルランドからも半ダースほどの連隊が撤収することになる」

「そうなると我々は手薄になりますね」

北アイルランドの対テロ、国境パトロールの半分はイギリス陸軍がまかなっている。俺たち警察が容易に埋められる穴ではない。

ブレナンは顔をこすった。「おまけにタイミングが悪い。IRAは軍事行動の準備を着々と進めとる。連中が勢いを増しているというのに、そのあいだにこっちは兵士を失うことになる。今後数ヵ月は思った以上に厄介なことになりそうだ」

俺はうなずいた。

「最悪の場合を考えてみろ。サッチャーがフォークランドを奪還できなかったらどうなる?」

「辞任ですか?」

「サッチャーは辞任し、政府は崩壊、総選挙だ。そこで労働党が勝てば——むろん勝つだろうが——そうなれば、君……試合は終了だ」

マイケル・フット率いるイギリスの労働党は北アイルランドからの一方的撤退を政策に掲げている。イギリス兵とイギリスの公務員がひとり残らずいなくなるということだ。そうなれば、南北アイルランドはダブリン主導のもとにようやく統一される。それはしごく結構なことだ。しかし、アイルランド軍の戦力は数個大隊分しかなく、そんな軍隊がこの島の平和を維持できると考えるとしたら、ずいぶんおめでたい頭をしているとしか言いようがない。行き着く先は総力を挙げた内戦だ。地理的に強く結びついた重武装のプロテスタント百万対、この島のそれ以外のカソリック四百万の。アメリカ海兵隊がやってくるまで、この国はちょっとした血の海地獄になる。

「そこまでは考えがおよびませんでした」

「それに越したことはない」

ブレナンは《デイリー・メール》を手に取った。

見出しにはひと言大きく〝侵攻！〟とあった。

新聞の日付は四月三日だった。

「ちょっと遅めのエイプリル・フールとかではないんですよね？」

「これはジョークではないよ、ダフィ。BBCも報じとる。どの新聞も、誰もかれもがだ」

「わかりました」

「気を揉んでいても仕方ないがね。ある日突然、今言ったような状況になるんだ」

「はい」

「仕事に戻れ。捜査に行って殺人事件を解決してこい」

「はい」

俺は椅子をうしろに押し、立ちあがった。

「それともうひとつ、ダフィ。征服者《コンキスタドール》の付き添いのことをなんと言うかね？」そう言うと、ブレナンはクロスワード・パズルを鉛筆でぺしぺしと叩き、考え込んだ様子で鉛筆の端を嚙んだ。

答えはまあ、簡単だ。「たぶんアナグラムです」

「なんのアナグラムだ？」

「アステカを征服したコルテス《Cortes》の」と、ブレナンを正解に導こうとして言った。が、それでもまだわからないようだった。そして、ブレナンは俺が正解を知っているとわかっていた。

「いいから答えを言え！」

「エスコート《Escort》です」

「なに？　ああ、そうか、だと思ったよ……よし、行け」

オフィスから出る途中、マティがロッカーからニットのロング・スカーフを引っぱり出そうと格闘しているのが見えた。

「スカーフはなしだ。受け入れろ。トム・ベイカーの時代は終わった」

A2は強い雨に降られていた。

マティがランドローバーの運転席に座った。

俺は裏道で待ち伏せされた場合に備え、ウィンチェスターM12ポンプ・アクション・ショットガンを膝の上にのせて助手席に座った。

ニュー・オーダーのカセットをプレーヤーに入れた。彼らの音楽はすっかりディスコ音楽になり果てていたが、なかなかどうして悪くなかった。

「ニュースは聞いたか、マティ？」

「なんのニュースっすか？」

「世情に鈍感になってはいかんぞ、巡査。フォークランド諸島が侵攻されたんだ」

「なんですって？」

「アルゼンチンがフォークランド諸島に侵攻した」

「ジーザス、いつの話っすか？」

「昨日だ」

「最初はドイツ軍に攻め込まれ、お次はアルゼンチンとはねえ」

「君が言っているのはチャネル諸島のことだな」

「じゃあ、フォークランドってのはどこにあるんすか？」

「それはな……どこか南らへんだ、たぶん」

「となると、トッテナム・ホットスパーはめちゃくちゃっすね」

「なぜだ？」

「チームの半分がアルゼンチン人選手っすから。試合どころじゃないでしょう」

「警部は俺たちに地政学的な結果を考えろと言っていた」

「あい。地政学は地政学。でもサッカーはサッカーだ」とマティは言い、物事をしかるべき視点に収めた。

5　マッカルパインの未亡人

ホワイトヘッドの街を抜け、ラーン湾沿いを走っていると、アイランドマージーに着いた。アイランドマージーは変わったところだ。キャリックファーガスの北東約十キロにある半島上に位置し、半島の一方にはラーン湾が、もう一方にはアイリッシュ海が広がっている。近くにはラーンという大都心とフェリー港があるが、それらとはまったくの別世界だ。アイランドマージーに足を踏み入れると、まるで百年、ことによると二百年も昔のアイルランドに戻ったような気がする。人々は田舎者で、よそ者に対して心をひらかず、彼らの訛りと方言は理解不能なことがある。会話にときおり織り込まれるアイルランド語なら俺にもわかるが、十八世紀の詩人ロバート・バーンズそのままの低地スコットランド方言が話されることのほうが多い。彼らの言葉はまるでケンタッキー州やテネシー州の高地に住むアメリカ人の言葉のように聞こえる。

ここには何度も来たことがある。来るときは決まって私服だ。ここの人間はオマワリに嗅ぎまわられるのをよく思わないと聞いているからだ。運転はマティに任せたまま、陸地測量部が作成した地図を取り出し、バリーハリーを探した。それはラーン湾側の海岸のなかほど、マグヘラモーンの古いセメント工場の反対側にあった。地図で見るかぎり、バリーハリーは小さな集落で、せいぜい家屋が十軒ほどあるだけだ。

俺たちはショア・ロードを曲がり、バリーハリー・ロードに出た。道のでこぼこのせいでニュー・オーダーのテープが噛んだので、ラジオのチューナーをまわした。イギリスの局はどこもフォークランドのニュースで持ちきりだったが、アイルランドの局はイギリスの植民地戦争には無関心で、聖母マリアの顕現を見たというどこかの女性にインタビューを敢行していた。聖母マリアはその女性のまえに姿を現わすと、ダブリンで避妊具が売られていることに対し、神とあまたの天使たちから恐ろしい報復がもたらされるとお告げしたという。

バリーハリー・ロードからミル・ベイ・ロードに出た。小さな農場、白漆喰《しっくい》の小屋、石壁、羊、雨。レッド・ホールはなかなか見つからなかった。

そのうち、丘陵に続く一車線の細い私道に出た。私道上にゲートがあり、古いブナの木に釘で看板が打たれていた。看板には〝レッド・ホール敷地、私有地のため立入禁止〟とあった。その下に別の看板があり、そちらは〝狩猟を禁ずる、違反すれば特別の許可なく発砲する〟となっていた。

「ここがそうかな？」俺は道路に眼をあげて訊いた。

マティは地図を確かめ、肩をすくめた。「とりあえず行ってみましょう」

小さな森を通り過ぎ、広い谷間に入った。

見渡すかぎりの光景にぽつぽつと農場が見えた。なかには廃墟に毛が生えたようなものもある。

そのうちの一軒の農園の看板に〝レッド・ホール・コテージ〟と書かれていた。マティが急ブレーキをかけた。湿っぽい、沼がちな土地に囲まれた小さな農園で、みすぼらしい羊が何十匹かいる。母屋は白漆喰塗りの平屋で、裏にセメントとコンクリート・ブロックで造られた離れが何棟か。どれも荒れ放題で、離れの多くは外壁に穴があき、母屋は塗り直しが必要だった。屋根は藁葺《わらぶ》きで、錆びたワイヤーに覆われ、正面には一九五七年ごろに製造されたランドローバー・ディフェンダーが駐まっている。

「俺たちが相手にしているのは世界を股にかける殺し屋ってわけじゃなさそうだな」と俺は言った。

「そいつが全財産をスイス銀行に預けてるんじゃなければ、っすね」

「あい」

「ボスが先に行ってください。俺は銃撃があった場合に備えて無線に張りついてます」

「降りろ」

「わかりました」マティは観念して言った。

ローバーを駐め、泥がちな庭を通って母屋に向かった。

「靴が台なしになっちまう」マティはそう言いながら、泥と穴を避けながら恐る恐る歩を進めた。高価なナイキのスニーカーと裾の広がっていない白いジーンズという格好だった。近ごろのガキはこういうファッションが好きなのか？

長いロープにつながれた一匹のシェパードが俺たちに向かって吠え、猛烈に暴れていた。

「あの犬ころ、俺たちの喉笛を狙ってますね」

俺たちのまわりで何かをついばんでいる鶏たちは犬に見向きもしていなかったが、この犬はかなり凶暴そうだ。

白漆喰塗りのコテージに着いた。ともすれば絵葉書のような雰囲気は、表にどっかりと据えられたセントラル・ヒーティング用の錆びたオイル・タンクのせいでいくぶん損なわれていた。呼び鈴も叩き金もなかったので、木製の玄関ドアをノックした。二度目のノックのあと、家のなかのラジオの音が切れ、女性の声がした。

「どなた?」

「警察です。キャリックファーガス署から来ました」

「なんの用?」

「マーティン・マッカルパインと話をさせてください」

「ちょっと待ってて!」

数分後、若い女性が玄関をあけた。頭のまわりにタオルを巻き、野暮ったいグリーンの部屋着を着ている。風呂かシャワーからあがったばかりのようだ。年齢は二十二歳ぐらいで、灰色がかったブルーの瞳、赤い眉毛、そばかす。夢見るような、アイルランドのフォークソングに出てくる〝悲劇的な死を遂げる恋人〟のような、人をどぎまぎさせる愛らしさがある。

「おはようございます。キャリックファーガス署のダフィ警部補とマクブライド巡査刑事です。マーティン・マッカルパインという人物を探しています。ここが彼の住所だと思うのですが」

女は俺に向かってほほえんでみせた。よく訓練された形にアーチを描いた眉が、不機嫌と軽蔑を表わしていた。

「だからこの国は駄目になっていくんです」女はぼやいた。

「なんですか？」

「だからこの国は駄目になっていくと言ったの。誰も気にしない。誰も自分の仕事ひとつ満足にできやしないんだから」

彼女の声には明らかなアイランドマージー訛りがあったが、それだけではなかった。中流階級の言葉遣いで、淀みなくすらすらと話している。まともな教育を受けているか、一、二年は大学にかよっていたのだろう。

さっきの犬がまだ吠えていた。ふたつ向こうの土地にある藁葺き屋根の家屋のドアがあき、なかからパイプをくゆらせた男が出てきて俺たちのほうを見た。女が手を振ると、男も振り返した。

彼女がなんの話をしているかわからなかったので、マティのほうを見た。が、マティにもわかっていないようだった。俺は警察手帳を取り出し、彼女に見せた。

「キャリックファーガス警察です」ともう一度言った。

「さっき聞きました」

「ここはマーティン・マッカルパインのお宅ですか？」とマティ。

「いったいなんの用件です？」

「殺人事件の捜査です」と俺は言った。

「あら、そう。マーティンは犯人じゃありませんよ。それは確かです」彼女は言い、部屋着のポケットに手を入れ、煙草の箱を取り出した。一本を口にくわえたが、ライターを持っていなかった。俺は自分のジッポーを出し、火をつけてやった。

「どうも」彼女は小さな声で言った。

「マッカルパイン氏と話はできますか？」

「あなたが霊媒師ならね」

「えっ？」

「夫は死んだ。撃ち殺されたの。去年の十二月に、ここから十五メートルも離れてないところで」

「なんてこった」マティが声を落として言った。

女は煙草をひと口吸うと、首を横に振った。「あなたたち、なかで雨宿りしていったら？キャリックに戻るまえにお茶でも飲んでいって」

「ありがとう」

母屋は狭かった。分厚い石壁に小さな窓。暖炉からは泥炭《ピート》のにおい。俺たちは茶色のビーンバッグ・ソファに腰をおろした。炉棚にスペースがあいていて、何も飾られていない写真立てが置いてあった。この写真立てに以前何が入っていたかは、マティにも見当がついたにちがいない。

彼女は濃いめの甘い紅茶を入れたマグカップを三つ運んでくると、俺たちと向かい合い、座り心地の悪そうなロッキング・チェアに腰をおろした。

「それで、あなたの言う殺人事件というのは？」

「ご主人のことは残念でした」と俺は言った。「亡くなっていたとは知らず……テロリストに撃たれたんですか？」

「ＩＲＡにね。夫はアルスター防衛連隊《UDR》の一員でしたから。といっても、非常勤でしたけど。あの人は羊の様子を確かめるために丘を登ろうとしていたんです。犯人たちはゲートの向こうで待ち伏せしていたんでしょう。夫は胸を撃たれ、何が起きたかを知る間もなく死んだ。というのが警察の見解です」

マティが顔をしかめた。

そうだ、俺たちはとんでもないへまをしちまった。それはまちがいない。

「ほんとうに申し訳ありませんでした。ここに伺うまえに確かめておくべきでした」俺はしょげて言った。

ＵＤＲはイギリス軍が地元で人材を採用している連隊で、徒歩によるパトロールと警察との合同パトロールをおこなっており、そのため、イギリス政府にとって対テロ戦略の生命線となっている。北アイルランドにはＵＤＲに所属する男女が五千人ほどおり、ＩＲＡはそうした人間を毎年五十から百人ほど暗殺している。だいたいがマッカルパイン夫人の夫を殺したような方法で。つまり、車底に仕掛けた水銀スイッチ式爆弾、地方での襲撃などなどで。

しかし、警察である俺たちはUDRの兵士たちを見くだしていた。俺たちは自らをエリートのプロフェッショナル集団と考えているが、彼らは……まあ、ほとんどが欠陥品だ。もちろん彼らも勇敢で命懸けだが、このご時世、そうじゃないやつがいるだろうか？

すでに解散した憎まれっ子の特別警察隊〝Bスペシャルズ〟あがりの大勢がUDRに入隊しているという事実もあるし、UDRの倉庫から武装組織にしょっちゅう銃器が横流しされているという事実もある。UDRの兵士のうち、九十五パーセントはまともで勤勉な人々かもしれないが、腐ったリンゴそのものの数は王立アルスター警察隊よりも多いにちがいない。

とはいえ、そういった事情が今この場で関係あるわけじゃない。俺たちは同じ治安部隊の仲間の死を知っておくべきだったのに、知らなかったのだ。

「ちょっと待ってて。お茶が濃すぎる。ビスケットを持ってくるわ」とマッカルパイン夫人は言った。

夫人がいなくなると、マティは自分の身を守ろうとするように両手をあげた。

「俺のせいじゃないですよ。これはボスの責任っす。ボスが訊いたのは住所だけで、生きてるか死んでるか確認しろとまでは言わなかったし……」

「わかってる、わかってるよ。だからってどうにもならんだろ」

「とんだ赤っ恥っすよ。あんなきれいな女性のまえで」

「それにしても、マーティン・マッカルパインという名前に聞き覚えがないのはどういうわけだろうな」

「去年の十二月はひでえ時期でした。毎日誰かしらがＩＲＡに殺されてた。その全員は覚えてられないっす」マティが反論した。

　それは確かにそうだ。去年の十一月と十二月はＩＲＡによって多くの人間が殺された。そこそこ穏健なプロテスタント系親英派《ユニオニスト》議員、ロバート・ブラッドフォード師までもが暗殺されたことは物議を醸《かも》し、新聞のほとんどの見出しを独占した。ＩＲＡはどういうわけか地元政治家をターゲットにすることはあまりなかったのだが、ひとたびそれが実行されると、大量のインクが消費されることになった。

　マッカルパイン夫人はビスケットをのせたトレイを手に戻ってきた。

　まだ部屋着のままだったが、頭のタオルはなくなっていた。髪は栗色っぽい赤で、長い巻き毛。そのせいでなぜか老けて見える。二十代後半、ひょっとすると三十歳くらいに。この沼ばかりのしみったれた農場で、このまま夫もなく、誰からの助けもなく暮らしていけば、あっという間に老け込んでしまうだろう。

「うまそうだ、ありがとうございます」マティが言い、チョコレート・ダイジェスティブを口に入れた。

「それで、捜査というのは？」夫人が訊いた。

「スーツケースのなかから死体が発見されたことと、そのスーツケースのなかにラベルが入っていたことを伝えた。

「あのスーツケースはクリスマスの少しまえに手放したものです。マーティンのほかの私物全部と一緒に。あの人の物が身近にあることにもう耐えられなくなってしまって、ほかの人ならきっと役立ててくれると思ったんです」

「誰に譲ったのか教えていただけますか？」

「ええ。キャリックファーガス救世軍です」

「それがクリスマス直前のことなんですね？」

「クリスマスの一週間ほどまえのことです」

「わかりました。調べてみます」

俺たちはお茶を飲み終え、暖炉のなかで棒状の泥炭《ピート》が爆《は》ぜるのを見ていた。マティは図々しくもビスケットをひと皿全部たいらげた。

「さて、そろそろおいとまします」俺は立ちあがり、マティがこの哀れな未亡人の家の食い物を食い尽くしてしまわないうちに、彼の体を引っぱった。

「ほんとうに失礼しました、マッカルパインさん」

「いえ、お気になさらず。あの人のスーツケースが死体の遺棄に使われたなんて、考えるだけでぞっとします」

「あい。まったくです」

彼女は俺たちを玄関まで見送った。

「それじゃあ、ありがとうございました」俺は言い、片手を差し出した。

彼女はその手を取り、俺が離そうとした段になっても、ずっと握ったままでいた。

「ちょうどあなたたちのランドローバーが駐めてあるあたりでした。IRAはあの石壁の向こうに隠れていたんでしょう。ふたり組だったと聞いています。二連式のショットガンで夫を撃ち、バイクで逃走しました。至近距離からの射撃です。マクリーリー医師《せんせい》によれば、即死だったそうです」

「きっとそのとおりだったでしょうね」そう言って手を引っ込めようとしたが、夫人はまだ離そうとしなかった。

「あの人が連隊に入ったのはお金のため、ただそれだけです。この農場で儲けは出ません。十二エーカーの沼地に羊が四十四いるだけです」

「ええ、それは――」

彼女は俺をぐいと引き寄せた。

「あい、警察からは、夫は何が起きたのかを知る間もなく死んだと言われた。けど、わたしが駆け寄ったときにはまだ息があった。少なくとも、息をしようとしていた。口から血があふれ、自分の血で窒息しそうになっていた。あの人は陸《おか》の上で、自分自身の血で溺れそうになっていた」

マティは恐怖に両眼を見ひらき、夫人を見つめていた。俺もすっかりびびっていた。俺たちはふたりともマッカルパイン夫人に心を鷲掴みにされていたが、俺のほうは文字どおり、手を鷲摑みにされていた。

「ランドローバーのエンジンをかけてくるっす」とマティは言った。

立ち去ろうとする彼の袖をつかんで引き止めた。

「夫は大尉だった。ただの歩兵じゃない。信心深く、知的な人で、どんどん出世していた。なのにあんなふうに殺されてしまった」

彼女はまっすぐに俺を見ていた。俺を責めるような眼つきで——まるでこうなったのはすべて俺のせいだとでも言うように。

怒りが彼女の頬をその赤毛と同じくらい真っ赤に染めていた。

「ご主人は仕事に行くところだったんですか？」俺は何か言おうとしてつぶやいた。

「あい。一年子の羊を集めるために農場に向かってた。コーラを連れて。一年子は一ダースもいなかったと思うけど」

「返す返すも残念です」

彼女は二度まばたきし、俺が眼のまえに立っていることに突然気づいたようだった。

「まあ」

そして俺の手を離し、「ごめんなさい」と、あるかなきかの声で言った。

「いいんです」俺は一歩さがった。「よい一日を」

庭を引き返し、ランドローバーに向かった。

雨が激しくなっていた。

シェパードがまた俺に向かってうなり、吠えはじめた。

「やめなさい、コーラ！」マッカルパイン夫人が叱った。

犬は吠えるのをやめたが、まだロープをぐいぐいと引っぱっていた。

俺がローバーの前部席に乗り込むと、「ありゃ手に負えないっすね」とマティが言った。

「犬のことか、それとも夫人か？」

「犬っす。牧羊犬であの気性はないっす」

「どういう意味だ？」

「牧羊犬てのは人懐こいもんす」

俺は農場を振り返った。マッカルパイン夫人はまだそこに立っていた。

「ジーザス。まだこっちを見てやがる。早く出せ、マティ」

マティはエンジンをかけ、庭先でローバーを一回転させた。無気力な鶏たちが飛びあがり、俺たちから離れていった。

ゲートを通過し、車道に入った。

谷向こうでパイプをくわえていた男はまだ自宅のまえにいて、俺たちを見ていた。ひとつ向こうの土地では、トラクターに乗った別の男が小高い丘の上にトラクターを停め、こっちを見ていた。

俺たちはちょっとした朝の見世物になっているらしい。

「次はどうします、ボス？」

「さあな。キャリックの救世軍に寄って、スーツケースを売った相手を覚えているかどうか訊いてみるか?」

「それが終わったら?」

「それが終わったら署に戻って、税関の連中がリストをつくってくれたかどうか確かめる」

マティは頑丈な装甲ランドローバーのギアを一速《ファースト》に入れ、ぬかるみにはまらないよう、車道の盛りあがった部分だけを選んで車を走らせた。

それからラジオをつけた。ラジオ1でアダム&ジ・アンツがかかっていた。この曲が俺の気に召すかどうか、マティはちらちらと俺の顔色を窺っていた。

俺はなんとも思っていなかった。

全然聴いていなかった。

何かがひっかかっていた。

マティがさっき言っていたこと。

犬。

あれは手に負えない犬だった。シェパードだからそういうものだろう。が、あえてそういうふうに訓練されていた。一週間分の給料を賭けてもいいが、あれは牧羊犬ではなく番犬だ。マティが指摘したように、牧羊犬にするならボーダー・コリーを飼ったほうがいい。とはいえ、マーティン・マッカルパインの飼っていた羊はごく少数だったから、呼び集めるにしても犬の助けは必要なかった。だから代わりに優秀な番犬を飼うことにしたのだ。

「車を停めろ」俺はマティに言った。

「はい？」

「とっとと停めろ！」

マティがクラッチとブレーキを踏み、車は急停止した。

「Uターンだ。マッカルパインの家に引き返せ」

「どうして？」

「いいからやれ」

「わかりました」

マティはギアを一速に入れ、車道を引き返した。石壁のまえに着くとエンジンを切り、俺たちはローバーを降りて、また農場の泥がちな庭を歩いた。

ドアをノックすると夫人はすぐにドアをあけた。

ジーンズとマスタード色のジャンパーに着替え、髪はうしろでポニーテイルに結っていた。

「またお邪魔してすみません、マッカルパインさん」

「いえ、いいんです、警部補。そもそも今日はほかに何をしろっていうんです？　窓をもう一度掃除するとか？」

「コーラのことで質問してもいいですか？　コーラというのがあなたの犬の名前なんですよね？」

「ええ」

「ご主人は一年子を集めようとしていたとおっしゃいましたよね？」

「ええ」

「ご主人はいつもコーラを連れていましたか？」

「ええ」

「じゃあ、そこでひもにつながれてはいなかった？」

「ええ」

「なるほど」そう言って、俺はあごをさすった。

「それがどうかしたんですか？」

「コーラが怒りっぽいのは昔からですか？　それともご主人が撃たれてからですか？」

「知らない人には懐かないんです」

「犯人たちは石壁の裏、庭を出てすぐの地点で待ち伏せしていたんですよね？」

「そのはずです。あの人は手遅れになるまで気づかなかったわけですから」

「で、胸を撃たれたと。そうおっしゃいましたよね？」

「胸と首を」

「あなたも銃声を聞きましたか？」

「ええ。なんの音かはすぐにわかりました。ショットガンです。これまでに何度となく聞いてきた音ですから」

「銃声は一回だけ？」マティが訊いた。

「ふたつの銃身からの発射音が同時に聞こえました」

「あなたが外に出たときにはもう、ご主人は地面に倒れ、犯人たちはバイクで逃げ去ろうとしていた？」

「そうです」

「犯人に見覚えは？」

「私に見えたのは青いバイクだけです。どうしてそんなことをお尋ねになるの？」

「ご主人が殺されたあと、捜査を担当したのは？」

「ラーン署です」

「警察はおかしな点はないと言っていましたか？」

「ええ」

「ＩＲＡは犯行声明を出しましたか？」

「事件のあった当日の夜に。何をお考えなんですか、ダフィ警部補？」

「ご主人は武器を持っていましたか？」

「あの人はいつも拳銃を持ち歩いていました。でも、ポケットからそれを抜く暇もなかった」

「あなたが家から飛び出したとき、ご主人はどこにいました？」

「庭です」

「庭のどのあたりです？　指さしてもらえますか？」

「あそこ、あのおんどりがいるあたりです」そう言って、夫人は庭のなかほどを指さした。家からは約二十メートル、石壁からも約二十メートル離れた場所だ。ショットガンで狙い撃つのが不可能な距離ではないが、二十メートルはやはり少し遠すぎる。犯人はもっと近づこうと考えたはずだ。そして、もしもっと近づいていたのであれば、マッカルパイン大尉にはポケットから銃を抜くだけの時間があったのではないだろうか？

「マッカルパインさん、もう少々おつき合いいただきたいのですが……ちょっと整理させてください。ご主人は外に出ていった。脇にコーラを従えて。するとふたり組の男が石壁の背後から出てきて、二十メートル先から撃ってきた。コーラは私の喉笛をかき切る気はまんまんのようですが、ふたり組に向かって飛びかかったりはしなかった。そのせいでご主人は銃を抜くのが間に合わなかった。そういうことになりますか？」

俺を見る彼女の眼つきには、今や敵意のようなものが浮かんでいた。

「警察に言われたとおりのことをお伝えしているまでです。わたしが駆けつけたときにはすべてが終わっていました」

「でも、コーラがつながれていなかったのは確かなんですね？」

「ええ」

「どうしてIRAの殺し屋たちは犬を撃たなかったんでしょう？　きっと連中に襲いかかっていたでしょうに」

「さあ……コーラは怖気づいていたのかもしれません」

「そう簡単に怖気づくような犬には見えませんが」

夫人は肩をすくめただけで何も言わなかった。

「それに、どうしてご主人は銃を抜かなかったんでしょう？　ショットガンを持ったふたり組が壁の向こうから出てきた。ご主人もそれを目撃したはずなのに」

「わかりません、警部補。わたしには何もわかりません」夫人は疲弊した様子で、力なく言った。

「ご主人が背中を向けていたなら、話は変わってきますけどね」とマティ。

「でもコーラは男たちのにおいに気づいたはずだろ？　それできゃんきゃん吠えまくっていたはずだ。犯人たちはシェパードがよだれを垂らしながら自分たちに飛びかかってくるのを眼にすることになる。そしたら一、二秒の猶予ができて、マッカルパイン氏は銃に手を伸ばすことだってできたんじゃないか？」

「実際にはそうではなかったということです」

そう言うと、夫人はジーンズに手を伸ばし、ぼろぼろのシルクカットの箱を取り出し、一本に火をつけた。

顔は青ざめ、やつれていた。ただ疲れているだけではない。何かほかの……うんざりしている。あい、それだ。

「連中はあの人を殺した。どう殺したかがわかったからって、だからどうだっていうんです？」しばらくして彼女は言った。

俺はうなずいた。「ええ、そうですね。なんにもちがいはありません。大きなちがいは何も……とにかく、必要以上にお時間を取らせてしまいました」

「いえ、そのことはご心配なく。このごろじゃ、わたしにあるのは時間だけですから」そして、探るような眼つきで俺を見た。が、俺は無表情の達人だった——長年の尋問という訓練の賜物だ。

彼女はふっと煙草の煙を吐いた。

「そろそろ行きましょう、ボス。この雨じゃタイヤをとられちまう」

「最後にもうひとつだけ訊いてもかまいませんか、マッカルパインさん。裏手に離れが何棟かあるようですが、温室が見当たりませんね。ここにはないんですか？」

「なんですって？」

「温室です。植物や果物を植えたりする」

夫人の口から煙が一本の線になって吐き出された。「あい、温室ならあるわ」

「なかを見せてもらえますか？」

「なぜです？」

「理由は申しあげられませんが、一分ですみます」

「ドラッグをお探しなら、何も見つかりませんよ」

「拝見しても？」

夫人は肩をすくめた。「お好きに」

家のなかに通され、裏庭に出た。ぬかるんだ泥と鶏の餌のにおい。ここにも迷惑そうな顔をしためんどりが何匹かいて、錆の浮いたマッセイ・ファーガソンのトラクターの上に座っていた。

「あそこです」夫人は納屋のそばの荒れ果てた小さな温室を指さした。

俺はびしゃびしゃと泥を跳ねさせながら温室に向かい、なかに入った。窓ガラスが何枚も割れ、下に落ちていた。ずらりと並んだプラムの茂みは雨と冷気のせいで無残な姿をさらしていた。床にはかびが生え、黒い土の溝のなかには、きのこのほかは何も生えていなかった。外国の植物はなく、というより、干からびたプラムのほかはどんな植物もなかった。

野生のきのこがすくすくと育っている溝をくまなく調べた。以前そこにあったかもしれない植物の根を探して。が、収穫はなかった――マーティン・マッカルパインがここで何か興味深いものを育てていたとしても、その痕跡はあらかた消されてしまっている。

俺はひとつうなずくと裏庭を引き返し、泥落としで靴をきれいにした。

「お探しのものは見つかりました？」と夫人が訊いた。

「トウアズキという植物はご存じですか？」

「トウなんですって？」

「トウアズキという植物です。聞いたことは？」

彼女は首を横に振った。

「クラブズ・アイ、インディアン・リコリス、ジャンビー・ビーズなどと呼ばれることもあります」

「そういう名前は一度も聞いたことがありません」

俺はうなずいた。「ずいぶんお時間を取らせてしまって申し訳ありませんでした。重ね重ねありがとうございます、マッカルパインさん。それではごきげんよう」そう言って、ランドローバーに向かった。

「いったいなんだったんすか？」ふたりでローバーに乗り込んでいるとマティが訊いてきた。

「におうんだよ」

「何がっすか？　ここが？　ここをほじくっても何も出てこないっすよ。ちがいます？」

俺は沼がちな農場を見た。バックミラー越しに、夫人が家のなかに戻ろうとしているのが見えた。

「撤収しよう。マッカルパインが殺された件についてもっとほじくれる場所がないかどうか、調べてみようじゃないか」

「いったいなんのために？」

「いいから出してくれ」

「わかりました」

百メートルほど車道を行くと、溝にはまって立ち往生したトラクターが道をふさいでいた。乗っていた農夫が降りてきて、俺たちに謝罪した。細縁帽の下にブラウンの瞳が覗いていた。年齢は四十五歳くらいで、パイプを持っている。そこまではいたってふつうだが、この男にはどこか気に入らないところがあった。そのブラウンの瞳には、ふつうの人間がオマワリに対して持ちえないような厚かましさがあった。

「すまんね、君たち。すぐにすむから」と男は言った。「このでかぶつでカーブしようとしたんだが、道幅を読み誤っちまってね」

これまでに千回もそのトラクターで走り、曲がってきた道で。

「ああ、いいってこと。別に急いでないし」とマティが言った。

俺は何もつけ加えなかった。

「なに、前輪をどぶから出すだけさ」男は言い、トラクターによじ登ってエンジンをかけ直した。

タイヤはあっけなく溝から出て、男はトラクターを停めて俺たちを通した。

マティはローバーを出し、手を振った。

「今のはなんだったと思う？」俺はサイドミラー越しにトラクターを見ながらマティに訊いた。

「今のって？」

「トラクターの男だよ」

「あの人がどうかしたっすか？」

「俺たちにあんなふうにふざけた真似をしたことだ」

マティはこっちを見たが、俺がそれ以上説明せずにいると、また道路に視線を戻した。

「で、次はどこすか、ボス？」

「ラーン署だ」

6 他人事《SEP》

海岸通りを走り、マグヘラモーン採石場を通過した。山盛りに積まれた鉱滓《こうさい》が道路沿いに並び、地面はジョン・ディアの農機のように奇妙な緑色をしていた。ラジオ1はバックス・フィズが去年のユーロヴィジョン・ソング・コンテストで優勝した記念に《夢のハッピーチャンス》をヘビーローテーションで流し、俺たちを拷問することに決めたようだった。マティでさえ我慢の限界に達していたので、ほかの局を探そうと無駄なあがきをしたあと、ランドローバーのカセット入れを漁り、ジョーン・アーマトレイディングのアルバム《ウォーク・アンダー・ラダーズ》を見つけた。

「まさかほんとうにあの女性《ひと》が温室でトウアズキを栽培してると思ってたわけじゃないっすよね？」

「可能性はゼロじゃない。追える線はすべて追うんだよ」

「時間の無駄だってあらかじめ言っとくべきだったっすね。この遠出そのものが……」

「ずいぶん生意気を言うじゃないか、マティ」

「今日はどうにも神経がたかぶっちまって。朝っぱらからマシンガンで撃たれるし、言うまでもなく、さっきは猛犬に脅かされるし」

「感情的苦労手当も欲しいとケニー・ディエルに言っておけ。そうすれば、あのくそったれの頭は爆発するだろうよ」

ラーン署は巨大なコンクリート製の掩蔽壕で、港のそばにあった。ここは北アイルランド国内屈指の安全な署として知られている。街の人口が少なく、おまけにその九十パーセント以上がプロテスタントだからだ。IRAのアジトはこの地域に(あったとしても)せいぜい数軒しかなく、ベルファストから逃げてきたIRAの内部組織《セル》が近くの港に駆け込むことも容易にはできない。ほとんどの場合において、ラーンの警官が対処しなければならない最悪のものは、金曜日と土曜日の夜の酔っ払いと、フェリーでスコットランドに行く途中の——もしくはスコットランドから戻ってきた——敵対サッカーチームのサポーター同士がたまに起こす乱闘騒ぎだった。そういったこともあり、ラーン署はよその署ではお荷物でしかない、ものぐさで老いぼれな問題警官の掃き溜めとして知られるようになっていた。

マッカルパインが殺された際に捜査を担当したのはドアティという警部補だった。赤っ鼻で白髪の年季の入った男で、左手をぶるぶると震わせていた。何も知らない人間の眼にはパーキンソン病か多発性硬化症か、なんらかの病気と映るだろうが、実際はただ午前十一時になってアルコールが切れているだけだった。昼休みに署を抜け出し、最寄りのバーでウォッカのトリプルを数杯あおれば、すぐに元気を取り戻すだろう。

俺たちは本がずらりと並べられた大きなオフィスでドアティと面会した。オフィスからは港とフェリー乗り場が見おろせた。本はほとんどがスリラーか推理小説で、一瞬期待したが、どれも六〇年代か七〇年代前半の作品だった。これはあまりいい兆候ではない。過去十年間のどこかの時点で、ドアティは読書への興味を、そしておそらくは、あらゆる物事に対する興味を失ってしまったのだ。左手に結婚指輪ははめられていなかったが、長老派教会信徒はそもそも指輪をつけないことが多い。彼らは指輪をカソリック教徒の虚飾と考えているからだ。オフィスには離婚、失敗、アルコール依存症のにおいが充満していた——王立アルスター警察隊の職業警官の多くがこの三大疾病を抱えている。

俺もドアティも階級は同じ警部補だが、キャリアはドアティのほうが二十年長い。その二十年という時間のあいだ、ドアティはいったい何をしていたのだろうか？　いずれ俺も同じ道をたどることになるのだろうか。我知らずそんなことを考えた。

雨はまだ窓を強く打っていて、東にはスコットランドが青いしみのように見えた。

「ふたりとも座ってくれ」とドアティは言った。「紅茶かコーヒーでもどうだね？」

「ありがとうございます、でも今朝、すでに紅茶をがぶ飲みしてきましたから」と俺は言い、慎み深く、精いっぱいの申し訳なさそうな笑みを浮かべた。

ドアティはでっぷりした腹の上で両腕を組んだ。白いシャツと茶色のスーツという格好で、どう見ても何年も着古しているものだ。腰をおろすと袖の部分が突き出て、もの悲しくもおかしかった。ひとりの警官はいろんなものになれる。酔いどれ、悪党、馬鹿たれ、社会病質《ソシオパ》者《ス》。とはいえ、それなりの身なりさえしてれば、だいたいの場合は問題ない。場末のラーン署にあっても、ドアティはみんなの敬意を集めようと大変な努力をしているのだろう。

「で、今日はどういったご用件でキャリックからおいでなすったんです？」

「去年殺害されたマーティン・マッカルパインという人物についてお訊きしたいことがありまして」俺はビジネスライクに言った。

「なんですと？」

「マーティン・マッカルパイン。アルスター防衛連隊《UDR》の非常勤の大尉で、去年の十二月にアイランドマージーの自宅農場で撃たれた男です」

「ああ、あの件は本職も覚えていますよ。それがどうかしたんですか？」

スーツケースと身元不明男性《ジョン・ドウ》のこと、そのスーツケースの持ち主がマーティン・マッカルパインだったことをドアティに伝えた。

「で、マッカルパインの奥方はスーツケースをどうしたと言っていたんです？」

「クリスマス直前にキャリックファーガスの救世軍に譲ったと言っていました」とマティ。

ドアティは困惑したようだった。

「クリスマス直前に救世軍に譲った？」

「ええ」とマティ。

「じゃあ、マッカルパインが殺害された事件は、あなたの担当案件とは関係ないんでは？その身元不明男性を殺した犯人は救世軍から二束三文でスーツケースを買って、死体を捨てるために使った。ただそれだけのことでは？」

「おそらくそういうことでしょう」と俺は認めた。「じゃあ、どうしてマッカルパインの事件を蒸し返すんです？　あなたの捜査している事件の犯人は、どんなスーツケースを使ってもおかしくなかったんですよね？」

「ええ」

「それに時間の間隔もだいぶ……奥方はスーツケースをクリスマス直前に手放したと言いましたな。マッカルパインが殺されたのが去年の十二月上旬。その身元不明男性の遺体が発見されたのは今週ですか？　四月に入ってからのことですか？」

俺はかぶりを振った。「期間は不明ですが、遺体はしばらくのあいだ冷凍されていました。でもまあ、私も同意見です。確かにあまり関係はないと思います。しかしですね、私たちはともかく、うちの警部がうるさいんですよ。手がかりはどんなものでも追えと指示してくるでしょう。あのスーツケースがＩＲＡに暗殺されたＵＤＲの大尉のものだったとわかれば、私は質問攻めにされるでしょうから」

ドアティは安堵のため息をついた。俺が自分の仕事を調査しに来た内部調査官ではなく、ろくでもない上司にこき使われているだけの、自分と同類の馬車馬に過ぎないとわかったからだ。

「ファイルを出しましょう」

そう言って、彼は金属製のキャビネットをあけ、薄い――ひどく薄い――ボール紙製のファイルを引っぱり出した。

それをデスクの上、自分と俺たちのあいだに広げると、デスクに片手をつき、もう片方の手でバランスを取りながら、非常に緩慢な動作で座り直した。ジーザス、この馬鹿たれはどれだけ重症なんだ？

「ええと。どれどれ……ああ、そうですね。マーティン・マッカルパインはショットガンで胸を撃たれています。推定では、十二月一日の朝九時二十分ごろのことです。マッカルパインは即死し、襲撃者たちは青いバイクで逃走。バイクは見つかっていません。IRAがその日の晩に《ベルファスト・テレグラフ》に電話をかけ、取り決められていた符牒を使って犯行声明を出した……凶器もバイクも見つからず、垂れ込みもなかった」

ドアティはファイルを下に置いた。

いい、それだけ？　人がひとり撃ち殺されているってのに、ほんとにそれだけなのか？

「拝見してもいいですか？」

ドアティはファイルを寄こした。調書は一パラグラフ分しかなく、マーティン・マッカルパインが地面に仰向けに倒れている写真一枚のほか、犯行現場の写真は挟まれていなかった。ショットガンの散弾がマッカルパインの胸部と喉を引き裂き、数発はこめかみに食い込んでいた。その死に顔が表わしているのは恐怖やパニックというより驚愕の念だったが、だからといって、それが何かを意味しているわけではない。この写真で注目すべきなのは、マッカルパインの胴体部分に散弾が集中していることだ。二十メートルの距離から撃たれたら、こうはならない。五メートルならともかく、二十メートルはありえない。犯人たちはやはり壁際よりずっとマッカルパインのそばに寄ったのだ。ショットガンを抱えた連中が、コーラを警戒させることも、マッカルパインに拳銃を抜く暇を与えることもなく、そんな真似ができるだろうか？

写真をマティにまわした。

「死体のそばの靴跡は撮影しましたか？」

ドアティは首を横に振った。「どういうことです？」

「事件があったのは十二月。地面はぬかるんでいたはずです。犯人たちの靴の型を取れたのでは？」

ドアティは片眉をあげてみせた。「いや、おわかりでないようですな、ダフィ警部補。連中は石壁の向こうから撃ったんですよ。庭には入っていない。敷地の外にいたんです。靴跡はありませんでした」

「私には犯人たちが壁際よりもだいぶ近くまで行ったように思えるんですが」

「壁際から撃ったんですよ」

「ショットガンの空薬莢は壁際に落ちていたんですか？」

「空薬莢は見つかりませんでした」

「じゃあ、犯人たちはマッカルパインを撃ったあと、空薬莢を拾ってからバイクで逃走した？」

「そのようですね」ドアティは少し気色ばんで言った。今では手の震えが傍《はた》から見えないように、左手を尻の下に敷いていた。

マティが俺を見て、微妙に眉を持ちあげた。俺はドアティのことはどうでもよかった。こいつは引退間近だし、こいつが警察に入った当時は楽な仕事に思えたのだろう。七〇年代、八〇年代に突入してから、全ヨーロッパのなかでも一番ストレスの溜まる警察仕事が待っているとは夢にも思っていなかったのだ。そうだ、こいつのことはどうでもいい。しかしまあ、なんという怠け者のくそ野郎だ。年寄りというやつがみんなそうであるように。

「あなたの鑑識班の見立てでは、凶器はなんでした？」

「ショットガンだ」

「どんな種類の？」

ドアティは肩をすくめた。

「十二ゲージ、上下二連、シングルトリガー、水平二連、いろいろありますよね？」

ドアティはまた肩をすくめた。

「鳩撃ち用とか、鹿撃ち用とか」

彼はもう一度肩をすくめた。

このときばかりは俺も腹が立った。

こいつらは基本的な弾道学捜査すらしていないのか？

そんな思いを俺の眼のなかに見て取ったのか、ドアティは弁解がましくなった。

「IRAは盗品のショットガンか未登録のショットガンでマッカルパインを殺した。ショットガンの種類がわかったところで、何がどうなるというんだね？」

俺は何も言わなかった。

沈黙が俺の言いたいことを言ってくれた。

これには追い討ちの効果があった。

「……まあ、もし本気でそんなことが知りたいなら、銃が見つかった場合に備えて、散弾は証拠保管室に保管してある。ドールウェイ巡査部長のところに行って、見せてもらうといい」

俺はうなずき、手帳に〝ドールウェイ〟とメモした。

「奥さんのほかに目撃者はいましたか？」

「おらんよ。それに奥方は目撃者とはいえない。銃声を聞きつけて表に出たときには、すでにマッカルパインは事切れていて、襲撃者たちはバイクに向かって走り出していたんだからな」

「銃は見つからなかったと言いましたね？」

「そうだ」

「ちょっと変だとは思いませんでしたか？」

「なぜだね？」

「バイクに乗ったふたり組は凶器をはるばるベルファストまで持ち帰ったんでしょうか？」

「馬鹿言っちゃいかんよ！　そのへんのどぶか海にでも捨てたんだろう。本職たちも探したが見つからなかった」

「どうしてマッカルパインは拳銃を抜かなかったんでしょうね？ 彼は丘に向かおうとしていました。犯人たちが壁際にいたなら、二十メートルは離れていたことになります」

「奇襲するつもりだったんだろう。連中は壁の上に飛びあがって射撃した。哀れなガイ者には万にひとつの可能性もなかった」

「では、どうしてコーラは犯人たちに向かっていかなかったんでしょう？」

「コーラ？ 誰だね？」

「犬ですよ。すごく凶暴なシェパードです」とマティ。「有名な〝吠えなかった犬の推理〟ってやつですね」

「あい、あの犬か。さてね。銃声ですっかり縮みあがっちまったとか」ドアティはぶつぶつと言った。

「バイクについてはどうです？ タイヤ痕は特定できましたか？ バイクの型式は？」

「いや」

「〝いや〟というのは、バイクを特定できなかったということですか、それとも痕跡は見つからなかったということですか？」

「君のそのもの言いは気に食わんね、ダフィ警部補」

もの言いもくそもない。俺は充分気を遣っていた。こいつは捜査の穴をつつかれるのが気に食わないだけだ。

「すみません、当てこすりのつもりは——」

「バイクの痕跡は見つからなかったよ、警部補。連中はタールマック舗装の道路を使って逃げた。痕跡なぞ残りゃしない、ちがうかね？」

「もし犯人たちが壁の背後にいたのなら、その場でバイクのエンジンをかけたはずです。わざわざ道路まで押していってからかけたりはしないんじゃないですか？」とマティ。「だとすると、タイヤ痕が残っていたはずです」

「ともかく、本職たちの捜査では見つからなかった」

俺は顔をしかめた。「警部補、ひとつ質問してもかまいませんか？　どうか気を悪くしないでいただきたいのですが……」

「言いたまえ」ドアティは両耳から蒸気を噴き出さんばかりだった。

「タイヤ痕の有無は確かめたんですか？　それとも、とくに捜してはいないんですか？」

彼は拳を握りしめ、また緩め、しばらく眼をつむった。また両眼をあけたときには、俺たちに向かってほほえんでいた。

「君にごまかしはやめよう、ダフィ。正直言うと覚えておらんのだ。ちょっと待っていてくれ。手帳を持ってくる」

「ご協力に感謝します」

ドアティは引き出しをあけ、緑色のメモ帳をぱらぱらとめくった。それからデスクの上を滑らせて俺に寄こしたが、字が汚すぎて読めず、〝マッカルパイン〟と書かれた下には半ページ分の文字もなかった。すべて鉛筆書きで、隅のほうには落書きまでしてある。俺が殺人事件の捜査をするときには、リングバインダー二冊、場合によっては三冊分にもなるというのに。

俺は手帳をマティにまわした。俺から嫌というほど教育を受けているだけあって、マティは顔をしかめ、頭を振った。そして、テーブルの上を滑らせて手帳を返した。ドアティはそれを受け取ると、満足げに小さな笑みを浮かべた――どうだ、本職は能なしじゃない。こうしてメモだってちゃんと取ってあるとでも言わんばかりに。

「タイヤ痕はなかったようだが、壁の背後を確かめたかどうかまではわからん」と彼は認めた。

俺はマティに向き直った。「ひとつ頼みがある。証拠保管室まで行って、ショットガンのペレットを借り受けてきてくれないか？　ベルファストの研究所で調べてもらえば、何かわかるかもしれん。そうしてもかまいませんか、ドアティ警部補？」

「それが君の捜査となんの関係があるのかわからんが」

「駄目ということですか？」

「いや。そうやってみんなの時間を無駄にしたいというのなら、勝手にするといい」

マティは立ちあがり、オフィスを出ていった。

ドアティは俺を見て言った。「つまり、君は奥方の話に納得していないのかね？」

こいつもまるきり馬鹿ではないということか。俺の狙いを見抜くくらいの知能はあるらしい。

俺はかぶりを振った。「なんとも言えません。それなりに信用できそうな人物に見えました。ただ、万が一ということもありますから」

「奥方は立派な家の出だよ。アイランドマージーの地元の。親父さんは治安判事で、おまけに嫁ぎ先はマッカルパイン家だ」

「マッカルパイン家というのも名家なんですか？」

「兄のハリーが有力者なんだ。ハリーのおじいさんが大英帝国のために手柄を立てたとかで、勲章をもらっている」

壁かけ時計の針が十二時を指すと、ドアティは大げさにほっと息をつき、デスクの引き出しからジョニー・ウォーカーのボトルを取り出した。

「昼食前に一杯どうだね？」

「いただきましょう」

彼はマグをふたつ取り出し、それぞれになみなみと注いだ。

飲み終えると、自分のマグにもう一杯注ぎ足し、俺ににやりと歯を見せた。

「マッカルパイン殺しは奥方の犯行だと思っとるのかね？　じゃあIRAの符牒はどう説明する？　それに、この事件が君のスーツケースの件とどう関係があるのか、全然見えてこないんだが」

「奥さんがやったと言っているわけじゃありません。でも、マッカルパインの傷は散弾が一箇所に集中していますから、至近距離から撃たれたように思えます。テロリストのふたり組がそんなに近づいたのなら、あの犬は絶対に襲いかかったはずだし、マッカルパインも銃を抜いていたはずです」

「あい」ドアティは思慮深げに言った。

「それにIRAは七〇年代初頭以来ショットガンを使っていません。ボストンに移住したお仲間たちとリビアのカダフィ大佐がまともな武器を船いっぱいに送ってくれるようになりましたから。今じゃIRAはM16ライフルもウージーもグロックも持っています」

「だろうな」ドアティはマグにまたお代わりを注ぎながら言った。

「それに目撃者もいません。銃も空薬莢も、バイクのタイヤ痕も見つかっていない」

「だとしても、符牒はどう説明する？」

「そんなものはただ漏れになっていますよ。IRAが去年の暮れに使っていた符牒をマッカルパイン本人が奥さんに教えたのかもしれない」

「しかし、どうして奥方がそんな真似をするんだ？　ご主人は保険に入っていなかった。それは確認ずみだ。軍の年金だって雀の涙だ」

「夫婦喧嘩とか。わかりませんが」

「君のスーツケースの一件との関係は？」

「たぶん関係はないでしょう。でも断言はできない、ちがいますか？」

彼はうなずき、自分用に三杯目のスコッチをたっぷりと注いだ。

「君の噂は聞いているよ、ダフィ。〈女王の警察〉メダルをもらって、キャリックじゃやり手で通ってるらしいじゃないか。ラーンでも一発でかい花火を打ちあげてやろうって肚《はら》かね？」

ドアティはだんだん辛辣になってきていた。

そろそろ潮時だ。

「そんなつもりはありませんよ。これは私の事件じゃない。話は以上です。マッカルパイン夫人が私の担当している殺人事件になんらかの形で関与していないかぎり、今後私からあなたに連絡することはないでしょう」

「あい。忘れちゃいかんよ、ここは本職の所轄《シマ》であって、君のじゃない」

「覚えておきましょう」

俺は立ちあがり、手を差し出した。ドアティは渋々その手を握った。

見送りはなかった。

巡査部長のデスクのそばでマティを待った。

マティは手ぶらで証拠保管室から戻ってきた。

「どうした、門前払いされたか？」

「いえ、なかには入れてもらえたんですが、ロッカーが空っぽだったんす。証拠ひとつありませんでした」

「よそに移されたのか？」

「なくしたらしいっす。数週間前、マッカルパイン関連の証拠品は迷宮入り事件の保管室に移されたそうですが、保管室の箱は空っぽでした。当番の巡査部長に記録を調べてもらいましたが、証拠品がどこに行っちまったのかは見当がつかないとか。そんなことはしょっちゅうだって抜かしてました」

「ジーザスどころの騒ぎじゃないな。わかった。俺も行ってみよう」

俺たちは証拠保管室に行き、上から下まで三十分かけて探したが、証拠品はなくなっていた。春の大掃除でなくしたか、故意に処分されたか。無能か隠蔽か――可能性は五分五分だが、俺としては前者だと思いたかった。誰が誰のために隠蔽工作をしたのかなんて考えはじめたら、ありとあらゆる難解な疑問が浮かんでくるからだ。

外に戻ると霧雨が降っていた。

マティがベンソン＆ヘッジスを取り出し、俺のために火をつけてくれた。俺たちは屋根の張り出し部の下でそれを吸い、数分のあいだ、道路の穴に雨水が溜まっていくのを眺めていた。

「ここの連中がアイルランド最悪の警察だと言うつもりはないっすけど……」とマティが切り出し、口ごもった。俺がここまでの不誠実を容認できるかどうか確証がなかったのだ。

「なんだ？」

「ここよりくそな署があるとしたら、そんなところにはこの先一生配属されないことを祈るしかないっす」

「もっとひどい署はあるさ。ファーマナの署にいたことがあるが、あそこじゃみんな、ハロウィンのときに魔女の仮装で出勤してくる。で、マクレーとかいうでぶの巡査部長が『奥様は魔女』のエリザベス・モンゴメリの仮装をしてくるんだが、あれはひどい悪夢だった……ラーンはましなほうさ。今日が何曜日なのかを理解していれば、それだけでスーパースターになれる」

俺たちはもう何本か吸うと、ランドローバーに戻った。マティが駐車場から車を出すと、ゲートのまえにいた巡査たちが親指を上に向けて挨拶してきて、バーをあげてくれた。ラーンを走り、アルスター義勇軍《UVF》の巨大な壁画のまえを通った。AK47を持ったふたりのテロリストが竜に乗っている壁画だ。

A2湾岸道路に入った。

「次はどこに行きますか?」

「キャリックファーガス救世軍だ。望みは薄いが、もしかしたらあのスーツケースのことを覚えている人間がいるかもしれん。もしマッカルパイン夫人がほんとうにそこに持ち込んだならな」

「どうしてそんな嘘をつく必要があるんすか?」

「そんなことを言うなら、人間はどうして嘘をつく必要がある?」

マティはうなずき、加速して中央分離帯のある道路に乗り入れた。警察のランドローバーは重装甲で防弾仕様だが、改良エンジンのおかげで時速百キロまで約八秒で加速できる。

またアイルランドのラジオ局をつけた。さっきと同じプログラムで、今度はメイヨー州のオカナーという男がインタビューを受け、自分の家畜の奇行について話していた。その奇行には地元の獣医たちも首をひねっているが、自分は空飛ぶ円盤と関係があると思う、という内容だった。男はこの魅力的な仮説をアイルランド語――マティにはわからない言葉――で話していたので、ラジオを切るしかなかった。俺もマティもニュース番組でフォークランドについて四の五の言われるのは我慢ならなかったから、またジョーン・アーマトレイディングを流した。

マティが苛立たしげに、ドラムを叩くように指でハンドルを叩いた。「ボスが考えてることはわかるっす。俺たちはマッカルパインのヤマにも鼻を突っ込むべきだ。そう考えてるちがいます？」

「かもな」

「いいすか、ボス。もしあのご婦人がスーツケースについてはほんとうのことを言っていて、でも理由はどうあれ、旦那が殺された件については嘘をついてるとしたら？」

「だとするとどうなる？」

「その場合、これはうちらが鼻を突っ込むべきヤマじゃないってことになるっす」

「もしあの夫人が夫を殺した犯人だったら？」

「だとしたら、その場合はまあ、ダグラス・アダムスが言うところのＳＥＰになるっす」

「ダグラス・アダムス？　誰だ？　それにＳＥＰってなんだ？」

「ボスが若者の流行に敏感なら、ダグラス・アダムスの超人気ラジオ番組『銀河ヒッチハイク・ガイド』を知ってるはずっすけどね。俺は釣りをしながら聴いてます」

「でも俺はガキの流行なんか追っちゃいない、だろ？　それより質問に答えろ。ＳＥＰってのはなんだ？」

「他人事《サムワン・エルスズ・プロブレム》の略ですよ」そう言って、マティは重々しく、わざとらしいため息をついた。

俺はがっくりとうなだれた。がっくりというのは、今日はほんとうに情けない一日になってしまったからだ。こんな後輩が俺に思い出させようとしているのだ。何が自分のためになるかちゃんとわかっているなら、海岸の近くだけを泳ぎ、口は閉じたままにして、ばしゃばしゃと波を立てないようにすべきなのだと。それがアイルランドなのだと。

「ＳＥＰか。いい言葉だな。肝に銘じておくよ」

7　彼女は涙の乗車券を手に入れた（なのに、なんとも思っていない）

救世軍は空振りに終わった。そこにいたウィルソン夫人という女性によれば、スーツケースは毎月十個以上売れているらしい。とくに今は誰もが海外への移住を考えている。誰に何を売ったという記録は残されていなかったし、赤いプラスティック製のスーツケースやマッカルパイン夫人についても何も覚えていないということだった。

「ちょっと思い出してみてください。きっと覚えているはずです。最近夫を亡くしたご婦人で、夫の衣服を全部ここに持ち込んだんです」

「そういう人が毎月どれだけやってくるか知ったら、きっと驚くでしょうね。決まって夫を亡くした妻です。妻を亡くした夫は来ません。ガン、心臓発作、テロ、この三つが大きな理由です」

「そうですか、お手間を取らせました」

署に戻ると、クラビーの陰気な顔つきから、去年北アイルランドに入国したアメリカ人のリストは税関からも入国管理局からも送られてきていないことがわかった。

「やつらの言い分は？」俺はクラビーに訊いた。

「ちょうど全部のデータを紙ファイルから新しいコンピューターに移してるところだそうで」

「ジーザス。連中も記録をなくしたりしていないといいがな。今日はそういうのはもうたくさんだ」

「それは大丈夫でしょう。担当者の声に慌てたようなところはなくて、ただの退屈したとん、まって感じでした」

「なら、いつもどおりだな」と俺は漏らし、仕事をしているらしきほかの警官や女性たちを眺めた。実際に彼らが何をしているのかは神のみぞ知る。クラビーとマティと俺は刑事で、ちゃんとした犯罪を捜査している。ここの連中（とくに予備巡査と非常勤の予備巡査）が何をしているかは謎だ。

「アブリンについても空振りでした。北アイルランド園芸協会、アイルランド園芸協会、イギリス園芸協会に電話しやしたが、トウアズキやその亜種を栽培している人物についての記録はありやせんでした。品評会や展覧会に出すような植物じゃありません。ロンドンのイギリス税関本部に電話して、これまでになんらかの植物の種を押収したことがあるかどうか訊いてみましたが、まあ当然というか、こっちがなんの話をしてるのか、まったくわかってもらえやせんでした。ああそれから、これは気に入ってもらえると思いますが、国際刑事《インター》警察機構《ポール》にも電話したところ――」

「インターポール？」

「ええ」

「気に入った。続けてくれ」

「インターポールに電話して、アブリンを使った毒殺事件がデータベースに記録されてるようなら、どんなものでもいいからファックスしてほしいと頼みやした」

「で？」

「殺人が三件。どれもアメリカで起きてやす。一九四五年、一九六八年、一九七四年に。それから自殺が六件ほどと、事故死が二十件ほど」

「実にいい仕事をしたな、君」そう言って、俺はマティとの愉快な一日について教えてやった。

パブで部下ふたりに昼飯をおごった。ステーキ・アンド・キドニー・パイ、黒のパイント。食後、自分のオフィスに引っ込み、故ベンジャミン・ブリテンの《カーリュー・リバー》を流しながら、インターポールが送ってきたアブリン絡みの殺人事件ファイルに眼を通した。

一九四五年：ジャマイカ出身の若い女性がニューヨークで両親を毒殺。

一九六八年：熱帯植物を栽培していたサンフランシスコの銀行家が妻を毒殺。

一九七四年：メイン州バンゴーの化学者が妻を毒殺。

自殺と事故死のデータにも眼を通したが、とりたてて重要そうなものも、興味をひくものもなかった。アイルランドとのつながりも、第一歩兵師団との興味深いつながりもない。ベルファストの税関と入国管理局に電話をかけ、彼らの能力と他人のことなど知らぬ存ぜぬという悪癖について、礼を失することのないよう説教した。

彼らはこう言った。リスト作成には取りかかっているが、新しいコンピューターシステムは悪夢のような代物だし、だいたい今日は土曜日で、オフィスにはふたりしかいない。おまけにそのうちのひとりはマキャメロン夫人なんですよ?

前者については知っているが、後者のことは知らない、いいからベストを尽くしてくれ、と俺は言った。マキャメロン夫人というあからさまな地雷は踏まなかった。おおかた公務員が責任逃れに使う常套句で、たぶんそんな夫人は存在しないのだろう。

三時ごろ、誰かがテレビのサッカー放送をつけた。俺はじきに飽きて、別のテーブルでウィルクスという予備巡査の話を聞いていた。彼はイギリス海軍の予備役でもあり、さっき電話があって、射撃統制将校としてHMSイラストリアスで南大西洋に赴くことが決まったらしい。

「くそったれの旗艦ってことですよ!」ウィルクスは興奮を隠そうともせずに言った。

「あい。アルゼンチンの潜水艦にとっちゃ、艦隊のなかで一番狙いやすい的だぜ。飛んで火に入る夏の虫ってやつだ。来月あたり、君はペンギンの朝食になってるだろうよ」バーク巡査部長がつぶやいた。俺はバークに皮肉な笑みを向けると、コーヒーを取りに立ちあがった。署の連中はウィルクスにあれこれと質問していた。時計がようやくそのケツを五の数字に向けると、俺たちは職場をあとにした。

その日はほんとうに土曜日だったので、中華のテイクアウトを買い、コロネーション・ロードの自宅でギネスのボトルとともに流し込んだ。アイルランドのいたるところで見られる、悲しい独り身の夕食。その雰囲気に身も心も浸ってやろうと、毛羽立った大麻樹脂《ハシシ》をかき集め、資料庫から失敬してあった大昔の《タイムズ》紙の文芸付録を掘り出した。ページをめくり、探していたものを見つけた。それはフィリップ・ラーキンの詩で、朝の詩《オーバード》という題がつけられていた。二度読み、十年に一度の大傑作だと感じた。この気持ちを誰かと分かち合いたかったが、ここキャリックファーガスのコロネーション・ロード一一三番地にそんな人間はいなかった。両親は興味を持たないだろうし、ローラには詩の時間がない。友人たちはどうせ、俺にからかわれていると思うだけだろう。

大麻煙草《ジョイント》を吸い終え、とりあえず両親に電話したが、ふたりは家にいなかった。

電話機を見て、玄関の窓の内側に漏れてきている雨を見た。

パイントグラスにウォッカ・ギムレットをつくり、ローラに電話した。

母親が出た。

「あら、こんばんは、ショーン」母親は朗らかに言った。

「こんばんは、アイリーン。ローラはいますか？」

「いえ、いないわ。うちの主人が空港まで送ってるところ」

理解するのに数秒かかった。

「今夜発つんですか？」

「ええ、本人から聞いてない？」

「来週と聞いていましたが」

「予定に変更があってね、それで娘は一日じゅうあなたに連絡を取ろうとしていたのよ。わたしたちは火曜日にあの娘《こ》の車をフェリーに乗せて、そのまま車ごと向こうに渡る予定なんだけど、娘は準備のために、今晩ひと足先に発つことになったの」

「俺に連絡を取ろうとしていた？」

「ええ、今日の午後はどこにいたの？」

「仕事をしていました」

「土曜日なのに？」

「あい。土曜なのに。週末だからって悪党は休んじゃくれませんから」

「娘は空港からまたあなたに電話すると思う。飛行機は七時まで飛ばないから」

「わかりました。ならいったん切ったほうがよさそうですね」

俺は電話を切り、子供のように壁を殴った。

そして「あの大嘘つきのくそアマが！」と叫んだ。雨のそぼ降る土曜の夜のヴィクトリア団地で、誰かがこうしたありがたい言葉を耳にするのは、これが最後ではないだろう。

パイントグラスにもう一杯ウォッカ・ギムレットをつくり、裏庭の物置に向かった。〝ねじ〟と書かれた古い缶をあけ、上物のトルコ産ハシシを見つけた。《キャリックファーガス

・アドバタイザー》の式典でブラウン・タールのヘロイン数袋と一緒に焼却処分されるはずだったところを、そのまえに証拠保管ロッカーから助け出しておいたのだ。
煙草の巻き紙を手に取り、ジョイントを巻き、それを吸いながら家に引き返した。

電話が鳴っていた。その忌々しい物体めがけて猛ダッシュし、危うく滑って転んで首の骨を折るところだった。

「ショーン、ようやくつかまった！」

ローラ。オールダーグローヴ空港からかけてきていた。飛行機の離陸まで五分しかなかった。

あとのことは何も覚えていない。

それは物語だった。おとぎ話だった。

そして、お互いが守るはずのない約束。

五分？

二分ももたなかった。

彼女の言葉は電信線から凍りついて落ちてくる鳥たちのようだった。

それに対し、俺は自分の才能にうんざりするような嘘と陳腐な言葉の真空で応じた。

ローラは最後に俺たちふたりに引導を渡し、さよならを言って電話を切ってくれた。

居間に座ってジョイントに火をつけ直した。トルコのハシシは最高で、十分としないうちにニューメキシコ州のロズウェル上空を飛ぶ気象観測気球のようにハイになっていた。

裏庭に唾を吐き、大熊座の先端が垂れさがり、湾に触れるのを眺めていた。ラリっていた。「母さん熊。僕たちを見守ってください」と俺は言った。「昔の人たちを見守ってきたように……」

まだ一センチ弱残っていたが、ジョイントを捨て、なかに戻り、デヴィッド・ボウイの《ハンキー・ドリー》をかけた。《ハンキー・ドリー》がジョーン・アーマトレイディングになり、それが《ダスティ・イン・メンフィス》になった。

十一時、ドアをノックする者があった。

玄関テーブルから拳銃を取り、「どちらさん？」と言った。

「ディアドラよ」と言ったように聞こえた。

「ディアドラ？」

「お隣の」

玄関をあけた。ブライドウェル夫人だった。パイを持っていた。雨で濡れていた。彼女は濡れていた。ブライドウェル夫人の頬骨、ボブカットの黒髪、夫は海の向こうで仕事を探していて……

「ああ、どうも」と俺は言った。「なかにどうぞ」

「いいえ。お邪魔するつもりはないの。トーマスに子守りを頼んできたんだけど、あの人、自分のコートに袖も通せないほどお馬鹿さんだから」

「いいから、そこは濡れるでしょう」

彼女は恐る恐る家のなかに一歩を踏み出し、飾ってあった聖母マリアの絵を見て、カソリック教徒に対する非難の言葉を引っ込めた。

「これを渡したかっただけなの。明日、教会のお菓子バザーに出すつもりだったけど、戦争のせいで中止になっちゃって」

「戦争？」

「アルゼンチンがフォークランド諸島に侵攻したでしょ！」

「ああ、その戦争」

「うちでは誰もルバーブ・タルトを食べないから。でもあなたはお好きでしょ」

俺は玄関の電気をつけた。彼女はお隣に顔を出すためだけにわざわざ口紅を塗っており、美しかった。その濡れた前髪、どぎまぎしたグリーンの瞳、結核のような青白さ、暗いまぶた、薄く不安げな赤い唇。

「ダフィさん？」

表には誰もいない。夫人の子供たちは床に就いているころだろう。空気が電気を帯びている。危険だ。この玄関マットの上で俺たちが二匹の兎のようにやりまくる確率は五分。夫人もそれを感じているにちがいない。

「ショーン？」ブライドウェル夫人はささやいた。

全能なるイエスよ。俺は文字どおり一歩うしろにさがり、息を吐き出した。

「ええ……ええ、ルバーブ・タルトは大好きです」

彼女の喉がごくりと上下に動くのが見えた。

「ち、ちゃんとクリームと一緒に食べてね」と夫人は言い、それを玄関テーブルの上に置くと、小走りで自宅に戻った。

タルトはそのままにしておいて、代わりにジュラ島のウィスキーのボトルを取り出した。深夜、飛行機事故が起きていないかどうかテレビで確かめたが、どの局もアルゼンチンの話題で独占されていた。そのニュースについて、いろいろな切り口の意見を聞かされたあと、飛行機事故は一件もなく、ローラがこの上なく無事であることが明らかになった。

8 海外戦争復員兵

大西洋の嵐がアイルランド上空に居座り、日曜日は激しい雨が降っていた。もしかしたら今日は七月十二日のオレンジ党勝利記念日か、あるいはそういった祝日のどれかで、山高帽に飾り帯という服装で通りを練り歩くプロテスタント《オレンジマン》たちに神が怒りをぶちまけているのかもしれない。俺は一日じゅう引きこもっていた。あまりに暇だったので、危うくヴィクトリア・ロードのゴスペル・ホールに行きそうにさえなった。聞くところによれば、そこでは人々が恍惚状態で異言を話し、蛇たちと戯れ、それが終わったら無料のダンディーケーキをひと切れもらえるという。が、そうする代わりに音楽を聴き、『百年の孤独』を読んだ。ブッククラブで頒布された本だ。いい小説だったが、誰かが言っていたように、七十五年の孤独で充分だろう。

何十羽ものさまざまな鳥たちが裏庭で雨宿りしていた。俺は鳥の専門家ではないが、あの父にしてこの子ありというやつで、ぼんやりと眺めただけでも、ムクドリ、スズメ、クロウタドリ、ツグミ、アマツバメ、カササギ、カワラバト、コマドリ、あらゆる種類のカモメがいることに気がついた。

月曜日になっても鳥たちはまだ同じ場所にいて、反対側のお隣に住むキャンベル夫人がビニールのレインコート姿で裏庭に出て、鳥たちにパンを投げ与えていた。レインコート越しに乳房が見えた。俺の向かいに住んでいるコナー氏と俺はお互いのキッチン窓から、その光景を感謝の気持ちで眺めていた。キャンベル家の人々には謎が多い。俺の家は壁のまるまる一面をキャンベル家と共有しているが、隣で何がおこなわれているのかはまったくわからない。夫は仕事をしているのか、ずっと家にいるのか、夫人が面倒を見ている子供や親戚の子供は何人いるのか。夫人は魅力的な女性だ。それは確かだが、誰もが例外なくそうなるように、いずれストレスと喫煙に蝕《むしば》まれてしまうだろう。

煙草といえば、俺はマルボロに火をつけ、アンダートーンズのレコードをプレーヤーにセットし、シャワーを浴び、ボウル一杯のコーンフレークにホットミルクをかけたものを胃袋に収め、シャツとジーンズに着替えて外に出た。BMWの車底を覗いて水銀スイッチ式爆弾がないことを確かめ、署に向かった。

去年北アイルランドに入国したアメリカ人のリストは、この日の午前十一時にようやく送られてきた。予想していたより長大で、六百人分の名前が並んでいた。そのうち五百人が男だった。紛争まっただなかにあるこの国は旅行先としては人気がないが、一連のハンガーストライキがアメリカ人のブン屋、抗議活動家、政治家、野次馬を大量に呼び集めていた。

「どこから手をつければいいですかね？」マクラバンがどんよりと尋ねたが、こいつがものを尋ねるときはいつもそうだ。

「リストを三つに分け、手分けして電話をかけよう。まずは四十代以上の人間からだ」

幸いなことに、北アイルランドに入国する者は自宅住所、電話番号、緊急連絡先といった情報をすべて入国カードに記載する義務がある。

過去十二カ月間に入国した四十代以上のアメリカ人は三百二十人いた。

「アメリカにそんなに国際電話をかけたら、電話代がとんでもないことになるでしょうね」とマティが言った。「警部はお気に召さないはずっす」

「大目に見てもらうしかない。ガイ者が何年も氷漬けにされていなかったことを祈ろう」

「ちょいと待ってくだせえ」とクラビーが言った。「別の問題がありやす」

「なんだ？」取りかかろうとしていた矢先に水を差され、俺は少し苛ついて言った。

「一時になるまで電話はかけられません。アメリカの時差は五時間遅れです。覚えてやすか？」

「くそ」俺は自分のおでこを叩いた。クラビーの言うとおりだ。朝一番に電話をかけるなんて、まともな人間のやることじゃない。

「じゃあ、それまで何してますか？」とマティが訊いた。

「ここの連中がやっているとおりにしろ。仕事のふりだ」

マティはファイルをいくつか広げ、デスクに置いた。が、実際には《デイリー・メール》を読んでいた。《デイリー・メール》もほかのどの新聞も、相変わらずフォークランドのニュースばかりだった。イギリスはこの戦争に熱をあげている。最後のいい戦争から三十年が経過している。俺たちのこのささやかな土地で、現在進行形で起きていることはもちろん数に入っていない。

クラビーは手帳を取り出し、巡査部長昇進試験に向けてせっせと勉強を始めた。

俺は眼をひく事件があるかどうか、盗難事件の調書をいくつか眺めた。何もなかった。盗難事件が解決することはめったにない。

刑事の勘というやつで、電話帳に載っていた生命保険会社に片っ端から電話をかけ、過去四カ月のあいだにマッカルパインという人間に対する保険金の支払いがあったかどうかを照合してみた。

なかった。

十一時、電話が鳴った。

「もしもし」

「もしもし、ダフィ警部補ですか?」

「ええ」

スコットランド訛りのある声で、かなり歳かさだ。とっさに、エディンバラにいるローラの身に何かあったのかと考えた。ローラはたぶん、緊急連絡先に俺を指定していたのだ。

「ローラに関することですか?」固唾《かたず》を呑んで尋ねた。

「そうだとも言えるし、そうではないとも言えます」

「お話しください」

「私は医師のヘイガンといいます。キャリックファーガス病院でローラの、いえ、キャスカート医師の代わりを務めることになった者です。第二死体安置所に安置されているばらばら死体に関する、キャスカート医師の所見を読みました」

「ええ」

「例の身元不明男性のばらばら死体のことです」

この男は俺たちが一週間のうちにいくつばらばら死体を見つけると思っているのだろうか？

「ええ」

「ちょっと気づいたことがありまして、それをお知らせしておこうと思ったのです」

「おっしゃってください、ヘイガン先生」

「ええ、ローラのメモにはこうあります。〝被害者は冷凍されている。死亡時刻、死亡日は不明〟」

「そのとおりです」

「ですが、こうも書いてあるのです。被害者の最後の食事はチキンティッカ・ポットヌードルだったと」

「ええ、私も読みました」

「ご存じないかもわかりませんが、ダフィ警部補、こういった解剖のやり方はきわめて珍しいのです。キャスカート医師はきっと胃の内容物を分析し、ゴールデン・ワンダー社の製造しているすべてのカップ麺の原料リストと照合したにちがいありません」

ローラが絶賛されるのを聞きたいような気分ではあまりなかった。

「なるほど。ローラは並外れて仕事熱心だったということですね。それがどう私の役に立つんでしょう？」

「このおかげで被害者の死亡した期間を大幅に絞り込めるのです。私はフルタイムの診療からは引退した身で、釣りの時間のほうがずっと長いほどです。それで、ときどきこの会社のカップ麺と、お湯を入れた魔法瓶を持って釣りに行くんですが……」

俺はだんだん興奮してきた。このじいさんは何かつかんだのだ。

「チキンティッカ・ポットヌードルが発売されたのは一九八一年十一月のことです。広告を眼にして、発売されたらきっと試してみようと思っていたので覚えています。私はマレー半島暮らしが長かったんですが、この商品はインド料理と中華料理のいいとこ取りの組み合わせだと思いましてね。残念ながら、さほどうまくはありませんでしたが……いや、話が逸れましたが、言いたいことはわかってもらえましたかな？」

「つまり、被害者が去年の十一月以前に殺害された可能性はないということですね」

「そうです」

俺はヘイガン医師に礼をいい、このニュースを部下たちに伝えた。

ゴールデン・ワンダー社に電話をかけ、チキンティッカ・ポットヌードルの発売日を確かめた。小売店やスーパーマーケットに出荷されたのが十一月十二日だった。これは多少役に立った。なるほど、ガイ者は十一月の時点では生きていた。だとしても、北アイルランドに入国したのは去年の何月でもありえるのだ。旅行者はどいつもこいつも、九十日間のビザが切れたあとも不法滞在する。ブン屋もビジネスマンも同じだ。とはいえ、例の身元不明男性が法律を守る模範市民だったと仮定すれば、まずは、そうだな、一九八一年六月三十日以降に入国した者から照合していけばいいだろう。

となると、リストに残る人数は大幅に減る。一九八一年六月三十日から一九八二年三月三十日までに入国した四十歳以上のアメリカ人男性はわずか二百五十人。ジョン・スミスという偽名のような名前をした予備巡査も引き入れ、四人で手分けして電話をかけることにした。ひとり当たり六十人分。大した仕事じゃない。

ガイ者はカナダ人か海外在住のイギリス人で、そいつが第一歩兵師団に入隊もしくは転属した可能性もあるのではないか、とマティが指摘した。忌々しいことにそのとおりだったが、今の段階ではそこまで気にかける余裕はない。その可能性は都合よく除外することにした。

午後一時から電話をかけはじめた。アメリカの東海岸では午前の八時だ。

途中で一度休憩を挟み、三時四十五分にはすでに一線級の手がかりを手に入れていた。

その電話をかけたのはマティだった。ウィリアム・オロークという名前の男が自分の緊急連絡先として、海外戦争復員兵協会支部の電話番号を記載していたのだ。その海外戦争復員兵協会支部七六〇八というのはマサチューセッツ州ニューベリーポートにあり、調べてみると、ボストンから少し北に行ったところだと判明した。

オロークの友人のマイク・リップスタインという男が詳しいことをマティに教えてくれた。それによれば、オロークからは一九八一年のクリスマスまえ以来、連絡がないという。オロークはアメリカ内国歳入庁《IRS》の元調査官であり、戦時中は確かに北アフリカ、シチリア、フランス、ドイツで第一歩兵師団、通称〝大きくて赤いやつ《ビッグ・レッド・ワン》〟に所属していた。下士官で、戦争終結時には曹長に昇進していた。

　末期の乳ガンを患っていた妻ヘザーの看病をするためにボストンの内国歳入庁を退職したが、妻は一九八〇年九月に逝去した。すっかりしょげ返ったオロークに対し、周囲の人々はどこかに旅行でもしてきたらどうかとアドバイスした。彼はハロウィン直前にアイルランドを旅行した。自分のルーツをたどる旅だ。数週間滞在してすっかり気に入り、いろんな場所を訪れたいからもう一度旅行するつもりだと周囲に宣言していた。その二度目の旅行に出たのが感謝祭直前のことで、それ以来、誰のところにも連絡がない。

「どうしてわざわざ北アイルランドに来たのか、そのわけは話していましたか？」とマティは尋ねていた。

　父方の祖父母がティロン州出身だったから、というのが答えだった。

「体型を維持するために水泳なんかしたりしてました？」というマティの質問に対しては、オロークは熱心にプールにかよい、フロリダ州フォートローダーデールにマンションを持っていて、冬はだいたいいつもそこで過ごしていて……

「こいつが当たりくさいっす！」マティが叫んだ。

クラビーも俺も受話器を置いた。

「マティ、大したもんだぜ」とクラビーが言った。

マティは笑った。「最高の気分だ！」そして、俺たちにオロークのことを教えてくれた。念のため、リストにあるほかの名前についてもいちおう洗い出したが、第一歩兵師団に所属していた者はほかにいなかった。

いよいよ行動開始だ。マサチューセッツ州のニューベリーポート警察署に電話し、ピーター・フィネガン巡査部長と話をした。状況を説明すると、巡査部長はオロークの生年月日や社会保障番号を教えてくれたばかりか、あとで自動車局から免許証のコピーをもらってファックスすると請け合ってくれた。オロークに子供や近親者がいるかどうかはわからないが、それについても調べてくれるということだった。

FBIにも電話した。うさんくさい下っ端を半ダースほど相手にしたあとに電話を替わった人物は、オロークに犯罪歴があるかどうか調べてみると言った。その言質を引き出すまでに、国務省または〝大統領本人〟に話を通してからでないと情報は渡せないという脅しを受け、マティとクラビーは爆笑した。

警部に報告に行った。

「どうやらジョン・ドウの身元が割れました」

「何者だったんだ？」

「IRSの元調査官で、マサチューセッツのウィリアム・オロークという男です」

「ＩＲＳというのは？」

「アメリカ内国歳入庁です。国税官だったということです」

「税金の取り立てか。ジーザス。それが犯人の動機だな」

「〝元〟国税官ですがね。生まれは一九一九年。自分のルーツを探しにここに来たようです。年齢も合致しますし、第一歩兵師団あがりですし、ここ数ヵ月、音信不通ということです」

「一九一九年生まれか？　スペイン風邪の大流行を生き残るとは幸運な男だな」

「今となっては、そう幸運とは言えませんが」

ブレナンはうなずいた。「追跡調査は誰に頼んだ？」

「アメリカの警察に免許証のコピーを送ってもらうよう頼みました。それからＦＢＩもせっついて、オロークに関するどんなファイルでもいいから送ってくれと頼んであります」

「どうしてＦＢＩの手を煩わせるのかね？」

「これはふつうのヤマじゃありません。オロークが本来巻き込まれるはずではなかった事件に巻き込まれたわけではないと、裏を取っておきたいんです」

ブレナンはにやりと笑い、片手を拳に打ちつけた。「君は実に慎重な性格だな。しかしまあ、ガイ者はやはりアメリカ人だったわけだ。悪いニュースは私の口から領事館に伝えておこう。同国人がひどい死に方をしたとなれば、彼らも知っておきたいだろうからな。それにマスコミもこういうニュースを求めとる。アイルランド、イギリス、アメリカのマスコミにも連絡しておこう」ブレナンはこの事件を別の観点から眺めようとしていた。ＰＲの観点、広報の観点から。

「それはちょっと待ってください、警部。マスコミに伝えたら、我々の捜査があらゆる方面から監視されることになります。オロークがガイ者だとは、まだ百パーセント断言はできません」

「新聞が望んどるんだよ、ダフィ。死んだアメリカ人ひとりには死んだアイルランド人百人分の価値がある。いつだってな」

ブレナンはデスクの引き出しをあけ、タリスカーのシングルモルトを取り出した。俺は座り、一杯勧められた。

「マスコミには今伝えるか、永遠に黙っているかだ」

「このヤマにスポットライトを当てるのはもう一、二日待ったほうがいいかもしれません」

俺はブレナンの自信過剰な笑みを引っ込めさせようとして言った。

「オロークに決まっとる！　私の鼻がそう言っとるんだ」

「その魔法の鼻は、犯人は誰だと言っていますか？」

「年長者をからかうんじゃない！　長年の経験から来る勘だよ。エルヴィス・プレスリーが死んだときだって、私は二週間前からそう予言しとったんだ。エルヴィスの魂よ安らかに。ペギーにその予感を伝えると、エルヴィスの自宅に電話したほうがいいと言われた。もちろんかけなかったが。残念だよ……で、今なんの話を……どこまで……ああ、そうだ。もし君が望むなら、オロークは〝殺人らしき事件〟の〝被害者らしき人物〟ということにしておくが、それで満足かね？」

「ええ、たぶん」

俺はタリスカーをもう一杯飲んだ。ブレナンはロスマンズの箱をあけ、身を乗り出して俺に一本、自分にも一本火をつけた。寝袋がオフィスの隅に丸められているのに気づいたが、それについては触れないことにした。

「あれから毒物については何かわかったかね？」

「からっきしです。すみません。アブリンは非常に珍しい毒です。どこの誰がわざわざ精製、加工したのかも、そもそもどうして殺人の凶器に使おうと思ったのかもわかりません。この国じゃ銃がいくらでも手に入りますから」

彼はうなずき、天井の茶色い染みに向かって煙を吐き出した。その染みは不吉にもマーガレット・サッチャー首相の髪型にそっくりだった。「このヤマはおそらく、一風変わった方向に転がっていくはずだ。だがな、ショーン。ひとつお願いだ。どうか話があまり複雑にならんようにしてくれ。いいかね？」ブレナンはぼそりと言うと、左足から右足に重心を移し、低いうめき声を漏らしながら眼をこすった。「聞いとるかね？」

「はい」と俺は答えた。「なるべくシンプルに、ですね。私のことはご存じでしょう」

「よおくな。だから問題なんだ」

俺はうなずき、ウィスキーを飲み干すと立ちあがった。

「それから、ダフィ」

「はい？」

「エルヴィスのことはここだけの話にしておいてくれ」

「もちろんです」そう答え、俺はオフィスを出た。

9　路上の血

誰かが〝朝食の締めに〟と俺にブランデーを差し出した。朝食といってもコーヒーを一杯飲んだだけだったが、ともかくフラスコ瓶の中身をあおり、瓶をまわした。

丘のてっぺんに登り、やってくる車両を追い払った。俺はちゃんとした制服姿ではなく、シャツもネクタイもなし、黒のズボンと黒のスウェットという格好で、その上に黄文字で〝警察〟と書かれた防弾ベストを着ているだけだった。頭には緑色の制帽をかぶり、二十五発入りのマガジンが装塡されたスターリング・サブマシンガンをいじくっていた。俺がコロネーション・ロードの自宅で襲撃者を撃退し、〈女王の警察〉メダルをもらい、バッキンガム宮殿に招待された、あのときの銃だ。

丘の下の大惨事には眼を向けないようにして、銃をもてあそんでいた。誰もが自分なりの、心の平安を得る方法を持っている。ひとりの警官は口笛を吹き、ほかのふたりの警官はサッカー談義をしていた。それが自分を現在から切り離す、彼らなりの方法なのだ。「俺たちには交通整理よりもっとましな時間の使い道があるはずっすけどね」マティがクラビーに愚痴をこぼしていた。俺にこぼすよりましだからだ。

「やれと言われたことをやる。それだけだよ」とクラビーはマティに言い、よき自由長老派信徒として、ブランデーを断わり、俺に返した。俺はかぶりを振った。車道を歩いて、牛の死骸が横たわっている谷間に近づいた。衝撃波か飛んできた瓦礫にぶつかって死んだのだろう。谷底を覗き込んだ。朝まだきの光のなか、ヘリのサーチライトが現場を捜索していた。もう全員の消息は判明していたのだが。死んだやつ、死にそうなやつ、奇跡的に助かったやつ。マルボロに火をつけ、良質で安全で当てになるアメリカ産煙草を吸い込んだ。それで気分が落ち着いた。切り株に腰をかけ、眼もくらむばかりのヘリのサーチライトの光が、粉々になったレンガや石、砕けた軽量コンクリート・ブロックの壁、なかと外とがひっくり返った車両を浮かびあがらせるさまを見ていた。残り火、紙片、瓦礫がローターによって空に吸いあげられ、反時計まわりの巨大な渦をつくっていた。

それもまた気分を落ち着かせてくれた。何かが、なんでもいいから何かがおこなわれていると感じられた。こうして三十分が経過し、景色のいたるところで夜明けの到来が感じられるようになったころ、ヘリは左に傾いてイギリス空軍のオールダーグローヴ基地に帰っていった。

バリーコーリー署にもたらされた大破壊の全貌が眼に入ってきた。

ここは田舎の署で、敷地は薄いレンガの壁に囲まれているだけだった。そのためにテロ攻撃のターゲットにされた。本棟そのものはぺしゃんこになり、裏手のプレハブ建造物は一番近くの丘陵の中腹まで吹き飛ばされていた。周囲の家屋の大半は瓦礫の山となり、鉄道線路の一部はちぎれ、変電所は破壊されていた。民間人の犠牲者が多くなかったのが救いだ。軍用ヘリ〝ウェセックス〟が飛び去ると、谷にそれなりの静けさが戻った。

警官たちはくっちゃべり、無線はぶつぶつと音をたて、発電機はうなり、黄色い巨軀の掘削機はその前脚で瓦礫を取り除いていた。ブラキオサウルスの親が我が子の骸《むくろ》のまえでそうやるように。

俺はほかの警官たちのところに戻り、煙草をまわし、牛乳配達トラックを追い払い、困惑顔の運転手に事の次第を説明した。「事件があってね。この道路はしばらく封鎖される。すまんが別の道を――」

「何があったんです？」

「あそこの警察署で未明に爆弾が爆発したんだ」

「死者は出たんで？」

「あい。四人」

運転手はうなずき、トラックをUターンさせた。バリーコーリー署はキャリックファーガスから十キロしか離れていないが、死んだ人間のなかに俺の知っているやつはいなかった。死者のうちふたりは警官で、もうひとりは爆弾を載せた車両の運転手、最後のひとりは民間の女性。女性は道路の向かいの家に住んでいた未亡人で、飛び散った寝室の窓ガラスによって内臓をずたずたにされたらしい。

マティがあくびをして、「あとどれだけこうして馬鹿みてえに突っ立ってりゃいいんすか？」と訊いてきた。

俺はかぶりを振った。「向こうで訊いてくる」

ぬかるんだ坂をくだり、〝元〟警察署の敷地に入った。無煙火薬《コルダイト》、おがくず、血、ポータブル発電機から漏れるディーゼル油のにおいが入り混じった、甘いにおい。救助任務が終わった今、現場には白いつなぎ服を着た鑑識官たちが群れ、遺留品を集め、写真を撮っている。

捜査責任者を見つけ、挨拶した。

「キャリック署のダフィ警部補です」

「特別部のマクルーア警視正だ」と彼は言い、手を差し出した。俺はその手を握った。俺に輪をかけて弱々しい握手だった。ふたりとも疲れ切っていた。マクルーアはグレーの口ひげに黒い眉毛、白髪交じりの男で、歳のころは五十くらい。左手をかばうようにして小さな葉巻を吸っていた。

「君は交通整理をしてくれているのか？」彼はかすかにスコットランド訛りのある声で訊いた。

「あい」

「警部補が交通整理なぞやらなきゃならんとは、世界はいったいどうなっちまってるんだろうな？」

「ちょっとばかり人手が足りていないようですね。東アントリムに配置されるはずだった軍隊はフォークランドに出払っているようですし」

彼は唾を吐いた。「くそフォークランド。くそ羊。あの島にあるのはそれだけだよ。私はあそこで憲兵をやっていたことがあるんだ。ところで君はまさか、トニー・マクロイがいつも話してる、あのダフィじゃないだろうな？」

「トニーが俺のことを？」

「君を特別部に引き抜くべきだって言ってるよ。優秀なやつだって」

「お世辞ですよ」

「あいつにゃ我慢ならん。目立ちたがりでな」

「昨晩到着したときに聞きましたが、今回、IRAは新しい手口を使ったそうですね」俺は話題を変えようとして言った。

「ああ、そうとも。こっちに来て見てくれ」

マクルーアは〝警察　立入禁止〟と書かれたテープを持ちあげ、俺は彼のあとについて元警察署の敷地を歩いた。トラックのまえに着いた。署の障害物を突破したあと、トラックはここで爆発したのだ。

「実に見事な手口だよ。アルスター全署のセキュリティを見直さなきゃならん。こいつを運転していた男は家族を人質に取られ、この車で署に突っ込まなければ全員撃ち殺すと脅されていたらしい。男が障害物を突破するやいなや、別のIRAのチームが遠隔操作でトラックを爆破した。見てのとおり、でかい爆弾だった。千ポンドはある」

「そういう手口は以前から使われていたんですか？」

「一度だけ見たことがある。二度あればそれはパターンになる。こいつは破壊力甚大な新手のやり口だ。ここだけの話、上層部はちびってるよ」

「でしょうね。アルスターのどこの署も同じ攻撃を受ける可能性があります」

「あい」

「トラックを運転していた男は？　やはり警官だったんですか？」

「いや、パンを配達していたカソリックの男だ。警察にも配達していたから、ＩＲＡから〝プロテスタントの手先〟呼ばわりされていた。生活のためにパンを運んでいただけで裏切り者とはな。それが私たちの生きている世界だよ、警部補」

煙をあげる瓦礫のなかをふたりで歩いていると、マクルーアがねじ曲がった車のハンドルの残骸を拾いあげた。「これを見たまえ」そう言って、歪み、溶け、スパゲッティの傑作彫刻と化したプラスティック製のハンドルを俺に見せた。俺はハンドルにねじれた金属製の輪っかがついていることに気づいた。「連中はこの男を完全には信用していなかったんですね」俺はその輪を示して言った。

「なぜそう思うんだね？」

「哀れな運転手の手首をそいつでハンドルに縛りつけていたんですよ」

マクルーアはハンドルを見てうなずいた。低い雲のあいだから灼けつくような陽光が射してきていた。俺はあくびをした。長い夜だった。「警視正、我々のチームはそろそろ交通整理を切りあげてもいいでしょうか。午前中にアメリカ領事館で人と会う約束が——」

「あいあい。詳しく言わんでいい。君たちは行っていいぞ。犯罪捜査課の部下は何人いるんだ?」

「ふたりだけです」

「そうか。ほかは残しておいてくれ。ひとりでもいなくなると困る」

「ありがとうございます」

俺はもう一度丘を登り、マティとクラビーに満面の笑みを見せた。

マティを指さし、言った。「君は帰って寝ていいぞ」

「どもっす」

クラビーを指さし、言った。「君は俺と一緒に来い」

キャリックファーガスから応援に来ていたほかの警官たちが何人か、期待に満ちた眼でこっちを見ていた。

俺はかぶりを振った。「すまんな、君たち。あとの者はしばらく残ってくれ。ほんとうにすまないが」

警官たちが暴動を起こさないうちに、俺はマティとクラビーを連れて一番手近なランドローバーに乗り込み、車を出した。爆発で飛散した瓦礫が丘の上のハリエニシダに火をつけ、炎が一本の線となってうねうねと山頂を目指していた。消防隊に通報するだけして、そのまま素通りした。バリークレア、バリーイーストン、バリーニュアア、バリーラーガン、ようやくキャリックファーガスへ。マティをウッドバーン・ロードの自宅で降ろした。彼の母親がお茶に招待してくれたが、断わらざるを得なかった。

クラビーと署に顔を出し、ひげを剃り、顔を冷水で洗い、インスタント・コーヒーを淹れ、シャツとネクタイを着けた。

出かけようとしていると警部につかまった。「おい、君たち、ここで何をしとるんだ？しっかりしてくれ。ベルファストのアメリカ領事館で九時から面会だろう。さあ、急ぐんだ。我々の面目を潰さんでくれ」

「ちょうど出ようとしていたところです。バリーコーリーで緊急の交通整理をやらされていたもので」

「それが私たちの仕事だ。みんなで力を合わせるのがな。あそこで悲劇があった。仲間の警官がふたり殺されたんだ。そのことで、まさか文句があるんじゃないだろうな、ダフィ？」

「いえ」

「そうか。なら、そんなとこにぼけっと突っ立ってるんじゃない。さっさと行け！」

俺たちはギアをトップに入れ、おまけに着脱式サイレンまで取り出してM5高速道路を飛ばし、〝署の面目〟を潰さないよう、時間どおりに着くようがんばった。が、十分遅れた。

受付の人間が俺たちをフォーマルな会議室に案内した。シャンデリア、ウィリアム・モリスの壁紙、レーガン大統領、ブッシュ副大統領、アレクサンダー・ヘイグ国務長官の大きな写真。ビロードの絨毯の上に、磨かれた楕円形のオーク製テーブルと、背もたれがまっすぐで座りにくそうなオーク製の椅子が一ダースばかり。

議事録を取るために事務員が入ってきた。白い肌、グリーンの瞳のすてきな娘。そのあとに続いて、痩せた人物。こっちが領事にちがいない。年齢は三十ぐらい、がりがりで細長く、瞳はブラウン、頭は少しいびつな形をしている。ツイードのジャケット、ピンク色のシャツに黒いネクタイ。男は手にしていたブリーフケースをデスクの自分の正面に置いた。

俺が目配せでクラビーに仕切り役を頼むと、クラビーはうなずいた。「ダフィ警部補とマクラバン巡査刑事です」とクラビーは言った。

「アメリカ国務省のジェイムズ・ファロウズです。おふたりは紅茶とコーヒー、どちらになさいますか？」ファロウズは耳に心地よいバリトンで言った。

「コーヒーをいただきましょう」と俺は言った。「ミルクと、砂糖はふたつで」

クラビーはミルクも砂糖も抜きの紅茶を頼んだ。

秘書は黄色い法律用箋《リーガル・パッド》を置くと、無言で部屋を出ていった。

「今朝の爆弾事件のことは聞きました。とても残念です」とファロウズは言った。

「ありがとうございます」クラビーがふたりを代表して答えた。

「ニュースによると、死者は三人だとか？」

「四人です。現場で確認されたのが四人。警官がふたり。それからトラックの運転手が爆発で死に、近隣の家屋の民間人ひとりが死亡しました。重傷者もふたりいます」と俺は言った。

「ええ、そうですね。しかしまあ、トラックの運転手はテロリストだったわけでしょう？」

ファロウズは薄ら笑いを浮かべて言った。どうにも好きになれない笑みだった。

「それは現時点ではまだわかっていません」とクラビー。

秘書が温かい飲み物とアメリカ製のクッキーをのせた皿を運んできた。

コーヒーに口をつけた。びっくりするくらいうまかった。クッキーもひと口かじった。

どこからかアメリカの作曲家アーロン・コープランドの管楽が聞こえてきた。

「じゃあ、本題に入りましょう。我々の同国人であるウィリアム・オロークという男性が殺されたとか？」

「ええ」

「殺人にまちがいないんですか？」

「まちがいありません」とクラビー。

「毒で？」

「ええ、毒で」

ファロウズはブリーフケースをひらき、自分の眼のまえの記録を見た。「この〝アブリン〟とかいうものは初耳です。珍しいものですよね？」

「ええ、とても。そういうわけで、私たちが知りたいことのひとつは、オローク氏と園芸というつながりについて、そちらからなんらかの情報を提供してもらえるかどうかです。氏は温室を所有していたか、外来植物を栽培していたか、氏の血縁者にそのような活動に従事していた人間はいなかったか、というような情報を」とクラビーが言った。

「捜査への協力要請のためにいらっしゃったとは存じておりませんでした」

「私たちがなんのために来たと思っていたんです？」と俺。

「たんに正式な説明をしに来てくださったものとばかり」

「協力を拒むおつもりではないでしょうね？」俺は警戒して言った。

クラビーと俺の眼と眼が合った。

「まさか、ちがいますよ」ファロウズは声を大にして言った。「在英アメリカ大使館は充分かつ申し分のない協力をいたしますとも」

「そうしていただけるとありがたい」と俺は言った。「まずはニューベリーポートの地元警察がオローク氏の運転免許をこちらに円滑にファックスできるように手配していただきたい。どうやらそのためには、かなり上の権限か何かが必要なようでして。何が障害になっているのかはわかりませんが、もしできたら――」

ファロウズはデスクの上を滑らせて紙のファイルを寄こした。

「それを差しあげます」

ファイルにはウィリアム・オロークの運転免許証とパスポートのフォトスタット複写が入っていた。なんともハンサムな男だ。引き締まっていて、日焼けしている。黒々とした髪が白くなりかけているのは顔の左側だけだ。知的で、意志が強そうな顔。確かに敬意を抱きたくなるような何かがある。たぶんそれはこの男が第二次世界大戦で経験した、ありとあらゆる恐怖に由来するものなのだろう。

「私がここに赴任しているあいだ、北アイルランドでアメリカ市民が殺害されたことは一度もありませんでした。ここの治安を考慮すれば、これは驚くべきことです」

「何事にも初めてはありますよ」とクラビー。

「それから、彼の雇用主から職務経歴書と、もしあれば、FBIから犯罪歴をいただきたいのですが」俺はつけ加えた。

「ずいぶんと要求が多いんですね」

「まだあります。地元警察にオローク氏の自宅を捜索させて、何か見つかったら私まで報告するよう伝えてください」

「彼らが首を縦に振るかどうか」ファロウズは人を小馬鹿にするように言った。「もう少し具体的にお願いしますよ。報告といっても、何を報告すればいいんです?」

「彼の自宅、というか別荘も含めてですが、それらに関する詳細な報告書、最近の銀行の利用履歴、そういったことです。何をすればいいかは警察官ならわかると思います」

「それから、オローク氏が温室を持っていたかどうかと、その温室でトウアズキという植物を栽培していたかどうかもですね」とクラビー。

「トウアズキ?」とファロウズは言ったが、俺たちと眼を合わせようとしなかった。

俺はクラビーの顔を一瞥した。ああ、クラビーも気づいている。このくそ野郎は何か隠している。

「い、い、トウアズキと言われて、何か思い当たることでもあるんですか?」

ファロウズは首を横に振った。「これまでに一度も聞いたことがありません」

「確かですか?」

「まちがいありません。今初めて聞きました」

「あなたが北アイルランドのまえに赴任していたのはトリニダード・トバゴではありませんよね?」とクラビー。

「ええ。カナダに六年いて、それからここに来ました。なぜです?」

俺はにこりと笑い、かぶりを振った。「とくに理由はありません」

もういくつか質問をぶつけたが、求めている答えはひとつも返ってこなかった。マサチューセッツ警察とFBIの協力を取りつけてもらう件について、ちゃんと理解できたかどうか念を押したところ、ファロウズは自分に何ができるか考えてみると言った。

俺たちは外に出て、ファイルに輪ゴムをかけ、ローバーを駐めてある場所に向かった。ベルファスト中心部に入るには、通りをふさいでいる鋼鉄製のセキュリティ・ゲートを抜ける必要がある。ゲートが設置されている場所はいくつかあり、クイーンズ・ストリートもそんな場所のひとつだ。爆弾テロを防ぐため、ベルファストに入ろうとする者は例外なくボディチェックと手荷物検査を受ける。もちろん俺たちは警察手帳をちらつかせるだけで列の先頭にまわしてもらえる。

「くそオマワリが」列のうしろにいた誰かがつぶやいた。

「あい」と別の誰かが同意した。「我がもの顔しやがって」

検問を抜けたあと、俺はクラビーの背中をぽんと叩いた。それはこの恐怖症のプロテスタント《プロディ》のとんちきが絶対にやってほしくないと思っていることだった。「あれはいい質問だったぞ、クラビー。トウアズキと聞いて、あの骨皮くそ野郎は面食らったようだったな」

「地元のアメリカ警察はすでにオロークの温室で何かを見つけたとか？」と、クラビーは同じ人類に触られた恐怖に全身の毛を逆立てて言った。

「かもな、クラビー。かもしれん。しかしまあ、ボブ・ディランも言っているだろ。何かおかしなことが起きていて、それをひしひしと感じる、ってなようなことを」

「面倒なことになりやすかね？」

「ブレナンのお気には召さんだろうが、ああ、どうやらそうなりつつあるようだ」

10 順風満帆

事件は今や飛ぶように動いていた。くそほどの進展があり、電気シェーバーでひげを剃りながら鏡を覗くと、そこには少なくとも仕事の面では充実している男が映っていた。生活のほかの面については必ずしも幸福とはいえないまでも。今朝のブレナンとのミーティングのことはこれっぽっちも心配していなかった。警部はここ数日、小言を言ってきていない。その信頼はちゃんと報われるということを、ぜひとも示してやろうじゃないか。

ひげを剃り終え、やかんを火にかけ、外に出た。ムクドリたちが牛乳瓶のまえにたむろしていた。なんて賢い小動物だ。こいつらには金色のふたの瓶が全乳で、銀色のふたのがふつうの牛乳だとわかっているのだ。このあたりではこんな知性にはめったにお眼にかかれない。金色のふたの瓶を一本取り、コーヒーを淹れ、パンをトーストし、車のもとに行こうとしていると、電話が鳴った。キャロルからだった。警部からの伝言で、俺とのミーティングは署でなく、キルルートの警察クラブでやりたいということだった。

「かまいませんよ」と嘘をついた。

BMWの車底に爆弾がないかどうか確認し、コロネーション・ロードを流した。

エデン村の外れで軍の検問に足止めされた。二台のランドローバーとパラシュート連隊の神経過敏な兵士が半ダースほど。今ではもう誰もが知るところとなっていたが、フォークランド侵攻の一番槍となるべく、パラシュート部隊は北アイルランドから続々と出国している。せいせいするってもんだ。知り合いのカソリック教徒のほとんどは、デリーで血の日曜日事件を引き起こしたパラシュート連隊をいまだに憎んでいる。不合理で矛盾しているように聞こえるかもしれないが、俺も同じ理由で彼らを憎んでいる。

血の日曜日事件後の最初の週末は人生の転換点のひとつだった。俺はあともう一歩でIRA暫定派に入るところだった。が、元同級生のダーモット・マッカンという男がその街でIRAの補給係将校をしていて、〝この運動には腕っぷしだけじゃなく、頭脳が必要〟だから大学に留まるようにと諭されたのだ。

もちろん警察に入ったことで、俺はダーモットと運動を裏切ることになった。名誉というものをどうやって評価すればいいのか、俺にはわからない。けれど、パラシュート連隊がアルスターの通りを闊歩するのを眼にしたとき、彼らがこっちの味方であることはわかっていて、同時に、それはどうにも腑に落ちない気がして……

検問で兵士たちに警察手帳を見せると、体の大きな、口ひげはもっと大きな軍曹が手を振って俺を通した。

もうひとつの検問を通過すると警察クラブに着いた。

BMWを駐め、地下に向かった。

ブレナンはバーにいて、俺をスヌーカーに誘った。勝ったほうが五ポンド。ゲームをやりながら俺の報告を聞くという。

ブレナンがオープニング・ブレイクし、完璧なまぐれ《フロック》で六点のピンク球をツークッションでポケット《ポット》に落とし、赤球もポットした。そのとき急に蛍光灯がちかちか点滅しだした。トラブルが起きたとでも思ったのか、バーテンダーが身をこわばらせた。彼は民間人だ。警官は誰ひとり微動だにしなかった。

手球が羅紗《ラシャ》の上を転がり、別の赤球と完璧にまっすぐな位置で止まった。スヌーカーでは赤球とそれ以外の色つきの的球を交互にポットし、得点を重ねていく。

「ほっほう！」ブレナンは勝ち誇ったように言うと、ポケットに手を突っ込み、もう五ポンドをテーブルの上に置いた。

「賭け金をつりあげるかね？」そう言うと、意地の悪そうな笑みを浮かべた。

「賭け師《ハスラー》としてはまだまだですね、警部。腕前を先に見せつけてしまうのは、あまり得策とは言えません」

ブレナンは笑った。「私はまだ半分も本気を出していないぞ、君」

暗い雰囲気のこのバーで、ブレナンの陽気さは周囲から浮いていた。ここの雰囲気が暗いのは、警察署に対する最近の襲撃のせいでもなければ、イギリス陸軍の複数の大隊がアルスターからフォークランド諸島機動部隊に編入されることが決まったからでもない。ここの雰囲気が暗いのは、いつもくそ暗いからだ。警察クラブは窓のない地下壕そのものだ。分厚い対爆コンクリート壁、コンクリート床、飾り気のないバーカウンター、スヌーカー台とダーツ盤がいくつか。厳重な対爆設備のせいでテレビの電波はほとんど入ってこず、ここを訪れる理由があるとすれば、ほぼ税金でまかなわれている飲み物を警官仲間と飲みにくることだけだ。

見たところ、この場にいる警察官のなかで、中年ではなく、慢性的に鬱状態のアル中でもないのは俺だけのようだ。が、五年後にも同じことが言えるかどうか……もし俺がまだ生きていたとして……

警部を見てみろ。髪はぼさぼさ、ひげは伸び放題で、しわの寄ったスーツをもう一週間も着つづけている。家庭内でなんらかのトラブルが発生しているのは疑うべくもない。もし望むならうちに泊めてやってもいいが、そんなことをまた口にすれば、どやしつけられるのが関の山だ。たぶんここはブレナンの第二の家のようなものなんだろう。もしかしたら、寝泊まりもここでしているのかもしれない。

ブレナンがまた赤球をポットし、五点の青球と手球を一直線に並べた。

「で、何か見つけたかね、ダフィ」

「あのヤマのことでですか？」

「いや、生きる意味についてだ」

「さっき言ったように、捜査の進捗についてはすばらしいものがありました」

「言ってみろ」

「ええ。ウィリアム・オロークの第二次世界大戦時の戦功が判明しました、まず北アフリカのトーチ作戦に参加しています。これはヴィシー・フランス軍相手の気楽な船旅でしたが、のちにロンメルの装甲部隊を相手に苦戦。その後、ノルマンディでトーチカ制圧時に負傷しています。そのために銀星勲章と名誉戦傷章を受け、ヒュルトゲンの森の戦いで二度目の名誉戦傷章を与えられています」

「それは何よりだ」

「たった二年のあいだに中隊の上等兵から曹長に昇格。大したやつです」

「そのようだな」とブレナンは言い、七点の黒球をポットし、別の赤球と手球を一直線に並べた。「続けろ」

「戦後はマサチューセッツ州立大学で化学工学を専攻し、その後、会計学に鞍替え。内国歳入庁には四九年に入庁。殺されるまでそこで働きつづけたようです」

「犯罪歴は？」

「FBIがファックスしてきた調査書類はぺらぺらでした。オロークにはいかなる犯罪歴もなければ、政府関連機関の調査を受けたこともないようです。FBIのチームがニューベリーポートにある彼の自宅を捜索しましたが、犯罪と関わりのありそうなものは何も発見されませんでした」

「FBIにガイ者の自宅《ヤサ》を捜索させたのか？」

「領事には地元警察に捜索させるように言ったんですがね。でもどういうわけかFBIが絡んできたようです。おかげでマクラバン巡査刑事も私も少々色めき立ちましたが、ふたをあけてみれば何も見つからず、期待外れに終わりました」

ブレナンは俺をにらみつけた。「事態をわざと複雑な方向に持っていこうとしとるんじゃないだろうな、ダフィ?」

「いえ、ちがいます。それに今言ったように、いずれにしろ不発に終わりました。FBIの捜索ではオローク氏の所持品のなかに怪しい物品はひとつも見つからず、身辺調査でも何も出てきませんでした。六〇年代にスピード違反が一件あるだけで」

「模範市民だな」

「そうですね。ただ、ファイルに記録されていない軽犯罪はあるかもしれません」

「ほかには?」ブレナンは言い、赤球をポットした。手玉は黄球にぶつかり、非常に幸運な位置で止まった。

「部下たちと聞き込みをした結果、ガイ者の最後の足取りを特定できつつあります。オロークはアイルランドに二度旅行に来ていたようです。最初の旅行はつつがなく終わり、去年の十月二十六日にダブリン発の列車でベルファストに到着し、一週間滞在してアメリカに帰っています。七泊ともベルファストの〈エウロパ〉ホテルに泊まり、その後チェックアウトしています。父方の一家がオマーの出で、自分のルーツを探すためにティロン州に足を運んだようです。ですが、オロークのことを覚えている人間は見つかりませんでした。図書館司書、郷土史関連の団体などにも電話をしましたが、彼らはいつも大勢のアメリカ人観光客を相手にしているため、記録を残していません。いずれにしろ、オロークはあまり目立たなかったようです」

「二度目の旅行はどうだったんだね?」

「そこからですよ、話がおもしろくなるのは。オロークはいったんアメリカに帰り、友人の何人かに北アイルランドはすごくいいところで、また行くつもりだと話しました。それが去年のこと、あのハンスト直後のことです……」

俺はブレナンを見た。彼は手球を撞《つ》くのをやめ、うなずいた。俺たちふたりとも、去年の北アイルランドがどんなところだったか知っていた。あのときは今よりもずっと悪く、今は悪い。

「つまりオロークはカモられやすい耄碌じじいか、ちょいとばかし嘘つきだったということだな」とブレナン。

「アメリカ人は祖国《オールド・カントリー》のこととなるとセンチになりがちですから」

「そうだな。続けてくれ、ダフィ」

「二度目の旅行では十一月十八日にベルファストに到着し、今度も〈エウロパ〉に五泊しました。夕食はほとんどホテルのレストランで摂り、十五パーセントのチップを払っています。騒ぎを起こすこともなく、旅行を満喫していたようです。ベルボーイに売春婦やドラッグのことを尋ねたりもしていません。宿泊料はアメックスのカードで支払い、決済にも問題はありませんでした」

「そいつは結構なことだ」とブレナンは言い、五点の青球をポットした。

「〈エウロパ〉のかなりの数の従業員がオロークのことを覚えていました。とても礼儀正しく、人当たりがよかったからです。メイドのひとりは、オロークはすごく魅力的で洗練されていたと言っていましたが、やはり不品行の形跡はありません」

「そのホテルで行方不明になったのか？」

「いえ、そうではありません。その後の十一月二十四日にカーンローの〈ロンドンデリー・アームズ〉ホテルで目撃されています。我々も現地に赴き、従業員に事情聴取しました。オロークはここでも模範市民で、誰の不興を買うこともなく、チップも気前よく払っています」

「やるじゃないか、ダフィ。続けてくれ」

「ここから話は込み入ってきます。その後の二日間の足取りは確認できていませんが、三日後にはダンマリーにある〈ダンマリー・カントリー・イン〉というベッド《B》&ブレックファス《B》トでクレジットカードを使って多額の決済をしています」

「多額というのはどれくらいだね？」

「七百ポンドです」

「ジーザス！」

「昨日、マクラバン巡査刑事が〈ダンマリー・カントリー・イン〉の経営者のところに行きましたが、立ち入りは拒否されました。オーナーはリチャード・コールターという男で、コールター本人もしくは従業員の誰かが捜索令状を要求したそうです。私が今日警部にお会いしたいと言ったのはそのためです」

ブレナンは赤球と七点の黒球を沈めた。この時点でブレナンが七十点のリード。計算上、俺がこのフレームを取ることは不可能だ。

「私から心やさしい判事に電話をかけ、〈ダンマリー・カントリー・イン〉を好き勝手に捜索できる令状を取ってほしいということかね？」

「それについては私のほうで手配しておきました。ほかにも問題があるんです。ガサ入れすればダンマリー署の縄張りを土足で踏み荒らすことになります。ですが、波風は立てたくなくて」

ブレナンはショットの途中で動きをやめ、背筋をぴんと伸ばした。

こっちの言いたいことが通じたのだ。

「コールターは守られているということかね？」

「ある意味では」

「どういう意味でだね？」

「コールターはバリミーナの名家の出です。金を持っていて、小さなホテルとB&Bを何軒も経営しています。それと、慈善事業をやっていることでも知られていて、虐待された女性や家出した子供たちの駆け込み所を運営しています」

「よくある隠れみのだな」

「そのとおりです」

「手出しできんのか？」

「その筋に金をつかませているんだと思います。三下《さんした》ではありませんし、コールターがアメックスに見え透いた架空請求をしたとは思えませんが、従業員の誰かがやったのかもしれません。で、コールターはそれについてあまり首を突っ込まれたくないと思っています。詐欺は重大な犯罪です。殺人は殺人ですが、クレジットカード会社に対する詐欺もきっとスコットランドヤードの気をひくでしょう」

「そのコールターというのは何者なんだ？　テロリストか？　武装組織のメンバーか？」

「いえ。そうではありませんが、聞くところによれば、シリル・ランディの仲間のようですね。警部もご存じでしょうが、ランディはアルスター防衛同盟《UDA》ラスクール旅団の指揮官です。コールターは宗派抗争に積極的に関わっている人間やギャングというより、いわくつきのビジネスマンといったところです」

「だがまあ、そんなやつに喧嘩はふっかけたくないというわけだな。君のように輝かしい実績のある人間は。そういうことかね？」

「ええ」

　ブレナンは嘆息し、俺のほうに体を傾け、大きな手を俺の肩に置いた。

「話ができて楽しかったよ。令状はいつ出る？」

「今朝です」

「今朝？」

「ええ」

「わかった。ダンマリー署には私が話をつけておこう」

「そうおっしゃってくださると思っていました」

「だが、タダでというわけにはいかんぞ」

「はい？」

「私も捜索に同行する。指揮は私が執る。それでもかまわんかね？　いわゆる内戦のまっただなかだってのに、人間こんなに退屈するもんだとはな。おかしなものだ」

「それはいかがなものでしょうね。この件は私が自分でなんとかできると思います」

「同行すると言っただろう、ダフィ。私が陣頭指揮を執る。むろん、君さえかまわなければ、だがね」ブレナンは威嚇するような低い声で繰り返した。

「全然かまいませんよ」

11 五里霧中

ヨーロッパ辺境の小さな地方の街の、濡れた四月の朝。警官たちの群れが全警察活動のなかで最も基本的な活動のひとつを実行しようとしていた。捜索令状の執行。どこの世界でもガサ入れは手続きにのっとり、基本的には目立たないところでおこなわれるが、〝文明〟世界のどこにおいても、北アイルランドほど無駄をともなうことはない。

グレーの装甲ランドローバー三台がダンマリーを目指し、辛気くさい高速道路を走っていた。ダンマリーは西ベルファストに位置する殺風景で魂のない掃き溜め団地であり、最近、北アイルランド再生を唯一の目的として設立されたデロリアン・モーター・カンパニーのおかげで、完璧な熱力学第二法則《エントロピー》的破滅から救われていた。

ユーラシアのほかのどこにおいても、一九八二年のこの春、男たちは工場で働き、消費財や自動車を製造し、秋にまいた小麦や大麦を収穫し、棚田で汗水を垂らしていた。上海からイギリスのスウォンジーにいたるまで、秩序が、仕事が、規律があった。ここだけだ。この大陸の隅っこのここだけだ。戦争があるのは。笑えるじゃないか。

令状を取るのは朝飯前だったたし、ブレナンは地元のお偉方相手にお得意の魔法を使ってくれた。警部はクラビーとマティと俺を饐《す》えたにおいのこもる彼のオフィスに呼び集め、このニュースを伝えた。「令状が手に入り、所轄署と軍長官連中の許可も取れた。システムというのはこういうものだよ、諸君。上の人間に対しては感じよく、ぺこぺこしていればそれでいいんだ」とブレナンは言い、苦心惨憺の末に手に入れた内部事情の特ダネでも明かすかのように、積年の知恵を披露してくれた。

ブレナン警部、バーク巡査部長、マカリスター警部補が一台目のローバーに乗った。二台目には暴動鎮圧用装備《ライオット・ギア》に身を包んだ予備巡査が六人。三台目にはマティ、クラビー、俺。殺気立った団地を走っていると、地元住民たちが家屋の平屋根や高層ビルの上から、小便をたっぷり入れた牛乳瓶を投げて歓迎してくれた。これが夜だったり、とくにぴりぴりしている情勢だったりしたら、ガソリンを入れて火をつけたウォッカの瓶が飛んできているところだ。

車列はテラスハウスの突き当たりにあるB&Bの表に停止した。予備巡査たちが二台目のローバーから散開し、一帯の守りを固めた。俺たちも車を降りた。俺はライオット・ギアのフル装備ではなく、シンプルな青のスーツと黒のレインコートという出で立ちだった。

マティは〈ダンマリー・カントリー・イン〉を見ても、これといった感銘は受けていないようだった。B&Bは屋外便所のように見えなくもなかった。「オローク はなんだってこんなとこに泊まったんでしょうね？」

すばらしい質問だった。その問いはまちがいなく、この捜査が終わるまでに幾度となく繰り返されることになる。

「こっちだ、諸君」ブレナン警部が言い、俺たちは警部のあとに続いて小径を歩いた。警護のためにバーク巡査部長がブレナンに同行した。マカリスター警部補はマシンガンを準備してローバーに残った。

俺たちはドアをノックした。

向こうは俺たちが来ることを予期していた。

ドアがあき、ウィリー・マクファーレンという男がぬめっと出てきた。身長は約百七十五センチ、締まった体つきにカイゼルひげ、黒髪のバーコード頭に飛行士のようなサングラス。ポリエステル製の派手な青いスポーツジャケットの下に『600万ドルの男』の黄色いTシャツ。ナイフ傷。刑務所で入れたらしき刺青。Tシャツは気に入った。

「今晩の宿をお探しかね？」男はくっくと笑いながら言った。

「我々が探しているのはリチャード・コールターです」と俺は言った。

「コールターさんならロンドンでチャリティー・ランチ中だ。ダイアナ妃も参加することになってる」と男は言った。

「ここはコールター氏の経営している宿ですか？」

「たくさんあるうちのひとつさ」

「あなたは？」

男は自己紹介した。

「我々にはこの敷地を捜索できる令状があります、マクファーレンさん」とブレナンが告げた。

「お好きにどうぞ」マクファーレンは言い、また小さな笑いを漏らした。

「上階《うえ》から下階《した》までくまなく捜せ。終わったらまた同じことをするんだ。俺はここでマクファーレン氏に話を聞いている」

小さなB&Bで、二軒のテラスハウスがひとつにつなげられ、客室は四部屋あった。オローク が泊まっていたのは四号室だ。クラビーは四号室をとくに念入りに捜索するだろうが、証拠らしきものがひとつでも残っていないかどうか、すべての客室を確認するように伝えた。捜索の指揮はクラビーに任せ、俺はマクファーレンに事情聴取をした。

「上階も下階もだ。あとでキッチンで合流しよう」

キッチン。

豚脂《ラード》と洗剤のにおい。壁から蠅捕り紙がぶらさがり、屋内用物干しロープに衣服が干されている。チェック柄のリノリウム床。容易に血を拭き取れるタイプだ。鳥のように小柄なマクファーレン夫人が、機嫌よく鼻歌を歌いながらお茶を淹れてくれた。

一風変わった客やマシンガンを持った警官にも慣れっこというわけか。

マクファーレンはベンソン&ヘッジスを吸い、ゆったりとかまえていた。

ならば、ゆったりできないようにしてやろう。

「我々がここに来た理由はご存じですか？」

「いや」マクファーレンは関心なさそうに応じた。

「コールター氏は去年の十一月、こちらの宿泊客のアメックス・カードで七百ポンドの請求をおこなっています。マサチューセッツ州ボストンから来たウィリアム・オロークという客のカードで」

「それがどうかしたのかい？」

「ここの部屋代は一泊二十ポンドで、その男性は二泊してチェックアウトしています。計算が合いませんよね？」

ウィリー・マクファーレンは動じることなく、脂ぎった拳をあごの下になすりつけた。

「その請求は俺がしたんだ。コールターさんは無関係だよ。あの人の名前は二度と出さないでくれるとありがたい」

「あなたが請求した？　ご自分でそう認めるんですね？」

「あい。その客のことは覚えてるよ。アイルランド・ポンドが欲しいと言われたんだ。六百イギリス・ポンドをアイルランド・ポンドに両替したいとね。それで調達してやった。いちおう言っておくが、合法的にだ。ベルファストのアルスター銀行で両替した。レシートもここにあったと思うが」

そう言うと、ズボンのポケットから紙切れを取り出した。

なんたる冗談。いまいましいお笑い芸人め。こいつには俺たちがこうしてやってくることも、その理由もお見通しだったのだ。誰かがこいつのボスに警告し、ボスがこいつに警告したにちがいない。

俺はレシートを受け取り、読んだ。

こいつの言ったとおりのことが書いてあった。ベルファストのドニゴール広場のアルスター銀行が発行した六百五十アイルランド・ポンドのレシート。取引日は一九八一年十一月二十五日。

俺はそれをビニール袋に入れ、ジャケットのポケットにしまった。

「オローク氏はその金で何をしようとしていたんです？」

「それは言ってなかったな」

「ここに二泊だけしてチェックアウトしたんですか？」

「そんとおしだ」

「その後の行き先については何か言っていましたか？」

「いんや」

「料金の支払いは？」

「あい、問題なかった」

「ほかに客は何人泊まっていましたか？」

「そのときに？」

「ええ」

「ひとりも」

「ここはちょっと辺鄙《へんぴ》な場所にありますよね。旅行者があまり立ち寄るような場所じゃない」

「あい。かもな」

「ひと月に客はどれくらい来ますか?」

「場合によりけりだな」

「平均すると?」

「さあな。十人くらいか。もっと多いかもしれんし、少ないかもしれん」

ふうむ。

マクファーレン夫人が俺に紅茶の入ったマグカップとキットカットと《絶対禁酒月報》と書かれた出版物を持ってきた。四月号の見出しは〝悪魔のジンに汚染される我らがアイルランド〟。夫人に礼を言った。

「お召しあがりになって。あなたはがりがりで、モーセのおひげにでもかぶりついてしまうくらいお腹を空かせていそうに見えるわ」

俺は紅茶を飲み、煙草に火をつけた。マクファーレンと俺はお互いに視線を交わしたが、何も言わなかった。夫人の持ってきた《絶対禁酒月報》を読んだ。カナの地での婚宴に関するすてきな解釈が載っていて、それによれば、イエス・キリストはかの地で水をぶどう酒に変えたのではなく、ノンアルコールのぶどうジュースに変えたということだった。

クラビーが階下に戻ってきた。

彼は首を横に振った。

ブレナンとバーク巡査部長もどこからともなく戻ってきた。マクファーレン夫人がみなさんにもお茶をお淹れしましょうと言った。ブレナンはその招待を受け、バーク巡査部長は一服してくると言って外に出ていった。

俺がすでにしたのと同じ質問をクラビーからも一から順にマクファーレンに訊いてもらい、矛盾がないかどうか確かめた。なかった。

俺たちはお茶を飲んだ。エドワード朝ベルファストというまやかしの上品さが毒ガスのようにこの街を覆っている。そう思った。マティは採取した指紋と鑑識にかけるサンプルを手に、ようやくおりてきた。

「終わったのか？」

「あい」とマティは言い、手に持っていたものを俺に見せた。食料庫にあったものだ。チキンティッカ・ポットヌードル。

「よくやった」

マクファーレンの眼に、一瞬だけ不安がかすめたような気がした。

俺はクラビーを連れて四号室にあがった。

階段のインド更紗の壁紙、薄いオレンジ色のカーペット、ベルファストの写真。額縁に入れられた絵葉書のように見える。ここにもにおいがある。酢のような酸っぱいにおい。

最上段で立ち止まった。

「オロークはほんとうにどうしてこんな宿に泊まったんだろうな？」

クラビーは肩をすくめた。「ここにいたのはたったのふた晩ですぜ」

「どうしてここなんだ？　なぜダンマリーだ？　旅行者はダンマリーなんかに用はない」

「用のある旅行者もいるんでしょう。でなきゃB&Bがあるはずねえし」

「おいおい、しっかりしろ。この宿はどう見ても資金洗浄《マネーロンダリング》のアジトだぞ」

俺たちは一緒に踊り場から四号室に向かった。

ベルファストのどこにでもある、テラスつきの寝室。狭く、じめじめしていて、気が滅入る。肌がかゆくなる毛布の厚い層に覆われた古めかしいベッド。それから。木目状の模様がついたはめ殺し窓。引き出しと大きな固定鏡のついた化粧台だんす。窓際にニレ製の机とプラスティック製の椅子。大昔のユリの紋章《フルール・ド・リス》柄の壁紙。壁には一九二〇年代のアイルランドのセピア色の写真。そしてあのにおい。カビ、酢、安物の洗剤の。ベッドの下を覗き込み、化粧台だんすの引き出しを調べた。ひどい代物で、実際はパイン材なのにマホガニーのような色に塗られている。引き出しはいずれも空っぽで、鏡は拭き掃除が必要だった。

机のほうも調べてみたが、何も見つからず、もう一度たんすの引き出しをあけた。カーペットに奇妙な擦れ痕があり、壁の二面はのぼってくる湿気のせいで、見るも無残な姿をさらしていた。

「やっぱり何も見つかりやせんでしたね」とクラビー。

「マクファーレンが言うには、オロークはアイルランド・ポンドを欲しがっていたらしい。それがカードで多額の決済があった理由だ」と俺は言った。

「じゃあ、オロークはアイルランド共和国に行くつもりだった?」

「かもな」

「で、そこで殺されたのかもしれやせんね?」

「じゃあ、どうして死体が〝北〟で見つかった?」

「いろんな可能性が考えられます。ホシが死体を入れたスーツケースを〝北〟行きのトラックかごみ収集車に投げ込んだとか」

俺はかぶりを振った。「そう簡単に投げ出すわけにはいかんよ。スーツケースは〝北〟のもので、死体もこっち側で見つかったんだ。これは俺たちの問題だよ」

俺たちは最後にもうひとわたり客室を見まわした。

「カーペットについているあの痕はなんだと思う?」

クラビーは肩をすくめた。「電灯にひもをかけて首をくくるとき、みんなあそこで椅子を蹴るんじゃねえですか?」

下階に戻った。

ブレナンがこっちを見た「で?」

「で、というのは?」

「いつになったらこのくそ便所、呪われた宿から撤収するんだね?」

「やることをやったと思ったらです」

「捜査員のうち何名かは超過勤務時間に入っているんだぞ、ダフィ」

「連れてきてほしいと私が頼んだわけではありません」

「ここはタフな所轄だな」

「どこもそうです」

ブレナンはレインコートのポケットからパイプを取り出し、葉を詰めはじめた。

「あとどれくらいかかる?」

「五分ください。とりあえず、ここに温室があるかどうかくらいは確認しておかないと……マティ、一緒に来い!」

俺たちはキッチンを通り、洗濯場に入った。そこではもっとたくさんの洗濯物が乾かされていて、石炭バケツと古い浴槽のなかに石炭が山積みされていた。

バーク巡査部長が壁にもたれ、げえげえ吐いていた。

「大丈夫ですか?」俺は訊いた。

「迎え酒持ってねえか、ダフィ?」とバークが訊いた。

俺はマティを見た。マティは首を横に振った。

「マカリスター警部補から携帯用フラスコを借りてこい」俺はマティに言った。「俺が飲むためだと言っておけ」

マティはうなずき、なかに引き返していった。

「ほんとうに大丈夫なんですか？」

「だいじょぶ、だいじょぶだよ。襟がきつすぎるのかもしれん」

「医者を呼びましょうか？」

「大丈夫だって！」

マティがマカリスターのブランデーを持って戻ってくると、バークはそれをひったくり、一気に半分を飲み干した。それから口を拭い、うなずいた。

「これでちったあ、ましになるはずだ」

そう言って不気味な笑みを浮かべると、おぼつかない足取りでなかに戻っていった。

バークがいなくなると、俺はマティに耳打ちした。「あれは数年後の君であり、俺でもある。お互い気をつけないといけないな」

「俺には釣りがあるけど、ボスには何があるんすか？」

「そうだな……」

「動物を飼うといいっす。亀がいい。すごく愉快なペットですよ。甲羅に絵を描けるし。ちょうどうちの妹が処分しようとしてるのが一匹いますけど、二十ポンドでどうすか？　すごく性格のいいやつっす」

「亀ってのは俺の趣味じゃ――」

「おい、おまえ！　令状には裏庭の捜索も含まれてんのか？」マクファーレンがキッチン窓の向こうからマティを怒鳴りつけた。

「マクブライド巡査、令状を見せてやってくれ。それから、もしもう一度君を〝おまえ〟呼ばわりすることがあったら、署にしょっぴいてケツの穴まで念入りに調べてやると言っておけ」

マティはマクファーレンに法律用語満載の令状を見せ、大声で俺に言った。「ダフィ警部補、どうやら裏庭まで捜索されるのがうれしくないやつがいるようっす」

「あい。何があるんだろうな」

あったのは、さまざまなごみの集積場と化した裏庭だった。古いベッド、古いタイヤ、マットレス。あちこちにほっそりしたアシの木が生え、シダ植物が分厚い下生えを貫いていた。壁際に古いバイクが一台あるようだったが、もっと眼をひいたのが北西の隅にある温室だった。

俺たちはドアをあけ、なかに入った。きれいで湿度が高く、よく手入れされていて、窓は一枚も割れていない。南に面したガラス沿いに、すくすくと育っているトマトの鉢植えが入った箱が一ダースあった。

「トマトっすね」

マティはそう言うとゴム手袋をはめ、そこでほかの植物が栽培されていないかどうか、土を掘って確かめた。しかし、どの鉢からも土以外のものは出てこなかった。

「ねっす」

「肥料袋も調べてみろ」

そこにも何もなかった。俺たちはそこに立ったまま、三十度に傾いた屋根の上を複雑な小川となって流れ落ちる雨を見ていた。

マティが俺を見た。

「君もそんな気がするのか？」

「なんすか？」

「何か見落としているような気がするのか？」

「いえ」

「じゃあどうしてそんな眼で俺を見る？」

「ボスの耳の上、白髪が増えたなと思って」

「馬鹿たれが」自分でも鉢植えを調べてみたが、マティの言ったとおりだった。どれも正真正銘のトマトで、鉢のなかに隠されているものはなかった。

ぐずぐずして宿のなかに戻らずにいる俺たちに向かって、マクファーレンがガラス越しにうなった。

「やつは何か嘘をついているな、マティ。でもどんな嘘だ？」

「わかりませんね。もしかしてあいつが失踪中のルーカン伯なのかも。それかグラッシー・ノールからケネディ大統領を狙撃した張本人とか。戻りますか？　警部が苛ついてきてるっす」

温室の外に出て、あたりを三百六十度観察した。なんということか、温室と壁のあいだに堆肥の山があり、その上に植木鉢がのっかっていた。赤いプラスティック製で、慌ててそこに投げ捨てられたように見える。植木鉢のなかには今は何もないが、以前は何かが栽培されていたらしい。きっとその残留物があるにちがいない。

「これはなんだろうな？」

「なんすか？」

「袋を寄こせ、早く」

俺たちは植木鉢を大きめのジップロックに入れ、雨に濡れないようにした。

ふたりで屋内に戻った。

「何かあったか？」と警部。

「証拠です、警部！」マティがあからさまな勝ち誇った声で答えた。

俺はマクファーレンを一瞥した。

なんの表情も浮かんでいなかった。

しかし、苦情は底をついたらしい。それはいい兆候にちがいなかった。

マクファーレン夫人に紅茶ともてなしの礼を言った。

俺たちはぞろぞろと外に出た。

群集。

どこからかかき集められてきた暴徒たち。デニムジャケットの若者が三十人ばかり。

予備巡査たちはぴりぴりしていた。

「ナチス親衛隊《SS》の王立アルスター警察隊《RUC》！」とひとりのガキが叫ぶと、そのシュプレヒコールはおざなりにほかのガキどもに伝染していった。うしろのほうにいた誰かが石を投げた。

「そろそろ引きあげよう、諸君。このフェニアン《カソリック》のくずどもはものの数分で手がつけられなくなるぞ」とブレナンが言った。

フェニアンのくず。

俺に向かって投げられた言葉だ。自分がこの場にいないような、奇妙な不協和を味わうのは今日これで二度目だ。どうして俺は政府《キャッスル》側、イギリス側につくことになったんだ？ 迫害される側ではなく、迫害する側に……

「みんな、行くぞ」ブレナン警部が言った。

俺たちが車両に乗り込むと、レンガ、瓶、石の雨がローバーの鋼鉄製の屋根に降り注いだ。まっすぐＭ２高速道路、湾岸道路を走り、キャリック署へ。

「次はどうするっすか？」マティが訊いた。

「ランドローバーと運転手をひとり手配して、この植木鉢を科研に持ち込もう。警察隊で一番優秀な鑑識班に調査してもらいたい。その結果が出るまで、君は科研に残って待っていてくれ。このなかからトウアズキの成分が検出されるようなら、マクファーレンを絞首台送りにできるぞ」

マティは植木鉢を持って風のように消えた。

残った俺たちは家に帰った。

コロネーション・ロード一一三番地。

ロキシー・ミュージックのアルバム《フォー・ユア・プレジャー》をかけた。

ベーコンと玉ねぎを炒めた。

夕食を胃袋に収め、レコードの両面をかけた。これを聴くのは七、八年ぶりだ。

最後まで聴き終えると、レインコートを羽織って徒歩で署に戻り、マティの帰りを待った。

マティは九時に現われた。

「いいニュースは？」

マティは首を横に振った。「鉢の中にあった有機物は枯れたトマトの木だけでした」

「まちがいないのか？」

「科研の連中は百パーセントと言っていました。枯れたトマト。ほかはなんもなし」

「トウアズキもなし、ほかに変わったものもまったくなし？」

「ええ」

「くそ」

「すんません、ボス」

「いいんだ、ありがとう、マティ」

トウアズキもアブリンもなしか。

「隣のパブで一杯ひっかけていかないか？」とマティを誘った。

「それは命令っすか？」

「いや」

「そういうことなら、よしときたいんですが、かまわないっすか？」

「わかった。じゃあまたの機会に。俺はひとりで行くよ」

隣のパブに顔を出し、ギネスのパイントとスコッチをダブルで頼んだ。ケリーという赤毛の女が一杯おごってくれないかと話しかけてきた。彼女はカシスのカクテルを頼んだ。パイントグラスにラガーとサイダーを同量入れ、そこにカシスを少量垂らしたものらしい。二杯飲むと彼女は酔っ払った。俺はピアニストと猿がバーで……というジョークを話した。彼女はそれをおもしろがった。仕事は何をと訊かれ、口を滑らせて刑事だと答えた。そして、果たせるかな、友よ、それで終わりだった。ケリーはカソリックだったのか、もしくは警察に対してみんなが抱いている恨みを抱いていたのか。トイレから戻ると、彼女はいなくなっていた。財布から金を抜かれていたが、盗られたのは二十ポンド札一枚だけ、タクシー代だけだった。よくよく考えてみれば、それはそんなに悪いことではなかった。

締めにブッシュミルズをダブルで注文し、酒をあおり、雨のなかを歩いて家に帰った。

頭が割れそうだった。長老派教会の外で立ち小便をしていると、犬を散歩させていた老婆があんたは人間のくずだと言った。「俺も同意見ですよ」と答えたあと、ひと言言い返してやろうと思って振り向くと、そこには人っ子ひとりいなかった。

12　メッセージ

なんの進展もないまま一週間が経過した。北アイルランドで起きた殺人事件のご多分に漏れず、このヤマも死につつあった。アメリカからの新情報なし。目撃証言なし。匿名通報センターへの通報なし。オローク氏が最後に目撃されたのはダンマリーだ。両替でいくばくかのアイルランド・ポンドを手にし、不潔なB&Bを引き払い、その後死体になって発見された。あと一週間もすれば、警部はオロークのヤマはあとまわしにしろと言ってくるだろう。一週間後、俺たちはこのヤマを黄色のフォルダーに移した。捜査中ではあるものの、積極的には調べていないヤマをしまっておくフォルダーに……

水曜日だった。雨は激しく、冷たく、山々から四十五度の角度で降ってきていた。どこぞの郊外からショットガンの銃声が響き、朝の七時に眼が覚めた。一、二秒ほど耳をそばだてたが、反撃の銃声は聞こえなかった。たぶん農夫が狐を追っているのだろう。

ラジオをつけた。

地元ニュースはひどいものだった。ラーガンの軍用基地が迫撃砲で攻撃され、アーマー州ではバス車庫が火炎爆弾で破壊され、非番の予備警官がファーマナ州でトラクターを運転中に射殺された。

国内ニュースはフォークランド戦争に関することだった。艦隊は今も南に向かって航行を続け、教皇は平和的解決を望み、アメリカ人は何かをし、欧州経済共同体《EEC》はアルゼンチンに対する制裁を呼びかけていた。

しばらくシーツの下に横になっていたが、やがて羽毛布団にくるまり、下階におりた。お袋に電話をかけると、ちょうどブリッジの集いに出かけるところだった。親父も出るところで、ジャイアンツ・コーズウェイまで野鳥観察に行くのだという。

「何がいるんだい？」興味もないのに訊いた。

「ノスリ、チョウゲンボウ、ハヤブサ、ハイタカ、カツオドリ、たまにハジロウミバトとウミガラスもいるな。それからオオハシウミガラス、ケワタガモ、チシマシギ、フルマカモメの群れ、ミツユビカモメ、マンクスミズナギドリ、ツノメドリ、キバシヒワ」

「そのうち半分は口からでまかせだろ」

「まさか」

「フルマカモメとかキバシヒワなんて鳥はいないよ。俺だって昨日生まれたわけじゃない」

「〝フル〟というのはノルド語で〝汚い〟、〝マ〟は〝カモメ〟という意味だ。くちばしが脂ぎっているから〝フルマ〟と呼ばれている。カモメの仲間で、非常に外洋性が高く――」

「ガイヨウセイ？」

「生涯の大半を海で過ごすということだよ、アホウドリのようにね」

「キバシヒワってのは？」

「スズメ目の小型の鳥で、フィンチの一種だ」

俺がパセライン《パセライン》というのがなんなのか知らないことは親父にもわかっていたが、講釈を聞く気分じゃなかった。「もう切らなきゃ、父さん」

「わかった。じゃあな、体に気をつけて」

「ああ」

電話を切り、ラジオ・アルバニアをつけて毛沢東主義者版の世界のニュースを聞いた。パンをトースターに入れ、ネスカフェを淹れた。キッチンのテーブルでトーストを食べ、家族のことを考えた。どうして子供をひとりしかつくらなかったのか、これまで両親に尋ねたことはない。愛情がなかったわけではないにしろ、俺は両親のどちらとも、ただの一度も、ほんとうの意味でのつながりを感じたことがない。親父は釣り、バードウォッチング、野兎狩り、山野散策、ハイキング、そういった類いのものが好きで、ガキのころの俺は自分もそういうものが好きなんだと思っていたが、それは自分をごまかしていただけだった。警官になるつもりだと打ち明けたとき、ふたりは賛成もしなければ反対もしなかった。テロリストになるつもりだと宣言していたとしても、たぶん同じ反応が返ってきていただろう。

リビングにコーヒーを運んだ。

電気ヒーターを最大電力で稼働させ、三本あるバーすべてを加熱させると、呆《ほう》けたように前庭を見つめた。ラジオ・アルバニア一流の解釈によれば、フォークランド戦争とはふたつのファシスト政権間の闘争であり、彼らは自分たちの労働者階級の決起を抑圧しようとしているのだという。

とぼとぼとキッチンに引き返し、今日がほんとうに水曜日かどうかを確かめるため、局をラジオ4に替えた。休暇が貯まりに貯まっていて、事務のディエルと相談した結果、消化しなければならない休暇日数が常識的なレベルに落ち着くまで、ひと月のうち二回、水曜日に休みをもらうことになったのだ。

もう一杯コーヒーを淹れ、今日がほんとうに水曜日だとわかると、タフィー・クリスプと小説を抱えてリビングに引っ込んだ。

今読んでいるのは『シューレス・ジョー』という本で、《アイリッシュ・タイムズ》に称賛のレビューが載っていた。ベースボールとJ・D・サリンジャーに取り憑かれた男の話――といっても、ジョン・レノンを殺害したマーク・デヴィッド・チャップマンのような気味の悪い取り憑かれ方ではない。

電話が鳴った。

玄関に行き、受話器を持ちあげた。

「もしもし?」

「あなたがダフィ?」

「そうだが」

「十分後にヴィクトリア墓地の待合所に来られる?」女の声だ。若い女。奇妙な声をしている。イギリス人。時代がかった話し方。あまりに時代がかっているので、アクセントをわざと目立たせているように聞こえる。

「なんだって？」

「十分後にヴィクトリア墓地の待合所に来られる？」女は繰り返した。

「行けるが、そのつもりはない」

「あなたの抱えている事件のひとつについて、情報があるんだけど」

「それなら俺のオフィスに来たらいい、いつでも歓迎するよ、君」

「個人的にお会いしたいの」

「墓場ってのはいただけないな。オフィスでもいいはずだ」

「行くだけの価値はあると思うけど、ダフィ。ある事件に関する情報よ」

「いいかい、ハニー。事件を解決してもしなくても、俺の給料は変わらないんだ」

この女──正体は誰であれ──はそれについて一、二秒考えると、電話を切った。

それきりかかってこなかった。

窓越しに十秒ほどムクドリたちを見た。その小さな悪たれどもの一羽が俺の朝刊に糞をしていた。

「やれやれだ」とつぶやき、上階《うえ》に走り、ジーンズとスニーカーに着替えた。シン・リジーのTシャツの上にレインコートを羽織り、三八口径のスミス&ウェッソンをコートの右側のポケットに入れた。

「気に食わん」とつぶやき、玄関を駆け出た。

墓場はコロネーション・ロードの反対側にあった。小さな納屋を越え、クリケット広場と呼ばれている空き地を抜けたところに。この広場はヴィクトリア団地の監督不行き届きの子供たちみんなの遊び場と化している。

空は黒かった。

風と雨は勢いを増していた。

小川を跳び越え、土手を登り、クリケット広場へ。燃え尽きた車両。大かがり火に缶や瓶を投げ入れている獰猛《どうもう》な少年ギャングたち。

「ねえ、おじさん、ヤニ持ってない？」ガキのひとりが言った。

「ないよ！」俺は答え、墓場の壁を跳び越えた。

コンクリート製の待合所が見えるところにまわり込んだ。市の埋葬業者が葬儀の終わりをなかで待てるように建てられた施設だ。キャリックのこのあたりは高く平らな断崖の上にあり、極風、大西洋の嵐、アイリッシュ海の強風にさらされている。俺もここで六回ほど葬式に参列したことがあるが、毎回決まって土砂降りの雨だった。

そんなときは待合所のなかの男たちをうらやましく思ったものだ。俺自身は一度もなかに入ったことはない。大きく、ゆうに十人は収容できそうな建物だ。俺の記憶が正しければ、壁沿いに木のベンチが並んでおり、なかと外を隔てるドアはなく、バスの待合所のように南側の壁が吹きさらしになっている。

このまま遠巻きに真南までまわれば、立ち並ぶ墓石という森越しに、なかに誰かいるかどうかをひと眼で確認できる。

姿勢を低くして走り、ケルト十字、花崗岩の墓石、一族の墓やモニュメントのあいだを抜けた。

墓地のヴィクトリア・ロード側の壁にたどり着いた。ここが待合所の真南だ。墓場を見渡し、眼をすがめるようにして待合所のなかを覗き、少し近づいてもう一度覗き込んだ。

誰もいない。

数歩前進し、ベッグという一家の大きな墓石の背後に潜り込んだ。この一家は三〇年代に住宅火災で全滅したらしい。

墓場の門と待合所を確かめた。

誰も入ってきておらず、誰も立ち去っていない。

見たところ、俺のほかには誰もいない。

首のうしろを雨が伝った。

寒かった。

それでもここが無人でないことはわかった。

あの女はここにいる。あの女が誰であれ。

女はヴィクトリア・ロードの公衆電話から俺に電話をかけた。そして今はここにいて、俺を待っている。

どうして？

ポケットに手を入れ、リボルバーの撃鉄を起こし、ベッグ家の墓石の陰から出た。ゆっくりと待合所に向かって歩を進め、左右に眼をやり、後方百八十度をすばやく確認する。銃を持ちあげ、両手で体の正面にかまえる。

女はここにいる。俺を見ている。それを感じる。

待合所に入り、墓場を振り返った。

動いているものはない。が、身を隠そうと思えば、木や墓石や石壁の背後に、そういう場所はいくらもある。

双眼鏡やライフルのスコープがきらりと光ったりすることもなかった。

「来てやったぞ。それが望みだったんじゃないのか？」声に出して言った。

鴉《からす》が鳴いた。

一台の車がヴィクトリア・ロードを走っていった。

俺は長いベンチに腰かけた。それは跡形もなく破壊され、ただの数枚の木板になり果てていた。

待合所のなかから、墓石の陰気な列とケルト十字とモニュメントを眺めた。

何もない。ここには何もないし、誰もいない。

あの女は俺よりも忍耐強いということだ。それはあまりいいことではない。辛抱のきかない警官はこの国では早死にする。

湾上空で雷がうなっていた。

雨はますます強くなり、水が川となってアントリム台地を猛烈な勢いで流れ、墓地のそこかしこに小さな水溜まりをつくっていた。マルボロを取り出し、火をつけた。

待合所の端まで歩き、外を見た。虫たちが人間のごちそうから百匹単位で湧き、エメラルド色の草の上で身をよじっていた。

ここの草はあまりに緑色で、眼の毒だった。

なぜだ？　どうして俺に電話してきた？　なんのつもりだ？　俺が門を通らず、壁を乗り越えてきたせいで、向こうの計画を邪魔しちまったか？　それとも土壇場で怖気づいたか？　またいつものいたずら電話か？

腰をおろし、待ち、観察した。

あの女も待っていた。

空が暗くなってきていた。

カササギたちが降りてきて、カタツムリやミミズを狙っていた。

「おうい！」俺は雨に向かって叫んだ。「おうい！」

沈黙。

まわれ右して家に帰ろうとしたそのときだ。その封筒がベンチの裏に粘着テープで固定されていることに気づいたのは。

すぐに眼を逸らし、新しい煙草に火をつけた。

それを吸い終えると、吹きさらしになっている南向きの入口に背を向けた。あの女が俺を観察していたとしても、こうすれば何をしているかはわからない。壁に立ち小便をしているぐらいにしか思わないだろう。

レインコートのポケットからゴム手袋を出し、両手に装着した。

ワイヤーやブービー・トラップを探したが、何も見つからなかった。封筒をはぎ取り、眺めた。グリーティング・カード用の緑色の封筒。南に背を向けたまま開封した。なかに〈ホールマーク〉社のカードが入っていて、カバーに三つ葉のクローバーが描かれていた。

あけた。カードの内側に〝聖パトリックの日おめでとう〟と印刷されていた。

ほかにメッセージはないかと思いきや、その反対側にこうあった。

〝1CR1312〟。女はカードのてっぺんに黒ペンで、大文字で書いていた。

製造番号と見まちがえてもおかしくない。

よく見ると3と1のあいだにスペースがあり、正しくは〝1CR13 12〟と読める。

これがなんなのかは、聖書を読まない俺のようなカソリックでもわかる。

新約聖書の一節。

コリント人に宛てたパウロの第一の手紙。十三章十二節。

それだけじゃない――もっと見慣れたもの、俺が知っているはずのものだ。

答えは自宅の欽定訳聖書のなかにあるはずだ。家までは歩いて二分だが、そのまえにここでやっておかなければならないことがある。

カードを封筒に戻し、椅子の背中にテープで留めた。

ズボンのチャックをあげるふりをしてから振り返り、もう一本の煙草に火をつけた。

コートの襟を立て、待合所を出て墓場の出口に向かった。脇目も振らずに、ひたすらコロネーション・ロードを急ぎ、ブライドウェル夫人の家のまえに着いてはじめて立ち止まり、周囲を確かめた。道路を挟んでバスケットボールを投げ合っている子供がふたり。ベビーカーを押している女がひとり、通りのまんなかで寝ている野良犬が一匹。ほかには誰もいない。見知らぬ人間も、見慣れない車もない。

庭の小径を駆け、ブライドウェル夫人の家のドアをノックした。

夫人はノックとほとんど同時に玄関に出てきた。髪にカーラーを巻き、煙草を吸っている。ピンク色のバスローブ、ふわふわしたピンク色のスリッパ、化粧はしていない。二十歳くらいに見える。ほんとうにものすごく美人だ。

「あら、ダフィさん。てっきり牛乳屋さんが瓶の交換に戻ってきたのかと——」

「お邪魔してすみません、ブライドウェルさん。この家の正面の寝室からはきっと墓地がよく見えますよね。私の寝室からだと、クリケット広場の大きなクリの木が邪魔でして」

「確かにお墓は見えるけど……どうしたんです？」

「寝室にあがってもかまいませんか？　チンピラどもが墓地の待合所にスプレーで落書きをして、供えものの花を盗んでいるという通報がありまして。さっき連中のひとりが墓に入っていくのを見たように思うんです」

「もちろんです。ええ、もちろんよ。ひどいことをするのね。悪ガキどもについてはわたしも警察に相談したことがあるけど、まともに取り合ってもらえなくて」

俺は上階の夫人の寝室に入った。夫はまだイギリスで求職中で、留守にしていた。ラベンダーの香り。白いたんす。桃色のベッドシーツ、花柄の壁紙。黒いレースのブラが洗濯物かごのてっぺんに置かれている。一秒ほど気を取られたが、それもブラの持ち主が俺のあとについて部屋に入ってくるまでのことだった。

「どうしてその男を墓場で待ち伏せしないの?」

「女です。もし墓場で姿を見られてしまったら、向こうは何も悪さをしないでしょう。でも、犯行におよんでいる姿をここから目撃できたら、物的証拠がばっちり手に入り、治安判事のまえにしょっぴいていけます」

「証拠といっても、それじゃ、あなたの証言だけじゃない? カメラを持ってくるべきだったわね」とブライドウェル夫人は言った。自分はこの件に巻き込まれたくないという夫人なりの意思表明だ。コロネーション・ロードの住民が例外なくそうであるように、犯罪者に不利な証言をするという選択肢はないのだ。その犯罪者が武装組織のマフィアにしろ、たんなる十代の悪ガキにしろ。

「あい。でも判事ってやつは、そこらの悪ガキより警察を信用してくれるものですから」

俺は窓辺に陣取った。

ここからなら墓場全体を一望できるし、ひどい雨だが、待合所に近づく者があればすぐにわかる。俺が墓場を出てここに来るまでの短時間のうちに、封筒がなくなっているかどうかを女が確かめに行った可能性もあるが、たぶんそれはない。きっと慎重な性格だ。俺が完全にいなくなったと確信が持てるまで、しばらく息を潜めているにちがいない。

もし女がまだあそこにいるならの話だが。向こうとしては、一番賢明なのは封筒をあそこに置き去りにし、その後二度と戻らないことだ。が、おおかたの人間はそういうふうにはできていない。そうするには本物の自制心が、何年もの訓練が要る。もしまったく戻ってこないようなら、あの女の正体はスパイと考えていいだろう。

「紅茶でもいかが？」とブライドウェル夫人が訊いた。

「いただきます」

「じゃあわたしは下階《した》にいますね」

「子供たちは？」と訊こうとしたが、もちろん学校に決まっていた。

俺と夫人だけだ。

おい、落ち着け、と自分に言い聞かせた。

窓をあけ、コロネーション・ロードの向こうの墓場をにらむ。

ブライドウェル夫人がスツールと双眼鏡を持って戻ってきた。

「これ、わたしの父の五十ミリ双眼鏡。倍率は十倍。いいやつよ」

「ありがとう」

「お茶を淹れてくるわね」夫人はモナ・リザのような半微笑をたたえて言った。

夫人と眼が合った。彼女が髪を整えてきたことに気づいた。

俺は弱い。

弱い男だ。

愚かな男だ。

彼女はうなずき、身を翻《ひるがえ》すと、一階におりていった。

もしあの謎の架電者が姿を現わさなかったら、ブライドウェル家の家庭内でとんでもないトラブルが起きる。

双眼鏡のレンズ越しに見える待合所に意識を集中させる。

鳩、くそカモメ。ほかは何もなし。

墓と石壁に沿って双眼鏡を動かす。何もなし。

ブライドウェル夫人が紅茶とチョコレート・ダイジェスティブを持って戻ってきた。紅茶はマンチェスター・ユナイテッドのマグカップに入れられ、ビスケットはマンチェスター・ユナイテッドの皿にのせられている。

「ありがとう」

「どうも」

「どういたしまして。これが〝張り込み〟ってやつなのね?」

俺はにやりと笑った。「たぶん。まあ、『フレンチ・コネクション』のようにはいきませんけど。落書きアーティストのガキを見つけても昇進はできませんせん」

「あなたは充分以上の働きをしてるわ、ダフィさん。ここの人たちはみんな、去年のあなたの活躍をすごく誇りに思ってる。面と向かって口にはしないけどね、だって、その……」

俺がカソリックだから？　刑事だから？　その両方だから？

「ええ、わかっています」

夫人は俺の肩に手を置いた。

やあ、こいつはまずい。

「そうだ、ええと、ブライドウェルさん、この家に欽定訳聖書は置いてありませんか？」

「え？」

「欽定訳聖書です。ちょっと調べたいことがありまして」

夫人は俺の肩から手を離し、自分のうしろ髪に触った。

「もちろん！」彼女は少し傷ついたように言った。「もちろん聖書はありますよ。待ってて。すぐに持ってくるから」

俺は紅茶に口をつけ、墓場の監視を再開した。

チョコレート・ビスケットを食べた。

そして、とうとう女が現われた。

黒いニットキャップ、黒い革ジャケット、青いジーンズ、白いアディダスのスニーカーという格好で、こちらに背を向けているが、中背でしなやかな体つきをしているのがわかる。

双眼鏡を置き、寝室を駆け出した。

ちょうど階段をあがってきていたブライドウェル夫人とぶつかりそうになった。

「いました、走れば捕まえられそうです！」

「まあ！　行って！」夫人はこの追跡劇に興奮して言った。

玄関ドアをあけ、コロネーション・ロードを猛ダッシュし、ヴィクトリア・ロードを左折、四十五秒と経たないうちに墓場の門を通っていた。

女は待合所に到達していた。

俺はスミス＆ウェッソンを抜き、近づいていった。

磨かれた大理石の墓石に雨が跳ね返り、西で雷が鳴っていた。舞台はできあがっていた。ブライドウェル夫人がこの光景を双眼鏡で覗いていれば、きっと感きわまっているだろう。

「おい、そこの！　警察だ！」俺は声を張りあげた。「両手をあげろ！」

女は振り向いて俺を見ようともしなかった。待合所から駆け出ると、墓場の壁に向かって一目散に走った。

「止まれ！　撃つぞ！」俺は叫んだが、向こうは本気にしていなかった。

女は走りつづけた。

俺の頭はめまぐるしく回転した。射線は通っていないし、発砲すれば最低でも審問に呼び出され、あの女がただの無害な狂人だった場合、俺は警察をクビになるか、（シン・フェイン党の議員が問題にした場合は）過失致死罪で訴えられる。

「止まれ！」もう一度叫んだ。

女は一瞬たりとも止まらなかった。

くそが！

撃鉄を戻し、あとを追って走り出した。

なんて足の速さだ。女は墓石のあいだを縫い、カエデの木立を駆け抜けている。木立の先には裏門がある。女は地面から曲がって突き出ている木の根っこにつまずき、バランスを崩した。体勢を立て直すかに見えたが、またバランスを崩し、地面に倒れた。

「よし、君。鬼ごっこは終わりだ！」

俺はもう一度、頼りの三八口径を抜いた。

バンという音が聞こえた気がした。

銃声か、あるいは車のバックファイアか。

俺は地面に突っ伏し、慌てて墓石の陰に隠れた。

「あのアマ、撃ちやがった！」呼吸を整え、墓石に隠れたまま立ちあがった。

その一連の行為を終えるまでの間《かん》、十秒にも満たなかった。が、女はすでに起きあがり、墓地の石壁に向かって駆けていた。

「ジーザス！」

こっちも走ったが、距離を半分も詰めないうちに女は石壁を跳び越え、バーレー・フィールドに姿を消した。

バイクのエンジンがかかる音がして、グリーンのカワサキ125トレイル・バイクが原っぱを爆走していくのが見えた。バイクは小川を飛び越え、道を突っ切ってヴィクトリア・ロードに出た。そのまま道路をまっすぐ横断し、ダウンシャー団地に向かっていた。俺が石壁にたどり着いたときにはもうエンジン音も聞こえなくなっていた。

走って自宅に引き返し、通報した。

「グリーンのカワサキ・トレイル・バイクに乗った女がキャリックファーガスのダウンシャー団地を通過中。服装は黒の革ジャケット、年齢不詳、市民に危害を加える恐れあり」

女を逮捕できる可能性は低いが、やってみなければわからない。

呼び鈴が鳴った。

ドアをあけた。

ブライドウェル夫人が不安そうな顔をして立っていた。双眼鏡で一部始終を目撃していたにちがいない。

「大丈夫、ダフィさん？」

「ええ、大丈夫です」

「怪我をしたの？」

「いえ、転んだだけです」

「ああいう連中は日に日に厚かましくなってきてる。法律なんて屁とも思ってないのよ。ボビー・キャメロンに告げ口してやろうかしら」

ボビー・キャメロンはプロテスタント系武装組織、アルスター防衛同盟《UDA》の地元指揮官で、そのやり方は、次にスプレー缶を手にした子供を見かけたら膝を撃ち抜くというものだ。

「いやいや、その必要はありません！　被疑者は見つかると思います。通報しましたから」

「広域手配っていうやつをしたの？『刑事コジャック』みたいに？」

「そうです、『刑事コジャック』みたいに」

夫人はつかの間、雨のなかで震えていた。

「ああ、ダフィさん」そう言って、俺の腕のなかに飛び込んできた。「とっても心配だった」

俺はしばらく彼女を受け止めていた。

夫人は咳払いした。

「えっと……子供たちを迎えに行かなきゃ」

「ええ、そうしてください」

彼女は庭の小径を引き返していった。

その尻が黄色いドレスの下で右に左に揺れながら小さくなっていくのを見ていると、通りの反対側からひとりの黒人女性が歩いてきた。背が高く、エレガントで、ジーンズに緑色のセーターという服装だ。

キャリックファーガスで黒人を眼にしたことは今までに一度もなかったし、この情勢を考えると、これは驚き桃の木というやつだ。紛争《トラブルズ》のおかげで北アイルランドにやってくる移民はゼロに等しい。天気も人も食い物も最悪で、失業率が天を衝くほどの戦場にわざわざ移り住みたいやつはいない。キャリックファーガスはクー・クラックス・クランとナチスの合同集会ばりに、民族的に複雑でばらばらな街だ。

俺は一秒ほどその女性を見つめていた。

行儀のいいことではなかったが、そうせずにいられなかった。

俺の視線を感じたにちがいない。彼女はこっちを見てほほえんだ。

「こんにちは」と俺は言った。

「こんにちは」彼女はアフリカ訛りで答えた。

俺は家のなかに引っ込み、玄関のドアを閉めた。

キャリック署の緊急通信指令係に連絡した。

バイクはまだ発見されていなかった。

中央指令室にも伝えておいてくれ、と俺は言った。

担当者はわかったと言った。

今後二十時間、王立アルスター警察隊とイギリス陸軍の全パトロール部隊はグリーンのバイクを見かけ次第、当該バイクを停車させ、ライダーに職務質問する。

理屈の上ではそれでいいはずだった。が、おそらくあのバイクは最初のチャンスが訪れた際に燃やされ、二度と使われることはないだろう。

すべてが不可解だった。ただのいたずらだったのだろうか？　どこかのガキにからかわれたか？　墓場に戻って確かめてみたところ、あの封筒は女に持ち去られていた。まあいい。

数字は覚えている。風呂に湯を張り、ウォッカ・ライムをつくって欽定訳聖書を引っぱり出した。パウロがコリント人に宛てた第一の手紙、十三章、十二節。もちろんその文言には見覚えがあった。〝私たちは今、鏡を通しておぼろげに見ている。しかしそのときには、顔と顔を合わせて見る。私の知るところは、今は一部分に過ぎない。しかしそのときには、私が完全に知られているように、完全に知るであろう〟。いったいぜんたい、なんなんだ？　それから二時間、繰り返し自問したが、答えはひとつも得られなかった。

13　バイクの女

〈オウニーズ〉というパブで夕飯を食っていると携帯無線が鳴った。アーサーに電話を借りて連絡を入れてみると、バリミーナの中央指令室から俺宛てにメッセージがあるという。さっきの女が捕まったのだ！　軍のパトロールがキャリックを出て北上中の女のバイクを見つけて逮捕し、身柄はすでに警察に引き渡されていた。今はホワイトヘッド警察署に留置されている。

「よしよしよし」俺はアーサーににやりと笑ってみせた。

「いいニュースかい？」

「あい。かもしれん。かもしれん」

急いで署に戻り、ＢＭＷに飛び乗ると、ブラ・ホール・ロードをかっ飛ばし、八分後にはホワイトヘッド署に着いていた。ここは小さな警察署で、週末は無人になる。今は予備巡査が四人いて、ひとりの警部補が采配を振っていた。

そばかすだらけのラグランという当番警官を見つけた。まだ若造で、デヴィッド・ソウルのような髪型に、なよっとしたジンジャー色のひげ。

「留置されている被疑者と面会したい」

「被疑者？」

「あい。たぶんひとりしかいないだろうが」

「あの女の人ならもういませんよ」

「なに？」

「もうここを出ました」

「誰と？」

「特別部の警視ふたりと」

「そいつらの名前は？」

「ひとりはマクルーで、もうひとりは忘れました。まずかったですか？」

「さあね。くそったれ特別部に電話して確認してみるよ」

「つい三十分ほどまえのことです」

「女のことを教えてくれ。見た目は？　イギリス人か？」

「あまり口をききませんでしたが、美人でしたよ。スコットランド人のように見えました。ブロンドっぽい赤毛で、年齢は三十歳ぐらい。もしかしたらもっと下かもしれないし、上かもしれません。あまり興味をそそられるタイプではなかったです。盗んだバイクを乗りまわすにしては、ちょっと年齢がいってるなというくらいで」

「写真は？　指紋は採ったか？」

「特別部から電話があって、そういった手続きをするのはちょっと待ってくれと指示されました」

「特別部から電話があって、指紋を採取するなと言われた？」

「ええ」

「それはちょっと変じゃないか？」

「まあ、特別部の連中はいつもちょっと変ですから」

「所持品検査はしたんだろうな？」

「もちろんです」

「で？」

「ここに記しておきました」

予備巡査はメモ帳の内容を読みあげた。「所持品はキーホルダーがひとつ、手袋、メモ帳、『フォースタス博士』というペーパーバックが一冊」

「その所持品は今どこに？」

「特別部が一緒に持っていきました」

俺はうなずいた。

「女がここに連行されてきた時間は？」

「四時ごろです。軍の部隊が連れてきました」

「そのときには顔写真を撮ったり指紋を採ったりしなかったのか？」

「ええ、そのときには。まっすぐ留置場に連れていって、枕と毛布を与えました」

「で、女は黙秘していた？」

「ええ、そのときには」

「名前くらいは訊いたんだろうな？」

「あい、もちろん！」

「で？」

「アリス・スミス」

「アリス・スミス？」

「アリス・スミス」

「ふむ……特別部はどうして首を突っ込んできたんだ？」

「六時ごろ、私が彼女にお茶を持っていってやると、礼を言われ、電話をかけてもいいかと言われました」

「かけさせたのか？」

「その権利があると思ったので」

「で、どうなった？」

「ええ。女は電話をかけ、ビスケットを食べ、一緒に留置場まで戻りました。五分くらいあとに電話があり、特別部がそっちに行くから手続きは進めるなと言われました」

「変だと思わなかったのか？　そんなタイミングでそんな電話がかかってきて」

「いえ」

「特別部の連中が来たのはいつだ？」

「さっき言ったように、三十分くらいまえです」

「制服は着ていたか？」

「いえ」

「身分証は？」

「確認しなきゃいけなかったんですか？　だって、こっちに向かってるって言われて、そのあと実際に来たんですよ」

「人相風体は？」

「どうってことないふたり組の男でした。スーツにネクタイに……あまり注意を払っていませんでした」

「身柄と引き換えに、署名とかそういった類いのものはもらったか？」

「そうする決まりなんですか？」

「見知らぬ人間ふたりを署に入れて、被疑者を連れ出させておきながら、身分証の確認もしなければ署名ももらわなかった？」

「ただのバイク泥棒なんですよね？」

俺は女が何か残していないかと思い、監房に向かった。なかった。

それからの一時間は特別部への電話に費やされた。

当然、マクルー警視などというやつは存在せず、被疑者の移送のために特別部の人間がホワイトヘッド署に派遣されたという事実もなかった。思ったとおりだ。アリス・スミスという名前をデータベースで検索したが、めぼしい発見はなかった。

キャリックの最寄りの本屋に出向き、『フォースタス博士』を買った。難解なんてもんじゃない。これに比べれば、『ねじの回転』のヘンリー・ジェイムズだってかわいいもんだ。俺だったらこんな本を張り込みのお供にはしない。というか、今回のお遊びのなかに、俺だったらやりそうなことはひとつもなかった。まるで素人演芸会だ。犯人はいたずら好きな一般市民から、自分たちが〝アマチュア〟であることに誇りを持ちつづけているロンドンはガウアー・ストリートの馬の骨――MI5のスパイ――まで、ありとあらゆる可能性がある。

風呂。ウォッカ・ギムレット。欽定訳聖書。鏡をおぼろげに見ようとするが、うまくいかない。朝になったら長老派教会の長老マクラバンの意見を訊いてみよう。たぶんただのいたずらだろう。暗号メッセージなんてものを使うのはスパイ映画と狂人だけだ。俺の経験上、人が何かを伝えたい場合、ただそれを話す。それがアルスターの流儀だ。何も話さないのが一番だが、口をひらくときにはちゃんと理解されるように話す。

『フォースタス博士』を持ってベッドに入ると、その本の持つ強力な催眠作用がたちまちのうちに明らかになった。

14　ありふれた暗殺

クロック・ラジオに七時六分に起こされた。ここ何日かアラーム設定をいじっていた甲斐があり、今ではちょうどBBCラジオ1のニュース放送が終わり、音楽だけが流れはじめる時間ぴったりにセットできるようになっていた。このごろじゃニュースに合わせて眼を覚ましたいなんて思うのは、頭のねじが左に巻かれているやつだけだ。英国放送協会はスケジュールどおりに物事を進めるという点については信頼できる。実際、トークとニュースは終わっていて、ブロンディの《Hanging on the Telephone》が流れていた。歌を聴きながら、一瞬、ブロンディのボーカル、デボラ・ハリーを夢想し、ベッドから出た。

階段。キッチン。

玄関の呼び鈴。ドアをあけると、酒に酔ったふりをした廃品売りがいて、お宅の私道を二十ポンドで舗装してやると言われた。うちに私道はないと答えると、それなら壊れた電化製品の修理か、アイルランド神話の牛捕り物語の一節を披露するから、一シリングを恵んでくれという。詩を朗唱してもらい、俺がお人好しだという噂を仲間に広めないならという条件つきで五十ペンスをやった。

トーストとコーヒー二杯のあと、八時になってようやくラジオ・アルスター・ニュースをつけた。その警官殺しの報はトップニュースではなかった。フォークランド諸島で機動部隊がしている火遊びのニュースが三つ読まれたあと、四番目のニュースとして読みあげられた。戦争のなかにはほかの戦争よりも重要なものがあるらしい。

「ラーン北部のバリーガレーで、昨晩遅く、常勤警官が自宅の外で射殺されました。殺害されたのはデヴィッド・ドアティ警部補、五十九歳。IRA暫定派は取り決められている符牒をBBCに伝え、犯行声明を出しました。同選挙区選出のイアン・ペイズリー議員は〝IRAがプロテスタントの虐殺を繰り返すなかにあって、これは非難されるべき殺人行為〟であると発言しました。殺害された警部補には、離婚した妻とのあいだに子供がひとりいます。元妻に昨晩コメントをもらうことはできませんでした。別のニュースです。ハーランド&ウルフ造船所は経営再建のため、さらに五百人の溶接工を解雇し――」

ラーン署にデヴィッド・ドアティ警部補なんてやつはひとりしかいないはずだ。

ラジオを切り、上階に戻ると、黒のタートルネック・セーターと黒のジーンズ、ドクターマーチンのブーツ、黒のレインコートに着替えた。革のショルダー・ホルスターをレインコートの下に装着し、スミス&ウェッソンを手に取り、弾倉に六発収まっていることを確認した。

「よし」外に出た。

水銀スイッチ式爆弾が仕掛けられていないかどうか車底を確認し、ドアをあけ、ウィンドウをさげ、イグニッションにキーを差し込んだ。

換気口からひゅうと音がした。その肝の冷える一瞬、これは爆発の衝撃波だろうかとの思いが脳裏をよぎったが、たんに冷気がひゅうと音をたてただけだった。

そのとき、先日挨拶をした黒人女性がコロネーション・ロードの突き当たりの無人家屋から出てきた。赤く縁取られた紫色のドレスを着ている。キャリックファーガスの女は紫色のドレスなんか着ない。そのせいで、時間にして半秒ほど、やっぱり俺は爆発に巻き込まれて死んだのかもしれないと思った。

エンジンが回転し、BMWに生命が吹き込まれた。

ハンドブレーキを解除し、クラッチを嚙み合わせ、彼女の横を通り過ぎた。向こうがフロントガラス越しに俺を見たので、朝の挨拶に会釈した。彼女はほほえんだ。とても痩せていて、とても美人だ――コロネーション・ロードの女たちのあいだで、この女性の噂はあっという間に広まるだろう。学生？　難民だろうか？　もしそうなら、神よ、北アイルランドに流れ着いた彼女を救いたまえ。

もうニュースは聞きたくなかったので、ラジオ3をつけ、ブラームスの曲に十分間耐えてからラジオを切り、ドイツ製のピストンが効率よく仕事をこなす音だけを聞いていた。

バリーガレーは湾岸沿いを二十五キロ行った先、ラーンを少し越えたところにある。こぢんまりとした城、ビーチ、トレーラー・ハウス用のキャンプ場、何軒かの店舗がある、こぢんまりとしたいいところだ。ドアティの家を見つけるのは難しくなかった。大量の警察用ランドローバーとBBCのバン一台が表に駐まっていたからだ。

それは小高くなった袋小路にある平屋建て住宅だった。

通りに駐車し、犯行現場を警備している予備巡査に警察手帳を見せた。現場の責任者は俺がアーマー州南部の国境付近、通称〝無法地帯〟に赴任していたころの古い知り合い、トニー・マクロイ警部だった。

トニーは王立アルスター警察隊暗殺捜査班の主任刑事のひとりであり、暗殺捜査班は北アイルランド国内における警官殺しの捜査を一手に担い、事件ごとの類似性、よく使われる凶器、一般的な手口などの解析を職務としている。テロリストに仲間を殺されたとなれば、俺たちはむきになる。そのため、こうした事件には国内で起きるそれ以外の殺人事件よりも多くの金と人材が投入されていると言っても、あながちまちがいではない。もちろん、検挙率は惨憺たるもので、それ以外の殺人事件と同程度、十パーセント以下だ。テロリストがへまをしたとか、どこかから情報提供があったとかでないかぎり、起訴に持ち込めるケースは数えるほどしかない（特定の暗殺事件で殺し屋が誰だったかを突き止められることはまああ多いのだが）。

トニーはバーミンガム大学で犯罪学の学位を取得しており、父親はベルファストの高名な法廷弁護士、奥さんは保守党のイギリス人議員の娘で、トニー本人はスコットランドヤードに一年間出向していたことがある。南アーマー時代には巡査部長だったが、当時からすでに飛ぶ鳥を落とす勢いで活躍しており、俺は巡査になりたてだった。トニーはきっと四十になるころには警視正に、五十になるころには本部長になっているだろう（といっても、海の向こうでの本部長という意味だ。北アイルランドはトニーの野心を永久に閉じ込めておくには狭すぎる）。

彼は俺の手を握った。「いい知らせを聞かせてくれ、ショーン。久しぶりじゃないか」

「トニー。〝くそ食らえ〟ってのがいい知らせですよ」

「それは何よりだ。調子はどうだい？」

「相変わらずです。今度、ウェストエンドで俺の出る芝居の初演があります。ああ、それから、うまくいけば、俺が十番目の惑星の発見者になるかもしれません。成功を祈っていてください。お袋にちなんで命名するつもりです。元気そうですね、トニー。ちょっと腹が出たみたいだけど、誰でもいずれそうなるし」

「そういう君はヘロインでダイエット中か。それにそんな白髪まで。どうした、良心の呵責ってやつか？」

「過酷な労働のせいですよ」

トニーは肩を寄せてきた。「いや、まじめな話、メダルと昇進の件、おめでとう」そう言って、彼は真心からの好意を見せてくれた。

「ありがとう」俺も同じだけの好意を込めて返答した。

トニーは色白で、誰もが知るあのもじゃもじゃの赤毛はこめかみのあたりがいくぶん白くなりかけていたが、精悍で、眼光鋭く、プロフェッショナル然としていた。眼鏡は長方形のものに替えていて、それもまたプロフェッショナルらしい雰囲気を醸し出していた。

「ショーン、今日はどうしてここに？」

「ドアティとはちょっとした知り合いだったんです。事件について教えてくれませんか？」

トニーは首を横に振り、俺のマルボロの箱から一本取った。

「よくある殺しさ」

「とくに変わった点はない？」

「ああ。ありきたりで平凡な、IRAによる暗殺だ。実行犯はおそらくふたり。射撃手がひとりと運転手がひとりかもしれんが。連中はドアティの自宅の外、通りの少し先に車を停め、ガイ者の帰宅を待ち、ガイ者が車を降りるやいなや撃った。こんな袋小路だから格好の標的だったはずだ」

「ホシの目星は？」

「あくまで推測だが、西ベルファスト旅団あたりじゃないかな。たぶんジミー・ドゥーガン・ライリー配下のチームだろう」

「こんなところまでわざわざ出張《でば》ってくるとは、連中にしちゃずいぶん大胆じゃないですか？」

「いや、あいつらは虎視眈々と作戦区域の拡大を狙ってる。それに、飛ばせばベルファストまで三十分の距離だ」

「じゃあIRAにまちがいなしですか？」

「そうだな、絶対とまでは言えんが、ほぼまちがいないだろう」

北アイルランドで殺される警官のほとんど全員がIRAに殺される。通常、使われる手口は三つ。車底の水銀スイッチ式爆弾。暗殺部隊による待ち伏せ。警察署への大規模な爆弾テロ。

「もし時間があるようなら、物的証拠を見せてもらえませんか？」

トニーは怪訝《けげん》そうな眼で俺を見た。「ドアティは君の親友か何かだったのか？」

「そういうんじゃないです。俺が担当しているヤマを通して知り合っただけで」

トニーは口をひらきかけ、また閉じた。その時が来れば俺がわけを話すと考えているのだろう。

「わかった……こっちだ」

俺たちは私道の突き当たりに向かった。ドアティのフォード・グラナダがまだ駐まったままになっていた。砂利に乾いた血痕があったが、死体そのものはとっくにラーンの死体安置所に運ばれていた。

「至近距離から撃たれたんだ。かわいそうにな。ガイ者も拳銃を抜くことは抜いたが、手遅れだった。そのときにはもう命運は決していて、一発も撃ち返せなかった」

フォード・グラナダのドアは閉まっていた。襲撃犯たちはドアティが車から完全に降り、家に向かって歩き出すまで待ったということだ。

「ドアティは拳銃を抜いていたんですか？」俺はびっくりして尋ねた。

「あい」

「撃たれたのは正面から？　それとも背後から？」

「正面からだ。なぜそんなことを訊く？」トニーは眼を細め、鼠と対峙するイタチのように俺の真意を探ろうとしていた。

「背後から撃てばすむ話でしょう？　バンバンバン、はい死んだ。ジョン・レノンもそうやって殺された」

「いやいや。それについておかしな点はない。ホシたちは背後から撃ったが、狙いを外したんだ。我らがドアティは振り向いて連中と向き合おうとして、拳銃を抜いた。しかしまあ、そのときに心臓に弾を埋め込まれちまったってわけだ」

「外したというのはどうしてわかるんです？」

「ガレージのドアに弾痕が三つ残ってる、これだ」

確かにガレージのドアに弾痕が三つあった。

しかし、そうなるとますます妙じゃないか？

「なるほど。じゃあ襲撃者たちは狙いを外し、ガイ者は振り返って連中に顔を向け、拳銃を抜いたところを撃たれたと。そういうことですか？」

「そういうことだ」

「でも、それだと別の疑問が出てきますね」

「なんだ？」

「どうして連中は狙いを外したんでしょう？」

「は？　どうして狙いを外したのか？」

「あい。これはプロの暗殺チームの仕事でしょう？」

「くそ銃撃戦だったんだぞ、ショーン。弾の数発かそこらは明後日《あさって》の方向に飛んでいくもんだ。ＪＦＫを狙撃したリー・ハーヴェイ・オズワルドだって一発目は外した。だろ？」

「凶器は見つかったんですか？」

「いや。きっと見つからんだろう。今ごろアイリッシュ海の底にでも沈んでるさ」

「通報はＩＲＡから？」

「そうだ。取り決められている符牒を使い、ＩＲＡが犯行声明を出した」

「声明の言葉は？」

トニーはスポーツジャケットのポケットから手帳を取り出し、ページをめくってＩＲＡの声明を読みあげた。「遺憾ながら、この殺しは必要だった。恨むならアイルランドを占領しているイギリスを恨め、だそうだ」

「ＩＲＡの符牒は？」

「ウルフハウンド」

「その符牒はいつから使われているんです？」

「一月だ」

「今年の？」

「そうだ」

「じゃあ、本物なんですね？」

「あい」

俺はうなずいた。

トニーは俺の腕をぎゅっとつかんだ。「いったいどうしたんだ？　教えてくれ」トニーは俺より少しだけ背が高く、体格はずっといい。だから、ぎゅっとつかまれると痛い。

俺はため息を吐き、かぶりを振った。「たぶんなんでもないんです」

「いいから吐けって」

「ドアティが以前担当していたヤマのことで、ちょっと話をしたんです。未解決のヤマです。俺が今捜査しているのは別のヤマで、関係はまったくないんですけど……」

「けど、なんだ？」

俺はスーツケースのなかから発見されたばらばら死体のこと、死体の身元がマサチューセッツ州のオローク氏であるらしいことを話した。

「それがドアティとどう関係するんだ？」

「ないですね。とくには」

トニーは俺の腕をつかんでいる手にまた力を込めた。「隠しごとはなしだ、ショーン」

「隠しごとってわけじゃありません。突拍子もない話なので、あなたのような立派な刑事に話すにはちょっとばかり気後れしちまうってだけです」

トニーは笑い飛ばしたが、まだ俺を見ていた。洗いざらい吐かないかぎり逃れるすべはないと俺にわからせる眼つきで。

「オロークが閉じ込められていたスーツケースは、取っ手のそばにビニールのポケットがついていて、そのなかにくしゃくしゃになった古いアドレス・カードが入っていました。殺人犯、もしくは遺体を遺棄した人間はそれに気づかなかった。で、そのアドレス・カードから、スーツケースの持ち主がマーティン・マッカルパインという男だと突き止めました。この男はアルスター防衛連隊《UDR》の大尉でしたが、去年の十二月に殺されています。確か、十二月一日のことです。マッカルパインの妻に事情を聞きに行ったところ、夫が殺害されていたことと、妻がクリスマスの直前に、スーツケースを含む夫の私物をキャリックファーガス救世軍に譲っていたことがわかったんです」

「だからそれがドアティとどう関係するんだ？」

「ドアティはマッカルパインが殺害された事件を捜査していました」

「で？」

「まあその……ドアティはしょっぱい仕事をした」

「というと？」

「俺は夫人がマッカルパインを殺した可能性もゼロではないと思っています。ドアティの見解では、襲撃者たちは二十メートル離れた壁の向こうからマッカルパインを撃ったということでしたが、実際は顔見知りに至近距離から撃たれたと見ていいでしょう」

「どうして顔見知りだと思うんだ？」

「マッカルパインが犯人に接近を許しているからです。銃を抜いていなかったし、凶暴な番犬も何もしなかった」

「で、君はドアティのところに行って、その疑問を口にしたわけだ」

「ええ」

「で、それっきりにしていた？」

「それっきりにしていました。俺のヤマとは無関係ですから。うちの若いのが言っていたように、SEP、他人事ってやつですよ」

トニーはうなずき、もみあげをさすった。「で？　君は自分がドアティの寝心地のいいハンモックを揺さぶっちまったせいで、老いぼれ警部補がくそ面倒を起こしたと思っているのか？」

「さてね。でも、そうかもしれません。まわりを見てもかまいませんか？」

「好きにしてくれ」

私道を端から端まで歩き、ガレージのまえで足を止めた。弾痕を眺めた。穴と穴はどれもかなりの間隔があいている。数センチではなく、数十センチ単位で。

「胸に三発食らったと言いましたよね？」

「そう聞いている。胸に三発、ガレージに三発」

「こういうヤマの捜査ではふつう、次は何をするんです？」

「次か。次はな、ショーン、弾丸を分析して犯行に使われた銃を特定する。近隣に聞き込みして目撃者を探す。どうせいないだろうし、いたとしても証言はしてもらえないだろうがな。目撃情報の提供を呼びかけ、懸賞金を提示して……」

俺たちは煙草を吸い終えた。トニーはポケットに手を突っ込み、プレイヤーズの箱を出した。

そして、俺に一本つけてくれた。〝喫煙はガンの原因になります〟と箱に書いてある。その話題を持ち出すには絶好のタイミングだ。

空気が冷たくなってきていて、丘を転がり落ちてきた霧と送電用の鉄塔が合流する場所に、セント・エルモの火のような光輪が浮かびあがっては消え、また浮かびあがっていた。

プレイヤーズをひと口吸った。とんでもなくきつい。

「要するに、政治家たちがこの犯行をひととおり非難し、葬式が終わり、テレビ局の連中がはけたら、このヤマはそれ以上どこにもいかないってことですか」

トニーは少しかちんときたようだった。「君のシマでどんなふうに仕事がおこなわれているかは知らんがね、俺たちはどんな事件でもちゃんと捜査する。ＩＲＡのセルを崩壊させるのがほとんどくそ不可能だったとしても、それは俺のせいじゃない」

俺はうなずき、煙草を投げ捨て、もう一度ガレージに近づいた。

「ガレージに三発」

「そうだ」

「ＩＲＡの暗殺部隊が一発でも二発でもなく、三発も外しますかね？」

「俺の年金を賭けたっていい。これはありきたりなＩＲＡのセルによる、ありきたりな暗殺だ」

「もうちょっとましなものを賭けてくださいよ。どうせ俺たちは誰も長生きできない。でも、その説に一番都合がいい状況を想定してみましょう。襲撃者たちがこの仕事に新入りを連れてきていた場合です。その新入りにとってはこれが初仕事だ。だから血に慣れさせないといけない。ですよね？　どんな殺し屋にも初めてはありますから」

「あい」

「で、その新入りが狙いを外し、ガレージのドアに三発撃ち込み、ドアティが銃を抜いたとします。一緒に来ていた襲撃者はそれ以上黙って見ているわけにもいかず、ドアティの心臓を撃った」

「ありえるんじゃないか？」

「問題がふたつありますよ、トニー。ふたつです。ひとつ、ドアティは老いぼれのでぶで、おまけにアル中で、くそトロかった。あの男がホルスターから銃を抜くだけの時間があったなら、この暗殺部隊はどうしようもないぽんこつだったってことです」

トニーはうなずいた。「ふたつ目の問題は？」

「ふたつ、このシナリオでは、すべての弾丸が同じ銃から発射されたってことはありえません。ガレージに埋まっている弾とドアティの心臓に埋まっている弾は別々の銃から発射されたはずです……でも、実際はそうじゃない。どうです？」

「ははあ」とトニーは言い、頭を振った。「それは盲点だった。確かにそのとおりだ。予備解析によると――」

「たとえば、マッカルパインの未亡人がここに来たとしましょう。彼女は生まれてこのかた、拳銃を撃ったことはない。引き金を引き、弾が外れ、ドアティが振り向く。夫人はもう一発外し、その隙にドアティはもたもたと銃に手を伸ばす。夫人が三発目を外し、ドアティが三八口径を抜いたところで、四発目がようやく命中し、五発目、六発目がそれに続く」

「なぜそう思う？」

「どうしても殺してやりたい警官がいるとします。理由はなんだっていい。ドアティにかみさんを寝取られたとか、金を着服されたとか、まあなんでもいいです。それに加えて、自分か、誰か自分に近しい人間が治安部隊に所属しているとしましょう。そしたら話はすごく簡単じゃないですか？　銃はどこでも手に入る。眼出し帽をかぶり、そのくそ野郎を撃つ。あとはBBCに電話して、取り決められている符牒を伝えればいい。そしたら、あなたや俺のような警官が現場にやってくる。IRAから犯行声明が出ているから、あまり真剣に捜査はされない。誰の犯行なのかはだいたい見当がついているし、百万年経っても犯人が捕まらないこともわかっているからです」

トニーは煙草を吸い終えると、考え込んだ様子でうなずいた。

「ドアティが君と話をしたあとに、もう一度過去のヤマをほじくり返したかどうか。君のその説はそこのところに懸かっているな」

「ほじくり返したかもしれないし、していないかもしれない。でも、それについてはすぐに確認できます」

「ドアティは未亡人の家を再訪し、いろいろと詰問した。未亡人はパニックになり、拳銃を手に入れ、ここまでやってきてドアティを撃った。そういうことか？　君はＩＲＡの殺し屋による犯行じゃなく、そっちの線のほうが濃厚だと考えているんだな？」

俺は笑い、自分のブーツに眼を落とした。「いや、その線はちょっと薄いでしょうね、トニー。ただ、このガレージの三つの弾痕にはやはり何か意味があるんじゃないかと思えるんです」

トニーは俺を見て、アントリム台地上空の雲間に踊る太陽に眼を細めると、相好を崩した。

「アーマー州で一緒に働いていたとき、君は俺のお気に入りだった。どこが気に入っていたと思う？」

「えっ？」

「君の考えがまるで見当ちがいだったときでも、そのまちがった方向に突き進む旅の道中はめっぽうおもしろかったってことだ。こっちに来てくれ」

俺は背の高い、体格のいい男のまえに連れていかれた。男は労働党のディック・スプリング議員のようなひげを生やしていた。

「ジェリー、あとを頼む。俺はドアティが捜査していた案件について確かめにラーン署まで行ってくる。もしかしたらこの殺しはドアティに恨みがあるやつの犯行かもしれん。無差別の暗殺かどうか、現時点では断言できない。だろ？」

「あい」ジェリーは同意した。

トニーは警察のランドローバーで来ていたので、俺のBMWで行くことにした。

バリーガレー郊外から灰色の陰惨な地、ラーンへは十分のドライブだった。俺たちは雑談し、ラジオ1はポール・マッカートニーとスティーヴィー・ワンダーの新曲《Ebony and Ivory》を流していた。朝のDJ、マイク・リードはそれを二回連続でかけた。実にハードコアな選曲だ。なぜって、これはまちがいなくここ十年のうちで、いや、ひょっとすると今世紀最悪の曲だからだ。

ラーン署。

仲間のひとりが射殺されたため、署は黙示録的で悲壮感あふれる雰囲気に沈んでいた。当番の巡査部長にお悔やみを言い、寡婦遺児募金箱にこれ見よがしに数ペンスを入れた。

警視と面会し、弔意を述べ、ドアティの担当した昔の事件について知りたいと伝えた。これはあくまでも通常の手続きに過ぎない、とトニーは説明した。

警視は上の空だった。この署に赴任したばかりで、ドアティとやりとりしたことはほとんどなく、にもかかわらずいきなり葬儀を仕切ることになり、おまけにその葬儀に本部長や半ダースほどのVIPが参列するとなれば、そっちのほうが恐ろしい悪夢にちがいない。

悲劇の主人公と化した警視はそっとしておいて、俺たちはドアティのオフィスに向かった。コンロンという二十三歳のぴかぴか巡査刑事が案内してくれた。俺は彼を連れ出していくつか質問し、そのあいだにトニーがドアティのファイルに眼を通した。

「ドアティ警部補に家族は？」俺はさりげなく訊いた。

「奥さんと成人した娘さんがいます。奥さんといっても、離婚していたので〝元〟ですけど」

「今はどこでどうしてる？　奥さんのほうは」

「奥さんと娘さんはふたりとも海の向こうに住んでいると思います」

「場所は？」

「わかりませんが、ロンドンとか？」

「ドアティの人づき合いはいいほうだったか？　金曜の夜にみんなで飲みに行ったりは？」

コンロンは口ごもった。死者への敬意と、俺に真実を告げたいという欲望のあいだで引き裂かれていた。

「ドアティ警部補はつき合い程度の酒で終わりにする人ではありませんでした。飲むときは飲んだ。それで通じますか？」

「ああ、通じるよ。ドアティは刑事としては署で一番階級が高かったのか？」

「いえ、一番階級が高いのはカニング警部です。今日は出廷されていますが、呼び出しましょうか？」

「いや、大丈夫だ。ドアティ警部補についてもう少し教えてくれ。どんな人間だった？」

「といいますと？」

「人好きするとか、気難しいとか、おふざけが好きとか」

「そうですね……あの人は、ええと、まあ半分隠居していたようなものでした。誰とも……いえ、私とはあまり関わりがなかったので」

「ここ数日、ドアティは何かの事件を捜査していたか？」

「ＩＲＡに無差別に標的にされたものとばかり思っていましたが」とコンロンは怪訝そうに言った。

「そう、無差別に狙われたんだよ」トニーがファイル・キャビネットから眼をあげて言った。

「誰かに脅迫されているとか、トラブルになっているとか、ドアティはそんな話をしていなかったか？」と俺は訊いた。

「私にはしていません」

「ほかの人間には？」

「私の知るかぎりでは、誰にも」

「ここ数日間、ドアティはどんな仕事をしていた？」

「警部補のことはよく知らないんです」そう言うと、コンロンは何かを言い淀み、窓越しに外を眺めた。

「死んだ人間を悪く言いたくない……そういうことか？」俺は尋ねた。

　コンロン巡査刑事は顔を赤くし、少しだけうなずいた。が、何も言わなかった。

「警部補は仕事というほどの仕事はしていなかった。いつも遅くにやってきて、自分のオフィスにこもり、酒を飲み、早あがりして、ほろ酔い運転で帰宅するだけだった。そういうことか？」

　コンロンはもう一度うなずいた。

「最後の数日はどうだった？　いつもと様子がちがったりは？　何かに精を出しているようだったとか」

「私はとくに気づきませんでした」

「ふだんと変わったところは？　どんなことでもいいんだ」

　コンロンは首を横に振った。そうすることで彼の髪は頭と独立して動いているように見え、なおさら間抜けに見えた。

「ドアティがそんなに使えないやつだったなら、どうしてマッカルパイン殺しを担当することになった？」

「最初はカニング警部が補佐していたんです」

「警部の補佐がなくなってからはどうだった？」

「でも、あれは捜査するまでもないような自明の事件でしたよね？」

「自明……そうかな？　あの事件では誰も起訴されてないし、有罪判決もくだされていない。ちがうかい？」

コンロンは呟き込んだ。「私が言いたいのは、犯人が誰なのかは火を見るより明らかだったという意味です」

「ほんとうか？　じゃあそいつらの名前を教えてくれ。そのくそ野郎どもを一時間以内にブタ箱にぶち込んでやるから」

「〝誰が〟というより、〝どこが〟やったのかという意味です。犯人はＩＲＡです」

「ほう、どこがやったか？　ＩＲＡがやった。ちょうどドアティ本人を殺害したように」

「ええ、ちがうんですか？」

「いや、ちがわないよ」トニーが口を挟み、俺に向かってファイルを振ってみせた。

俺はコンロンを見た。「質問は以上だ。それからこれはお願いだが、この話は内密にしておいてくれ」

「なんのことです？」

「その調子だ。よし、行っていいぞ」

彼はオフィスを出ていき、俺はドアを閉めた。

「何か見つかったんですか？」とトニーに訊いた。

「めぼしいものは何も。ドアティの〝捜査中〟ファイルは空っぽで、ほかはどれも埃をかぶってる」

「それはマッカルパインのファイルですか？」

トニーはテーブルの上を滑らせてファイルを寄こした。

最後の記録は十二月に書かれたものだった。俺がここに来てからつけ足されたものはひとつもない。

俺はかぶりを振った。トニーはまた俺の腕をつかんだ。

「誰もがみんな、俺と同じように君に感銘を受けるわけじゃない。あいにくドアティは、君が期待していたほどには君の手腕に感心しなかったようだ」

「そのようですね」

トニーはほとんど吹き出しそうになっていた。「例のメダルを首からぶらさげていれば、話はちがったかもしれんがね。それか、ラモーンズのボーカルに会ったことがあるって自慢話でもしていれば」

「はいはい。からかうのはよしてください。そろそろ引きあげましょう」

俺たちはデスクを整理し、ファイル・キャビネットを閉じた。

「もしドアティの自宅か車内かどこかで事件の捜査記録が見つかったら、俺にも見せてほしいんですが」

「わかった」

「ジョーイ・ラモーンを見たことがあるってのはほんとですよ。地下鉄の車両の向かいに立っていたんです」

「大スターは地下鉄なんぞには乗らんよ」

俺たちが捜査本部室を出ようとしていると、コンロン巡査刑事がおずおずと戻ってきた。

「なんだね？」とトニー。

「ええ、たぶんなんでもないことなんですけど……」

「言ってくれ」俺は勇気づけようとして言った。

「ほんとうに些細なことなんですが、ふだんとちがうことがあったんです」コンロンは切り出した。

「どんなことだ？」鼓動が速くなっていた。

「ええ、ドアティ警部補は私がアイランドマージーに住んでいることを知っていました。それから、私が毎朝ホワイトヘッド経由で遠まわりして出勤するんじゃなく、フェリーで出勤していることも。そのほうが二十分早いんです」

「それで？」

「はい、それで私に料金を訊いたんだと思います」

「ドアティは君にラーンからアイランドマージーまでのフェリー料金を訊いたのか？」

「あい」

「それはちょっと妙なことだったんだね？」とトニー。

「ええ、ちょっと。だって、警部補に話しかけられたのは今年初めてでしたから」

俺はトニーを一瞥した。「ドアティはフェリーでアイランドマージーに行くつもりだったんだ。それで料金を確認した」

トニーはうなずいた。

「ほかには何か言っていたかい？」俺は訊いた。

「いえ。料金は二十ペンスで、車も載せる場合は一ポンドだと伝えました。そしたらお礼を言われて、それだけです」

俺はまたトニーを見た。トニーは俺に向かって少しうなずいてみせた。

「よく教えてくれた」

トニーと俺は署内をまわり、巡査部長たちに挨拶してから署をあとにした。ＢＭＷに乗り、街なかに出た。

「マッカルパインが殺された当時、ドアティには捜査に使える運転手がいたはずだ。警察のランドローバーを使い、はるばるホワイトヘッドを経由して犯行現場に行っていたんだろう。でも今回は自分ひとりで、自分の車で行くつもりだった」とトニー。

「マッカルパイン夫人に話を聞くために」

「ありえるな。今何時だ？」

俺は腕時計を確かめた。「九時半です」

「軍の広告を思い出すな。〝我々は諸君が一日かけてすませるより多くのことを、朝食前にもうすませている〟」

「あい。たくさんの愚かなことをね」

「ああ」

「俺たちももうひとつ、愚かなことをすませていきませんか？」

「あい」

俺たちはBMWでラーンに入った。ラーン湾を渡ってアイランドマージーに向かうフェリーはすぐに見つかった。料金を支払い、乗船した。船は毎時三十分に出航しており、五分後にはアイランドマージーのバリーランフォードに着いていた。「昨晩の居場所について、その未亡人とやらがどんなアリバイを用意しているか、確かめに行こうじゃないか」とトニーは言った。

15　ハリー卿

地面に埋め込まれた家畜脱走防止用の柵を車で乗り越え、〝私道　立入禁止〟の看板が出ている車道に入った。

「どういうことだ?」トニーが窓の外を指さして言った。

「ここは私有の土地で、これは私有の道路ってことです」

「IRAはその女の亭主を殺すためだけに、はるばるこんな私有地までやってきたというのか?」

「そう信じることになっています」

「そうか。まあ、俺はもっとおかしなこともこの眼で見てきたからな」

「俺もです」

道は曲がりくねり、丘の向こう、さらにはくだって沼がちな谷間にまで続いていた。

トニーが嘆息した。「で、調子はどうなんだ、ショーン? 最後にちゃんと会ったのは君が入院していたときだったな」

「元気ですよ。そっちは? 奥さんは元気ですか? 子供の予定は?」

「いや、まだだ。かみさんは喉から手が出るほど欲しがってるが、俺としてはもっとこう、もっと落ち着いてからだな。こんな国で子育てはできないよ……そっちは看護師の彼女とはどうなった？」

「医者です。行っちまいましたよ。海の向こうに」

「海の向こうに？　まあ、それは責められないな」

「ええ、そうですね」

「一年後くらいには俺もそうしたいところだ。そしたら子供をつくり、住宅ローンを組んで、ちゃんとした家庭を築ける」

「じゃあ、転勤願を出しているんですか？」

「スコットランドヤードにな。当分は秘密にしておいてくれ。ここに未来はないよ、ショーン。君のような利口な若者も考えておくべきだ。ところで身長はいくつだ？」

当時、スコットランドヤードに入るには身長も条件のひとつになっていた。

「百七十八です」

「なら大丈夫だろう」

「爪先で立ったら、ですけど」

「どうしてこんな国に残っているんだ、ショーン？」トニーは俺の冗談にかまわず言った。

「ここに残って、問題解決の力になりたいんです」

「ジーザス。水に何か混ぜられてるか、安全衛生教育番組にサブリミナル・メッセージでも仕込まれてるんじゃないか？」

俺は笑った。ちょうど車をターンさせてマッカルパインの農場に入ろうとしていると、ショットガンを手にした男が俺たちのほうに走ってきた。

俺はBMWのギアをニュートラルに入れ、ウィンドウをさげた。

トニーは拳銃に手を伸ばした。

「おい、あんたら！　ここは私道だぞ！」男は叫んだ。

「銃をおろせ！」俺は男に向かって叫んだ。

「ごめんだね！」

「俺たちは警察だ！　今すぐにその銃の弾を捨てろ！」そのくそったれに怒鳴った。

男は一瞬立ち止まったが、ショットガンを中折りして弾を捨てることはなく、そのまま小走りで近づいてきた。緑色のウェリントン・ブーツ、カーキ色のズボン、白いシャツ、ツイードの狩猟用ジャケットに細縁帽。一世代前の身なりだが、年齢はどう見ても四十かそこらだ。

俺もトニーもBMWを降り、それぞれの武器を抜き、車をあいだに挟んで男と対峙した。

「銃を抜いたのは二年ぶりだ」

「こっちは先週、ショットガンで撃たれたばかりです」

「この仕事はもう八年になるが、撃たれたことは一度もないぜ」

「こっちは六回は撃たれました」

「そこから君についてわかることは？」

「なんです？」

「君は好かれてないってことだ。相手をなでてるつもりでも、君のは逆なでというんだ」

「そいつはどうも」

男は俺たちめがけて道を走ってきていた。犬を何匹か従えている。ビーグルだ。ボーダー・コリーじゃない。ということは、こいつは牧羊はしていない。少なくとも、今日はしていない。BMWのまえまでやってきたときには、男は少し息を切らしていた。が、丘を駆けおりてきたことを思えば、それほど消耗しているようでもなかった。髪はもじゃもじゃでグレーがかっていて、角ばった馬面、赤い頬。瞳はブルーで、斜視気味。暇な時間に《カントリー・ライフ》誌を読み、読み終えたらそれをまた読むことをひたすら繰り返しているような眼つき。

「ここは私有地だ。あんたらのしていることは不法侵入だ」

「私たちは警察です」俺は繰り返した。

「口じゃなんとでも言える」男はそう言ってから、少し間を置いてつけ足した。「ほんとうに警察だったとしても、私の土地《リーンド》に立ち入るには令状を持ってきてもらわんとな」

彼の訛りは少々風変わりだった。地元のアイランドマージー訛りではない。一九三〇年代のアングロ・アイリッシュのようだ。眼玉が飛び出るほどの学費がかかる私立校の出身にちがいない。〝ランド〟の代わりに〝リーンド〟と発音するのも、そういう学校で教わったのだろう。

「マッカルパインの奥さんに会いに来たんです」

「あの女性《ひと》はここの賃借人だ。でもって、ここは個人の私宅だ。あんたらの業務内容を正確に記した令状を持って、また出直してもらえんかね」

俺は男の言い分を無視してトニーのほうを向いた。「アメリカのテレビ番組の影響ですね。お調子者に令状を持ってこいと言われたのは今週これで二度目です。昔はこうじゃなかった」

トニーは空咳をした。「俺たちを怒らせないほうがいい。ある殺人事件の捜査をしているんだ。どこだろうと、行きたい場所に行かせてもらいますよ」

男は首を横に振った。「いいや、駄目だ。殺されたのは私の弟だ。あんたらの捜査がどれだけ有意義、いや、無意義かってことは、この眼でとっくりと確かめさせてもらった。ここ数カ月、王立アルスター警察隊の仕事ぶりに感心したことは一度もない」

「あなたはドアティのご兄弟なんですか？」俺は訊いた。

「ドアティ？　誰のことだ？　私が言ってるのはマーティン・マッカルパインのことだ。マーティン・マッカルパイン大尉。私の弟だよ」

「そうでしたか。我々が調べているのはその事件ではありません。昨夜ラーンで殺されたドアティという警部補に関することで、マッカルパイン夫人にいくつか質問したいことがあります」

「いったいなんのために？」

「それについては本人に直接お話しします」

「エマを煩わせるつもりはない。今週、刑事気取りどもがわざわざ無駄骨を折りに、何度もエマの家を訪れている。お宅のコンピューターに彼女の名前が浮上したんだろうが——いいかね、ひとつ教えてやろう、若いの。こっちは我慢するつもりはない。エマはそういうっさいがっさいにとても腹を立てている。芯の強い女性だが、この馬鹿騒ぎは大迷惑だ。あんたらは市民の生活を脅かしている」

「ですが、ドアティ警部補の殺害について捜査するのは我々の義務です。警部補が最近マッカルパイン夫人に会いに来たことはまちがいないんです。その際にどんな話をしたのか確かめないといけません。ですので、マッカルパイン夫人に事情聴取させてもらいます。それについて、そちらにできることは何もありませんよ」俺は威厳のある口調で言った。

彼は頬まで真っ赤にし、トリュフを探す雌豚のようになったかと思うと、狩猟用ジャケットのポケットのひとつに手を突っ込み、手帳と鉛筆を取り出した。

「そうかね。あんた、名前は？」

「キャリックファーガス署のショーン・ダフィ警部補です」

「そっちは？」

「特別部のアントニー・マクロイ警部です」

「そうか」男は俺たちの名前を書き留めながら言った。「私の事務弁護士から連絡させてもら」

「楽しみにしていますよ」トニーは言った。「あなたのお名前もお聞きしておいてよろしいですか？」

「ハリー・マッカルパイン卿だ」と彼は宣言した。それを聞いて、俺たちが地面にひざまずくか、平身低頭するとでも思っているかのように。

「わかりました。じゃあすみませんが、道をあけてもらえますか。我々にはやることがありますので」とトニーが言った。

男は脇にどき、俺たちはBMWに戻った。

「犬が轢《ひ》かれないようにしてくださいよ」と俺は言い、イグニッションに差したキーをまわした。

「笑えるじいさんだな」

「笑える話をしましょうか」と俺は切り出した。

「なんだ？」

「あのじいさんは武装したふたり組を義理の妹の家に送り込むつもりですよ。彼女の夫であり、自分の弟でもある男が、バイクに乗ったふたり組に射殺されてから数カ月しか経っていないってのに」

「俺たちは警察だとちゃんと名乗ったぞ」

「あい。確かに。けど、向こうも警察手帳を見せろとは言わなかったし、俺たちがここにいることに驚いた様子もなかった」

「つまり？」

「俺たちが警察であって、ここに来るってことは、はなっからわかっていたんでしょう」

「ドアティの件で？」

「ドアティの件で」

「じゃあ、どうして喧嘩を売ってきた？」

「自己紹介したかったんでしょう。エマ・マッカルパインはハリー・マッカルパイン卿の義理の妹だと伝えたかったんですよ」

「それを伝えるとどうなる？」

「俺たちがびびると思ったんでしょう」

「そいつは無駄足だったな。なんせ、俺たちはマッカルパイン卿なんて聞いたこともないからな」

「でも、なんだか嫌な予感がします。今後、あいつの名前を嫌でも耳にすることになりそうな」

トニーはうなずき、俺たちは見覚えのあるマッカルパインの農場に車を入れた。

犬のコーラは張り出し部の下につながれていたが、すぐに吠えはじめ、俺たちに嚙みつこうとした。

「人懐っこい犬ころだ」とトニー。

「でしょう。こいつはふたり組のテロリストに主人を撃ち殺されたときだって、そいつらの喉をかき切ることなく、おとなしく見ていたんですから」

俺たちはBMWを降り、泥がちな庭を歩いた。

めんどりたちが外でパンくずをついばみ、群れのボスのおんどりがフェンスの支柱から凶悪な眼つきで俺たちをにらんでいた。

玄関ドアにメモが貼ってあった。

〝塩を取ってきます。すぐに戻ります〟

俺はそれをはがし、トニーに見せた。トニーはちょっと近視が入っている。

「これは文字どおりの意味だと思うか？」

「ほかにどんな意味があるんです？」

「さあね。田舎特有の婉曲表現とか」

トニーは腕時計を見た。ふたりでいるのはとても楽しかったが、トニーはせっかちな男で、多忙の身でもあった。俺の時間はともかく、トニーの時間は貴重だ。

「戻ってくるのを待ちますか」

「あい」トニーは決めかねるように言った。

「メモで思い出しましたが……その、あなたはキャリアも長いし、すごく活躍していますから、これまでに事件に関するメモみたいなものを匿名の人物から受け取ったことがあるんじゃないですか？」

「しょっちゅうだよ、ショーン。そういうことはしょっちゅうある。わざわざ名乗り出てくる人間より、匿名のやつからのそうした情報のほうが多いくらいだ。それがどうした、何かあったのか？　浮かない顔つきだぞ」

「俺にメモを残していったやつがいるんです。そこに聖書の一節が書いてあって……」

トニーは笑った。「はは、なんだよ、それだけか？　特別部にいつもどれだけのたわ言が寄せられるか、いっぺん見せてやりたいね。聖書の一節、どこのどいつはソ連のスパイかもしれないとか、そうじゃないかもしれないとか、反キリスト者かもしれないとか……なんでもありだ。先週なんか、クリフトンヴィル署から俺たちのところに移送されてきたガキがいてな。そいつは〝我こそが本物のヨークシャーの切り裂き魔でござい〟とクリフトンヴィル署の連中に信じ込ませたんだ。で、署の連中はそれを真に受けて、特別部に事情聴取させたほうがよさそうだと考えた」

「〝私たちは今、鏡を通しておぼろげに見ている〟という一節なんですが」

「聞き覚えがある。頭のいかれた連中に人気の一節だ。ヨハネの黙示録だったか？」

「コリント人への手紙ですよ。メモを残していったのは女で、たぶんイギリス訛りがあった。女はヴィクトリア墓地にメモを残し、バイクで逃走しました」

トニーは煙草を取り出し、俺にも一本勧めた。俺たちは石壁のまえまで行き、壁の上に腰をおろした。ふたつ向こうの土地を見ると、荒れ果てた納屋に一頭の馬がつながれていた。反対側の三つ向こうの土地を見ると、丘のてっぺんの大きな屋敷の煙突から煙が昇っていた

——あれが地主の家だろう。ありがたいことに、雨はアイルランドに対する容赦ないゲリラ戦を、このときばかりは休止してくれていた。

「それで？」とトニー。

「俺が通報したあと、その女が見つかり、ホワイトヘッド署に連行されました。ブタ箱に数時間入れられていたんですが、その後、特別部から来たというふたり組に連れていかれました。ふたりのうち、ひとりはマクルーという名前でしたが、どう考えても偽名です。もちろん特別部にも確認しましたが、やっぱりマクルーなんてやつはいなかったし、女を移送するために特別部から誰かが派遣されたという事実もなかった」

トニーは眉根を寄せた。「いくつか思ったことがある。まず、その女を無事捕まえたとして、なんの罪に問うつもりだったんだ？　妙なメッセージを残してバイクで逃走した罪？　そんな犯罪があるか？　逆に訴えられるかもしれんぞ。それに、その女は何者なんだ？　特別部の人間になりすまして助けに来てくれるお友達がいるってことは、一匹狼の変人ではなさそうだが」

「そうです。変人じゃない」

「人を動かすすべに長けた変人かもしれんな。そういうことをやりそうなのは、学生とか、暇を持て余した武装組織のメンバーとか、あるいは……」

「あるいはなんです？」

「わかるだろ。幽霊だよ。くそお化け。北アイルランドにはわんさといる」

「ＭＩ５のことですか？」

「ＭＩ５、軍の諜報機関、英国秘密情報部《MI6》。まあ、たんなる変人か学生かもしれないな。君に恨みを持つ元恋人はたくさんいるだろうから、そのなかのひとりって可能性もある。それか、暇を持て余したどこぞの武装組織か、ものすごく暇を持て余した幽霊か」

トニーの携帯無線が鳴った。彼はそれを手に取ると、赤く点滅するランプを眺めた。

「部下たちが俺を探してる。マッカルパイン夫人の家に押し入って電話を借りてもいいかな？」

「ハリー卿はどう思うでしょうね？　きっと双眼鏡でこっちを観察しているでしょう」

「どうかな。今ごろは北アイルランド担当大臣にせっせと手紙でも書いてるところさ。担当大臣はあのじいさんのまたいとこの孫ってオチだろうよ」

俺はうなずき、煙の輪を二重にして吐き出した。トニーの携帯無線がまた鳴った。

「くそったれが！　あの犯行現場を一歩も離れちゃいけなかったってのに。俺はいったい何を考えてたんだ？」

「トニー、俺のベーエムヴェーで戻って、事件の手がかりを追っていたと話してください。車は予備巡査にでも預けて、またここに戻してくれればいい。俺はマッカルパイン夫人が戻ってくるまで待ちます」

「俺が運転していって大丈夫なのか？」

「ええ」

「ふだんならそういうことはしないが、現場責任者だから戻らなきゃならん。『珍道中シリーズ』の真似して田舎をまわったのは失敗だったな」

「ボブ・ホープとビング・クロスビーの？　勘弁してくださいよ、トニー。いつの時代の話ですか。もっと最新の流行に敏感にならないと。今、世間を騒がせているロックン・ロール現象って聞いたことあります？」

「俺が運転してほんとうにかまわないんだな？」

「あい」

「恩に着るよ。君は大丈夫なのか？」

「大丈夫です」

取引は成立した。トニーは俺の手を握り、ぶんぶんと上下に振ると、ＢＭＷに乗り込んだ。それからウィンドウをおろして言った。「トラブルに巻き込まれるなよ」

「トラブルのほうに言ってください。俺を巻き込むなって」

「うらぶれた農家の若い未亡人……か」トニーはため息交じりにつぶやくと、ＢＭＷのエンジンをかけ、無理やり二速《セカンド》に入れてぶざまに車を出した。

16 塩

トニーがいなくなってほっとした。これで俺ひとりでマッカルパイン夫人と話をし、ハリー卿とさっきの話の続きができる。トニーとは対等な関係ではない。適当にあしらうことはできないし、今の俺には考えをまとめるための心の余裕が必要だ。

もう一度母屋に近づき、玄関のドアに手をかけた。

夫人は鍵をかけていた。

田舎の人間が家の玄関に鍵なんかかけるだろうか？

見ず知らずの連中に夫を殺されたばかりの人間ならそうするかもしれない。

コーラが俺に吠えた。

おんどりが俺をにらんだ。

俺はふたつ向こうの土地につながれている馬を見て、それから屋敷まで続いている道を見た。

後者のほうが前者よりもぬかるみが少なかった。

「まずはあのお屋敷に行ってみるか」とひとりつぶやいた。

坂は十五度ほどの勾配で、少々きつく、てっぺんで息を整えなければならなかった。石壁が家と地所を囲んでおり、板を打たれた古い小屋があったが、ゲートはなかった。壁沿いにさまざまな農舎が並び、短い私道沿いはヤシの木立になっていて、それが屋敷まで続いている。見たところココヤシだ。こんな木がアイルランドに生えているのは妙な気もするが、さほど珍しい光景というわけでもない。何世紀もまえから、船乗りたちが鉢に入れて持ち帰ってきているのだ。

ヤシの木の下をきびきびと歩くと屋敷に着いた。表に車が二台駐まっている。一台はアイルランド的なレーシング・グリーンのベントレーS2コンティネンタルで、もう一台は黒のロールスロイス・シルバークラウド。いずれも二十年もまえの車種で、言うまでもなく、どちらも田舎暮らしには向いていない。おまけにどっちもおんぼろ。とくにベントレーのほうは錆だらけで、スクラップ同然だ。エンジンはまだかかるのだろうか。かかるとしても、そのまま廃品置き場に持ち込むのが一番よさそうだ。それに比べれば、ロールスロイスのほうはまだましだが、大差はない。リアのサスペンションはなくなり、フェンダーはへこみ、もともとの塗装は素人仕事でタッチアップされているように見える。そして、二台とも泥と鳥の糞にまみれている。車好きの俺としてはなんとも口惜しい。

家を一瞥した。十八世紀なかばのジョージ王朝様式、赤い砂岩、三階建て、急角度のスレート葺きの屋根。大きな木製ドアは、以前はけばけばしい明るい青に塗られていたが、今ではいい感じにまだらになったインディゴ色に色褪せている。もともとは湾曲した優雅な高窓がついていたが、今では低い位置にある茶色い枠に四角い窓がはめられている。不吉な感じの黒いツタが屋敷の三分の二を覆っているため、三階の窓のどこからも光は入らず、鬱蒼としたジャングルのようになっている。少なくとも、ツタのおかげで屋敷の荒れっぷりは傍目にはわかりづらいが、近くから見れば、壁のひびやタイルのなくなった屋根がなおざりにされ、屋敷全体がゆうに十度は妙な具合に傾いているのがわかる。

典型的な没落貴族か。大きながらんどうの部屋。屋根裏に住む発狂した女。成金アメリカ人のもとに嫁いでいく長女。

砂利を踏みしめ、苔むした花崗岩の階段をのぼり、ポーチにあがった。

古めかしい見た目の押しボタン式ベルを鳴らし、不機嫌そうな猫をじっと眺めた。猫は古新聞の山の上で眠っていた。少なくとも俺の眼には眠っているように見えた。眺めているあいだ、一度も呼吸したようには見えなかったのだが。

エプロン姿の中年女性がドアをあけた。困惑しているようだ。「卿はいませんよ、ええ、いらっしゃいませんとも」と、彼女は西ベルファスト訛りの声で苛立ち交じりに言った。

「どこに行かれたんです？」

「犬たちを連れて散歩に行きました、ええ、散歩にね」

俺は警察手帳を見せた。

「警察の方ですか？　何かあったんですか？　ベティを呼んできましょうか？」

「ベティというのは？」

「お手伝いのパットン夫人のことです」

「で、あなたは？」

「料理番のアイリーンです」

「この家に今、ほかにどなたかいらっしゃいますか？」

「ほかには誰も。ネッドは馬のところにいるでしょうし」

「それで全員ですか？」

「ええ」

俺は今聞いた名前を手帳に書き留めた。

「卿の奥さんや恋人は？」

「いません」

「入ってもいいですか？」

「かまわないと思います」アイリーンは答えた。

俺は彼女のあとについて、ちょっと不気味な感じのする玄関ホールに入った。羽目板はダークウッドで、階段は螺旋を描いて上階に続いている。狩猟の記念品が壁にかかっている。こういうものには、アイルランドのほかのどんな場所でもお眼にかかったことがない。巨大な雄鹿だけでなく、ライオン、豹、チーター——どれもだいぶ昔のものだ。

家は埃っぽく、かびくさかった。あまりにひどいにおいで、吐き気を催すほどだった。その気まずさをごまかすために、俺は首だけになった動物たちを指さした。

「こういうの、ちょっと気味悪くないです？　みんなこっちを見おろしてる」と俺は砕けた口調で言った。

彼女は笑った。「あい、どれも必死な形相をしてますからね、ええ、それはもう必死な形相を」

「みんな卿の獲物ですか？」

今ではアイリーンはカソリックだとわかっていた。なぜわかったのかを説明するのは難しいが、とにかくわかったのだ。訛りか、身振りか、理由はわからないが。ということは、ハリー卿はあながち怒れる偏屈おやじというわけでもないのかもしれない。

「いえいえ。たぶん卿の父上かおじいさまのでしょう」

「では、卿ご本人の趣味は？」

「ベルファストのオフィスにいらっしゃらないときは静かな時間をお過ごしになっています。庭をお散歩したり、図書室で本をお読みになったり」

「卿の弟さんの事件は恐ろしいことでしたね。あの、軍の大尉の」

「ショックでしたわ、とても。ショックでした」

「事件のあった日、ここから物音なんかは聞こえなかったでしょうね」

「ええ、ここはかなり離れていますから。わたくしどもは何も聞きませんでした」

「目撃者もいなかった？」

「この家から目撃した者がいるかどうかですか？　ええ、いません」

「ハリー卿はその日、在宅されていましたか？」

「庭に出ていたと思います。知らせを聞いて飛んでいきましたが、もちろん手遅れでした」

「でしょうね。マーティンはハリー卿の弟さんということでしたね？」

「ええ、年齢は八、九歳離れていたと思います」

俺はかぶりを振った。「事件当日はひどい一日だったんでしょうね」

「ええ。あの日のことは一生忘れないでしょう。ショックでしたよ、ほんとうに。なんて卑怯な連中でしょう。くずですよ。背を向けている人間を撃つなんて」

「撃たれたのは胸です」

彼女の眼つきがきつくなった。「それがなんです！　なんだっていうんです！　そもそもあなた、なんのご用なんです？　ハリー卿は外出中だとお伝えしましたよね。ここで待っていてください」

呼び戻す間もないうちに、アイリーンはドアの向こうに姿を消し、ちょっと感じのちがう女が入ってきた。青いスーツ、白い真珠とふわっとした黒髪。歳のころは四十くらい。痩せていて、唇は薄く、半分閉じられたようなまぶたと女性らしからぬふてぶてしいあごには、往年のハリウッド女優の雰囲気があった。

女がこっちに歩いてくると、全身の毛がぞわぞわと逆立つような感覚があった。

「身分証を拝見しても？」と女は訊いた。

俺は警察手帳を見せた。

「あなたがパットンさんですか？」

女はうなずいた。アクセントからして、デリー出身だろう。淡々としていて、ビジネスライクだ。俺はヒッチコックの映画『レベッカ』の一場面を思い出していた。この女が『レベッカ』でいうところの家政婦ダンヴァース夫人で、ハリー卿が主人のマックス・デ・ウィンターだとしたら、俺の役どころはなんだ？ ダンヴァース夫人にいびられるマックスの後妻、レベッカ？

俺は煙草を取り出した。

「ここでの喫煙はご遠慮ください」

煙草をポケットに戻し、「すみません」とぼそりと言った。

地元チームのささやかな勝利だ。

「それで、今日はどんなご用件で？」

「ハリー卿とお会いしたいのです。もしできたら、ええと、例のすてきなお庭で待たせてもらってもいいですか？」俺は谷間《グレンズ》地方の訛りをにじませて言った。

「庭を？ なぜです？」彼女は警戒を緩めると同時に疑り深く言った。

「花に眼がないもので。ハリー卿がお戻りになるまで、そこで時間を潰せればと思ったのです。卿の庭は評判ですから」

「庭でハリー卿をお待ちになりたいということですか？」

「今ほかにどなたも庭におられないのなら」

「ええ……まあ、それは大丈夫だと思います」

彼女は俺を見て、無表情のままうなずいた。「こちらへ」

俺たちは染みひとつないキッチンを抜けた。あらゆる表面がぴかぴかで、フックにかかった鍋もぴかぴか、家電は新品だった――一九七五年ごろの時点では。ハリー卿は高級車を台無しにして高価なキッチン用品をそろえるような男には見えなかった。たぶん女性の影響だろう。妻が一式を取りそろえたのだ。その妻は今……どこに？

裏口を抜け、家庭菜園に出た。

「どうぞ」と彼女が言った。

俺は黄ばんだスイセンに感銘を受けたふりをした。それがこの裏庭で育っている唯一の植物だった。

ここに温室があることはキッチンの窓越しに確認ずみだった。

パットン夫人は「じゃあ、ご覧になっていてください」と言い残し、家のなかに戻っていった。俺は煙草に火をつけた。監視されているのは承知していたが、生け垣が眼隠しになっていて、屋敷の裏窓から温室の裏口は見えない。一服終えると、ほかの花も調べ、生け垣の裏にまわった。金切り声か、どたどたと近づいてくる足音を待ったが、何も聞こえてこなかった。錆びついた鉄の取っ手をまわし、温室のなかに入った。何を期待していたのかは自分でもわからないが、まさかまったく何もないとは思っていなかった。植物も鉢も、何もなかった。手帳に〝コンクリートのフロアには何もなし、園芸用具が数点あるだけ〟と記した。

園芸用品は熊手がひとつと鍬《くわ》がひとつ。

ここに来た目的は果たされた。

〝零落貴族の末裔。何か隠しているのか、それともただのくそ野郎か？　温室にはトゥアズキも何もなし〟とメモし、家のなかに引き返した。

パットン夫人が薄暗い玄関で俺を出迎えた。

「ダフィ警部補、何かお困りですか？」

「いえ。そういうわけではありませんが、ちょっと別の用事を思い出しまして。スイセンに心を奪われてしまい、すっかり忘れていました。ではこれで失礼しますよ。いろいろとありがとうございました」

「あら……じゃあ、ハリー卿への伝言をお預かりしましょうか？」

「それにはおよびません、では」

俺はさっそうと玄関ホールを抜け、じゃりじゃりした砂利道の私道に出た。ベントレーとロールスロイスに同情の眼差しを向け、ヤシの木立の下を歩いた。

灰色の空に雷がうなり、雨が降りはじめ、大きく重たい雨粒がぽつぽつと垂れてきた。丘のてっぺんに出ると、濡れた広い谷を眺めた。見えるのは牛と羊ばかりで、人間や動物が暮らすには沼がちすぎる。

北にラーン湾と、向こう岸にマグヘラモーンが見えた。

マッカルパイン夫人の家はここからゆうに一・五キロ先、もうひとつの丘を越えた先にある。屋敷の三階からでも見えないだろう。室内からマーティンが殺される光景を目撃した者がいるとは考えにくい。〝あまりの恐怖から証言を拒否しているものの、質問に次ぐ質問という昔ながらの落としのテクで口を割る十代のメイド〟なんてのも存在しないだろう。

俺はぶらぶらと丘をおり、二十分後にはマッカルパイン夫人の農場に戻っていた。

母屋の裏手にまわり、勝手口に手をかけた。

そこも施錠されていた。コーラが耳障りな声で吠えていた。側壁の窓があいていたが、小さすぎて俺の体では入れそうになかった。煙草の最後の一本に火をつけ、石壁をひょいと乗り越え、つながれている馬のほうに向かって歩いていった。

草むらとずぶ濡れになったヒースの牧草地は沼地より多少はましだったが、少し経つとブーツのなかまで水がしみてきた。どこもかしこも羊の糞だらけで、どろりと濁った池の水面のすぐ下に、老いた雌羊の死骸が浮かんでいた。

つながれていたのは年老いた白い雌馬で、俺が近づいてもほとんど気配を察していないようだった。頭をなでてやったが、やれる砂糖はなかった。湿ったタンポポの葉を摘み、馬の鼻の下に近づけてみたが、そっぽを向かれてしまった。

「甘やかされすぎだな」と俺は言い、馬の首をぽんぽんと叩いた。

納屋が気になっていたので、ドアをノックした。応答はなかった。ドアをあけると、天井からぶらさがったランタンと地下に降りる梯子が見えた。

「これはなんなんだ?」ひとりつぶやいたが、馬はだんまりを決め込んでいた。

穴のなかを見おろした。垂直のトンネルがいくつもの白熱灯に照らされている。壁は白く、粉を吹いていて、ぽろぽろと崩れかけている表面に、ガタのきた金属製の梯子が固定されている。あまり心強くは思えない。卵の腐ったような不快なにおいがかすかにして、それもまたよくない前兆のように思えた。

梯子のてっぺんでしばらく悩んでから、結局降りてみることにした。底まで二十段。狭い通路の先にドアがあり、〝許可なき者の立ち入りを禁ずる〟とあった。

ドアを押して部屋に入ると、洞窟さながらの空間が広がっており、そこは洞窟がそなえる要素のすべてをそなえていた。大きくて、大聖堂のようで、音が響き、威圧的で、畏敬の念を呼び覚ます。

ふたつのまばゆいアーク灯が、白く、粉っぽく、奇妙に美しい壁を照らし、空洞の奥まったところに長い影を投げていた。一方には金属製の戸棚が並び、部屋の中央、発電機の脇のソファにエマ・マッカルパインが座っていた。発電機は動いているようには見えなかった（じゃあ、どうして電気がついているのか？　それは数ある疑問のなかでも最たるものだ）。

俺が梯子を降りてくるのが聞こえたにちがいないが、マッカルパイン夫人は顔をあげようとしなかった。

「何を読んでいるんです？」俺は声をかけた。「聖書じゃありませんよね？」

「ダフィ警部補」夫人は膝の上に本を置いた。黄色い装丁だ。表紙が黄色い聖書はあまりない。たとえ《グッド・ニューズ》聖書であったとしても。

彼女はジーンズ、アラン・セーター、防水ジャケットという格好だった。靴はもちろん乗馬ブーツだったが、脱ぎ捨ててあった。髪はうしろで結い、ポニーテイルにしてある。蛍光灯の光の下で見ると、その顔は青白く、病人のようで、エリザベス・シダルの描いた溺死したオフィーリアとそう遠からずというところだ。

彼女に近づいた。「俺が来るとわかっていたんじゃないですか？」

「どうしてそう思うの？」

「ニュースを聞いたでしょう」

彼女はうなずいた。「ドアティ警部補のことですね。残念です」

「何が残念なんです？」

「あなたの仲間だったんでしょう？」

「ええ」

「お茶はいかが？　携帯用のフラスコ瓶を持ってきてるの。ミルクと砂糖も入れてある。あきれるでしょ？」

「いただきます」

「座って」

革ソファの彼女の隣に腰かけた。夫人は馬と汗と革のにおいがした。ソファの上には崩れかけの天井から降ってきた白い粉が積もっていた。それを手の甲で払い、座る場所を確保して腰をおろした。彼女は側面にペイズリー柄のついたフラスコ瓶を取り出すと、プラスティックのふたを外し、紅茶をプラスティック製の白いマグに注いだ。

そして、「ジンのフラスコも持ってきてるわ。お茶に混ぜたいならどうぞ」と、そうすることがさも世界で一番自然なことであるかのように言った。

「いや、結構です。ありがとう」

俺は紅茶に口をつけた。薄いが、とても甘い。俺好みの淹れ方だ。ショックを受けている人間を落ち着かせたいときにふるまうような。

「ドアティはあなたに会いに来ましたね？」

「ええ」

「どういった用件で？」

「あの人、酔っていたみたいで。というか、まちがいなく酔っていました」

「あなたにどんな話をしたんです？」

「マーティンが撃たれたとき、あんたはどこにいた、正確に答えろ、ってすごく不作法に訊かれました」

「それに対して、あなたはなんと答えました？」

「キッチンにいました、って」

「それに対してドアティはなんと？」

「そんなの信じられない。あんたは隠しごとをしてる」

「それに対してあなたは？」

「この家でわたしを嘘つき呼ばわりするならお引き取りください、と言った」

「で、ドアティは帰りましたか?」

「いえ。すごく汚らしい言葉で罵られた。そのうち、この人はわたしを殴るつもりなんじゃないかって気がしてきて」

「それで?」

「そうこうしているうちに帰っていった。メロドラマみたいに、〝また来る〟って捨て台詞を残して」

俺はあごをさすり、ソファのクッションに身を沈めた。

「でも、もう来なかった?」

「ええ」

「電話とか、その他の手段で連絡してきたりは?」

「なかった」

「あなたのほうから彼のところに出向いたりはしていませんね?」

「もちろんしてない」

彼女は俺を見た。そのブルーの瞳にはどこか感じのよくないところがあった。冷たい何かを発散していた。軽蔑ではないにしろ、軽蔑とそうかけ離れたものでもない。距離、関心の欠如。

「何を読んでいたんです?」俺は声を落として訊いた。

「聖書じゃないわ。さっきそう訊かれたけど」

「聖書のことを考えていたもので。知らない人間から電話があって、会いたいと言われたんです。それで言われた場所に行ってみたら、メモが残されていた」そう説明したが、追跡劇については話さなかった。

「なんだか楽しそうね。メモには何が書いてあったの？」

「聖書の一節です」

「どんな？」

「私たちは今、鏡を通しておぼろげに見ている」

「どういうこと？」

「さっぱりわかりません」

夫人はにやりと笑い、自分の太ももを叩いた。「ああ、わかった。わたしが聖書を読んでると思ったのは、メモを残したのがわたしなんじゃないかって疑ってるからね、そうでしょ？」

「確かに電話してきたのは女性でしたが、イギリス訛りがありました」

「わざと訛って話したのかも」

「かもしれませんね」

「わたしはあなたに電話してないし、メモも残してない。そもそも電話番号を知らないし」

「電話帳に載っていますよ」

「あら」

「それと、さっきあなたの義理のお兄さんの屋敷に行きました」

「どうして？」

「ただの詮索です」

「何か見つかった？」

「車がひどい状態でした」

「車？」

「ベントレーとロールスロイス。せっかくの美しいマシンが台なしだ。せめてガレージに入れておいたほうがいい」

「日本の〝もののあはれ〟という考え方は知ってる？　物事のほろ苦さ、というような意味よ」

「知りませんね」

「日本の賢者によれば、美を味わうのに一番いい方法は、はかなく一時的な無常の性質に注目することなんですって」

俺はうなずいた。「じゃあ、義理のお兄さんはそれを実践しているってことですか？　ただのずぼらな間抜けだと思っていました」

「レッド・ホールに行って、ほかにわかったことは？」

「彼は称号を持っています。ハリー・マッカルパイン卿。女王に謁見したことがあって、ナイトの爵位を持っている」

彼女は首を横に振った。「ナイトの爵位なんか持ってないわ。あの人は準男爵」

「その準男爵っていうのはなんです？」

「貴族のなかで一番下の序列」

俺はとんだあほヅラをぶらさげていたにちがいない。彼女がこうつけ足したからだ。「順番としては公子、公爵、侯爵、伯爵、子爵、男爵、準男爵。称号は世襲制で、長男が継ぐ。ハリーは三代目の準男爵。ほとんどなんの意味もないわ」

「そうは思いませんね。称号と金を手に入れているんだから」

「お金ですって！」彼女は笑い飛ばした。「あの人は教会の鼠と同じくらい貧しいのよ」

「でも、あんなお屋敷があって、この土地だって全部……」

「ちょっと警部補、この土地ですって？　まあね、確かにあの人はここから海にいたるまでの陸地を全部所有してる。わたしのような賃借人もいるし、丘の向こうには半ダースほどの農場もある。でも、そんなのなんでもないの。行けども行けども沼地だし、価値なんてほとんどない。お屋敷だって荒れ放題で、最上階は閉鎖されてる。壁が崩れかかってて……」

「確かに屋敷はあまりいい状態じゃありませんでしたが、これだけの土地があるんだ、文なしとは言えないんじゃないですか？」

「それも考えちがいよ。レッド・ホールは限嗣《げんし》相続物件なの。代々継承していかないといけないから、売りにも貸しにも出せない。すべて長男に相続されることになってるの」

「卿には子供がいるんですか？」

「ふたり」

「息子と娘？」

「ふたりとも息子。母親と一緒にハローに住んでる」

「ハローというと、ロンドンの？」これも間抜けな質問だった。

「ほかにハローがある？」

「じゃあ、卿は離婚しているんですね」

「さすが刑事。立派なポアロね」そう言って、俺をからかうような甘い笑みを見せた。悪い気はしないどころか、彼女のことをちょっといいと思ってしまった。夫人は両脚をぴったりと合わせた。乗馬のおかげで太ももはたくましく、彼女の外見にすばらしい作用をしていた。

「これ、さげるわね」そう言って俺の手首をつかむと、空になったマグをさげた。俺の知っている柔道インストラクターにだって、もっとはかなげな握力しかないやつはいる。それにこの自信。彼女は悲しみに泣き暮らす、慎み深い未亡人などではない。今はもう。

「あなたはどうなんです？どうやって生計を立てているんです？」

「夫が殺されてからってこと？　これも捜査の一環なの？　答えなきゃ駄目？」

「たぶん」

「あなたが質問して、わたしがそれに答えるだけじゃ、会話としてあまりおもしろくないんじゃない？　もっとふつうのおしゃべりをしたくない？」

「時間がものを言うときは、ほかに方法がないんです。すみませんが」

「時間がものを言う？　夫が殺されたのは去年の十二月、今は四月でしょ」

「警察の仕事ではつねに時間がものを言うんです、マッカルパインさん」

彼女はため息をついた。「マーティンの軍の年金で暮らしてる。週に七十五ポンド。そのうち二十五ポンドを土地の賃借料としてハリーに払ってる」

俺はうなずいた。「で、その土地から出る儲けは？」

彼女は笑った。「それ、本気で訊いてる？」

「あい」

「わたしは羊を四十四飼ってる。毛の刈り込みで、一匹あたり三ポンドくらいの収入になるかしら。出産の時期が来たら、仔羊一匹につき五ポンドの収入。今年はあの土地全部をひっくるめて二百ポンドにはなりそう」

「何かを栽培したりはできないんですか？　小麦は費用がかさむって話はよく聞きますが」

「ここは湿地帯だから、耕地向きの作物は育たない。アイランドマージーのこのあたり一帯は巨大な沼だから」

「昨晩、あなたはどこにいましたか？」俺は唐突に話題を変えた。

「ドアティが殺されたときに？」

「ええ」

「家にいた。本を読んでた。だからアリバイはない」

「何を読んでいたんです?」

「『ミドルマーチ』」

「なるほど」

「ジョージ・エリオットの」

「知っています……さっきもそれを読んでいたんですか?」

「ええ」

彼女は俺に本を渡した。ページをめくり、返した。

次の質問を考えていると、「どうしてわたしがドアティ警部補を殺さなきゃいけないの?」と夫人が訊いた。

「どうして殺したんです?」

「そのゲームには乗らないわ。どうしてわたしが犯人かもしれないって思うの? 動機として、何が考えられる?」

もっと怒るかと思っていた。そんな恐ろしい事件の犯人がわたしだと決めつけるなんて、どういう了見よ! いずれにしろ、それが証拠として価値を持つわけではないが。たぶん感情をあまり表に出すタイプではないのだろう。

「俺が焚きつけたせいで、ドアティはあなたのご主人が殺された事件について、神経を尖らせていたからです。あなたは知っている事実すべてを話したわけではない……そういう疑念をドアティの頭に吹き込みました。で、ドアティはぶしつけにあなたの家にやってきて、大量の質問を浴びせた」

彼女はほほえんだ。「じゃあ、わたしはどことも知れない場所から銃を調達して、ドアティの住所を突き止め、彼を撃ったというのね？ それから凶器を捨て、電話ボックスまで車を走らせ、符牒を告げてIRAのふりをして犯行声明を出した。

「とすると当然、理由はどうあれ、夫もわたしが殺したことになる。で、自分の犯行だと突き止められることを恐れ、ドアティも殺さなきゃいけないと思った。そういうこと？」

「だと思います」

「じゃあ、あなたの推理に少し意見させて……かまわない？」

「どうぞ」

「第一に、わたしはマーティンを殺していません。あの人が殺された状況についてあなたに話したことは、どれも正真正銘ほんとうのことです。わたしは夫を愛していた。夫もわたしを愛していた。喧嘩もめったにしなかった。それに、どんな動機があったっていうの？ 信託のため？ 補償委員会から数年後にもらえる、なけなしの一時払い金のため？ 軍の年金目当て？ わたしたち夫婦は生命保険に入ってなかったし――」

「ご主人はどうして生命保険に入っていなかったんです？」

「軍将校としての毎週の給与はとても多いの」

「でしょうね」

「話を続けるけど……そう、生命保険には入ってなかったし、あるのは雀の涙ほどの年金とみじめな農場だけ。それにマーティンが死ねば、ハリーはわたしを追い出すかもしれない。ここに住まわせておく理由はないでしょ？　わたしは夫を失い、夫の収入と家まで失うことになる。なんのためにそんなことをしなきゃいけないの？」

「ほかにも動機はありますか」

「たとえば？」

「たとえば、世界最古の動機が」

「マーティンは浮気なんかしていなかった」

「確かですか？」

「まちがいない。そんなことをする人間じゃなかった」

「女性というものは、否定できない証拠を突きつけられるまでそう考えているものです。否定できない証拠を突きつけられたあとにもそう考えようとする女性だって、とても多い」

「仮に浮気していたとしても、撃ち殺したりはしない」

「どうして？」

「わたしはそんなことをする人間じゃないからよ、警部補」

首の筋をちがえた感覚があり、この座りにくいソファに座っているストレスで頭痛がしてきた。立ちあがり、体を伸ばした。「ところで、この場所はなんなんです？　岩塩坑か何かですか？」

「まさにそのとおりの場所よ」

「ここにはよく来るんですか？」

「ええ。ここで本を読むの。とても静かだし、飛行機の音も車の音も、なんの音もしない。風の音さえ。外で核戦争をやっていたって気づかないくらい」

「不思議に思っていたんですが、照明の電気はどこから来ているんです？」

「送電網から電気を盗んでるの。細工をしたのはハリー」そう言って、彼女は発電機を叩いた。「これは水を汲みあげるのに使うだけ」

「卿の家計が苦しいという話を信じるとすると、塩の層は掘り尽くしてしまったということですか？」

「そう。売り物になるようなのはね。ちなみに、ハリーはこの岩塩坑のおかげで〝卿〟と呼ばれるようになった。彼の祖父が大英帝国に塩を提供していたの。ハリーが望んだとしても土地を売却できないのも、岩塩坑のせい。この上に建物は建てられないもの」

　俺はほほえみ、彼女は奇妙な眼つきで俺を見た。

「今度は何を考えているの、警部補？」

「今この瞬間に？」

「今この瞬間に」

「俺が考えているのはですね、マッカルパインさん、ほとんどの人間は自分にアリバイがなく、動機がある殺人事件について事情聴取されたら、ぶるってしまうもんだということです。

でもあなたはちがう。きゅうりのようにクールにふるまっている」

「だって、やってないんだから。何も恐れることはない。どうしてわたしが犯人だと思うの？　噂に聞く、刑事の勘ってやつ？」

「勘は過大評価されています」

「じゃあ、どうやって犯罪を解決するの？」

「一般的に、犯罪者というものはそれほど賢くありません。みんなへまをする。俺たちはそのへまをきわめて迅速に見つけ出し、だいたいは裁判に持ち込む。へまはへまでも、目撃者がいたっていうへまの場合、話は別ですが」

「目撃者がいた場合はどうして駄目なの？」

「目撃者は証言するなと脅迫されます。そうした事件の捜査はたいてい失敗に終わります」

「難しい事件の場合はどうなの？　たとえば、あなたが担当してるような、スーツケースのなかから死体が出てきた場合とか。あれはまだあなたが担当してるんでしょ？　それとも、今はわたしがドアティ警部補を殺したかどうかのほうが気になる？」

「いえ、まだスーツケースの件を捜査していますよ。俺が担当しているのはその事件だけです。ドアティ警部補の殺害について捜査しているのは俺の同僚です。あなたのご主人を殺した犯人は、残念ですが、たぶん永久に見つからないでしょう」

「そうですか」そう言って、彼女は唇をすぼめた。

「過去に拳銃を使ったことはありますか、マッカルパインさん？」

「拳銃はない。ショットガンなら何回もあるけど」

俺は腕時計を見た。もう二十分もこうしている。なのにどこにもたどり着けそうにない。もしこれが俺の担当案件なら、署の窓のない取調室で、クラビーと一緒にもっと多くの手がかりを手に入れているだろう。でもそれは俺の考えるべきことじゃない。だよな？　一、二秒ほど彼女を見つめた。「さて、そろそろおいとましないと。紅茶をどうもありがとうございました」

「これで終わり？　わたしに手錠をかけて連行するんじゃないの？」

「いえ」

「どうして？　わたしを信じるの？」

「わかりません。でもあなたは俺の捜査にはあまり関係がないんです。同僚のマクロイ警部はドアティ警部補に関することであなたに事情聴取したがるかもしれませんが、俺の訊きたいことは以上です」

「外まで見送るわ、よかったらだけど」

俺は彼女がなんらかの安堵のサインを見せることを期待していた。顔を赤くするとか、ほっと息をつくとか、何かを。だが、苦悩がすでにマッカルパイン夫人からすべてを洗い流してしまっていた。

梯子をのぼると、夫人もあとからついてきた。陽の光のなかへ。もう少し正確にいえば、環境光と雨のなかへ。エマを見ると馬が興奮していなないた。エマは角砂糖をやった。

原っぱにはみすぼらしいなりのカモメが何羽も着地し、風から避難していた。

「あれはフルマカモメですか？」俺はぼんやりと尋ねた。

「フルマ……？」

「フルというのはノルド語で〝汚い〟、マはカモメという意味です」

彼女はにんまりとした。「好奇心旺盛な人なのね」

「そうでもありません」

俺たちは馬を歩かせて沼を渡り、農場に戻った。話はしなかった。半ダースほどの軍用ヘリ〝ガゼル〟が不吉な密集陣形を組み、南東に向かって低空を飛んでいったからだ。

ヘリが見えなくなると、昔から警官になりたかったの？　と訊かれた。ちがうと答えた。クイーンズ大学で心理学を勉強していたんです。

わたしもクイーンズ大学で歴史の学位を取ったの、と彼女は言った。

俺たちは母校について少し話をした。共通の知り合いはいなかったし、学生会館ですれちがったこともなかったが、それも当然だった。彼女は俺より七、八歳は若いからだ。

「マーティンとはクイーンズ大で出会ったんですか？」

「わたしはアイランドマージーの出だから、マーティンのことは昔から知ってた。でもつき合うようになったのは大学に入ってから。あの人は法律を勉強していたけど、中退してアルスター防衛連隊《UDR》に入り、わたしはそのあともちょっと大学に残って、それから、まあ……結婚したの」

彼女は赤面した。そこにも何かドラマがあったのだ。妊娠？　流産？　俺たちは母屋に着いた。俺のBMWも戻っていた。車の隣にダークグリーンの制服とダークグリーンのケピ帽をかぶった美しい女性巡査が立っていた。

「あなたの運転手？」夫人が訊いた。

「そうです」

夫人は手を差し出した。「じゃあ、お会いするのはこれが最後？」

「だと思います」俺は言って、彼女の手を握った。

彼女は俺の眼を見つめた。「がっかりしてるんじゃない？　わたしがまんまと逃げおおせたと思って」

俺は何も言わなかった。

「これだけは断言しておきます、ダフィ警部補。わたしは夫を殺していないし、ドアティ警部補の殺害にもまったく関与していません」

「わかりました」と俺は言った。「そういうことにしておきましょう」

17 財務省の男

サンドラ・ポロック予備巡査をラーン署で降ろし、BMWでキャリックファーガスに向かった。アントリム州のどこかで軍用ヘリ〝ピューマ〟がRPGだか地対空ミサイルだかで攻撃されたせいで、幹線道路も裏道もグリーンの戦闘服をまとった怒れる兵士たちであふれ返っていた。彼らは馬鹿みたいに、通り過ぎる車のうち三台に一台を停止させていた。もちろん、俺も呼び止められたラッキーなほうの運転手のひとりだった。兵士に警察手帳を見せたが、無視された。ふたり組がセルフ《S》リローディング《L》・ライフル《R》を俺に向けながら、ほかの兵士が俺の車のトランクを調べた。

「これはなんだ？」ウェールズ人兵士が信号拳銃を手に取り、辛辣な口調で訊いた。

「信号拳銃だ」

「何に使うんだ？」

「信号弾を撃つんだ」

もう少し長引いていてもおかしくなかったし、このウェールズ兵たちに撃たれて終わってもおかしくなかったが、解放してもらえることになった。

　キャリックでは警官たちが《ベルファスト・テレグラフ》のフェイク版を見て大笑いしていた。カソリック系南北アイルランド統一主義過激派《リパブリカン》のグループがソ連の地下出版スタイルで印刷したものだろう。見出しのひとつは〝ボッキョクグマがフォークランド機動部隊を捕獲〟となっていて、それは地理的にすら正しくなかった。

「こいつを見てくれよ、ダフィ」クイン巡査部長が言った。

「いや、結構だ。仕事があるやつもいるんでな」と当てつけで返した。

　犯罪捜査課の捜査本部室では、マクラバンがニュースを持って待っていた。ベルファストの総領事を軽くつついたら、二冊目のファイルを送ってきたのだという。ウィリアム・オロークに関するFBIのファイルで、一冊目より申し訳程度に長い。内容のほとんどは俺たちがすでに知っていることだった。オロークは殺されるまでのあいだずっと内国歳入庁に勤めていた。詐欺行為にも、ほかのいかなる犯罪行為にも手を染めていない。FBIの把握しているかぎり、オロークの犯した唯一の犯罪はスピード違反で、それは俺たちもすでに地元警察から聞いていた。報告書はそっけないものだった。三パラグラフ分。スペルまちがいがいくつか。アンソニー・グリムという特別捜査官の署名。やはり、どうにも何かがおかしいような気がする。

「こいつに話を聞いたほうがいいかもな」と俺は言った。

「こいつって？」

「このグリムってやつだ。これも偽名っぽい気がする」

「ボスはいっつも偽名、偽名ですね。まだ納得してねえんですか？」とクラビー。

「連中は最低限のことしかやっていない。もう一度領事に脅しをかけて、俺たちに言い忘れていることがないかどうか確かめろ」

「領事はもう俺たちにうんざりしてやすよ」クラビーは愚痴を垂れた。

「君ならベストを尽くせる、頼りにしているぞ」

クラビーとマティに、今日ラーンとアイランドマージーであったことを話した。ふたりがその話を咀嚼しているあいだ、匿名のメモと聖書の一節、謎の女とその女を逮捕したことについて話した。

「……君たちはどう思う？　何か裏があると思うか？　それとも何もないと思うか？」

マティはなんの関心も持たなかった。こいつの経験上、女というものは気をひくためならどんなクレイジーなことでもやる。が、クラビーは食いついてきた。聖書の解釈に関することなら、なんにでも食いついてくるのだ。

「ちょっと考えていてくれ」と俺は言い残し、キッチンでマグ三つに紅茶を注ぎ、チョコレート・ビスケットを添えてふたりのもとに戻った。

「どうだ、何かひらめいたか？」

「マッカルパインの線はますます〝脇道〟に思えてきたっす。それに比べりゃ、メモのほうがちっとは気になりますが、すごく気になるってわけでもないっす。その女？　おおかた、パブで知り合った女がボスをつけまわしてるんでしょう。たぶん俺たちには……オロークのヤマには関係ないっす」とマティ。

「クラビー、君の意見は？」

「俺もマティと同意見です。それか特別部が。マッカルパインの線に何かあるとしても、それはラーン署が気を揉むべきことです。コリント人への手紙にはほんとにいいことが書いてありやすから」

「そのメモについては考える必要がありそうですけどね。

「マッカルパインの線を追うのはやめるべきだろうか？」

「もっといい人手の使い道があるはずですぜ、ショーン。オロークを殺した犯人は救世軍で手に入れたマーティン・マッカルパインの古いスーツケースを使った。でもそんなんどうでもいいことです。仮に犯人がダイアナ妃のスーツケースを使っていたとしたら、これだけの時間を割いてダイアナ妃について調査したりはしなかったでしょうし」クラビーが真顔で言った。

「ボスのことだ、絶対調べてたって。いつも女の尻を追っかけてるし」マティが口を挟んだ。

ふたりともエマ・マッカルパインの線については終わりにしていいと思っていた。少なくとも、今のところは。チョコレート・ダイジェスティブをつまみ、メモについて三人で知恵を出し合ったが、これがいたずらなのかそうでないのかを判断することはできなかった。それでもとにかくメモの内容を捜査ファイルに書き写した。いずれ大きな意味を持ってくるかもしれない。

誰もほかに何も思いつかなかった。俺はオフィスに引っ込み、仕事をしているふりをした。

実際には《デイリー・メール》に載っているマスかきどもの顔に眼鏡とひげを書き足して時間を潰していただけだった。幸い、マスかき野郎には事欠かなかった。

ドアがノックされた。クラビーだった。今はジャケットを脱ぎ、黄色いシャツとグリーンのペイズリー柄のネクタイが見えている。

「入れ」

「領事館のファロウズから電話がありやした。オロークの遺体を死体安置所から引き取りたいということです。アメリカのアーリントン国立墓地に埋葬するんだとか。こいつはどえれえことです。まじもんの名誉ですよ」

「あのファロウズとかいうやつは信用できん。あいつの受け答えにはどうも納得いかないところがあった」

「あい。うさんくせえやつでした」

「君は自由長老派じゃないやつはみんなうさんくさいと思っているんだろ。それはともかく、領事館はこの一件を早いとこ片づけたいと思っているのかもしれないな。どう思う?」

ふだんなら、クラビーは陰謀の気配があれば飛びついてくるのだが、その瞳には俺の発言に対する懐疑の念が浮かんでいた。道はひとつまたひとつと閉じていっている。それはクラビーにもわかっているし、俺にもわかっている。マッカルパインの線を追いまわしていたのは、オロークのヤマがじわじわと死につつあることから眼を背けようとしていたからだ。ただそれだけだ。

「なんとも言えやせんね」クラビーはつぶやいた。

「遺体は引き渡すと伝えてくれ」

「わかりやした」

俺はビスケットを食べ、海を眺め、《デイリー・メール》への作業を再開した。

時間が流れた。

たぶんどこかの誰かが何か思いついてくれるはずだ。

またドアがノックされ、クラビーが入ってきた。

「どうした？」

「ファロウズと話をしてきました。どうも何も知らねえみてえです。ただの下っ端役人ですよ。遺体はアメリカに運んでもらってかまわないと伝えました。それで満足したようです」

俺はあくびをした。「そうか。この件については明日、俺が報告書を書いておこう。マティに今日は店じまいだと伝えてくれ」

「俺が残って書いときやすよ。どのみち、巡査部長の昇進試験のために勉強しておきてえし」クラビーがぼそりと言った。

「好きにしろ」とその場は言ったが、あとになって、「ありがとう、助かるよ」と言うべきだったと気づいた。

外に出て、レインコートの襟を立てた。

ＢＭＷに乗り、ほとんどまっすぐ家に向かった。今回足止めされた検問はひとつだけだった。はるばるネパールからやってきた、たくさんのグルカ兵たち。英語を話せるやつはひとりもおらず、自分は警察だと説明するだけで笑いが巻き起こった。

ようやくコロネーション・ロードに戻ると、通りはサッカーをしているガキでいっぱいだった。子供たちの遊びを邪魔するのも気が引けたので、ヴィクトリア・ロードに駐車し、残りの道のりは歩いた。

家に入ろうとしていると、玄関ドアのまえにいるところをボビー・キャメロンに見つかった。

「おう、ダフィ、ちょいと助けてくれや」

ボビーは地元の武装組織の指揮官だが、それだけでなく、俺の命の恩人でもある。一年前、俺に銃を突きつけた男をボビーが撃ち殺したのだ。ボビーは俺が恩義を感じているのを知っていて、それを心底から楽しんでいた。

「なんだ？」

「一緒に来てくれ」ボビーは小声で言った。

「どこに？」

「いいから来てくれ。ちょいと問題が持ちあがってるんだ」

「なんの用なのか話してくれ」

「いいから来い！」

「話を聞くまで、ついていくつもりはないよ」

ボビーは俺をにらみつけた。雨は小降りだったが、ふたりともずぶ濡れになっていた。

「そうかい！　せいぜいトラブルになってから後悔するといい。俺はなんとか食い止めようとしてたのに、自分はそれを屁とも思わなかったとな」

「トラブルってなんだ？」

「もう遅い！　チャンスをやったのによ、オマワリ。俺はチャンスをやったんだよ！」彼は怒鳴り散らした。

俺は家のなかに入り、ドアを閉めた。レインコートは床の上に脱ぎっぱなしにした。肉体的に消耗する一日で、くたくたに疲れていた。ウォッカ・ギムレットをつくり、テレビのまえにどっかりと腰をおろし、『ロックフォードの事件メモ』を見た。ロックフォードはいつもくそにまみれ、トレーラー・ハウスで父親と極貧生活を送っている。観たらきっと好きになるはずだ。探偵ってのはまあ、そんなものだ。

電話が鳴った。「例の未亡人のアリバイはどうだった？」トニーだ。

「アリバイはありませんでした。ドアティが殺された時間にはジョージ・エリオットを読んでいたそうです」

「『動物農場』とかいうやつか？」

「それはジョージ・オーウェルですね」

「ドアティはやっぱり夫人に会いに行っていたのか？」

「ええ。彼女によれば、ドアティは酔っていて、支離滅裂で、わけのわからないことをわめいていたそうです」

「ドアティはそういうやつだったのか？」

「ええ、まあ。それから、拳銃を撃ったことがあるかどうか訊きました」

「それに対する答えは？」

「ないそうです。ショットガンなら何度もあるってことでしたが」

「誰だってそうだろ？　で、君の考えは？　夫人が殺したんだと思うか？」

「殺したって、どっちを？」

「ドアティをだよ」

「わかりませんね」

「こってり絞りあげたんだろうな？」

「ええ。こってりというか、あっさりというか」

「で？」

「何もわかりませんでした」

「おいおい、くその役にも立たんな」

「ええ」

「なら、俺も自分で話を聞かなきゃならんか」

「そうですね」

トニーはその話題はそれでよしとしたようだったが、俺の声の調子に何か気に入らないものを感じ取ったようだった。「大丈夫なのか？　というか、元気でやってるのか？」兄貴のような口ぶりだ。

「ええ、元気ですよ」

長い無言の時間。

「俺が海を渡ったら、君の住める場所も探しておくよ」

「ありがとう……でも俺の気持ちはわかっているでしょう」

「ちょっと考えてみてくれ。正直、この国は終わりだ。未来はない。とくに君や俺のように、優秀な若いやつにとって」

「そうですね、トニー。考えておきます」

「どうせそのつもりはないんだろうが、でも考えるべきだよ。君の医者のガールフレンドは正しい選択をしたんだ」

「わかってますよ」

「君にバレンタインの贈り物を残していってくれる謎の女はほかにいないのか？」

「今日はいませんね」

「まじな話なら、その女は君に直接伝えていたはずだ。暗号のメモなんか残したりせずにな。そういうのは映画のなかだけの話だよ」

「俺も同じことを考えていました」

一、二秒の死んだ空気。「あまり仕事に根を詰めすぎるなよ。わかったか？」

「わかりました」

「じゃあ、元気でな」

「ええ」

トニーは電話を切った。俺はもう一杯ウォッカ・ギムレットをつくり、照明を落としてピンク・フロイドのアルバム《炎～あなたがここにいてほしい》をプレーヤーにのせ、針を《クレイジー・ダイアモンド》――シド・バレットの精神崩壊について歌った曲――に合わせて連続再生モードにした。キャリック署に電話してクラビーに替わってもらった。

「マクラバンです」

「ジーザス、まだ残業してるのか？」

「主の名前をみだりに口にするもんじゃありやせんよ。ええ、まだ残業してます」

「何をしているんだ？　勉強か？」

「あい。昔の法律書を持ち出してね。ここは静かですから。ベルファストでのトラブルに備えろって情報も入ってきてやすが」

「そこを出たほうがいい。ぼやぼやしてると暴動鎮圧任務に駆り出されるぞ」

「かまいませんよ。賃金が二倍になるし、危険手当もつく。金はいくらあってもありがてえ」

「三倍の請求はしないようにしておけ。君もくそったれのディエルに眼をつけられることになる」

「ヤマの捜査も進めてますよ」とクラビーはあまりやる気のなさそうな声で言った。

「君の考えは？　何かわかったか？」

「考えてるだけじゃ埒があかねえんで、さっき話をしてきたところです。例のＦＢＩのやつと。アンソニー・グリム特別捜査官です」

「どうやって？」俺は間抜けな質問をした。

「時差ですよ。向こうは五時間遅れです」

「ああ、そうだった」

「オロークについての新情報はなしです。戦争の英雄。退役後の市民生活にもうまくなじんだ。よき公務員。ファイルにはない記録がいくつかありましたが、どれもスピード違反です。で、内国歳入庁に三十年間勤務」

「何か人の反感を買いそうなことをしたりしていなかったか？　会計監査すべき相手をまちがったとか」

「そういうのはありやせん。オロークは中堅の調査官だった。検事じゃなかったし、敵もつくらなかった」

「グリムってのはどんなやつだった？　声の調子がおかしいとか、話をはぐらかそうとするとか、そんな気配はなかったか？」

「俺が気づいた範囲ではありやせんでしたね。向こうから進んで話してくれたようでした。日常業務そっちのけで。自分の仕事にちょっとうんざりしてたようでした」

俺が期待していたのとちがう。

「でもひとつだけ……」

「なんだ？」

「ええ……俺がヴァージニア州のＦＢＩの番号にかけて、アンソニー・グリム特別捜査官に替わってほしいって言ったときの話なんですがね、いったん保留にされて、それからオペレーターがこう言ったんです。〝シークレット・サービスにおつなぎします〟って」

「シークレット・サービス？　くそったれが！　どういうことだ？　シークレット・サービスといえば、大統領警護部門じゃなかったか？」

「グリムにそう訊いたら、そんなにドラマティックな仕事じゃないって笑われやした。ちょうどアメリカ財務省の通貨保護課に出向してるんだとか。ＦＢＩの全任務のなかで、たぶん一番退屈な仕事だって言ってました。こんな仕事をするくらいなら、殺された内国歳入庁の調査官のデータを用意するほうがましだってなもんで。まあ、だからどうってわけでもねえでしょうが、この件はいちおうボスに知らせとこうと思いやして」

「ああ、わかった。メモしておこう。グリムってやつは信用できそうだったんだな？」

「ええ」

「そうか。よし。で、改めて君の考えは、クラビー？」

「オロークの過去は今回のヤマとは関係ねえんじゃねえですかね。オロークは模範市民でした。税金だって払ってたし、前科《マエ》もなし。病気のかみさんの面倒もみてた」

「俺だってなにも、オロークが連続殺人鬼だったと思ってるわけじゃあねえ。あいつぁえらく物静かで、自分の殻に閉じこもるやつだった」俺はわざとヨークシャー訛りで言った。

「よしてくれ、ショーン。オロークはヨークシャーの切り裂き魔なんかじゃねえ。ほんとにかわいそうなやつです。かみさんに死なれ、その悲しみを乗り越えようと、くそ休暇を利用してせっかくアイルランドにやってきたってのに、どっかのろくでなしに殺されちまった。俺にはどれも偶然のなりゆきのように思えやすけどね」

「どれもじゃない。ひとつ、オロークは毒を盛られている、ふたつ、犯人はオロークの死体をまっぷたつにし、どれだけの期間かはわからんが、その死体を冷凍し、その後にスーツケースに詰めて捨てた。そこらの物盗りがそこまでするわけはない。だろ、クラビー？」

「ええ」

「それに、君たちが言っていた〝脇道〟のこともある。謎の女にメモ。マッカルパイン夫人との件……」そう言って、俺はウォッカ・ギムレットをがぶりと飲んだ。

「いや、メモはいたずらでしょう。それに俺ははなっから、マッカルパインの線は追っても無駄だと思ってやした」

「こっちはわざわざ二度もアイランドマージーまで出向いたんだぞ。そう思っていたんなら、もっと早く教えてほしかったね」

「あなたは警部補で、俺はヒラ刑事ですから」

「わかった、クラビー、ありがとう。もう家に帰れよ」

「あい。わかりやした。それじゃ、ジョーン」

「気をつけろ、安全運転でな」

「はい」

電話を切り、本棚を漁って欽定訳聖書を探した。パイントグラスにウォッカとライムのお代わりを入れ、ラジオ・アルバニアをつけた。アメリカ資本主義の害悪とロナルド・レーガンに対する批判が五分間。ブレジネフ政権の腐敗とソヴィエト連邦に対する批判。称賛されたのはカンボジアの労働者の真の友、ポルポトだけだった。

夜はすっかり更けていて、お代わりのウォッカ・ギムレットをふた口飲んだばかりだった。そのとき、玄関のドアを激しく叩く者があった。

「この狂気に終わりは来るのか？」俺はそうつぶやき、玄関に走った。

ドアをあけるとボビー・キャメロンが立っていた。うしろに暴徒たちを引き連れて。

18 スカウト・フィンチのようには

眼出し帽、スキー・マスク、スカーフで顔を隠した男たちが十人ばかり。めいめいの手にはクリケット用のバットや棒、野球バット。最後のやつは、野球をたしなまないこの国ではたいそうな得物だ。

男たちは窓を叩き割るのではなく、ドアをばんばんと叩いていた。そうすることで俺を殺しにきたのではないとわからせようとしていた。

「これが最後のチャンスだ。暴力沙汰を見たくねえんなら、一緒に来てもらうぜ、ダフィ」

ボビー・キャメロンがいかにも彼らしいしわがれ声で言った。

「そいつを外したらどうだ。文明社会の人間らしく話し合おうじゃないか」と俺は言い、ボビーの口を覆うバンダナを指さした。

「一緒に来い、ダフィ。でねえと、おめえの良心が痛むことになる」

いいね。こいつらが今から何をするつもりであれ、それは全部俺のせいになるってわけだ。

「わかったよ。ちょっと待っていてくれ」

彼らの鼻先でドアを閉め、上階に駆けあがり、枕の下から三八口径を引っぱり出した。それをジーンズの前部に突っ込み、ラモーンズのTシャツの裾でグリップを隠した。革ジャケットをひっつかみ、玄関ポーチに出た。

「みんないい装備だが、スキーのシーズンはもう終わったんじゃないかな、諸君」

誰も笑わなかった。

「俺たちには譲れない一線がある」と誰かが言った。それはかつてハーランド&ウルフ造船所の労働組合代表を務めたカレン氏の言葉のように聞こえた。氏は今では、その他のほぼ全員と同じく、無職だ。

「くそフェニアンどもがばんばん繁殖してるってだけで充分ひでえのに。今度はこれかよ。くそ大惨事だぜ」とほかの誰かが言った。

「職に関することだ」とボビー。

「いったい何があったんだ？」

「あんたが必要なんだ、ダフィ。あんたなら、あの連中が納得できるように説明できる。そうすりゃ誰も泣きを見ずにすむ」

「あの連中？　泣きを見ずにすむってのはなんのことだ？」

「こっちだ」

ボビーが先導し、俺たちはあとに続いてコロネーション・ロードに出た。通りは無人だった。人ひとりいない。酔いどれも、通行人も、目撃者もいない。こいつらはいったい何をするつもりなんだ？

今ではすっかり酔いも醒め、おまけにちょっとびびっていた。

男たちのうちふたりはウォッカ瓶を持ち、その瓶の口からはぼろ切れがはみ出ていた。

「こっちだ」

ボビーはコロネーション・ロードの端、ヴィクトリア・ロードとの境目にある家のまえで立ち止まった。そして、俺のほうを振り返った。

「さあ、なかに入って、俺たちはものわかった人間だと伝えてくれ。馬鹿な真似はしたくない。誰も傷つく必要はない。連中が荷物をまとめて出ていく時間を三十分やる。けど、もし出ていかねえんなら、やつらの身に何が起ころうと俺の知ったこっちゃない」

なんのことやらさっぱりだ。この家には誰が住んでいるんだ？　というか、空き家だと思っていたが。子供にいたずらする変態野郎でも住んでいるのか？　なんなんだ？

それは赤レンガの公営テラスハウスで、見た目は俺の家とまったく変わらないが、俺のはサッチャー首相のマイホーム購入政策で住宅機構から購入したもので、ちょっとばかり改装してある。

ゲートをあけ、庭の小径を歩いた。

以前の賃借人が庭をセメントで固めていたが、新しい住人、もしくは住人たちは、むき出しのセメントの上に薔薇の鉢植えを半ダース置いていた。

玄関のドアをノックした。

「どなた？」なかから声がした。

「近所の者です。この先に住んでいるショーン・ダフィです」

「ちょっと待って」

数秒後、ドアがあいた。出てきたのはあのアフリカ系の女性だった。ジーンズにフードつきのスエット。手にはハンドバッグ。彼女はまず俺を見て、それから通りに立っている暴徒たちを見た。

「いったいなんの騒ぎですか?」震え、怯えている。

「この男たちはあなたを追い出そうと、脅しをかけに来たんです」

「わたしが何をしたっていうの?」東アフリカの訛り、ちゃんとした教育を受けた人間の話し方だ。

「わかりません……訊いてみましょう」

俺はコロネーション・ロードをうろついている男たちのほうを振り返った。

「自分が何をしたか知りたいと言っているが」

「つべこべ言わず出てけってんだ！　キャリックにその女の居場所はない。よそ者に仕事はやれねえ！」

「この街に黒人はいらねえんだ！」また別の誰かが怒鳴った。その甲高い声からビリー・トゥックだとわかった。

「ここをどこだと思ってるんだ、ビリー。アラバマじゃないんだぞ」俺は言った。

「ここは俺たちの国だ！」とほかの誰か。

「こいつらはいい迷惑だ！」

「蟻の一匹でも、ほっときゃ堤防が崩れるっていうじゃねえか！」

「俺たちの仕事を盗みやがって！」

雨が降りだしていた。俺は顔をあげ、そのまま少しのあいだ、雨が顔を濡らすに任せた。

女のほうを振り返った。

「君、名前は？」

「アンブリーナ」

「仕事は何を？」

「大学の学生」

「どの大学だい？」

「アルスター大学。そこで経営学を学んでるの」

「それはいいね。この家にはほかに誰がいる？　子供やご主人は？」

「息子が。夫はウガンダにいる」

「このあたりに親戚は？」

「みんなウガンダにいる」

女は暴徒たちを見た。「どうすればいい？　出ていかないと駄目？」

「いや、なかに戻ってドアを閉めるんだ。このちんぴらどもはなんとかしておく。今後困ったことがあったら、俺を訪ねてきてくれ。俺は警官だ。一一三番地に住んでる」

彼女はうなずいた。

その眼は半分閉じられ、瞳は昏く、とても美しかった。多くのものを見てきた老人の眼。だが、彼女自身はとても若い。たぶん二十一。

女はバッグのなかに手を伸ばし、財布を探り出すと、二十ポンド紙幣三枚を差し出した。

「そんな必要はないよ。なかに入ってドアを閉めるんだ。で、もし困ったことがあれば俺を訪ねてきてくれ。電話でもいい。番号は６２６７０だ。わかったかい？」

「ええ」

「電話はある？」

「ええ」

「じゃあ、そういうことで。なかに入って」

彼女はドアを閉めた。

濡れた通りにはまだあのにおいが漂っていた。ガソリンと煙草と酒と恐怖の、あまりにもなじみ深いにおい。

家々のカーテンが痙攣し、明かりがつきはじめたが、ここで何が起ころうと、誰も——誰ひとり——何も見ないし、何も聞かない。たとえ誰かがうっかり警官を殺したとしても。もとい、誰かがうっかり警官を殺した場合はとくに。

沈黙。遠く、軍用ヘリが黒い湾上のどこかを飛んでいる音のほかは。

ボビー・キャメロンを見た。俺の眼とバンダナの上の彼の眼とが合った。

「すっこんでな、オマワリ」誰かが言った。

雨粒が油ぎった穴に落ち、ぽつぽつと音をたてていた。リンのか細い線が雲間をひらひらと動き、ヴィクトリア・ロードのテラスハウス上空に月が顔を覗かせていた。

ボビーはバンダナで隠れた口元を歪ませた。「こいつらには出てってもらわにゃならん。俺たちの話し合いの結果、そうなった」

「この家には女ひとりと子供がひとりいるだけだ」

「ひとりだろうと千人だろうと関係ねえ。ほっときゃどんどん増えるだけだ」

「俺たちの仕事が奪われてんだ！」誰かが叫んだ。通りの先に住んでいるデイヴィー・ダミガンだ。聞きまちがいようのないアーズ訛りがある。

「あの女性《ひと》はあんたらの仕事を奪ってなんかいないぞ、デイヴィー。〈インペリアル・ケミカル・インダストリーズ〉が工場を東南アジアに移したのは、そこなら組合がないし、賃金も安あがりだからだ。彼女とはなんの関係もない」

「わかってねえな、ダフィ。あんたを呼んだのはせめてもの礼儀としてだ。どっちにしろ、この家のやつらには今晩じゅうに出てってもらう」ほかの誰かが言った。

俺は男たちをにらんだ。

男たちは俺をにらんだ。

遠くでサイレンの音がした。サイレン、またサイレン。

馬鹿げている。ジーンズの前部に手を伸ばし、三八口径を取り出した。

「これがおまえの望みなのか、ボビー？　俺たちがみんな仲よくお手てをつないで、輝ける最期《オメガ》に向かって飛び込むことが？　あの女のために？　たかだか蟻一匹のために？

「あんたらは法律じゃない。俺だよ。俺がくそ法律だ」

男たちに銃を向けることはしなかったが、全員の眼に俺の手のなかにあるものが見えるようにした。

髪を振り乱した無頼派警官を恐れ、六人ほどの男たちがうしろに退いた。その警官はまさにこの通りで、五人の人間を殺している。

ボビーはまばたきひとつしなかった。

「こちとら家に帰りゃ、もっとデカい銃があるんだがな」ボビーが言うと、何人かが笑った。

それは嘘ではないのだろう。たぶん、庭の納屋にAKがごろごろ転がっているはずだ。

「俺が法だ。勇敢な諸君。ここを通りたければ、俺を乗り越えていけ。けどな、なぜそんなことをする必要がある？　この家に大人はあの女性しかいない。学生だ。経営学を学んでる。ビジネスを学んでいるんだ。彼女がここにいるのは仕事を生み出すためであって、奪うためじゃない」

男たちのあいだにさざ波が広がった。

「何を勉強してるって？」ボビーが訊いた。

「アルスター大学で経営学を勉強している」

「あの女はフェニアンなのか？」誰かが大声で尋ねた。「フェニアンなんてもんはいねえ。いるのは異教徒だけだ。やつらは僧侶を鍋で煮てる」ほかの誰かが言い、笑いが大きくなった。

ボビーは間抜けではなかった――この機を逃さなかった。「あの女が誰も鍋で煮てねえとしても、ロンダ・ムーアお手製のラザニアだけで、このあたりは充分くせえけどな」

さらなる笑い。「よかったら俺の修道院ジョークも聞いてくれ」エディ・ショウが言った。

「言ってみろ、エディ」と俺は言い、銃をズボンに戻した。

「信心深い自由長老派の宣教師がアフリカに行った。んで、そこで病気になり、修道女たちが詰めてる病院に運び込まれた。宣教師は口にマスクをつけられ、隔離病棟に移された。〝看護師さん〟と宣教師はマスクをつけたまま、ごにょごにょと言った。〝え、え、え、えんがちょ掘ったバチですか？〟若い看護師はどぎまぎして答えた。〝わかりません。わたしの仕事はあなたの顔と手を洗うことです〟ちょうどそこへ看護師長がやってきて、宣教師が取り乱しているのを見て近づいてきた。んで、何かあったのかと尋ねた。〝どうか教えてほしい〟と宣教師はごにょごにょ言った。〝え、え、え、えんがちょ掘ったバチですか？〟看護師長は布団をはぎ、宣教師のパジャマのズボンをおろし、ちんぽを念入りに確かめ、ほかのふたりの看護師にも見せたあと、パジャマを引きあげ、布団を取り換えてこう宣言した。〝大丈夫です。あなたは性病ではありません！〟これを聞き、宣教師はマスクを外して言った。〝検、検、検査の結果待ちですかと訊いたんだ！〟」

笑いの渦。ボビー・キャメロンさえも。こうして終わった。男たちのほとんどは眼出し帽を脱ぎ、家に帰っていった。ボビーは俺に歯を見せた。ひょっとして、こいつは最初からこうなることを望んでいたんじゃないか、そんな気がした。くたくたになって自宅に戻り、冷蔵庫からバス・ペールエールの缶をつかむと、テレビのまえに腰をおろした。

何缶か飲んでいるうちに、アレックス・〝ザ・ハリケーン〟・ヒギンズがスヌーカー台を壊した。暴徒たちか。さて、お次はなんだ？

電話が鳴った。リビングの時計を見た。零時二十九分。俺には絶対のルールがある。零時過ぎの電話には出ない。いい知らせだったためしがない。これまでに一度も。ベルは十三回鳴ったあと静かになり、また鳴りはじめた。

「くそが！」

どたどたと玄関に向かった。「勘弁してくれ、今度はなんだ？」

「ダフィ、キャリックのマリーナに来てくれ。十分後に」ブレナン警部だった。

「警部、もう零時をまわっているんですよ！」

「泣き言はいいからとっとと来い。急げよ！」

俺は外に出て、BMWの車底に爆弾がないことを確認し、コロネーション・ロードを走って港に向かった。港に着くと駐車場に車を駐めた。すべてが暗く、光を放っているのは海にディーゼル油を垂れ流しているポーランドの石炭船だけだった。南側の埠頭を歩き、マリーナに出た。数十艘のヨットと小型漁船が木製の舟橋につながれていた。

「こっちだ、ダフィ！」ブレナン警部の声がした。

舟橋を歩き、みすぼらしい縦帆船《ケッチ》に近づいた。全長十メートル。総木造で、おそらく戦前のものだ。ジーザス、警部はこんなところに寝泊まりしているのか？「こっちだ！」ブレナンが言った。

俺は船に乗った。

「船尾甲板で敬礼でもしましょうか？」俺は訊いた。

「一杯どうだね？」

「いただきます」

警部からウィスキーの入ったグラスを受け取った。

「来てくれ」

俺たちは海図台のまえに座った。ひどいにおいだ。そこらじゅうに服が散乱し、寝台のひとつには寝袋が転がっている。

「まえに言ったことを覚えていますか。しばらく寝泊まりできる場所をお探しなら、俺の家には予備の寝室がふたつあって――」

ブレナンの顔が真っ赤に、拳は真っ白になった。「いったいなんの話だね？」

「もし警部と奥さんのあいだに何か――」

「かみさんのことは話題にせんでもらえるとありがたいんだがね、ダフィ警部補！」

俺はうなずいた。

「いちおう言っとくが、私は大丈夫だ。何も変なところはない。ときたま、好き好んでここで寝とるんだ。朝一番で釣りに行けるからな。署でどんな噂話を耳にしとるか知らんが、そんなものはどれも嘘っぱちだ」

「はい」

「釣りぐらいしたってかまわんだろ？」

「はい」

「じゃあ、これで君もくそ納得してくれたわけだな？」

ブレナンはウィスキーを飲み干すと、自分のグラスにもう一杯注いだ。

「でだ、ダフィ。今朝、ハリー・マッカルパインという男のところに行ったそうじゃないか」

「偶然会っただけですが、ええ」

「それはハリー・マッカルパイン卿のことかね？」

「ええ」

「令状もなしに卿の家をガサ入れしたというのはほんとうなのか？」

「いいえ、卿に会いに行っただけです。使用人のひとりがなかで待たせてくれたんですが、結局、卿が戻ってこなかったので帰りました」

「私が聞いた話とちがうな」

「苦情でもあったんですか？」

「あい、そうだ。欧州議会のイアン・ペイズリー議員、イアン・くそったれペイズリーのところにな」

「警部、私はただ――」

「つべこべ言うな、ダフィ。このマッカルパインとかいう男のことは初耳だが、コネのあるやつなのはまちがいない。今後は近づくんじゃない、いいな？」

「はい」

ブレナンは眼を落とし、一瞬、眠りに落ちたように見えた。

「警部？」

「人にウィスキーを注がれたら、飲み干すもんだろうが！」ブレナンは怒鳴った。

俺は安物のウィスキーを飲んだ。

「よし、ダフィ、帰っていいぞ」

「はい」

彼は嘆息し、顔をこすった。「まったく、次から次に問題が起きるな、ダフィ」

「そうです、そのとおりです」

19 本部長

ついさっき眼を閉じたばかりのような気がしていた。すると、どこかの馬鹿たれが俺の寝室の窓に石を投げる音が聞こえた。クロック・ラジオを確かめた。午前六時六分。やれやれだ。これでまたボビー・キャメロンだったら、外に出て撃ち殺してやる、あのでぶ。

カーテンをあけ、前庭を見おろした。

そこにいたのはマティとひとりの巡査で、ふたりとも礼装に身を包んでいた。

これはまずい。

階下におり、玄関ドアをあけた。

「みんな、一時間前からずっと電話してたんすよ」マティが言った。礼装というだけでなく、ひげを剃り、ずっと顔にこびりつけていた生意気な笑みもきれいさっぱり消えている。

「俺がまた何かしでかしたのか？」

「はい？」

「今度は誰を怒らせちまったんだ？ 首相か？ 教皇か？」

「ボスに関することじゃないっす。バーク巡査部長です」

「バークがどうかしたのか?」

「ゆうべ事故があって、自分で自分を撃ち殺しちまったんです」

「ジーザス! ほんとうか?」

「ええ、まちがいないっす」

「ちくしょうが。どうしてそんなことに?」

「私物の拳銃の暴発です」マティは新聞記事を読みあげるように言った。

俺はもうひとりの巡査を見た。

その巡査は教会とブレスミントのにおいがした。見た目は十四歳くらいだ。

「自殺したってことか?」声を落としてマティに尋ねた。

「俺は知らねえっす」

王立アルスター警察隊はヨーロッパの警察で最も自殺率が高い。それは周知の事実だが、まさか自分のところの人間が自殺しちまうとは。

「着替えてくる。君たちはなかで待っていてくれ。コーヒーは?」

俺はトーストを焼き、コーヒーを淹れ、ひげを剃り、ドライクリーニングの包みから礼服を取り出した。

車で署に向かった。署の雰囲気は〈インペリアル・ケミカル・インダストリーズ〉のつや消しブラック塗料よりも黒かった。

マカリスター警部補のところに行った。マカリスターはいつも事情に通じている。

「何があったんです、アラン？」

彼は顔面蒼白で、吐息はコーヒーとウィスキーのにおいがした。

「隣人が銃声を聞いて通報したんだ。俺が当番だったから、トリー巡査を連れて確認しに行った。バークは居間にいた。こめかみに銃創があったよ」

「バークに身寄りは？」

「かみさんとは離婚してて、成人した子供がふたりいる」

「自殺にまちがいないんですか？」

「でかい声を出すな、ダフィ！　ここでそういう言い方はしない。内部調査であれこれ質問されるだろうがな、バークは一流の警官で、問題はくそひとつもなかった。俺たちは口をそろえてそう言うんだ、わかったか？」

わかった。自殺ならどんな生命保険だっておりないが、〝銃器の暴発〟となれば……そういうことだ。

「じゃあ、ここだけの話ってことで」俺は声を低くして言った。

「子供たちはふたりとも海の向こうにいて、両親は他界してる。兄弟は南アフリカだ。ここに身寄りはひとりもいない」

「酒が入っていたんですか？」

「ああ、飲んでいたよ。血中のアルコール濃度はとんでもなく高かったはずだ。でも、それが直接の原因じゃない……」

マカリスターは手招きして俺をオフィスに連れていった。ドアを閉め、俺を座らせると、プラスティックのコップに安酒を少し注いだ。

「じゃあ、何が直接の原因だったんです？」

「居間のコーヒー・テーブルの上に弾丸が三発置いてあった」

「バークが銃から抜いたってことですか？」

「あい。弾を三発抜き、薬室をまわし、こめかみに銃を当て、くそ引き金を引く……あいつは以前にも同じことをやったことがある。それも一度じゃない。かみさんが出ていったのもそれが理由だ」

「なんてことだ」

「くそ馬鹿野郎だよ。ＩＲＡがやるべき仕事を、代わりに自分でやっちまったんだ」

「あい。かわいそうに。どうしてマイケル・ポロックのところに行かなかったんでしょうね」

「誰だそれ？」

「この地域担当の精神科医です」

マカリスターは妙な眼つきで俺を見た。どうしておまえが地域担当の精神科医の名前なんか知っているんだ？　それに、どうして見ず知らずの人間に自分の問題を打ち明けなきゃならない？

「どうして俺たちはこんな格好をさせられているんです？」俺は自分とマカリスターが着て

いる礼装の上下を指さして言った。

「本部長が来ることになってる」

「冗談ですよね？」

「いや」

「あの本くそ部長が？」

「ハムレットにあるだろ。〝デンマークでは何かが腐ってる〟って。それが本部長の考えだ」

「ええ、デンマークでは何かが腐ってます」

「あい。まあ、俺たちは何食わぬ顔をして、キャリックファーガス署は盤石だと安心させてやるんだ」

それを聞いて俺は笑みを漏らした。俺が訪れたことのある北アイルランドの警察署のうち、盤石な署なんてひとつもない。国境沿いの署では病気が蔓延している。リビア製のロケットがいつ国境向こうの地から降り注ぐか知れたものじゃない。その恐怖は眼に見えるほどだ。かたやベルファスト市内の署は、暴動や迫撃砲による攻撃にさらされている。もっと静かで守りの手薄な田舎の署では、ＩＲＡの一個現役実行部隊《ASU》による待ち伏せから、通りに駐車中の車両に仕掛けられた爆弾まで、どんな可能性もある。自宅だろうが、愛車のなかだろうが、映画館だろうが、レストランだろうが、どこだろうが、警官が身の安全を感じることはない。心休まる時間がない。自分の脳みそを吹き飛ばすことは、そこから脱出するためのそれなりに合理的な手段に思える。

っていた。

バークは人気者というわけではなかったが、なじみの顔であり、ほんとうの大酒飲みになってしまう以前は、そこそこまっとうな警官だった。

捜査本部室に入った。部屋の空気はこの天気と同じ、雨模様だった。女性の予備巡査のなかには泣いている者もいた。

俺にはかけられる言葉も、できることもなかった。みんなにふるまえるハッパか煙草でもないかと思って証拠保管室に行ったが、当直はフレデリックスという無駄に敬虔な男で、そんなくそ面倒を大目に見てくれそうになかった。

自分のオフィスに戻り、窓辺に立った。紅茶を一杯。煙草を一本。

クラビーがドアをノックした。グリーンの礼服を着ていた。

「残念ですね」

「あい、とんでもなくな」

クラビーはまごまごしていた。何か言おうとしていたが、口にするのがはばかられたのか、そのまいなくなった。巡査部長の席が空いたから、その席に自分を推薦してくれとでも言うつもりだったのか？　かもしれない。が、ああいう長老派の手合いのことはこの先も一生理解できないだろう。

そうやって十分のあいだ、薄汚れた湾をボートが行ったり来たりするのを窓越しに眺めていた。

またドアがノックされ、ブレナン警部が入ってきた。

やはり礼装で、ひげを剃っている。

「ちんぽこをしまっておけ、ダフィ。本部長がこっちに向かっとる。どうしてそんなことになったのか、身に覚えはないが、とにかく来るものは来る」

「ええ、といっても、私たちが何かしでかしたわけじゃなくて——」

「次の昇進の時期が来たら、私は警視になるはずだった。キャリックのような署の署長は警部には務まらんからな。警視に昇進させてもらえるはずだったのに、それもご破算だ。くそったれのバークがくそったれのロシアン・ルーレットなんぞしたから。あのとんま。哀れなくそ馬鹿野郎だよ……ここに酒はあるかね、ダフィ？」

「確か、ウォッカが——」

「いや、よしとこう。ハーモンは堅物だ。まったく！　よくもぶち壊してくれたもんだ！」

ブレナンはオフィスを出て、ほかの誰かに愚痴を言いに行った。

俺は時計を見た。十一時ごろ、本部長はほんとうにやってきた。バーン・フィールドにヘリで降り立ち、署まで警察用ランドローバー三台の車列を組んでやってきた。

目立たないどころの話じゃない。

ジャック・ハーモン本部長は王立アルスター警察隊では人気があった。給料と待遇の改善を求めてサッチャーを相手に果敢に戦い、カソリック警官の採用を奨励し、プロテスタントの偏狭なあほどものなかでも最悪の連中を解雇し、カースルレー一時収容所での精神的、肉体的拷問（逆効果だし、自白も当てにならない、と報告書には書かれている）を禁止させた。

王立アルスター警察隊にはびこる偏見、無能、怠惰な警官について、まだまだ問題は山積しているが、ハーモンは短期間のうちに見事な働きを見せ、その努力に対し、最近になって女王からナイトの爵位を授かっていた。

そんな彼が入ってくるところはとてもドラマティックだった。

最初に護衛の警官たちが入ってきた。ひげを生やし、サブマシンガンを持った、見るからに屈強な、大きな男たち。

それからおなじみの、いかにも田舎者といった風情のジャック・ハーモン卿。赤いじゃがいも顔、ずんぐり体型。制服はきつすぎるように見える。

ブレナン警部が敬礼した。

ふたりは握手と言葉を交わした。

ブレナンが階級の高い警官、すなわちマカリスター警部補、俺、クイン巡査部長を紹介した。

ジャック卿は俺たちの手を握り、署の全員（紅茶汲みの女性も含めて）を下階《した》の会議室に召集するようにとブレナンに言った。

卿のスピーチはお定まりの内容で、〝銃器の暴発〟というつくり話は話題にすらならなかった。その代わりに俺たちが聞かされたのは、士気……自分の抱えている問題をまわりの人に伝えることの大切さ……前向きに生き……今は風向きが悪いように見えても、我々はテロとの戦いに勝利しつつあり……

予備巡査のなかには感動した者もいたかもしれないが、ほかの誰も感動していなかった。

その後はみんなでお茶を飲み、ビスケットとキャロルが焼いたキャロットケーキを食べた。俺たちは本部長と自由に交流し、なんでも遠慮せずに訊いていいと言われていた。俺はマティとクラビーと一緒にコピー機のそばに避難し、本部長と眼を合わせないようにしていた。が、意味はなかった。一、二分後、本部長は明らかにこっちに向かってつかつかと歩いてきていた。クラビーとマティは雌ライオンをまえにしたヌーのように逃走した。

「戻ってこい」俺は小声で言った。

「ひとりでなんとかしてください」マティは消え入るような声で言うと、トイレに向かって脱兎のごとく駆けていった。

ジャック卿はまた俺に手を差し出した。今度は革の手袋をはめていた。もう帰るつもりのようだ。

「君がダフィかね？」

「はい、そうです」

「行くまえに君と話がしたくてね」

「私とですか？」

「あい」

「ええと、よかったら私のオフィスに行きますか？」

「案内してくれ」

俺はオフィスまで歩き、ドアを閉めた。

ジャック卿は座りもしなければ、海が見える眺望についてコメントもしなかった。

「君に関することで、ここ二週間のうちに二本の電話があった。たかだか警部補ごときのことで二件もだ。君はきっとえらく特別な人間なんだろうな、ええ？」

「いえ、そんなことは——」

「私がどれだけ忙しいか知っているかね、ダフィ？」

「たぶん、きっと、ものすごく——」

「そのとおりだ。ものすごおく忙しい。ひとつ教えてやろう。若いの。私は部下のためなら危険も顧みない」

「そのように聞きおよんでいます」

「議員のイアン・ペイズリーだって怖くはない。この手であのほら吹き野郎に手錠《ワッパ》をかけたこともあるくらいだ。こんなみじめな、神に見捨てられた未開の土地の政治家なんてものは、市民を扇動するくず野郎に過ぎん」

「はい」

「しかし、ひとりの警官のおこないについて苦情が来たとする。しかも私宛てに直接。となれば、無視するわけにもいかない。そうだな？」

「そうです」

「在ベルファストのアメリカ総領事から、うちの刑事が領事館の職員に対して威張り散らしを受けていると電話があった。その刑事が誰だかわかるかね？」

「それはきっと——」

「それから、イアン・ペイズリー本人からも電話があった。それによれば、議員のとても古くからの友人であるハリー・マッカルパイン卿とかいう男が、強引な若い刑事からひどい扱いを受けているということだった。その刑事が誰か、心当たりはあるかね？」

「もしできましたら、私の説明を——」

ジャック卿が思いきり顔を近づけてきたので、俺はしわの寄った卿の顔をまじまじと見ることになった。安っぽく陽気なマヨルカ島の日焼けを。疲弊し、怒り、血走った眼を。

「君の個人ファイルは見せてもらったよ、ダフィ。女王からメダルをもらっていて、おまけにカソリックだそうだな！　それで自分は敵なしだと考えているのか。自分をクリント・イーストウッドだとでも思っているのかね。自分のやりたいことをなんでもできると？」

「とんでもありません。あの、もしできましたら——」

「この国の仕組みを教えておこう、ダフィ。ここは部族社会だ。氏族たち。部族の長たち。今は西暦何年だ？　一九八二年？　ちがう、我々は一五八二年を生きているのだ。大酋長たちの羽根を逆なでするような真似をしてはいかん。わかるかね？」

「酋長、羽根、逆なでしませんか？」

「なめてるのか？」

「いいえ！」

「ならいい。君には私が必要だろうからな。それに、もしそんなやつらに逆らって君の味方をしなきゃならんときが来たら、私はロンドンの酋長たちがこちらの味方についてくれると知っておく必要がある」

「もちろんです」

「ハリー・マッカルパイン卿はやり手だ。あちこちに土地を持っている。今のところは北アイルランド議会も味方につけているし、権力者の友人がいて、大臣に直訴することもできる」

あい。それにあいつは大口叩きのはったり野郎でもあり、ケツまで抵当に浸かっていて、おまけに義理の妹によれば、教会の鼠と同じくらい貧しい。が、俺はそんなことはおくびにも出さなかった。

ジャック卿は俺を見て、眼と眼を合わせると、俺が先に眼を逸らすのを待った。が、俺はこのくそ野郎にその満足を与えるつもりはなかった。こいつは確かにここまでヘリで来たかもしれない。昨夜はサッチャー首相と電話で話したかもしれない。それでも、こいつの口からは〈クックスタウン〉の安物ソーセージのにおいがする。

卿はうなずき、最後には自分から眼を逸らした。そして、俺のオフィスを初めてじっくり眺め、窓から見える景色と、おそらくはいかにも非長老派らしい乱雑ぶりに感銘を受けた。

「で……」しばらくして卿は言った。「上等なウィスキーはどこにしまってあるんだね？」

20 アルスター防衛連隊基地

メディアは〝銃器の暴発〟という与太話を信じた——生命保険会社の能なしどもが信じるかどうかはまた別の話だが、ありがたいことに、それは俺が心配することではなかった。葬儀は日曜日、アントリム海岸沿いの小さなスコティッシュ・カルヴァン派教会で営まれた。俺にとっては何もかもが新鮮だった。讃美歌が歌われ、祈りが捧げられ、死者についてはなんの言及もなし。雨と海からのしぶきが質素な教会の窓を打ち、暖を取れるものは何もなかった。

背の高い、俳優のレイモンド・マッシーのような教会長老が言った。「いと高き方の住まいに住まう者はみな、全能の神の影に安らう。主は我が避難所であり、砦である。我は神を信じる。主は野鳥捕りの罠からも、死の疫病からもお救いくださるだろう。汝は夜の恐怖をも、昼に飛ぶ矢をも、闇に紛れて忍び寄る厄災をも、昼に災いをもたらす悪疫をも恐れることはない。汝の傍らで千人が斃《たお》れ、右手で一万人が斃れるであろう。だが、それが汝に近づくことはない。汝は不道徳なる者に罰がくだされるのを、自らの眼でただ見るであろう」

これは俺の好みの神だったが、残念ながらバーク巡査部長にとって、物事はそういうふうには運ばなかった。墓のそばに管区警視正がいて、バークの長年の献身に対し、感謝の言葉を捧げていた。もちろん弔砲やそれに類するものが撃たれることもなかった。そういうのはIRA暫定派のためにやることだ。

バークの死の影響はたちどころに表われた。ブレナン警部は昇進を逃したが、シフト勤務の効率を維持するため、新しい巡査部長が必要になった。細かなことに気を配れて、なおかつシフトを安定させられる人材が。今こそクラビーを推すときだ。ひとまず巡査部長代理に昇進させておけば、クラビーがどうしようもない無能でないかぎり、試験の結果は関係なくなる。が、これは俺の孤軍奮闘に終わり、ほかの全員がチクリ魔事務のケニー・ディエルを推した。ディエルはほかのみんながごめん被りたいと考えている管理業務に向いていそうだったからだ。

ミーティングのあと、俺はクラビーに話しかけた。「ディエルが昇進するよ」

クラビーはしょぼくれた。「俺、なんかへまでもしやしたか?」

「そういうことじゃない。すまんな。連中は何もわかっていない。みんなとしては、実際に足を使って犯罪を解決するやつじゃなくて、ディエルのような事務職員に昇進してもらったほうがいいんだ」

一日が終わり。

次の一日が始まり。

そうして一週間が経ち。

雨と、手がかりのない日々。

木曜日、ウィリアム・オロークの遺体がアメリカに到着したことを知った。葬儀はアーリントンでおこなわれ、儀仗兵がつき、星条旗が畳まれた。亡き妻の妹を名乗る人物がどこからともなく現われ、マサチューセッツにあるオロークの自宅とフロリダにあるアパートメントは自分に相続権があると主張した。俺は地元の警察にその女の事情聴取を頼んだ。地元警察は言われたとおりにしてくれて、ドーソンという警部補が、この女に疑わしい点はひとつもないというそっけないファックスを送ってきた。

日脚が長くなった。イギリス海軍機動部隊は南への航海を続けていた。土曜日の朝、ショットガンを持った覆面男がキャリックファーガスのハイ・ストリートにあるノーザン銀行で強盗を働き、九百ポンドを奪って逃走した。大した額ではないし、怪我人もいない。だから優先案件にするつもりはなかった。ブレナンにオフィスに呼び出されるまでは。

「オロークの殺人事件の捜査はどうなっとる？」

「前回お話ししたときからとくに進展は──」

「なら、この強盗事件を捜査するんだ。犯罪捜査課の全員でな。そろそろ仕事をしたらどうだ、ダフィ！」

ブレナンは老け込んでいた。頭髪はグレーだったのが白になり、腹はたるんでいた。今どこに寝泊まりしているのか、それは神のみぞ知る。何が悩みなんだ？　結婚生活？　昇進を逃したこと？　それとも別の何か？　俺には永遠にわからないだろう。クラビーも去年かみさんと折り合いがよくなかったが、あいつはそれについて何も、ひと言も言わなかった。

強盗事件を調べたものの、もちろん目撃者はいなかった。が、署の情報屋担当者が教えてくれたジャックドウというタレコミ屋が有益な情報をくれた。

日曜日の夜、〈バーロー・アームズ〉でガス・プラントという男がみんなに酒をおごり、新車を買うつもりだと誰彼かまわずに吹聴していたらしい。クラビーと俺は令状を取り、キャスルマーラ団地のガスの家に行った。盗まれた金はベッドの下にあった。

哀れだった。

俺たちが手錠をかけ、家から連れ出すまでのあいだ、ガスはずっとかみさんに怒鳴られていた。こんなところは警察が真っ先に調べるに決まってるとあれほど言ったのに、あんたは聞く耳持たなかった、あんたはいつもそうだ、と。

「ムショはいいぞ。あんなかみさんと別居できるなら、どこでもましってもんだ」俺はローバーの後部席のガスに言った。

『黄色い部屋の秘密』とはいかないにしろ、ともかく事件は解決し、数日は警部の小言から解放された。

トニー・マクロイに電話し、ドアティ殺しの件について尋ねた。

しばらくのあいだ、トニーは言い淀んでいた。

「あれはもう捜査していないよ。袋小路に入っちまった」

「マッカルパイン夫人に事情聴取はしたんですか？」

「あい、したさ。あんな美人だとは聞いてなかったぞ」

「それで？」

「それで、なんだ？」

「あなたの印象は？　ドアティの殺害に関与していそうでしたか？」

「まさか」

「それだけ？　〝まさか〟のひと言だけ？　夫人にはアリバイがないんですよ」

「それだけじゃない。動機も、凶器も、肝っ玉も、経験だってない……ああ、別の電話がかかってきた。またかけ直すよ」

トニーはかけ直してこなかった。

日々。

夜々。

キッチン窓から漏れてくる雨。痩せたスイセン。弱々しいライラック。風のなかを横向きにぱたぱたと飛んでいくカモメ。空へと続く無彩色の空白。

俺は目撃者を探してまわった。ウィリアム・オロークの最後の足取りをつかもうとした。誰も何も知らなかった。〈ダンマリー・カントリー・イン〉を引き払ったあと、彼を目撃した者はいない。

ある朝、警部が俺たちをオフィスに呼んだ。「諸君、この地域の担当の精神科医の名前と電話番号を掲示板に書いておくから、役立てるよう、ほかの署員たちにも伝えておいてくれ。

酒はなんの解決にもならんからな」そう言うと、警部はチェイサーとしてダブルのウィスキーを飲み干した。

四月は前進を続けていた。

俺たちはオロークのヤマを黄色のフォルダーにしまった。未解決ではあるものの、積極的には捜査をおこなっていないヤマをしまうフォルダーに。

これでまたひとつ、俺の個人的な負けが込んだ。担当した殺人事件半ダースのうち、一件も起訴まで漕ぎつけられなかった。

今回は犯人を見つけてさえいない。

妻に先立たれ、悲嘆に暮れる男がアイルランドに旅行にやってきて、毒を盛られ、切り刻まれ、冷凍され、ごみのように捨てられた。

「うんざりする」〈ドビンズ〉でホット・ウィスキーを飲みながら、俺はマティとクラビーに打ち明けた。

「これも仕事のうちですよ」クラビーが哲学めかして言った。「検挙率百パーセントなんか目指してたら、こっちの頭がどうかなっちまいやす」

それはそのとおりとして、たんに俺が刑事《デカ》として無能という可能性もあるんじゃないか？集中力とか、細部への注意力とか、一人前のデカが持っていて当然の資質を持っていないのかもしれない。いや、半人前のデカが持っていて当然のものさえ。

月曜日、ひどく寒い雨の朝、ウッドバーン・ロードのパブ〈ラグビー・クラブ〉に空き巣が入ったと通報があった。トロフィーが盗まれた。賊どもは天窓から侵入した。この天気のなか、誰も〈ラグビー・クラブ〉の屋根には登りたくなかったので、くじ引きで決めた。マティと俺が短いのを引いた。

ウッドバーン・ロードまで行き、がたのきた梯子で屋上に登り、証拠品を集めた。雨は土砂降りで、建物の管理人が「上は危ないから気をつけて」とずっと繰り返していた。

俺たちは勇敢に指紋を探し、結果、何も見つからなかった。鳩がマティの背中に糞を垂れた。梯子を降り、なくなった家財の一覧を作成し、賊は手配したと管理人に伝えた。ふるまわれたパイントを飲み、署に戻ろうとしていると、クラブの真横がキャリックファーガスのアルスター防衛連隊《UDR》基地であることに気づいた。

ＵＤＲの基地は警察署よりもさらに厳重に守られている。高さ六メートルのフェンスの上にレイザーワイヤーがとぐろを巻き、その向こう側は強化コンクリート製の分厚い防爆壁になっている。

醜悪な建物だ。実用一辺倒で、不気味で、ソヴィエト的。なかに足を踏み入れたことはない。イギリス軍の一部門であるＵＤＲと警察とのあいだには緊密な協力体制が敷かれている、と思う者もあるかもしれない。ＵＤＲは北アイルランドで採用された人材で構成されるイギリス陸軍の連隊であり、警察とよく合同パトロールをおこなっている。とはいえ、実際には、ほとんどにおいて別々の世界で仕事をしている。情報が共有されることはめったにないし、妙ちきりんなパトロールや国境での任務を別にすれば、連中がほんとうのところ何をしているかは謎だ。きっと浴びるように酒を飲み、スヌーカーとダーツに興じているのだろう。俺たちは自らのことを、この極限状態で仕事をしているきわめてプロフェッショナルな現代警察だと考えているが、ＵＤＲはせいぜい北アイルランド紛争に合わせて急ごしらえされた部隊といったところだ。紛争こそが彼らの全存在理由であり、紛争が終わっても俺たちは残るが、ＵＤＲは解散される定めだろう。ＵＤＲにも優秀な士官や兵士はいるかって？　もちろんいる。でも、ろくでなしもたくさんいる？　そのとおりだ。差別的な人間もたくさんいる。近ごろじゃ警察には最大で二十パーセントほどのカソリック警官がいる。北アイルランド人口のうち、国勢調査で自分はローマカソリックだと明かしている国民は四十パーセントほどだが、その数字と遜色がない。ＵＤＲのカソリック構成員の割合は公表されていないが、噂では五パーセントにも満たないということだ。もちろん、ＵＤＲに所属するカソリックの男たちはＩＲＡに裏切り者とみなされ、最優先のターゲットにされてしまう。そういう事情があるにはあるが、それを考慮に入れても、こと宗派に関していえば、この連隊は〝ちょっと偏屈〟なんてものじゃない。それを批判しているのはベルファストのカソリック系南北アイルランド統一主義《ナシヨナリスト》系新聞だけではない――ＵＤＲがプロテスタント系テロ集団と癒着していることは、イギリスの大手紙でも報道されている。

警察もＵＤＲも同じ側で戦っているが、カソリックのコミュニティの協力を得るために、俺たち警察はつかず離れずの距離を保っていなければならない。

「どこ行くんすか？」とマティが訊いた。

「マッカルパイン大尉についてはまだ何も調べていなかったな」

「ジーザス。またその話っすか？」

「ほかにやる仕事があるのか？」

マティは一、二秒考えた。「いえ、なんも」

要塞化された詰所に車を走らせ、警察手帳を見せた。ボディアーマーに上から下まで身を包み、セルフ《S》リローディング《L》・ライフル《R》を持った兵士が、不審者でも見るような眼つきで俺たちを見たあと、手振りで通してくれた。

訪問者用の駐車スペースに車を駐め、基地の入口にある別の検問を通った。

「どのようなご用件ですか？」警備兵が訊いてきた。黒ひげの大男で、どうやらデリー出身のようだ。

「UDR関係者について、ここの部隊長と話がしたい。極秘の用件だ」と俺は言った。

彼はその答えが気に食わなかったようだが、だからといって何ができるだろうか？　俺たちはみんな同じチームを応援することになっているのだ。

「ラッキーでしたね。今は中佐がいらっしゃいます。射撃場にいると思います。武器は置いていってください。基地内に許可なく火器を持ち込むことはできません」

俺たちは武器を置き、射撃場に向かった。

じいじいと音をたてる蛍光灯だけに照らされた、陰気なコンクリートの廊下を歩いた。窓はなく、装飾らしい装飾は壁に貼り出されたポスターだけで、ブービー・トラップやハニートラップなど、IRAが使う手口の危険性が警告されていた。

ハニートラップの啓蒙ポスターには、魅力的なブロンド女性が警戒心ゼロの兵士をテラスハウスに誘い込む場面が描かれていて、〝ドアの向こうに何があるかわからないぞ！〟との文句があった。

射撃場はかなり地下深いところにあった。

〝入室禁止〟と書かれたドアをノックすると、射撃場の管理人がドアを少しだけあけた。彼は軍曹で、マシンガンを持っていた。俺たちは中佐と話がしたいと言った。

「すまんが、クラヴァート中佐が撃ち終えるまで待っていてくれ。この射撃場に入るには通行証が必要なんだが、そいつを発行できるのはクラヴァート中佐とダンリーヴィ大尉だけでな。で、ダンリーヴィ大尉は不在だ」

俺たちは射撃場の外の、座り心地の悪いプラスティック椅子に座って待った。

銃声はくぐもっていて、遠く、まるで夢のなかで聞いているようだった。

ようやく中佐が現われた。戦闘服を着ている。背が高く、黒々とした髪、整えられたひげと大きな丸眼鏡。

あとでわかったが、イギリス人だった。それは少々意外なことだった。俺はマティと自分を紹介し、ここに来たわけを話した。

「マッカルパイン大尉が殺された事件を捜査していまして、そのことでいくつか質問したいのですが」

「いったいいつになったら君たちが来るのかと思っていたよ」

「この件について、話を聞きに来た刑事は私たちが初めてということですか？」

「ああ。マーティンが殺されたのは十二月だから、もうずいぶんになる。一緒にオフィスまで来てくれ」

　オフィスもまた、窓のない掩蔽壕だった。

　ライムグリーン色のつやあり塗料が軽量コンクリート・ブロックを覆っていた。額に入れられた城の写真が数枚。大きな木製のデスク。妻と子供たちの写真。ニュートンのゆりかご。すべてが人工的で、映画セットのようだった。

　クラヴァート中佐は紅茶と煙草を勧めてくれた。紅茶も煙草もありがたくちょうだいすると答えると、若い兵士が紅茶を淹れに行った。

　そのあいだに世間話でもと思い、「射撃は楽しかったですか？」と訊いた。

「ああ！　とてもいい息抜きになる。ベスブルックのアイリッシュ・ガーズ連隊にいる友人が、武器の隠し場所で見つけた大量のAK47を送ってきてくれたんだ。クリーニングして油を差してもらい、弾丸も調達してもらった。撃ったことはあるかね？　ひどい代物だが、たまらんぞ！　オハンロン軍曹なんかちょっとした達人だ。短めのバースト射撃をするのがみそだ。フルオートだととんでもないことになる」

　俺の左側でマティが眼をむいたのが見えた。

　兵士が紅茶とビスケットを持って戻ってきた。彼がいなくなると、俺は本題を切り出した。

「それで、マッカルパイン大尉のことですが」

クラヴァートはうなずいた。

「私がここの責任者になってから四人目の犠牲者だ。惜しいやつを亡くした。優秀な人材だったのに。かけがえのない人物だった。ほかのやつは人間のくずのような、うむ、その……」話しはじめてすぐに、彼は自分が余計なことをしゃべっていると気づき、口をつぐんだ。

中佐はキャビネットのまえに行き、ファイルを一冊取り出した。デスクに戻って腰をおろすと、ファイルにざっと眼を通し、黙読し、また閉じた。

「こちらにも見せていただけますか？」

クラヴァートは首を横に振った。「すまないが、見せることはできない。王立アルスター警察隊とはこうした情報を共有する取り決めを交わしていないし、ファイルに〝秘密〟と書かれているんでな」

クラヴァート中佐は若々しく、正直そうな顔をしていたが、今は眉間にしわを寄せ、苛ついた表情でひげをさすっていた。すまないと思っているようには全然見えなかった。

「人がひとり殺されているんです」

「だとしてもだ。北アイルランド担当大臣の許可がないかぎり、このファイルは見せられない」

「どうしてです？　〝秘密〟って、いったい何が秘密なんです？　マッカルパインは暗殺部隊に所属していて、深夜にＩＲＡのメンバーと疑わしき人間を片っ端から射殺してまわっていたとか？」これは馬鹿げたフラストレーションの発露に過ぎず、口に出した途端に後悔した。

クラヴァートはため息を吐いた。「そうむきにならないでくれ、警部補。そういうんじゃない……それに、もし君の言うようなことだとしたら、私のオフィスのこんな紙フォルダーにまだファイルが残ってるわけないだろう？」

「じゃあ、なんなんです？」

中佐は無言のまま煙草をもう一本取り、火をつけた。それから相好を崩し、頭を振った。このくそ野郎は捜査の芽を潰しているだけじゃなく、マティの面前で俺のメンツまで潰している。

「人がひとり殺されているんです」俺は繰り返した。

「ああ、警部補。しかし言っておくが、おかしな点はひとつもないんだ。我々は我々で、マーティンの死亡時の状況について独自の調査をおこなった。大尉はIRAに無差別に殺された。それ以上ではない」

「なんですって？　その調査を指揮したのは誰です？」

「憲兵だよ、もちろん」

「憲兵？　なるほど。それで、その調査で判明した事実は警察に渡してもらえたんでしょうね？」

「いいや」

「なぜです？」

「内部調査だったからな」

「そんなことだから、いずれＩＲＡが勝つことになるんですよ。左手はくそ右手が何をしているか知らないんですから」俺は愚痴った。

「そういうもの言いは気に入らないね。よくない態度だぞ」

俺はデスクをこつこつと叩いた。

「いいですか。北アイルランド担当大臣に話を通す必要はないはずです。私が捜査しているのはアメリカ市民の殺人事件です。といっても、もっと大きな事件に付随するものとして捜査しているにすぎません。その大きな事件については総領事も電話で問い合わせをしてきていて、総領事の上司は在英アメリカ大使です。あなたもお聞きおよびでしょうが、目下、フォークランド諸島で小競り合いが起きていて、イギリス政府はアメリカ人のご機嫌取りのためならなんだってしています。だから今日の午後、このオフィスに電話がかかってくるとしたら、それは北アイルランド担当大臣からではなく、あのくそ首相からで、おまけにあなたに対する不満の電話でしょうね。まちがいなく」

クラヴァート中佐の傲慢な薄ら笑いが消えた。

「いいだろう。読ませてやる。しかしメモを取ったり、コピーしたり、このオフィスから持ち出したりすることは許可できない」

中佐はため息をついてから、デスクの上にファイルを滑らせた。それから「マーティンがこの区域の情報将校だったと知ったら、君にも私の警告が理解できるだろうな。彼は情報提供者を管理していたんだ」とつけ足した。

　なるほど。ＵＤＲは独自の情報屋ネットワークを持っている。つまり、マッカルパインは情報屋への支払いと受け取った情報の精査を担当していたということか。王立アルスター警察隊にも完全に独自の情報屋ネットワークがあるし、ＭＩ５にもこれまた独自の情報屋ネットワークがあるという噂だ。頭の切れるタレコミ屋なら、ひとつの情報で三箇所から報酬をもらえることになる。

　入念にファイルを読んだ。武器の隠し場所、アイルランド共和軍《IRA》メンバーやアルスター義勇軍《UVF》メンバーと思しき人物、ドラッグ密売の疑いがある人物が記されたファイルで、大した情報はなかった。支払いも五十ポンド、百ポンドといずれも少額だ。どうということはない。ファイルをマティに渡した。やはりとくに興味をひかれてはいないようだった。念のためにもう一度読んでみると、今度は何かが眼に留まった。最後から二番目に記入されている内容。マッカルパインが殺される一週間前にウッドバインというコードネームの情報屋が垂れ込んだネタで、この男は〝不審人物がダンマリーにあるデロリアン工場の駐車場をうろついているのを目撃した〟らしい。この情報に対し、マッカルパインは二十ポンドという気前のいい額を支払っている。ダンマリーという単語を指し示すと、マティはうなずいた。

「このウッドバインというのは？」俺はファイルを返しながら訊いた。

「ちょっと待ってろ」クラヴァート中佐は言った。

　中佐はファイル・キャビネットのまえに行き、別のファイルをひらいた。「ウッドバイン、

ウッドバイン、どれどれ。ウェイヴァリー、ウィンストン……ウッドバイン。あった。そうだ、ドギー・プレストンという名の男だ」

「住所は？」

「キャリックファーガスのドラムヒル・ロード一一番地」

俺たちが礼を言い、煙草を揉み消し、引きあげようとしていると、マッカルパイン夫人に事情聴取をしに行く予定はあるか、と中佐が尋ねた。

「たぶん」と俺は言った。「なぜです？」

「まだマーティンの私物を引き取ってもらっていないんだ。もう四カ月もここに置きっぱなしでね」

「私物というと？」

「ロッカーのなかにあったものだよ。礼服。スニーカー。小銭。それから、よりにもよってクリケットのバットなんてものまである。この件で夫人に何度も電話しているんだが」

俺はマティを一瞥した。「あい。俺たちが届けておきましょう」

車でUDR基地から土砂降りの雨のなかに出た。

「今度はアイランドマージーっすか？」

「まずは情報屋のプレストンという男のところに行ってみよう」

ドラムヒル・ロードは陽だまり《サニーランズ》住宅団地という皮肉な名前をつけられた一画にあった。ここはキャリックでも最悪の部類に入る一画だ。赤レンガと軽量コンクリートのテラスハウス。

そのほとんどの家屋に、ベルファストから流れてきた無職の難民たちがぎゅうぎゅう詰めになっている。素足で駆けまわる大勢の子供たち。燃え尽きた車両。ショッピングカート。ごみ。どこもかしこもがそんな光景だ。ここはアルスター防衛同盟《UDA》から枝分かれした、とりわけ暴力的で血みどろの分派〝赤き手の遊撃隊〟の縄張りなのだ。連中に比べたら、ＵＤＡのほうがまだ信用できる。

プレストンの家は突き当たりのテラスハウスだった。粉々になった手漕ぎ船が前庭に置かれていた。それから、古い家具の山、航空機のエンジンにしか見えないもの。薄汚れたフロックを着た四歳くらいの女の子が、首のないバービー人形でひとり遊びをしていた。

「こういう暮らしをしてる人たちもいるんすね」マティがぼそりと言った。

呼び鈴を鳴らしたが誰も出てこず、ノックした。

「どなた？」なかから女の声がした。

「警察です」

「言っただろう。ＬＳＤなんか売ってないって。これまでに一度だって売ったことはないし、今後も売るつもりはないよ！」

「その件で来たんじゃありません」

「じゃあなんの用だい？」

「ドギー・プレストンを捜しています」

女はドアをあけた。年齢は四十代なかばといったところだが、七十くらいに見える。グレーの髪、歯は抜け落ち、肥満への道をひた走っていて、指はニコチンが染みている。

「あの子が見つかったのかい？」

「今捜しているところです」とマティ。

女は悲しげに首を振った。「あい。みんな捜してるさ」

「行方がわからないんですか？　いつからです？」と俺は訊いた。

「十一月さ」

「それ以来、連絡は一度もない？」

「ないね」

「ドギーは実家暮らしだったんですか？」

「あい」

「ガールフレンドとか、そういう関係の相手は？」

「決まった相手はいなかった。シャイだったからね、あの子は」

過去形。この女はドギーがもう死んでいるとわかっているのだ。

「ドギーが最後に目撃されたのはいつです？」

「十一月二十七日に〈ノース・ゲート〉ってパブにいたんだ。そこで一杯飲《や》りながらスヌーカーの試合を観るとか言って。それきりだよ」

その情報を手帳に書き留めた。

「殺されたんだよ、そうなんだろ？」

「わかりません」

「あい。殺されたのさ。理由なんかわかるもんか。いい子だったのに。ドギーはほんとのほんとにいい子だった」

「仕事はしていましたか？」

「いいや。〈ショート・ブラザーズ〉で一年働いてた。整備士として訓練も受けたのに、クビになっちまってね。ダンマリーのデロリアン工場に再就職しようとしたけど、向こうとしちゃ、よりどりみどりだったからね。仕事を求めて何度も工場に足を運んだけど、今はどこも働き口がないんだ」

「ほんとにそうです」とマティ。

「ダンマリーの、ですか？」

「あい。求人ひとつに対して十も応募があった。そんな倍率じゃ、あの子にチャンスはなかった」

「工場で働いている知り合いはいなかったんですか？」

「ああ。残念ながらね」

「このへんで不審者が目撃されたりしていませんか？　誰かがドギーのことを訊きまわっていたとか」

「ないね」

俺たちがポーチに立っていると、うしろで女の子が爆発音を口真似しはじめた。マティがほかにもいくつか質問したが、女は何も知らなかった。

「じゃあ、何かわかったら必ずお知らせします」俺は言った。

「ありがとう」と女は言い、それからこうつけ足した。「ほんとにいい子だったんだよ」

21　フィフティーンズ

マティがまたぞろ〝アイランドマージーへの遠出のくそ無意味さ〟を説きだしたので、警察署で降ろした。俺は煙草を仕入れておこうと思い、ベンサムの店に乗り入れた。マルボロの箱を棚から取った。ジェフは留守にしていて、娘のソニアが店番をしていた。彼女は大学《シックス》進学予備校《フォーム》にかよっており、まだ学校の制服を着たまま、風船ガムを嚙み、〈インターゾーン・マガジン〉という雑誌を読んでいた。

「パパはどうした？」

「知らない」ソニアは顔をあげずに言った。

「君が店番？」

「そうみたい」

「何かニュースはあった？」

彼女は雑誌を下に置き、俺を見た。「フィリップ・K・ディックが死んだ」

「誰だい、それは？」

彼女は大げさにため息をついた。「煙草は二ポンドね」

「パパは警官には割引してくれるんだ」俺は笑顔で言った。

「じゃあ、パパはどうしようもない馬鹿たれってことね。店員の膝を撃ち抜いたりしないって保証があるのは警官くらいなものなのに。煙草は二ポンド。気に入らないなら帰って」

二ポンドを支払い、アイランドマージーに向かって車を走らせようとしていると、無線で事故報告が入った。酔っ払いふたりがテイラーズ・アベニューにある病院の外で喧嘩しているという。刑事の仕事じゃないが、うちの近所だ。様子を見に行ってみると担当者に伝えた。

二分後には着いていた。ふたりとも知っているやつだった。ジミー・マコンキーはハーランド&ウルフ造船所の整備士だった。クビになるまでは。チャーリー・ブレアは〈インペリアル・ケミカル・インダストリーズ〉で水圧技師をやっていた。工場が閉鎖されるまでは。

「おいおい、ふたりとも何をしているんだ？　こんな真っ昼間から正気を失うほど飲んでいるのか？」

チャーリーは俺を押しのけようとしてバランスを崩し、その隙にジミーがチャーリーを地面に押し倒した。

俺はやっとのことでふたりをランドローバーの後部席に乗せ、それぞれの家へ送った。長年の苦労に耐えているヴィクトリア団地の妻たちのもとへ。女たちはここで太陽が友情出演したら洗濯物を干し、フェンス越しに井戸端会議をする。男たちは出かけるときはおとなしくしている。ここは押したり突いたりの青くさい男の世界ではなく、洗濯、おしゃべり、秩序という女たちの宇宙だ。このふたりも今日はもう馬鹿をしないだろう。

この事件を報告したところでなんにもならない。こんなのはなんでもない。そこらじゅうで繰り広げられている悲劇の大オペラのほんの一幕、どこにでもある悲しい寸劇に過ぎない。

ランドローバーに戻り、くさくさした気分でアイランドマージーに向かった。

ゲートが私道をふさいでいた。鎖でがんじがらめにされていて、無理に壊したら面倒なことになりそうだ。ローバーを駐め、マーティンの私物が入ったアディダスのバッグを手に、マッカルパイン夫人の母屋に向かった。

コーラが俺に向かって吠え、マッカルパイン夫人にたっぷり警告を与えた。

夫人はゆっくりとドアをあけた。

両手が血にまみれている。

「どうも」と俺は言った。

「こんにちは」

「それは血ですか？」

「あい」

「何をしていたんです？」

「質問、質問、また質問ね。嫌になっちゃう」

「刑事の悪い癖でして」

「雌羊を解体してたの。そんなに知りたいなら言うけど」

「入ってもいいですか？」

「どうぞ」

マッカルパイン夫人の髪はいつもより赤く、いつもよりカールしていた。染めているのか、それとも外で日焼けしてそうなったのか。いつもより元気そうで、血色もいい。ルーベンスが描く女性にたとえられることはないにしても、肉づきが少々よくなり、これが彼女本来の姿という気がした。ようやくマーティンの死を乗り越えようとしているのかもしれない。少しずつ、元の生活を取り戻してきているのかもしれない。

緑色の軍用ショルダーバックを担いでなかに入った。

「作業を終わらしちゃいたいんだけど、いい?」

「どうぞ」

ふたりで農園の裏の〝洗い場〟に行くと、羊の死骸が木のテーブルの上に大の字になっていた。彼女はそれをさまざまな形の切り身に分けはじめた。

「しばらくは食べるのに困らなそうですね。冷凍庫はあるんですか?」

「ハリーのところにね」

「運ぶのを手伝いましょう。ああ、でもあなたの義理のお兄さんには近づくなと言われているんでした。本部長から直々に釘を刺されちまいまして」

それを聞いて彼女は笑った。「ほんとに? フリーメイソンとのコネはハリーに残された最後の切り札なの」

彼女は筋っぽい長い肉を骨から切り分けると、脂肪に刃を入れて取り除き、〝脂〟と書かれた箱に投げ込んだ。

　バキッは骨に包丁が入る音、サクッは肉と脂肪に包丁が入る音。

「ええと、今日ここに伺ったのはですね、キャリックファーガスのUDR基地に寄ったときに、マーティンの私物をあなたに届けてほしいと頼まれたんです。そこのバッグに入れて持ってきました」

「そんなことしなくてよかったのに」

「大した手間ではなかったので。UDR基地はなかなかおもしろいところでしたよ。ちょっと不気味な感じで」

「わたしは行ったことがないから、わからないけど」

「ほんとに不気味なんですよ。仕事も大変そうで」

　夫人は羊の頭を切り落とし、それをタッパーに入れると、俺を見た。

「何をおっしゃりたいんです、警部補？」

「マーティンは自分の仕事について、あなたに話したことはありますか？」

「何度か」

「彼は情報将校でした。それはご存じでしたか？」

「もちろん」

「マーティンは特定の案件についてあなたに話をしたことはありましたか？」

「ほとんどなかった。とても口の堅い人だったから」

「ウッドバインという人間、もしくはダンマリーやデロリアンの工場について話をしていたことはありませんか？」

「覚えてない」

「ほんとうですか？」

「仮にそういう話を聞いていたとしても、記憶に残るような話じゃなかったんでしょうね」

彼女は老羊の解体を終え、俺は肉の袋詰めを手伝った。ふたりで手を洗い、母屋に戻った。

「今日はケーキを焼いてるの。お湯を沸かすあいだ、フィフティーン・ケーキでもいかが？」

「うまそうですね」

「それは食べてから言って。母がケーキ職人だったの」

「お母さんはご存命で？」

「あい。存命というか、亡命したというか。コスタデルソルに」夫人はそう言うと、声をあげて笑い、顔にかかったほつれ髪を払った。彼女を見る俺の眼と、彼女の眼とが合った。そうしてそのまま、本来そうすべき時間より一秒長く俺の視線を受け止めていた。

「フィフティーン・ケーキなんか久しぶりだ。どうやってつくるんです？」

「ふふ、ケーキを焼いたって言ったのはちょっと嘘。小麦粉を使うんだけど、まな板の上でケーキを巻くときにまぶすだけだから」

「どうやるんです？」

「とっても簡単よ。ダイジェスティブ・ビスケットを十五枚、砕いたクルミを十五個、細かく刻んだシロップ漬けチェリーを十五個、カラフルなマシュマロを十五個。材料を十五個ずつ使うからフィフティーンズ・ケーキというの。それからコンデンス・ミルク。小麦粉とココナッツのフレーク。で、小麦粉、ココナッツ以外の材料を全部混ぜ合わせてボール状にしたら、そのボールを半分に割って、丸太状にしたものを二本つくる」

「それから?」

「まな板に小麦粉とココナッツを散らす」

「冷蔵庫の出番は?」

夫人はほほえんだ。「丸太にしたやつをココナッツと小麦粉の上で転がし、一本ずつラップできつく巻いて、冷蔵庫に二時間。これ以上ないほどシンプル。私は隠し味にスマーティーズを入れるんだけど、ハリーのお友達につくるときにはM&M'sチョコを入れてる。M&M'sっていうのは、スマーティーズのアメリカ版のことね」

「ハリー卿のためにもつくるんですか?」

「地主のご機嫌は取っておかないと。でしょ?」

「なるほど」

「それにハリーのためじゃなく、ハリーのお友達のため。アメリカ人の女の人」

「その女性は金持ちですか? 卿の花嫁候補とか?」

「それは聞いたことないけど」

エマはケーキをのせた皿を出した。「言っておくけど、甘いから」

ひとつ試してみた。俺の血には甘ったるすぎた。頭が痛くなるやつだ。一分後、お茶を淹れてエマが戻ってきた。

「うまいです」

彼女はほほえみ、紅茶に口をつけたが、ケーキは食べなかった。

代わりにマーティンの私物が入っているバッグをじっと見ていた。

夫人はしばらく経ってから口をひらいた。「バッグは階段の下の戸棚にしまっていただける？　今はまだ見たくないの」

「あなたがマーティンの持ち物をすべて処分したとおっしゃっていたのを失念していました。すみません。持ってくるべきじゃなかった」

「いいの」

俺はバッグを戸棚にしまい、居心地の悪い思いで立っていた。「じゃあ、そろそろ帰ります」

「ええ」

俺は咳払いをした。「大丈夫なんですか？」

「大丈夫って、何が？」

「経済的な面で、ということです」

「ええ。このまえ生まれた仔羊を一ダース売って借金を少し返したし、月末までに補償金を受け取れることになっているから。といっても、一月からずっとそう聞かされてるんだけど」

「金が入ったら、ここでの生活を続けるつもりですか？」

「どこかに引っ越すような余裕はないし」

「ご両親はスペインにいるんですよね？」

「スペインに行けっていうの？　あそこは生き地獄。ごめんよ。あんなところで何に時間を使えっていうの？」

「ここでは何に時間を使っているんです？」

「それが問題よ」

沈黙。

俺は藁葺き屋根から漏れた水滴が居間の床に落ちるのを眺めていた。

「わかりました。じゃあ、これで……ええと……」

「ええ、ダフィ警部補。これで」

外に出た。

ランドローバーでキャリックへ。

湾岸沿いの波しぶき。

ざあざあ降りの雨。

夫人の愛想はそれほどよくなかった。別れ際は明らかに冷たかった。あの家では水面下で何かが泡立っているような気がしてならない。

夕飯に中華のテイクアウト。裏庭の納屋でマリファナ。

納屋のドアをあけっぱなしにして、なかで大麻煙草《ジョイント》を吸っていると、雨が入ってきた。

家に戻り、バグルズのアルバム《ラジオ・スターの悲劇》をかけた。慈善バザーで二ペンスで買ったものだ。ウォッカとライムジュースをパイントグラスに注ぎ、飲みながら聴いた。どうしようもないアルバムだ。

テレビのニュースをつけた。アルスターじゅうで事件が起きていた。爆破予告、電車、バスの運行の乱れ。〈ドア・ストア〉に火炎瓶。エニスキレンで警官が撃たれ、ストラベインでは水銀スイッチ式爆弾により看守が重傷。UTVの番組〈最後の思い〉を観た。長髪の陽気な伝道師が、神は慈悲深く公正で、信徒を気にかけてくださっていると説いていた。

深夜。あまりに寒く、灯油ヒーターをつけた。

電話が鳴った。ベッドから出て羽毛布団にくるまった。毛布に蹴つまずき、階段をまっさかさまに転落しかけた。側壁に顔面をぶつけ、鼻血が出た。電話はまだ鳴っていた。零時過ぎの電話には出るんじゃない、ダフィ、このあほんだら。

出た。「もしもし、今度はなんです？」

「あなたはわたしが思っていたような刑事じゃなかった」と声が言った。

メモを残していった張本人。あのイギリス女。

「なぜそう思う？」

沈黙があった。

「あのメモを残したのはわたしよ」

「ああ、知っているよ。君は目立つからな。このあたりにイギリス女はあまり多くない」

「そうかしら」

「君をホワイトヘッド署から釈放したのは何者だ？　お友達か？」

女は答えなかった。

「いいかい。君はかわいげもなければおもしろくもない。幽霊《スパイ》だか、記者だか、学生だか、トラブルを起こそうと画策しているテロリストだかなんだか知らんが、よそを当たってくれ。君のおかげで、俺の名前を電話帳に載せるのはもうやめようかと思っているよ」

「そのほうがいいかもね」

「あい。でもそんなことをしたら、いい恥さらしだ。キャリックでダフィという苗字で電話帳に載っているのは俺だけだからな」

さらなる沈黙。うんざりしてきた。「いったいどうして俺に電話してくるんだ？　言いたいことがあるならはっきり言えばいいだろう。ほんとうに言いたいことがあるなら」

「腕のいい人が必要なの。あなたがそうだと思った。調べさせてもらったわ。あなたに関する新聞記事も読んだ。でも期待外れだった」

「そうかい？　あとちょっとで追いつめるところだったんだぜ。とんまのあばずれを」

「あとちょっとで、でしょ。そんなの全然意味ない」

「あんたはへまをしたんだ。それを認めたらどうだ、ダーリン。あんたは職質されてしょっぴかれた。サンタクロースの集会で、でぶひとり見つけられないような連中にな。あんたにとっては想定外だったはずだ」

「あなたも想定してなかったでしょう。わたしがいなくなってるなんて」

「大したもんだよ。二十歳《はたち》かそこらの非常勤の田吾作警官をまんまとだましたんだからな。いやはや。それくらいじゃ屁とも思わんよ」

「あのメモは？」

「メモ？　あんなのくそ食らえだ！　こっちは内戦を食い止めるのに精いっぱいなんだ。あんなくそにかかずらってる暇はない。メモやらゲームやらにつき合う気はないね。サンフランシスコ警察に電話してゾディアック・キラーの話でもしてやったらどうだ。それかサウス・ヨークシャー署にかけて、ヨークシャーの切り裂き魔について教えてやるんだな」

「そのとおりかもね。あなたを導こうとするべきじゃなかった。あなたはわたしのテストに失格した。わたしが証拠を見つけられたんだから、あなたにも見つけられると思ったんだけど」

「証拠？　なんの証拠だ？」

「それはわたしの仕事じゃない。わたしはあなたを助けようとしていたのよ、ダフィ。あなたに行動を促したかった。一から十までお皿にのせて差し出すんじゃなく」

「皿にのせて出せ」

「いえ。あなたの言ったとおりよ。わたしは何も言うべきじゃなかった。もしあなたがあれを見つけていたら、あなたはきっと困ったことになっていたでしょうし。騒がせて悪かったわ、ダフィ」

「あんたは何者なんだ？」

「知っているでしょう」

「いや、ほんとにわからん」

「なら、やっぱりわたしが思っていたような刑事ではなかったということね」

「俺は誰が思っているような刑事でもない。愚直な刑事さ。ほかの誰より優秀でもないが、無能でもない」

「そのようね」

「なあ君、もう夜も遅い。俺は疲れた。お互いのために、もう二度と電話してこないでくれ」

「そうする」

「よかった」

女は電話を切った。ツーツーという音が続き、それからピーピーピーという音になった。

受話器を架台に戻した。あんまりうんざりしていたので、特別部に連絡してうちの電話に盗聴器をつけてもらうことさえしなかった。

22 君たちが信じないようなことを俺は眼にしてきた

午前二時。酔っ払いの一団が歌いながら通りをやってくる。「俺たちゃ、俺たちゃ、俺たちゃビリー・ボーイズ！ 俺たちゃ、俺たちゃ、俺たちゃビリー・ボーイズ！ フェニアンの血に首まで浸かり、さらなる血を求めて戻ってくる。俺たちゃビリー、ビリー・ボーイズ」

今晩は眠れそうになかった。

下階《した》におりて百科事典を引っぱり出し、ボウルに入れたコーンフレークを食べながらそれを読んだ。

コーヒーを飲み、ジーンズ、スニーカー、セーターに着替えてレインコートを羽織り、外に出て団地を散歩した。新品のソニー製ラジオ・ウォークマンを出し、ＢＢＣワールド・サービスに合わせた。

黒い雲。雨。高い台地に降るみぞれ。

西ベルファストとデリーで爆弾事件。

国境沿いの警察署に対するロケット攻撃。

戦争のニュース。

もうひとつの戦争の。

南大西洋での。

湾沿いを歩き、ビーチに腰を落ち着けた。

大西洋上空をあちらとこちらに向かって飛ぶ飛行機を見た。

風邪をひいた。

六時、署に行った。

ブレナンはもうそこにいて、新聞を読んでいた。ひげは剃っておらず、風采があがらない。彼の生活がどんな非常事態になっているかを尋ねても仕方がないが、とにかく誰かと話がしたかった。

ブレナンのオフィスのドアをノックし、あけた。「おはようございます。コーヒーでもお持ちしましょうか？」

「ならん！　その代わりにやってほしいことがある。なんだかわかるか？」

「なんです？」

「私の頭に入ってこないでほしい。ひとりにしておいてくれ」

「わかりました」

またドアを閉めた。

クラビーが出勤してきたら、あいつを話し相手にしよう。

コーヒー・マシンのまえに行き、コーヒー・チョコレートを入れ、重い足取りで自分のオフィスに向かい、デスクに足をのせ、海を眺めた。

太陽がダウン州の上空をゆっくりと昇っていた。天気のいいぱりっとした日で、スコットランドが長く青い線として水平線上にくっきりと見えた。このまえ山羊を売ろうとしていた男が通り過ぎていった。山羊はいなくなっていた。起業家のサクセス・ストーリー。

ドアがあいた。

電気シェーバーでひげをあたりながら、ブレナンが入ってきた。

「ところで、こんな時間に何をしとるんだね？」

「眠れなくて散歩していたら、ここにたどり着きました」

「君はエピクロスについて詳しいか？」

「またクロスワードですか？」

「いや、ちょっと小耳に挟んだんだよ。まあ……その、ミーティングでな。それで君に訊こうと思っとったんだ。物知りだからな」

「アテナイ人です。〝園〟と呼ばれた場所で弟子たちに教えを垂れました」

「そいつについて、簡潔に説明してもらえるかね」

「エピクロスが説いたのは、この世に神などいない、いたとしても我々のことなど気にもかけていないということです。野心は無意味なものだ。千年も経てば、誰も我々のことなど覚えていない。我々にあるのは愛と友情だけだから、快楽を愉しめるときはいつでもそれを愉しめ」

ブレナン警部は両眼を閉じ、ゆらゆらと体を揺らした。「君はその話を信じとるのか？」

「あまり深く考えたことはありません」

「じゃあ、何について考えているんだ？」

「それは……」

「オローク殺しのことか。それについて考えているのかね？」

「最近はあまり。あのヤマは黄色フォルダーにしまいました。手詰まりってことです」

「どこまで進んでたんだ？」

「ガイ者の名前と、どうやって死んだかは突き止めました」

「ほかには？」

「正直に言うと、それくらいです。一見手がかりかと思いきや、なんの関係もないものもありまして」

彼は片手をあげて制した。「進展だよ、ダフィ。最後の調書をあげてから、どれだけ進展があった？」

「これといっては」

「だと思ったよ。それが君たちの仕事なのか？　日がな一日そこに座って茶を飲み、私の眼から真実を隠すことが？　まあいい、もうそのヤマを追っていないなら、犯罪捜査課の人員は別の場所で使わせてもらうとしよう」

「銀行強盗を解決しましたよ」

「我々にはそれがもっと必要なんだよ。結果が」

ブレナンは退屈のあまり、やたらと喧嘩腰になっていた。つき合う気分じゃない。オローク の件だろうと、ほかの件だろうと、俺が気にかけなきゃならないことは何もない。「警部がボスです。お望みなら、黄色フォルダーから未解決事件フォルダーに移しておきますが」

「私がボスだ。それを忘れるな。家に帰ってひと眠りしてから、まともな時間に戻ってこい」

「はい」

家。ソファ。ベッド。紅茶。マーズ・チョコバーを挟んだサンドイッチ。『スタートレック』の古い放送回。怪獣ゴーンとの対決。有名なやつ。カークがゴムスーツの着ぐるみ男を倒そうと、自力で火薬をつくる回。

玄関の呼び鈴が鳴った。出るとグレンリヴェットのボトルを持ったボビー・キャメロンがいた。ボビーはそれを俺に差し出し、「トラックの荷台から落っこちたやつだ」と言った。

「悪く思うなよ」

「何をだ?」

「あんたがかばった女のことさ。ここの連中はちょっと羽目を外すことがあってな。来る日も来る日もぼけっと座ってるだけで、やることはねえわ、ダーツ盤は壊れるわ。雨ばっかりでレース鳩だって飛ばせやしねえ。気づいたときにゃ、コロネーション・ロードでサイゴン陥落だ」

「なんの話かわからんね」

彼はウィンクし、ひとつうなずくと、庭の小径を引き返していき、ゲートのまえでこっちを振り向いた。「今後は自分で自分の面倒をみねえとな、ダフィ。なあ？」

脅しなのか、警告なのか、それともなんでもないのか、よくわからなかった。

「そのつもりだ」

「おまえのことは気に入ってるんだ。殺すのは最後にしておいてやる」

「それはどうも」

仕事は完全にさぼることにして、クレア・パーディという可憐な予備巡査に電話し、映画に行かないかと誘った。彼女の返答はイエスで、一緒にベルファストのABCシネマで『ブレードランナー』を観た。映画館に客は俺たちしかいなかった。外に出ると雨で、暗く、どこかで爆弾事件があり、通りは煙と兵士たちで埋め尽くされていた。まるで映画が現実になったようだった。検問と雨をやり過ごすのに一時間かかった。コロネーション・ロードの俺の家に寄っていかないかと誘ったが、熱狂的キリスト信者《ジーザス・フリーク》である彼女は、さっきの映画で頭が混乱してしまい、今はただ家に帰って横になりたいということだった。俺は彼女をノクナグラーのコテージで降ろした。その後は静かな夜で、鶏の撈麵《ロウミン》、ウォッカ・ライム、それからマイケル・パーキンソンのトーク番組の再放送で『カリギュラ』のヌードシーンについて話すヘレン・ミレンを少しだけ観た。

次の日、クラビーとマティに、どの事件でもいいから捜査になんらかの進展はあったかと尋ねた。ふたりともないと答えたので、警部がオロークのヤマを終わりにしたがっていることを伝えた。

「ボスはこの事件を手放しちまって平気なんですか?」クラビーが半信半疑で訊いた。

「命令は命令だ」俺は言った。「俺のばあちゃんがよく言っていたよ。〝フライドポテト《チップス》にくそをされたら、オニオン・リングを食べるしかない〟ってな」

「はい?」

「じゃあ、どのヤマを調べるんすか?」とマティ。

「盗難事件だ。車の盗難でもなんでもいい」

ふたりが口をそろえて異議を唱えるようなら、俺だって警部に食ってかかっていただろうが、クラビーもマティもつべこべ言わなかった。それで決まりだった。オローク殺しの捜査は無期限で保留になった。

ホワイトボードをきれいにし、捜査本部室の品々を集め、箱型のバインダーにしまい、それを俺のオフィスのファイル・キャビネットに入れた。クラビーは横目でちらちらと俺を見ていた。

「警部に訊かれたら、オロークの件は未解決事件のフォルダーにしまったと言っておいてくれ」

「わかりやした」

俺たちは視線を交わした。クラビーの眼つきはこう語っていた。俺ほどの頑固なわからず屋がこの事件をこのままにしておくはずがない、そんなことはお見通しだ、と。

23 デロリアン

その工場は西ベルファスト、ダンマリーの空き地にあった。見渡すかぎり一面がさまざまな崩壊状態にある壊滅都市に、たったの一年半で建設された急ごしらえの巨大なコンクリートと金属の箱。コロネーション・ロードがサイゴン陥落なら、ベルファストのこのあたりはヒトラー最後の日々だ。

ゲートのまえに警備員が数人いた。デロリアンのオフィスに行くには、金属探知機を通過し、警察手帳を見せ、それがコンピューターで照合されるまで待たなければならなかった。

ジョン・デロリアンは多忙をきわめる男で、毎日のスケジュールは十五分刻みでみっちり詰め込まれていた。

俺たちの事情聴取は月曜日の午前十一時三十分から十一時四十五分までの予定で組まれた。強引に乗り込むこともできただろうが、波風を立てたくなかったし、上層部に問い合わせされたくもなかった。この面会はできるだけ簡潔で目立たないものにしておきたかった。

デロリアン工場に足を踏み入れた俺は圧倒された。なんであれ、アルスターで産業活動がおこなわれていること自体がすばらしいというだけのことだったのかもしれないが。組立ラインは清潔で効率的だった。一方から地金のシートとエンジンが入ると、反対側からアルミのガルウィングつきデロリアン・スポーツカーが出てくる。工場のフロアを見おろす管理事務所（デロリアンは労働者と管理職の協働を重視していた）があり、ここでエンジンが装着され、トランスミッションが組み込まれていくのを、まる一日突っ立って眺めていてもいいくらいだった。ほんとうに途方もないことだ。デロリアンは紛争まっただなかのベルファストに工業を持ち込み、成功させた。みんなが不可能だと言っていたことをやってのけた。そうしてダンマリーはアルスターで唯一、重工業が機能し、人々が実際に物づくりをしている場所になった。

三千人の人間がこの工場で雇われ、関連取引によってその倍は雇用が生まれている。西ベルファストのこの九千人の男たちがテロ組織に与《くみ》することはないだろう。

誰もがデロリアンを愛していた。地元新聞、イギリス政府、北アイルランド担当省、アイルランド政府……誰もが。ただし、幾人かの恵まれたアメリカ人自動車ジャーナリストはちがった。そういった連中は実際にデロリアンを運転し、これは未熟な労働者によってぞんざいに組み立てられた、垢抜けない、信用ならない車だと評していた。

こうした批判はジョン・デロリアン本人によって公然と一蹴されていた。デロリアンは〝無知蒙昧なるジャーナリスト〟の判断よりも自分自身の判断を信じた。なぜなら、ジョン・デロリアンは〝たったひとりでゼネラルモーターズを救った男〟であり、その示唆するところは〝アメリカを救った男〟なのだから。

テレビで見るジョン・デロリアンの印象は、半分がやり手ビジネスマン、半分がテレビ伝道師といった感じだった。実際に会ってみると健康そうな、物腰の柔らかな男で、事情聴取のために地味でコンサバなブルーのスーツを着てきていた。

髪は黒というよりグレーで、興味深い顔つきをしている。野暮ったく田舎くさい眉とも、頬の色とも釣り合わない、長い鷲鼻。日に焼けたハンサムな顔つきからは知性と疲労の色と、力強いバイタリティが感じられる。

俺がオフィスに入ると、デロリアンはジャワ島のマホガニーを使った〝ヘルシンキ〟というタイプの肘かけ椅子に座って報告書を読み、黄色い蛍光ペンで印をつけながら舌打ちをしていた。

彼の靴が気に入った。ハンドメイドの茶色いソフト・レザー製オックスフォード・シューズ。

靴下は赤で、それも気に入った。

コロンと葉巻のにおいがした。

デスクには〝天才が仕事中〟と彫られていた。

「キャリックファーガス署のショーン・ダフィ警部補がお見えになりました」と、グロリアという秘書が俺の来訪を告げた。背の高い魅力的な女性だ。

デロリアンは立ちあがり、俺の手を握った。

「ダフィ警部補。お会いできて光栄です。今日は資金集めのパーティの件でいらっしゃったんでしょうな？」そう言って、晴れやかな笑みを浮かべた。どちらかというと感じのいい笑みだ。

「いえ、それとはちょっとちがう用件で伺いました」一瞬呆気にとられてから答えた。

「ほう？」

デロリアンの大きな眉毛は左右がつながっていた。俺が帰ったあと、グロリアは大目玉を食らうにちがいない。

「マーティン・マッカルパインという大尉が殺害された事件を捜査しています」

デロリアンは肩をすくめた。「そんな名前は聞いたことがないが。私の知っている人間かね？」

「情報将校でした。去年の暮れにIRAに殺されたと見られています」

「それが私たちとなんの関係があるんだ？」

「マッカルパイン大尉の残した記録を調べたところ、大尉の協力者がある人物を監視していたことがわかりました。その人物というのが、この工場の様子を探っていたようなんです。マッカルパイン大尉が殺されたこととは無関係かもしれませんが、いちおう確認しておこうと思いまして」

「何を知りたいんだ？」

「仮にこの自動車工場をスパイしようと目論む人物がいたとして、その理由に心当たりはありますか？」

がないのか？」デロリアンは声をあげて笑った。「当たり前だよ！　産業スパイというものを聞いたこと

「もちろんありますが、しかし――」

「キャリアの最初からずっと、私はスパイされている！」そう言うと、彼はおもむろに立ちあがり、板ガラスの向こうに見える工場フロアを指さした。「あそこで何をやっているかわかるかね？　アメリカのスポーツカーの製造モデルを根本から改革しているんだ。デトロイトの連中は恐れおののいているよ。汚い言葉を使わせてもらうがね、ダフィ警部補、私は連中をびびらせ、大便をちびらせているんだ。フォード、ＧＭ、クライスラー、トヨタの連中を。スパイだと？　もちろん連中はスパイしているさ。いかにもあいつらのやりそうなことだ。独創的なアイディアを持っていないからな。私から盗むしかないんだ！」

「その人たちはこの工場の秘密を盗むために殺しまでやるでしょうか？」

デロリアンはにやりとし、うなずいた。「この国じゃ何があっても驚かんよ。何があってもな。君にはわからんだろうが、この工場を稼働させるには、海千山千の人間と取引をしなきゃならん。実に不愉快な連中ともな」そう言って、眉をあげた。「お察しいただけるかね？」

「ええ、たぶん」

「だからまあ、人殺しくらいじゃ驚かんが、ほんとうの秘密となると……デロリアンの設計図は誰でも知っているし、何年もまえから誰でも自由に使える状態になっている。うちの生

産デザインも有名だ。工場のレイアウトさえみんな知ってるくらいだからな。そんなにたいそうな秘密はあまりないはずだが……」

「自動車の新モデルとかは？」

「ああ、それはもちろんある。スケッチしたり、プランを立てたり、私はアイディアの宝庫だからな。しかし、そうしたものはここには置いていない」

「どこに保管してあるんです？」

「ベルファストの自宅とミシガンの家だ」

「これまでに泥棒か何かに侵入されたことはありますか？」

「いや。ベルファストの自宅には一度もない。ミシガンの家は無人だが、警備会社に警備を頼んである。そんなことがあれば報告があるはずだ」

「会社の従業員が盗みを働いているということは？　以前聞いたところでは——」

「いやいやいや、それは見当ちがいというものだよ、警部補」デロリアンは急に生き生きとしてきた。「みんなが私のために働いてくれているのは、自分よりも大きなものの一部になりたいからだ。従業員はみんな、よそからもっと高給の仕事をオファーされているが、自分が誇りを持てる会社で働きたいと思っているんだ。うちのスタッフは忠実だよ。地元のごろつきどもがうちの従業員の誘拐を企てているというならわかるが、くそフォードに引き抜かれてここを去る者はおらんよ」

「じゃあ、この工場を嗅ぎまわっている人間がいたとして、その理由にはまったく心当たりがないということですか？」

「理由？　そんなものはごまんとある！　やけくそ！　パニック！　やつらもわかっているんだ。いずれ私に完膚なきまでに叩きのめされてしまうとな！　しかし、どうにもならんよ！　十年後にはうちが世界最大の自動車会社になっている。スポーツカーだけじゃない。軽トラ。エコノミー・タイプの中型セダン。なんでもだ。電気自動車だって。電気自動車に関する私のプランを君にも見せてやりたいくらいだ」

「そうした事業はどれも、ここベルファストが拠点になるんですか？」

「当然だ！」

彼は腕時計に眼をやった。俺の時間は尽きようとしていた。

俺は名刺を渡した。「ちょっとでもおかしなことが起きたら、お電話をいただけるとありがたいです」

「〝おかしなこと〟というのがどういう意味なのかによるな。ベルファストじゃ、毎日おかしなことが起きてる！」

俺はうなずいた。「まあ、何かわかったら、どうか連絡を……」

「お安い御用だ」そう言って、彼は立ちあがった。「そこまで見送ろう」

デロリアンは俺を先導し、オフィスのドアをあけ、また俺の手を握った。オフィスの外のデスクについていた秘書が立ちあがった。俺がおとなしく帰ろうとしなかったら、無理やり追い払うためだ。ソファにはすでに別の男が座って待っていた。革ジャケット、細身の黒タイ、ぼさぼさの茶髪。キャメルを吸っている。そのすべてがこいつは〝ジャーナリスト〟だと物語っていた。
デロリアンが俺の手を離した。

「では、いい一日を、警部補」

「ええ」

秘書が俺にほほえみかけた。ブロンドで、品のいい高い頬骨、ブルーのアイシャドウ、こんもりした髪。とてもアメリカ的だ。

俺が口をきこうとすると、彼女は指を一本立ててそれを制し、ソファの男に声をかけた。

「お入りください、バーンズさん」

「カメラマンがまだ来てないんだ」バーンズと呼ばれた男はイーストエンドのアクセントで言った。「もう少し待たせてもらってもいいかい？」

「デロリアンさんとのご面会をご希望なら、すぐに入ってください。十二時十五分に別の方との面会予定が入っていますから」

「わかりましたよ」

秘書はボタンを押し、フォーマルな口調で告げた。「《デイリー・メール》のジャック・バーンズさんがお見えです」

バーンズはデロリアンのオフィスに入っていった。

北アイルランドでアメリカ人女性の声を耳にすることはめったにない。めったにないどころか、これまでに一度でもあっただろうか。ないような気がする。アメリカのニュース・ネットワークは戦場に女性記者を派遣したりしない。

「デロリアン氏はいい上司ですか？」俺は訊いた。

「すばらしい方です」

「〝天才が仕事中〟と机にありました」

「ああ、あれはジョークみたいなものです。ミシガンで選挙運動をしていたロナルド・レーガン氏が贈り物としてくれたんです」

グロリアが紙を電動タイプライターに巻き入れていると、突然、別の秘書がロビーを走ってきて、デロリアンのオフィスに駆け込んだ。

「なんだね！」とデロリアンの怒鳴り声がして、それから一瞬の間があって「なんだと！」デロリアンがオフィスから出てきた。頭から湯気を出している。

「記者と話をしてるってタイミングでこれか！」彼はグロリアに愚痴った。

そして、俺を見て言った。「君は従業員を避難させて生産ラインを停めろと言うんだろうね？」

「すみません、なんの話か――」

若い男が息せき切って階段をあがってきた。「デロリアンさん、この工場に――」

「ああ、わかってる！」デロリアンは怒鳴った。《デイリー・メール》のブン屋もこのときにはオフィスから出てきて、猛烈な勢いで手帳にメモを取っていた。

デロリアンはブン屋のほうを向いた。「うちの会社がどんな困難に直面しているか知りたいと言っていたな。これがそうだよ！　それも毎週！」

警報が鳴り、工員たちが工具を下に置きはじめた。

「火災警報を鳴らしたのは誰だ！」デロリアンが叫んだ。

「組合の代表の誰かでしょう」と若い男が言った。

「くそったれ！　わかった、わかったよ、私が見に行こう！」

「全員をここから避難させるべきだと思います」若い男が言った。

「いいから案内しろ！」

若い男はデロリアンを連れて非常口に向かった。グロリアがハンドバッグ、メモ帳をつかんでそのあとを追い、俺も彼女のあとを追った。非常階段をおりきったところに制服を着た警備員がふたりいた。

「場所は？」とデロリアン。

「南門側の通用口です」警備員のひとりが言った。

デロリアンとこの寄せ集め集団と一緒に、俺も南門に向かった。そこまで行くと、何が問題なのかわかった。強奪《ジャック》したフォード・トランジットをそこに乗り捨てていったやつがいるのだ。

「車内に爆弾などない。私が確かめてくる！」デロリアンは言い、バンめがけて突き進んでいった。

「止まって！」俺が命じると、デロリアンは足を止めた。「いったい何が起きているんです？」俺は当惑している若い男に訊いた。

「不審物です。爆弾を仕掛けたと何者からか警告がありました」

「あの車に爆弾などない！　こういうことはしょっちゅうなんだよ、ダフィ警部補。ただのいたずらだ。私が証明してみせる！」デロリアンはバンに向かってまた大股で歩きはじめた。

「駄目だ！　屋内に戻って工場の人員を避難させろ！　爆弾処理班を呼ぶんだ！」俺は声に絶対の権威をにじませて言った。

デロリアンは純粋な敵意をこめた眼つきで俺を見返した。

そして、俺に指を突きつけた。が、何も言わなかった。そうやって数秒が過ぎると、デロリアンは若い男に向かってうなずいた。男は工場に駆け戻っていった。

「自分が車内を検《あらた》めます。私が証明してみせますよ、デロリアンさん」筋肉質の警備員がリヴァプール訛りで言った。

「そうしてくれ！」デロリアンが興奮して言った。

「そんな真似はさせられません」と俺。

警備員は首を横に振った。「毎日ですよ、警部補。いつも同じ。ダウンタウン・ラジオにフリートウッド・マックの曲をリクエストするのと同じ感覚で、この工場に爆破予告を出すやつがいるんです」

「だとしても、爆弾処理班が到着するまで誰もあのバンに近づいちゃいけない」俺は繰り返した。

「わかったよ。ここで待とうじゃないか。私が正しいと証明してやろう」とデロリアン。

デロリアンが正しいことはわかっていた。十回中九回はいたずらだ。でも残りの一回……それが命取りだ。

軍の爆弾処理班がやってきて、ロボットがトランジット・バンの後部ドアを爆破した。ロボットはそのまま車内を確かめ、木箱にショットガンを撃ち込んだ。が、なかには工具が入っていただけだった。俺たちの後方で、肉体労働者たちがぞろぞろと工場から出てきて、そのほとんどはもう家に帰ろうとしていた。移動販売車がやってきて、デロリアンは自腹で俺たちにフィッシュ・アンド・チップスをおごってくれた。

軍の爆弾処理班はまだ完全にはこの状況に満足しておらず、さらに遠隔操作の発破を使った。バンは跡形もなく破壊され、金属片と火球が宙を舞った。二次爆発は起こらず、爆弾も可燃物も積まれていなかったことが証明された。

デロリアンは勝ち誇っていなかった。観念していた。うんざりしていた。彼は俺の手を握った。

「さっきは怒鳴ったりして悪かった。君は正しいことをしたんだ。用心するに越したことはないからな」

「いいんです」

軍の連中は危険なしとお墨つきをくれたが、どこかの馬鹿が避難中に重役用の駐車場にバックパックを忘れていったせいで、駐車場にもロープを張って立入禁止にし、そこでも遠隔爆破をおこなうことになった。

五時になっていた。事務職員の多くは、駐車場のバックパックにも爆弾は入っていないと軍が結論するまで、ほぼ軟禁状態だった。

「私は訪問客用の駐車場に車を駐めています。誰かキャリックの方角に帰る人はいますか？」俺は訊いた。

グロリアが挙手した。「わたしです」

「送っていきましょう」

ベルファスト中心部を走った。ラッシュアワーで、あちこちのバスに爆破予告が出たこともあり、混乱が生じていた。

「どこに住んでいるんだい？」俺はグロリアに訊いた。

「ホワイトヘッドっていうところ。海の見えるアパートメントなの。眺めもよくて、とってもいいところ」

「へえ、それはいいね」

「ええ。わたしたちの住まいはデロリアンさんが選んでくれたの」

二十五分ほど渋滞につかまった。

俺は苛々してきていた。

苛々どころじゃない。これじゃあ格好がつかない。

「こんなの馬鹿げてる。刑事ドラマみたいに派手にいくか」

俺はグラブ・コンパートメントから着脱式のサイレンを取り出し、BMWの屋根の上に置いた。スイッチを入れ、市庁舎のまえの一方通行道路を逆走した。

「こんなことして平気なの？」グロリアが訊いた。あとでわかったが、彼女のアクセントはサウス・カロライナのアクセントだった。

「俺はなんでもしていいんだ。警察《ジョニー・ロウ》だからね」

「なんですって？」

「窓をあけるんだ、ハニー！」

グロリアはウィンドウをさげ、俺はステレオでツェッペリンをかけた。いいツェッペリンを。《レッド・ツェッペリンⅢ》。一方通行を逆走して一般市民を怖がらせ、十車線路に出た。このまま進めば、M2高速道路で市外に出られる。M2がM5に合流する地点で六台の覆面パトカーが不審車両を停止させていたが、サイレンのおかげで素通りできた。M5に入ると時速百六十キロで飛ばし、ヘーゼルバンクでサイレンを止め、時速百二十キロに落とした。

ホワイトアビー署のまえを通過した。

「ロケットがあそこの署を貫通したんだ」と俺は言った。

「ロケットが？」

「ああ。RPGじゃない。ロケット弾だ」

「全然別物さ、ベイビー。ほんとうだよ。ロケット弾が撃ち込まれた三十分後に俺もあそこにいたんだ」

「どこがちがうの？」

俺はまじまじとグロリアを見た。なんてこった、すごくいい女じゃないか。ジョージ・ベストがものにできなかった一九七九年のミス・ワールドのようだ。

「ちょっと何か腹に入れていかないか？　キャリックにオープンしたてのいいイタリアンの店を知ってるんだ。とにかくうまい料理を出すが、クリスマス後にはもうなくなってるだろうから」

「イタリアン？」

「イタリアンだ」

「なんでも一度は試してみることにしてるの」

「ほほう、そいつはいい心がけだ」

グロリアは笑った。これはものにできそうだ。

レストラン〈トゥット・ベーネ〉はハゲの食い道楽を別にすれば客はいなかった。この男は出されたものを片っ端からむしゃぶり尽くし、新しい料理が供されるたびにうっとりとため息を漏らしていた。俺たちは港を一望できる窓際席に案内された。二番目に高い赤を頼んだ。グロリアはスパゲッティ・カルボナーラを選び、俺はリゾットを選んだ。

食事はグロリアの口に合わなかったが、デザートにめろめろになった。

俺の家で一緒にレコードを聴かないかと誘うと、グロリアはそれは楽しそうねと言った。

コロネーション・ロード。午後九時。どこの家もカーテンが引かれている。俺はニック・ドレイクをかけ、グロリアはレコード・ジャケットのニックの悲しげな眼つきを眺めていた。ニック・ドレイクとマーヴィン・ゲイでリラックスさせて、お次はヴェルヴェット・アンダーグラウンドで秘められた欲望を解放して……

ウォッカ・マティーニをつくってやり、彼女の生い立ちやこれまでのことを訊いた。グロリアはサウス・カロライナのスパータンバーグという街の出身で、経営学の勉強のためにミシガンに行き、そこからはあれよという間にゼネラルモーターズに入り、ジョン・デロリアンの会社に入った。

話が盛りあがってきたあたりで、玄関がノックされる音がした。テレビを消し、居間の窓から外を確かめた。アンブリーナだった。

「くそ」俺はグロリアに言い、玄関に出た。

「どうかしたの？」

「どうもしないよ。マティーニを飲んでいてくれ」

玄関をあけた。「やあ」

「お邪魔じゃなければいいけど」とアンブリーナは言った。

彼女はジーンズに黒いTシャツ姿で、髪は編んでいた。Tシャツはぴっちりしていて、実にゴージャスだった。手にはアルミホイルの包みがあった。

「これをあなたにつくったの。お礼のつもりで」

「それはありがとう」

「ただのブランデー・スナップだけど。これしかレパートリーがなくて」

俺はアルミホイルをはがし、ひとつかじった。かぴかぴのパンを消毒用アルコールに漬けたような味だった。

「うまい」咽頭反射をこらえながら言った。「なかに入ってもらいたいが、ちょっと立て込んでいてね」

彼女はほほえんだ。玄関ポーチが明るくなるような、この陰気な界隈をくまなく照らすような笑み。

「とにかく、ありがとう。またの機会に。よかったら今度飲みに行こう」

「長居はできないの。荷造りしないといけないから」

「荷造り？」

「イギリスに引っ越すの」

「いつ？」

「明日」

「どうして？」

「ケンブリッジ大学に移れることになったの。父さんがいろいろ根まわししてくれて。父親ってそういうものでしょ」

「ケンブリッジ？」

彼女は俺に顔を近づけ、頬にキスした。

そして小さな声で「ありがとう」と言った。

「どういたしまして」

アンブリーナは身を翻し、小径を引き返していった。俺はドアを閉め、居間に戻った。

グロリアは俺の貴重で豊富なレコード・コレクションを熱心に漁っていた。

「誰だったの？」

「俺が命を救った女性さ」

「そうじゃなくて、誰だったの？」

俺はグロリアの腰に手をまわし、ソファに導くと、大きく熟れたアメリカ産の真っ赤な唇にキスをした。やばいぞ、なんてうまさだ。

「俺が命を救った、ただの女性さ」

マティーニのお代わりをつくり、マーヴィン・ゲイの《ホワッツ・ゴーイン・オン》とニック・ドレイクの《ピンク・ムーン》をかけた。何もかも計画どおりに進んでいる。

「アイルランドでコンサートしたことはあるの？」

「誰が？」

「ニック・ドレイク」

「もう死んでいるよ。自殺したんだ」

「どうして?」

「確か鬱病だったと思う」

もう一杯ずつマティーニを飲み、《ヴェルヴェット・アンダーグラウンド&ニコ》をかけた。

グロリアは身を乗り出し、俺にキスしてきた。彼女はすばらしい味がした。パーティが好きそうだったので、庭の納屋に上等な大麻を取りに行った。星が出ていた。暗かった。静かだった。ノース海峡から冷たい風が吹いていた。廃品売りから買った薪《たきぎ》を手に取った。オークとハシバミとカッパーバーチ。なかに戻り、大麻煙草を巻き、薪に火をつけた。フェンネルと鹿の糞と湿った土のにおいがした。

俺たちはソファの上で横になった。

グロリアはアメリカの話をした。

俺は秘書服のブラウスを脱がせ、ブラとスカートを脱がせて、完璧で立派で美しい乳房と甘美な尻に酔いしれた。

彼女の首筋にキスをし、谷間にキスをし、彼女は俺のジーンズを脱がした。

ニコが独特な、抑揚のない調子外れな声で歌い、俺たちは大麻に火をつけ、深々と吸いながら、バンが爆破されるのを一緒に目撃し、警察のサイレンをかき鳴らして敵意に満ちた街を飛ばしたふたりが交わるように、革張りソファの上で交わった。

彼女をファックする俺はアメリカのすべてをファックしていた。もう一度キスをし、大麻を吸い終え、眠った。

ひと晩じゅう、居間のソファの上で眠った。太陽がスコットランドの海岸上空に昇り、ピンク色の湾の上空で虹色に光り、レンスターの上に、マンスターの上に、赤き手のアルスター全土の上に、デロリアン工場とアイランドマージーのマッカルパインの農場の上に、バリーコーリー署の瓦礫の上に、ベルファストの上に昇るまで。コバルト色の暁のなかから青ざめた橙色の太陽が昇り、その光が無実の男たち、罪を犯した男たち、癒やすことを使命とする男たち、人を傷つけるという重荷を負った男たちの心を温めた。

キッチン窓から射し込んだ陽光がソファの上の俺を起こした。

家のなかはいいにおいがした。大麻とマティーニと泥炭棒と女とコーヒーの。

「起きた？」とグロリアが言った。

「今何時だい？」

「そのまま寝てて。動かないの。コーヒーとトーストを用意するから」

グロリアはパーコレーターでコーヒーを淹れた。思ったとおりにハードコアな味だった。ふたりでソーダブレッドを焼き、上階にあがってフランス映画に出てくる人々のように一緒にシャワーを浴びた。シャワーを終えるとグロリアはきらきらと輝いた。ベルファストの人間はブラックホールのごとく周囲の光を吸収する。この女は笑顔だけで二千カンデラの光を発する。

俺はグロリアをダンマリーのデロリアン工場に送り、デスクまで一緒についていった。

彼女の椅子にリボンをかけられた箱が置かれていた。

「うれしい！」グロリアは興奮して箱をあけた。

アイルランドの〝フィフティーンズ・ケーキ〟の箱。スマーティーズの代わりにM&M'sが使われていた。

「うまそうだな」

「実際、おいしいから」

「どこで手に入れるんだい？」

「ハリー卿が持ってきてくれるの。義理の妹さんが焼いているのよ」

「ハリー卿って、ハリー・マッカルパインのことかい？」

「ええ」

「ハリー卿と知り合いなのか？」なるべくさりげなく聞こえるように尋ねた。

「いえ、わたしの知り合いというより、デロリアンさんのお知り合い」

「デロリアン氏はどうやってハリー卿と知り合ったんだ？」

「この工場は卿の土地の上に建ってるの。卿はうちの会社にとても良心的な値段で土地を貸してくれているのよ」

「スコットランドやほかの場所じゃなく、ベルファストに工場を建ててもらう見返りとして？」

「そのとおり。去年一年のうちに、ハリー卿とデロリアンさんは大の親友になったんだから」
「ほんとうかい?」俺は言った。

24　ガラス張りの家の住人たち

　気分よく海岸沿いを飛ばし、アイランドマージーに向かった。ＢＭＷのアクセルを踏み、時速百十キロまであげたあと、百四十キロという結構な速度まで加速した。ミックステープを掘り出し、プレーヤーに入れた。

プラスティック・ベルトランがキャリックからエデン、アイランドマージーまで俺を運んでくれた。

　ハリー卿の地所。

　私道のゲートは閉じられていて、男がひとり、踏み段の上に座っていた。バーバーのジャケットを着てショットガンを抱えている。老いぼれで、白髪交じりで、猟場の管理人のようなタイプだ。

「こっから先は私有地だ」男は田舎訛りで言った。

「こっちは警察です」

「じゃあ、令状があるんだろうな」

「この道路を使うだけで令状が要るのか？」

「ここは国道じゃねえ。ここの農場全部、こっから海まで全部、ハリー・マッカルパイン卿のもんだ」

「いいから通してくれ。俺は警察だ。以前にもここに来たことがある」

「どうだか。こっちは用心しなきゃなんねえんだ。去年ここで殺しがあったからな」

俺はBMWから降り、ゲートをあけて警察手帳を見せた。

「撃ちたいなら撃て。だがマッカルパインには会わせてもらうぞ」

老いぼれはうなずいた。

こいつの仕事には、覚悟を決めた刑事の邪魔をするほどの価値はなかった。

エマの農場を通り過ぎた。

彼女がいる気配はなかった。

泥道を車で走り、丘を登り、屋敷に向かった。

道の先のゲートもしまっていたが、鎖はかかっておらず、車を降りてゲートをあけた。地面に埋められた家畜脱走防止用の柵を乗り越え、ヤシの並木道を走った。

表にロールスロイスが駐まっていた。

呼び鈴を鳴らした。パットン夫人が出てきた。俺は警察手帳を見せた。

「俺を覚えていますか？」

「なんのご用？」

「ご主人に会いたい」

「温室にいらっしゃいます。お呼びしてきますね」

「あの何もない温室に？　お手間は取らせませんよ。場所は自分でわかりますから」

屋敷のなかを通り、キッチンを抜け、裏庭に出た。

このまえとはいくつかの点でちがっていた。庭はこぎれいになり、整頓されていた。土と泥炭を入れた袋と、何も植わっていない赤褐色の植木鉢があった。私道に警備を置いていること。裏庭に手を入れていること。そういう余裕があるってことは、卿の経済状況はいくらか安定してきたのかもしれない。

彼はそこにいた。みすぼらしい茶色のシャツに茶色のコーデュロイパンツ。

温室のドアをノックした。

卿はジャンパーを首から引き抜いていた。頭が出ると、振り向き、俺を見、眉をひそめた。

俺はドアをあけてなかに入った。

温かかった。隅に加湿器があり、蒸気を吐いていた。

「今日はどんな悪さをしに来たんだね？」卿は嫌悪感を隠そうともせずに言った。こういうのはアイルランド流とは言えないが、アングロ・アイリッシュ流ではないこともないのだろう。

卿がどうして俺を嫌っているのはよくわからない。もちろん、警官が好きなやつはいない。俺たちはせいぜい怠惰なくそ野郎だが、それだけじゃなく、腐敗し、差別的だ……でも、少なくとも俺は卿の弟が殺された事件を解決しようとしているんじゃなかったか？

俺は歩いていった。卿は何がしかのランの手入れをしていて、それを見て俺は思った——へえ、ほんとうに園芸が好きだったのか？

「このまえこの温室に来たときは何もありませんでしたね」

「だからこうして補充しているんだよ……それが君となんの関係があるのかね？」その眼は顔からはみ出しそうなほど見ひらかれていて、頰は赤かった。おまけに緑色のウェリントン・ブーツにこの訛り。実に時代がかった男だ。がぜん興味が湧いてきた。

「ここでトウアズキを栽培したことはありますか？」

「なにアズキだって？」

「トウアズキです」

「聞いたことないな。それよりなんの用だ？　わざわざ庭のことを訊きに来たのか？」

「ジョン・デロリアンに会ってきました」

「それがどうした？」

「自動車会社の社長ですよ。北アイルランドをどん底から救おうとしている男」

「デロリアンが何者かは知っているよ」

「もちろんそうでしょう、ハリー。デロリアン社の工場はあなたの土地に建っていますから。ベルファストの古い空き地が、今じゃアイルランド再生プロジェクトの中心地だ」

卿はいじっていた鉢を置き、分厚い園芸用手袋を外すと、空咳をした。「だからどうした？」

「あなたの弟さんはアルスター《U》防衛《D》連隊《R》の情報将校で、情報屋を何人も使っていました。弟さんはそうした情報屋のひとりから、デロリアンの工場付近であれこれ質問し、写真を撮ってまわっている男がいるという情報を手に入れた。デロリアン氏に伺ったところ、産業スパイの脅威には四六時中さらされているし、そんなものは日常茶飯事だということでした。とはいえ、ダンマリーに関するこの情報は、弟さんがつけていた記録の最後から二番目のものでした。この情報屋は行方不明になっていますし、言うまでもなく、弟さんは殺害されています。だから、もしかしたらこれらの事件はどこかでつながっていて、あなたなら何かご存じではないかと思ったのです」

「何を勘繰っているんだ？」

「別に何も。あなたなら、私には見えない角度から見えるものがあるのではないかと思ったまでです。部外者の私には見えないものが」

「君の口ぶりはどうも好きになれないね、刑事さん」

「それについては申し訳ないです。ですが、含むところも悪気もいっさいありません」

それで少し機嫌が直ったようだった。

卿はふんと鼻を鳴らし、俺を品定めした。

「じゃあ、まだマーティンの事件を調べているのかね」

「そうです」

彼はうなずき、ゆっくりと息を吐いた。「ＩＲＡによる無差別な暗殺ではなかったということか？」

「いえ、そこまでは考えていません。つながりを明確にしておきたいだけです。あなたとデロリアンと、マーティンの情報屋とのつながり……この糸を手繰るとどこに行き着くのかを」

「そうか。そういうことなら力になれるかもしれん。家に入って茶でも飲みながら話そう。時間は大丈夫かね？」

「あり余っていますよ」

「先日来た刑事、このまえ殺された刑事は……死者を悪しざまに言いたかないが……どうも信用ならなかった」

「ええ」

俺たちは一階の書庫に入った。

天井までの高さの書棚に古い本がぎっしり詰まっていた。フォーマルな革張りのソファは長年の使用と修繕、使用と修繕でいい感じに使い込まれている。モダンな椅子が数脚とオーク製のテーブル、書見台。東向きの洒落た出窓からは、土地のわずか数百メートル先に広がる海岸とアイリッシュ海が見えた。

パットン夫人が紅茶を持ってきた。

ダージリンだった。とても濃く、蒸らしすぎだった。ハリー卿はそれについてはなんとも思っていないようで、さっきよりもずっと肩の力を抜いていた。「マーティンが殺された事件にジョン・デロリアンが関係していると、君はほんとうにそう思っているのかね？」卿は勢い込んで尋ねた。

「ええ、まあ。あなたとデロリアンさんの関係は、具体的にはどのようなものなんです？」

ハリー卿は肩をすくめた。「関係ね。はっ！　あいつは人を使う側だよ。他人と関係など持たん。人をこき使っているんだ」

「そもそもあなたと知り合いになった経緯は？」

「二年前のことだ、デロリアンが北アイルランドへの投資を考えているという噂を耳にしはじめたのは。自身が設計中のスポーツカーを製造するために、大きな自動車工場を建てるということだった。実現すれば、仕事がたくさん生まれる。費用だって北アイルランド担当省が全部まかなってくれるだろう。連中は五千万ポンドだって投入するつもりだった。どんなものでもいいから、とにかく投資がしたいと躍起になっていたからな。正真正銘の金が北アイルランドに流れ込む。君が知ってるかどうかわからんが、私はちょっとした財政的な問題を抱えていてな。父は六九年に逝去したが、そのときの相続税をいまだに払っているような始末だ。誇張ではないぞ。まだほんとうに支払いが終わっておらんのだ。あと一年遅く死んでくれていれば、そのときは保守党政権になっていたが、残念ながらそうはいかず、父は一九六九年に死に、当時の税金は天井知らずだった……それはともかく、かいつまんで言えば、北アイルランド担当大臣のハンフリー・アトキンスから、ダンマリーの私の土地を工場用地として〝寄付〟してほしいと要望があった。で、そうしたよ。それがデロリアンと知り合うようになったいきさつだ。私は彼の地主なんだ」

俺の把握しているとおりの内容だったが、それがマーティンの死やほかの件とどう結びつくのかはわからなかった。

「あれだけの土地のためにデロリアンがいくら支払っているか知りたいかね？」

「いくらです？」

「そいつを聞いたら、きっとそのチョコ・ビスケットをのどに詰まらせるぞ。あいつは悪性腫瘍だ。それがアメリカ人どもにばれるのは、あいつの車が百万台売れたあとにしてほしいもんだが」

「ええ、それで――」

「もうひとつ教えてやろう。あいつのオフィスに入ったことはあるか？　デスクに〝天才が仕事中〟と書かれていただろう。天才が仕事中だと！　馬鹿言え！　ほんとうの立役者は誰だと思う？　ほんとうのオズの魔法使いが誰だか知ってるかね？」

「いえ」

「デロリアンはあの車の設計さえしておらんのだ。まあ、スケッチくらいは描いたさ。くだらんスケッチをな。コーリン・チャップマンという男に聞き覚えは？」

「あるような気がします」

「ロータスだよ。ロータス・スポーツカーズの。コーリン・チャップマンはロータスの設立者で、デロリアンを実際に設計したのもこの男だ。ジョン・デロリアンじゃない。デロリアンは自分が設計者だと思われたがっているがね」

ジェームズ・ボンドの映画で、ロータスにはなじみがあった。

「設計はコーリン・チャップマンが担当し、金はイギリス政府が出し、土地は私が出し、労働者はハーランド＆ウルフ造船所の元従業員だ。肝心のデロリアン本人はいったい何をしている？　あいつはただの会社の顔。それだけだ。ただの表看板、くそ百万ドルの笑顔を浮かべた、くそしみったれだ」

「もしその表看板が駄目になったら、どうなります？」

彼はひゅううと飛行機が墜落する音を口真似し、片方の手をもう一方の手に打ちつけた。

「そうなれば、北アイルランドは神の慈悲にすがるしかない」

「本題に戻しますが、あなたはデロリアンさんとそれほど交流があるわけではないんですね？」

「あいつから何かしらの要求があるときにしか会わん」

「ふむう」

「で、これがマーティンの殺害とどう結びつくのかね？」

「私もそこのところを知りたいんです」

俺たちはお茶を飲み、しばらくあれこれ話したが、何も得られなかった。ハリー卿はほんとうに何も知らないか、嘘をつくのがとてもうまいか、そのどちらかだ。

俺は紅茶を飲み終え、立ちあがって手を差し出した。

「どうやら私たちのあいだには誤解があったようです。すみませんでした」

「いや、私のほうこそ悪かった。警官なんてどいつも同じだと十把ひとからげに考えたりして……マーティンのことで何かわかったら知らせてもらえるかね？」

「ええ」

「ただ……」

「なんです？」

卿は涙ぐんだ。「あいつは私のかわいい弟だった。弟の面倒は兄がみるものだ。そうだろう？」

「でしょうね」

俺は物思いに沈んだまま、ヤシの木が立ち並ぶ私道を歩いた。

ＢＭＷに乗った。

トウアズキの名前を出しても卿はなんの反応も示さなかったし、弟の死の真相を本心から解明したいと考えているようだった。

卿は確かにすべてとつながりがあるが、この線は本筋とは無関係なのかもしれない。

マーティンが残したあの記録……あれは偶然だったのだ。

そして偶然というものは、どこのどんな刑事にとっても、不倶戴天の敵だ。

25　森のなかへ

ハリー卿の屋敷から百メートルほど車を走らせていると、エマの姿が見えた。軍用ブーツを履き、青い服とレインコートを着て、バスケットを手に谷間を歩いている。車道にいる俺に背を向け、傘を差していたが、あの無造作にカールした赤毛は見まちがいようがなかった。

エマの脇に車を停め、ウィンドウをさげた。

「やあ」

彼女は少し面食らったようだった。

「あら、こんにちは……ここで何をしているの？」

「あなたの義理の兄さんと会っていたんです」

「マーティンに関することで？」

「ええ」

「何かわかった？」

「残念ながら。不明点を整理できただけです」

彼女はうなずき、顔をしかめ、それからほほえんだ。

「なんの音楽をかけてるの？」

「プラスティック・ベルトランです」

「だあれ、それ」

「ベルギーのニューウェーブ系の」

「ニューウェーブ？」

「知らない？　まいったな。もしかして、ここいらの人間は車輪も知らないんじゃないでしょうね？　火はどうです？」

エマは笑った。

「まさか今も洞窟暮らしで、毛むくじゃらのマンモスを狩ってるとか？」

彼女はバスケットを持ちあげてみせた。「マンモスじゃなくて、貝を狩りに行くところ」

「乗っていきますか？」

「車じゃわたしの行きたいところには行けない」

「どこです？」

「海岸の先」

エマはまたにっこり笑った。俺の下半身の何かが、グロリアと過ごしたゆうべを思い出した。

「ついていってもいいですか？」

彼女は一瞬ためらった。「靴は何を履いてる？」

「スニーカーです」そう言って、アディダスのスニーカーを見せた。

「濡れるけど」

「かまいません」

俺はBMWを駐め、ロックをかけた。セーターとジーンズという格好だったので、トランクから出した革ジャケットを着て、ジッパーをきっちり上まで締めた。

「行きはあそこの道路を使って、帰りは森を抜けるの」

エマの髪は顔のまわりで四方八方に揺れていた。原始的で、ちょっと恐ろしくもあり、とても美しかった。

「こっちよ」エマが先導し、俺たちは車道を歩いて、廃墟になった農園を通過した。農家の窓は割れ、天井のタイルは半分がなくなっていた。農園の地表は岩がちで、ところどころ覗く赤土が、崖の上から海面まで血のように滴っていた。わずか十メートルほど下に波が打ち寄せていて、荒れた日にはここまでしぶきが飛んできそうだ。俺たちはかつて居間とキッチンだった場所を通り抜けた。濡れた新聞紙と煙草が暖炉に捨てられていた。「ハリーのいとこがここに住んでたんだけどね、カナダに引っ越しちゃって。あの古い岩塩坑と同じで、ここもわたしの秘密の場所なの」

こっちはさほど秘密とは言えなかった。俺の刑事の眼は、廃棄された注射器、薪にするために壊された家具、ハンマーが取り去られた古いピアノを見つけた。裏庭から延びる崖際の小径は海岸までつながっていた。石板は滑りやすく、スニーカーでは滑って転びそうだった。

「あなたはここの出なんでしたっけ?」

「ええ、ミル・ベイっていう、この道をほんの数キロ行ったところの出身」

「まだこっちに残っているご家族はいるんですか?」

「いえ、みんなスペインに移住した。姉はサンフランシスコにいて、わたしにもアメリカに来いって言ってる。そうしたほうがいいんだとは思う。今のアイルランドには何もないもの。わたしにとって……いえ、誰にとっても」

「みんなそう言います」

小径の突き当たりに着いた。ここにもまた、廃墟になったコテージ群があった。さっきのよりずっと古い。「飢饉のときのものですか?」俺は家屋を指さして訊いた。

彼女はうなずいた。「ハリーが言うには、この谷間に昔はたくさんの人が住んでいた。今じゃ羊とハリーの忠実な家来たちがいるだけ」

石でごつごつしたビーチに出ると、彼女は貝や巻き貝を集めはじめた。

「スープにするんですか?」俺も手伝いながら尋ねた。

「いえ。にんにくと鶏がらで茹でるの。それだけですごくおいしいんだから」

「ほんとに?」

「疑ってるの?」

十分としないうちに、エマのバスケットは半分埋まっていた。「これだけあれば充分。帰りは森を抜けていきましょう。近道だから」

俺たちはビーチを歩き、海に向かって突き出している錆びた長い栈橋のまえを通り過ぎた。

「あれもハリーの？」栈橋を指さして訊いた。

「ええ。リフォームしてマリーナにするんだって。ずっとまえからそう言いつづけてるけど、永遠に実行されないでしょうね。いつも口ばっかり。計画だけは立派なの」

俺たちは行きとは別の道を歩き、ひいこら言いながら丘を登った。

「最初、あなたのお義兄《にい》さんは俺のことをあまりよく思っていないのかと思っていました」

「今はちがう？」

「たぶん、少しは」

「悪気はないのよ。アイランドマージーのこのあたりは昔からずっと警察に眼をつけられていたから。密猟、牛泥棒。盗んだ牛をスコットランドに密輸……そういうのに事欠かない土地柄だったから」

俺たちは森の外れに着いた。木々は巨大で、長い年月を経て奇妙なパターンに歪んでいた。大きなニレ、トネリコ、ブナ、巨大なオークの古木。雨に打たれ、瞑想する、生きた彫刻たち。俺はほほえんだ。驚いたことにエマは俺の手を握っていた。

「彼らが話しかけてきてる」と彼女は言った。

「木が？」

「なんて言ってるかわかる？」

「なんて？」

「葉の一枚一枚が奇跡。地上の葉の一枚一枚が、わたしたちすべてを生かす奇跡」

「どうだか、〝あーあ、一日じゅう立ちっぱなしで腰が痛い〟とか言ってるんじゃないのか？」

エマは俺の肩をはたいた。「あなたたちはみんな同じね」

「あなたたちって？　警察？　それとも男？」

エマの瞳に解読不能な光が宿った。「ねえ、ダフィ警部補。すっごくおもしろいもの、見たくない？」

「もちろん」

「こっちよ」

俺たちは森のなかの道を通って丘を登った。ときどき奇妙な光景が垣間見えた。動いていない海と、その向こうの、驚くほど近くに見えるスコットランドの海岸。

「この先よ」そう言って、彼女はハシバミの木立に俺を連れていった。ぽつんと一本だけ立つオークの木があった。とても古い木であることはまちがいなく、苔とヤドリギに覆われていた。ビニール袋に入った祈りと嘆願の言葉が低い枝からぶらさがり、ささやかな供物や手紙が幹に寄りかかっている。硬貨、鍵、ペンダント、写真、ビニール製の赤ちゃん人形が十体以上、木箱、ティーカップ、銀のスプーン。妊娠して腹がふくらんでいる、精巧に彫られた女性。

風が手紙と写真をそよそよと揺らしていた。

「これ、なんだかわかる？」

「当然さ。妖精の木《フェアリー・ツリー》だろ」

「まったくの無知ってわけじゃないのね」

「俺は谷間《グレンズ》地方の出身だ。アイルランド語も話す。こう見えて、いろいろ知っているんだ」

「カソリックなの？」

「知らなかったのかい？」

「ええ」

彼女は思案げにうなずいた。「ふうん、どうりで……来て、帰りましょう」

ふたりで沼がちな牧草地を突っ切った。

「マーティンとハリーの兄弟は仲がよかったのかい？」

「仲がよかったかどうかはわからない。歳は離れてたけど、お互いを尊敬してはいた。マーティンはハリーが家の借金とこの土地という重荷を引き受けてくれたことに感謝していたし、ハリーはマーティンが軍隊に入り、命懸けで働いていることに感心していた」

「文字どおり、命が懸かっていたわけですね」

「ええ」エマは悲しげに笑んだ。「マーティンがキリストを見出し、信仰を新たにしたときも、ハリーはそれを責めたりしなかった。ハリーはきわめつきの無神論者なんだけど」

「マーティンはボーン・アゲイン《ボーン・アゲイン》・クリスチャンだったんですか？」

「ええ、一年半くらいまえのことよ。教会にアメリカから牧師が来ていて、マーティンはこれだと思ったようなの」

「でもあなたはちがった」

「ええ」

「マーティンはあなたもその道に引き込もうとしたんでしょうね」

「そこが彼のすばらしいところ。わたしはこっちのほうがずっと好きだって、あの人は知っていたから……」そう言って、エマは背後の木々を指さした。俺は「冗談だろ」と言ってしまわないよう舌を噛んだ。

「マーティンは信仰を押しつけてきたりしなかった。わたしの好きなようにさせてくれた」

「いいご主人だったんですね」

「ええ。とてもいい人だった」

牧草地の外れまで来ると、また谷間が見えた。大きな屋敷、コテージ群、岩塩坑、車道に俺の車が駐まっていた。

「夕食を食べていかない？　貝を料理するから。ひとりで食べるのももったいないし」

「いいですね」

俺たちは沼地を歩いて農場に向かった。

コーラが吠えはじめ、エマが縄を外した。

「どうして散歩に一緒に連れていかなかったんだい？」

「昔はそうしてたの。でも手に負えなくて。羊を攻めたてるし、獲物と見ればなんでも追いまわすから」

IRAの殺し屋相手にはちがったらしいが。

トヨタのピックアップ・トラックに乗った男が通り過ぎざま、俺たちに向かって手を振った。エマも振り返した。

「今のは誰です？」

「コニー・ウィルソン。ハリーの賃借人のひとりで、バリーランフォードのほうに住んでる。コニーは家計が火の車でね。今年はなんとか大麦を育てようとしていた。羊を処分して、代わりに大麦をね。でもハリーが言うには、地代を払えてないらしくて」

「ハリーから土地を借りている人間は何人いるんだ？」

「かなりいるわよ。十二人か十三人。欧州経済共同体《EEC》の助成金を計算に入れても、実際にこの土地でやりくりできているのはそのうちの二、三人だけ。賃借人はたくさんいるけど、税金を払わなきゃいけないから、ハリーはこのあたりの地所について、毎年五、六千ポンドの赤字を出してる」

「土地のせいで赤字を出しているのか？」

「本人の弁によればね」

母屋に入った。今度は鍵がかかっていなかった。

「農家ってのはいつでも文句を垂れるもんだ。それが一番得意なことだから」

「ハリーはうちの賃借料を値あげしないでくれてるだけましだけど」

「義理の妹にそんな真似はしないだろう」

「あなたは知らないだろうけど、やけくそになった男はどんなことでもするものよ」

「いいや、俺はしないね」

彼女はうなずき、顔にかかった髪を払った。

険しい顔つき。若々しい――が、もっと歳をとったら苦労のせいでやつれ、唇は薄くなり、ヒステリックになるだろう。

「何か手伝おうか？」

彼女はほほえみ、それどころか、また声をたてて笑いそうになっていた。「いいえ。わたしのキッチンは男子禁制。居間でくつろいでいて。ビールを持っていく」

俺は籐製のソファに座り、ハープの缶ビールを飲んだ。本棚には小説が数冊。アレグザンダー・ケント、アリステア・マクリーン、パトリック・オブライアン。マーティンの服やスーツケースは処分されていたが、蔵書はいくらか残っているらしい。

「電話を借りてもいいかな？」俺はキッチンに向かって呼びかけた。

「どうぞ。このあたりは受信状態がひどくて、月から電話してるみたいだけど」

署にかけ、クラビーに替わってもらった。

「マクラバンです」

エマはキッチンでラジオを流していたが、いちおう声を低くした。

「クラビー、俺だ。ひとつ頼みがある。ハリー・マッカルパイン卿かジョン・デロリアン、もしくはその両方について、融資・横領調査班か詐欺調査班が何か嗅ぎつけていないか確かめてくれ」

「ジョン・デロリアン？」

「あい。それとハリー・マッカルパインだ」

「確かにデロリアンの工場にはすげえ大金が絡んでますが、詐欺があったって話は——」

「とにかく調べてもらえるか？　マッカルパインのほうも忘れるな。デロリアンの工場が建っているのはマッカルパインの土地の上だ。本人が言うには、アイルランド担当省とのあいだになんらかの取引があったらしい」

クラビーはとまどっていた。回線に雑音が交じっていた。

「わかったか？」

「わかりやした。特別部と詐欺調査班に電話しときゃいいんですね」

「ああ。何か問題でもあるのか？」

「ショーン。こういう問い合わせは上層部にも伝わる。ハリー・マッカルパイン卿には関わるなとはっきり念を押されたんじゃねえですか？　二、三日もすりゃ、この件は本部長の耳にも入る。そうなりゃ大目玉だ」

「職務の範囲内だよ、クラビー。とにかく、空砲でもなんでも撃つしかない」

「空砲を撃つのはかまねえんだ、ショーン。でもマッカルパインのヤマは俺たちには関係ねえし、オロークのヤマはもう黄色フォルダーにしまってある」クラビーは少し声を大きくして言った。

「わかっているよ、それでもとにかく、やるだけやってみてくれないか？」

彼はため息をついた。「もちろんですよ」

「ありがとう」

「いいってことです」

電話を切った。

「何かあった？　大丈夫？」エマがキッチンから呼ばわった。

「あい、大丈夫だよ」

もう一本、花屋の〈インターフローラ〉にそそくさと電話をかけ、デロリアン工場のグロリアに花を届けてもらうよう頼んだ。三十五ポンドかかったが、女性のご機嫌を取っておくのは決まって好手だ。

エマが俺の背後に立っていた。

「お花の注文？」

「お袋の誕生日でね」

「親孝行なのね」

「あい、そうとも」

「今、だしを取ってるところ。一時間くらいかかるから、そのあいだに乗馬でもどう？　この先の小屋のそばにキャニー・マクドナーっていう女の人が住んでいて、彼女からステラという馬を借りるの。マラーキーっていう若い狩猟馬もいて、そっちもひとっ走り、ふたっ走りさせとかないといけないから」

「乗馬なんて十五年ぶりだ」

「乗り方は忘れないものよ」

「ほんとうに？」

「ほんとうに」

俺たちはコートを着た。エマはマーティンの乗馬靴を貸してくれた。キャニー・マクドナーは不在だったが、エマは勝手知ったるなんとやらで、厩舎で二頭の馬に馬具と鞍をつけた。マラーキーは大きな狩猟馬だったが、オート麦で腹がふくれたばかりで、おとなしく言うことを聞いてくれた。

俺たちは馬で野原を駆け、アイランドマージーのアイリッシュ海側のビーチに出た。エマはステラを駆り、俺はマラーキーを馬なりに走らせた。コーラが並走し、うれしそうに吠えた。

たっぷり走ったあと、俺たちは馬から降り、二頭に波間を歩かせた。冷え込んできていた。ビーチには何もなかった。エマがコーラに棒切れを投げると、コーラは海水に入ってそれを拾ってきた。

北を見ると峡谷と大西洋を一望できた。ここからでも、その深く荒々しい青が俺の眼の網膜を凍えさせた。

太陽は西の雲塊の背後に隠れようとしていた。

「見て！　あそこ！」

スコットランドの丘陵でハリエニシダに覆われた斜面が山火事を起こしていた。

「ジーザス、すごいな」

「ヒースは何日も燃えつづけることもあるの」

俺たちは陽が沈むまでそれを眺めていた。暗くなってきていた。

「そろそろ馬を返しにいかないか？　夜の乗馬には自信がない」

「ええ、そうしましょう」

馬に乗って引き返した。コーラは吠えた。キャニー・マクドナーはまだ帰っておらず、エマは馬を二頭借りたことと、マラーキーが馬なり駆け足を上手にこなしたことを書き置きした。

キッチン・テーブルの上に貝とカントリー・ブレッド。

エマが灯油ランプをつけた。

「何か強い飲み物にする？」俺が二缶目のハープを飲み終えるとエマが訊いた。

「密造ウィスキーかい？」

「間接税局に密告しないでよ」

「冗談だろ？　警察と間接税局は天敵同士だ」

エマはシンクの下から陶製のつぼを取り出した。

「このへんじゃ、みんな自分で蒸留してる」

エマはそれをたっぷりと注ぎ、ふたりでグラスを合わせて乾杯した。

俺たちは飲んだ。度数が七十度近くある。悪魔のようにきつい酒だ。

ふたりともむせた。エマはもう一杯ずつ注いだ。

「うぷ、何か割るものはあるかい？」俺は二杯目を一気飲みして言った。

「冷蔵庫にオレンジジュースがある」

俺は冷蔵庫のまえに行き、背の高いグラスをふたつ探し出してスクリュードライバーを二杯つくった。

エマはそれを飲み、ソファの上で俺に身を寄せてきた。

「あなた、結婚してないのよね？」と、彼女はあの碧い瞳で俺を見つめ、下側のまんなかに小さなへこみのある、あのふっくらした唇で訊いた。

その瞳。青ざめた頰。危険な赤毛。

「結婚しているとどうなるんだ？」

彼女は首を横に振った。「別にどうにも」そう言って、自分の冷たい手を俺の手の上に重ねた。「わかるでしょ。ご無沙汰なの」

俺たちは寝室に行った。

南向きの大きな窓から谷を一望できた。澄んだ夜空が冬の星座を差し出していた。裸になった彼女は美しかったが、痩せこけ、青白く、病人のよう、ラガン川を漂う何かのようだった。

エマを抱き、やさしくした。俺は彼女を抱きしめ、彼女は俺の腕のなかで眠った。俺はエマの鼓動を聞きながら、その胸が上下するのを見ていた。

エマは夢を見ていた。その夢のなかで顔をしかめていた。

閉じられたそのブルーの瞳に、未来の希望は何も見えていなかった。

俺はそんな彼女を見つめながら眠りに落ちた。

〝狼のしっぽ〟――アイルランドの夜明けまえの灰色の薄明かり――の刻、エマが俺を起こした
「ん、どうした?」

「物音がした! 外に何かいる」

俺は起きあがり、顔をこすった。

「なんだって?」

「外よ。音がしたの。銃を取ってくる」

「いや、俺が見てこよう」

ジーンズとスニーカーとレインコートを身に着け、懐中電灯と三八口径をつかんだ。

庭に出るとコーラが俺に向かってうなった。

霧雨が降っていて、地面はぬるぬるしていた。

「誰かいるのか?」懐中電灯のスイッチを入れながら言った。

道路に向かった。

泥に足を取られたが、ゲートの柱をつかんで踏みとどまった。道のずっと向こうに何かちらちらした光が見えた。たぶんなんでもないか、レインコートかスニーカーの反射材だろう。

「そこに誰かいるのか？」

三八口径を抜き、懐中電灯の光を車道に向けた。

何もない。丘の上を照らしてみた。

なんの動きもない。物音もない。

遠くの湾、さらに遠くの海。

そこに立ったまま、何かを待っていた。なんでもいいから何かを。「何もいない」とつぶやき、車道をもう少し進んでから、一番近くの土地を斜めに突っ切って農場に戻った。途中、水が溜まった穴にまっさかさまに落ちかけたが、最後の一歩は踏み出さずにすんだ。家に戻るとまたコーラが吠えていて、エマはショットガンを手に戸口に立っていた。

「どうだった？」

「なんでもなかったよ」

俺たちはベッドに戻った。ブラインドはあけたままにしておいた。月が蠟燭のような黄色い光を放っており、その周辺の空は不気味で、奇妙にきらめいていた。ふたりとも、もう寝つけなかった。

朝、エマがスクランブルエッグとコーヒーを用意してくれた。コーヒーは炭塵のようだったが、田舎の新鮮な卵とバターはうまかった。

朝食を胃袋に収め、エマにキスをして、さよならを言った。車まで歩いたところで昨夜の騒ぎの原因がわかった。誰かが俺のBMWのフロントガラスにレンガを投げ、ぶち抜いたのだ。レンガにはためになるアドバイスを書いた紙が巻きつけられていた。〝消えろ、死ね、ごみオマワリ！〟

俺はレンガを地面に投げ捨て、フロントガラスをそっと外に運び出し、石壁のまえに放置した。運転席に飛び散っていたガラスの破片を払い、家に向かった。

26 鏡を通しておぼろげに

パディ・キンケイドが経営しているホワイトヘッドのBMW販売代理店に寄り、BMWの新車がずらりと並んでいる駐車場に車を入れた。老いぼれパディがここの車を新車のままにしておきたければ、くそホースを引っぱり出してこなければならない。キルルート発電所からの煙が、風下にあるものすべての表面に灰色のきめ細かな煤の粒子を堆積させていくからだ。まるで発電所にそびえる煙突の金色の突端が、このくそったれな店と不吉な交尾でもしているかのように。

煙草に火をつけ、店内に入った。

店といっても、ベニヤ張りの大きな小屋みたいなもので、それがBMWを象徴する白と青に塗られただけの空間だ。年配の女性がショウルームの隅で電気オルガンを弾いていた。オヘア神父の姿も見えたので、もしかしたらこのふたりは結婚式のリハーサルとか葬式の準備とか、そういう理由でここにいるのではないかと思ったが、実際にはなんの関係もなかった。この女性はパディの奥さんで、一心不乱に演奏していた。対するオヘア神父は車を物色していた。

「しばらくぶりですね、ショーン」オヘア神父の口ぶりは陽気といっていいほどだったが、俺がしばらく教会に顔を出していないことを咎《とが》めるつもりも多少はあるのかもしれない。そうだとすると、なんとも腹立たしい。

「大きなまちがいですよ、神父さん」

「なんですって？」

「神に仕える者がＢＭＷに乗ろうだなんて。よくないイメージを持たれてしまいます」

「ショーン、あなたも知っているでしょうが、いわゆる教皇専用車《ポープモービル》もＢＭＷ製なんですよ」

「教皇は聖母マリアのお力添えがあり、暗殺を未遂で乗り切りました。なので、お召し車もご自分の思いのままにできます。でもお言葉ながら、あなたはまだその域に達していないのでは」

彼はうなずき、「警官がＢＭＷに乗るのはどうなんです？」とやり返した。

「風紀取締班や詐欺調査班の警部補が乗っていたら、あらぬ疑いをかけられてしまうかもしれませんが、俺は殺人事件担当のしがない刑事ですから」

オルガンは《トッカータとフーガ ニ短調》の複雑な場面に差しかかっていて、オヘア神父は俺の眼のなかに、俺がすでにそれなりに試練に満ちた朝を送ってきたことを見てとった。

「たぶんあなたが正しいんでしょう、ショーン。いずれにしろ、今日はパンフレットをもらいに来ただけです。〝聖母福音祭〟まえのミサでまた会えますか？」

「ええ、神父さん」俺がそう請け合うと、神父は外に出て自分のおんぼろシトロエン２ＣＶ

クーペのもとに行った。それはどこから見ても走る棺桶だった。

パディが迷惑そうな顔をしてやってきた。でぶで、何事にも無頓着で、人好きのする日焼けしたハゲ男だが、俺が議論の末にオヘア神父を店から追い出したのを聞いていて、腹を立てていた。

「今のは客だぞ、ショーン。客だ。俺だってあんたの縄張りに首を突っ込んで殺人事件を解決するような野暮はしてないだろ？」

「ぜひそうしてほしいものだね、パディ」

オヘア神父は車を新調する気満々だったのに、とパディは延々と愚痴を垂れつづけ、カソリック教会は富を使って神を賛美し、庶民に無限というものの一端を垣間見せているのだと持論を述べた。

弁証法的議論をする気分ではなかったので、俺は一理あるとだけ言い、謝罪してフロントガラスのことを尋ねた。

一週間以内に取り寄せるのは無理かもしれないから、代車として黒のBMW320iを貸してやってもいい、とパディは言った。それもたったの五十ポンドで。なかなかの商売人だ。四気筒、燃料噴射式、百二十五馬力の野獣に数日も乗れば、俺がぞっこん惚れてしまうとお見通しなのだ。

320iはすぐにうなりをあげ、旧〈インダストリアル・ケミカル・インダストリーズ〉工場からエデン村までのストレートで時速百八十五キロを叩き出した。

ヴィクトリア・ロードを右折、コロネーション・ロードを左折し、車を駐めた。

ボビー・キャメロンの家のガキがそばにいたので、一ポンド紙幣をやり、このBMWにくそガキどもを近づけないでいてくれたら、もう一ポンドやると言った。

疲れ切っていた。

玄関の明かりをつけ、鏡に映る自分を見た。みじめでみすぼらしい男の残骸。

鏡。

い、

鏡の国。

『鏡の国のアリス』。だからアリス・スミスなのか。アリス・リデルじゃ露骨すぎるから。

俺は今、鏡を通しておぼろげに見ている。

テーブルの上の電話機を見た。記憶をたぐり、謎の電話をかけてきた特別ゲスト、あの謎の女との会話を思い出す。

外に出てBMWに乗った。ダンマリーにあるウィリー・マクファーレンのB&Bへ。

暴動鎮圧部隊をお供に従えていないせいか、マクファーレン夫人は俺だと気づかなかった。

四号室を見せてもらいたいと言った。

どの部屋も一緒ですよ、と夫人は言った。

四は俺のラッキー・ナンバーなんです。

そう、じゃあお好きに。

階段をあがり、四号室へ。

化粧台の上の大きな鏡を見た。

カーペットに残された奇妙な擦れ跡を見た。この重い化粧台を壁から離したら、ちょうどそこに跡ができるだろう。

化粧台を壁から離した。

鏡のうしろに粘着テープで封筒が留められていた。

ゴム手袋をはめ、封筒をあけた。

なかには――

マサチューセッツ州が発行したウィリアム・オロークの運転免許証。五百ドル分の五十ドル紙幣。〝27〟と刻印された金属製の鍵。鍵に紙切れがテープで留められていて、〝マサチューセッツ州ニューベリーポート、ジェファーソン・ストリート、テン・セント貯蓄銀行貸金庫〟と書いてある。

化粧台をもとの位置に戻し、部屋のことは考え直すとマクファーレン夫人に告げた。

借りているBMWに戻り、運転席に座った。

あの女は最初からこれを知っていたのだ。

俺は鏡を通しておぼろげに見ている。あの女は鏡の向こうを見ていた。鏡の向こうの反対側を見ていた。そして、これを俺に託した。何かをしろと。

やるべきことはひとつしかなかった。

行っていいかと正式に許可を求めれば、どんな茶番が始まるかはわかっている。

警部。領事館。デロリアン。アメリカ人たち。とりわけアメリカ人たち。

このヤマは俺の手から取りあげられる。

このヤマは虚空に消えてなくなる。

ウィリアム・オロークを殺した犯人は永遠にわからない。もしかしたら誰かが突き止めるかもしれないが、それは俺たちではない。

「俺たちじゃない」声に出して言った。

キャリック署に行くと、地下二階でケニー・ディエルが給与明細に囲まれていた。あとひと月かそこらでパレードのシーズンが始まるから、自分の有給休暇をまとめて消化するには今が絶好のチャンスじゃないか、と俺は言った。

警部に打診してみる、とディエルは言った。

三十分後、警部のオフィスに呼び出され、きみには休暇が必要そうだと言われた。イギリスのブラックプールなんかどうかね。今の時季なら過ごしやすいし、安くすむぞ。

それは名案ですね、と答えた。

平日五日間の休暇取得と週末の暴動鎮圧任務の免除を希望する旨をディエルに伝えた。そして、その週はクラビーを犯罪捜査課の責任者とし、巡査部長代理としての給与を支払ってやってほしい、と。上乗せ分の四ポンドは俺が自腹を切ると言うまで、ディエルは首を縦に振らなかった。

上階に戻り、クラビーに巡査部長代理の件を伝えると、思ったとおり喜んでくれた。鏡のことは話さなかった。まだ話せない。これが行き着く先を見届けるまで、クラビーを巻き込んでも意味がない。

エマ・マッカルパインに電話し、これから数日のあいだ街を空けるが、戻ったらまた会いたいと言った。

「それはすてきね」と彼女は言った。

グロリアに花を買ったのと同じ店でエマにも花を注文した。

キャリックファーガスのグランツ旅行代理店に行き、ボストン行きの飛行機を予約してもらった。明日、ヒースローから正午発の便。

験《げん》を担ぐようなハナタレではないが、念のため、次のミサがおこなわれる日取りを確かめ

……

27 大ミサ

コロネーション・ロードは大ベルファスト圏最後の通りであり、そこから先に広がる田園地帯はまるで別世界のようだ。沿岸地方。中間地帯。非武装地帯。俺は大麦の茎をくわえ、ラジオとステレオと、車道のはるか向こうで音階練習をしている誰かの笛の音の合奏を聴いていた。切妻壁には〝神は女王を救う〟〝教皇はここにはいない〟と落書きされていたが、この四月の晩にかぎって、コロネーション・ロードは女王のものでもなければ教皇のものでもなく、ブルックリン出身のバーブラ・ストライサンドというユダヤ系女性歌手のものだった。現在のイギリスの売上ナンバーワンのアルバム《メモリーズ》があちこちの電力不足のハイファイ・スピーカーを震わせ、そのほとんどが表題曲の《Memory》をリピートしていたが、ストライサンドとニール・ダイアモンドのメランコリックなデュエット曲《You Don't Bring Me Flowers》を好んで流しているスピーカーも一台あった。これを考えるにあたり――理論上のカスタードに卵を入れすぎるように――いくらでも大げさに解釈することだってできるが、俺にとって、こうしたおセンチな歌はコロネーション・ロードの女性たちが助けを求める必死の叫び声だった。ストライサンドのメゾソプラノは、女たちが自身の結婚生活という監獄からは表明できない、声にならない声だった。異国への旅への憧れ、選ばなかった道、そして何よりも、昔は明るく愉快だった夫たちが今では老いさらばえ、失業と病気と酒によって落ちぶれていること。

腹が減っていた。改悛のつもりで腹に何も入れていなかった。今晩、俺は赦しの秘跡を受け、神の恩赦を得てアメリカに発つ。

日暮れどきで、色という色が見たことのない色をしていた。大麦の生き生きとした黄色、空は壮大なシシリアン・レッド。燃え尽きた車の陰でかくれんぼをしているふたりの子供の脇を通り過ぎた。野原は爆破された車両の廃棄場となっており、歪み、ねじれた鋼鉄とアルミニウムの残骸は奇妙で禍々しい美をまとっていた。俺はセムテックス爆薬の黙示録的な破壊力によって、なかと外とがひっくり返った自動三輪車の側面に触れた。子供のひとりが唇に人差し指を当てた。俺はうなずいた。ああ、君を売ったりはしない。

通りに出て、テラスハウスの両脇の住人、キャンベル夫人とブライドウェル夫人に挨拶をした。ふたりと話をしているうちに、バーブラ・ストライサンドの《Memory》が感傷的で芝居がかったクライマックスに差しかかり、ご婦人方は頬を指で拭った。この空、この歌、この涙。あまりに正確に刻まれるこの瞬間。今から十年ののちにも俺の心の眼の虹彩をくすぐるにちがいない。もし主が俺をお赦しくださるなら……

ＢＭＷの車底を確認し、チャペルに向かった。

復讐は正義の愚かな義兄弟だ。それはわかっている。この八カ月、ずっとそう考えてきた。

コモ湖岸でのあの夜以来、ずっと。あのとき俺がしたことは法律上の罪であり、神に対する罪だ。法律上の罪のことなど誰も気にしないが、今晩、俺は神に対する罪を告白する。俺がした行為そのものと、その行為を思い出すときに得られる満足感を。

車を駐め、外に出た。

チャペルはとても古く、めったに使われないため、苔と黄色いツタに覆われ、今ではキルルート発電所の陰に埋もれている。このチャペルのような沿岸の美しい光景が、こんなソ連的な怪物のせいで損なわれてしまう場所は、ここアルスターだけだ。〝キルルート〟はアイルランド語のCill Ruaidhに由来している。意味は〝赤毛たちの教会〟。赤毛というのは土着のケルト人たちのことで、西暦四二二年、キルルートは教区教会として設立されたと考えられている。聖パトリックがこの地でカソリック布教を始める十年ほどまえのことだ。当時のアルスター、というよりアイルランドは、異教の地であり、詩を愛し、戦争に明け暮れる部族の王国が乱立していた。今だって大して変わらない。

オヘア神父はまだ二十二歳。俺より九つ下だが、歳のわりに成熟している。カソリック教会の現代化がお題目となった第二バチカン公会議への抵抗として、そして、俺以外の五人の年寄り教区信者のために、ミサをラテン語で執りおこなっている。

俺たちにとって、古《いにしえ》の言葉は心地がよかった。

ミサが終わり、俺は告解室に入った。

オヘア神父はマコーレー老夫人を車まで見送ったあと、チャペルに戻ってきた。

彼は告解室の神父側のボックスに入った。

間仕切りの向こうで、神父は体を横にずらした。

今の俺を守るものは彫刻を施された木格子一枚きりだ。

「神父さま、祝福を。私は罪を犯しました。最後に告解してからもう一年近くになります」

それから、殺人という大罪を告白し、うぬぼれ、欲望、不貞という小罪を告白した。自分がしたことは後悔していないし、また同じことをやるだろう、とも。

神父はそれを聞き、よしとしなかった。

厳密には、こうしたことや過去の罪すべてを悔いていると俺が言うまで、赦しを与えるべきではないのだが、オヘア神父はそんな理屈を振りまわしたりしなかった。そもそも、なけなしの信徒に対し、あまり厳しいことを言える立場ではなかった。

「全能なる神よ、罪を赦し、汝をとこしえの生に導きたまえ」神父はラテン語で言った。「全能にして慈悲深き神があなたの罪を赦し、清め、赦免します。アーメン。主イエス・キリストが汝を赦さんことを。私はここに、主のお力によりて、あなたが必要とし、私のなしうるかぎりにおいて、あなたをあらゆる破門と禁止の縛めより解放します。そして、あなたを罪から解放します。父と子と聖霊の御名において」

告解室の外はちがう世界で、俺たちは屈託のない雑談を交わした。

「今日はとてもいい一日でしたね」

「あい。ほんとうに、神父さん。明日は寒くなると聞きましたがね」

「そうですか、せっかく私の薔薇が咲きそうなのに！」そう言って、神父は首を横に振った。

「俺は見られませんね。アメリカに行くので」

「アメリカ？ 旅行ですか？」

「そんなところです」

車で帰宅した。罪を赦され、穏やかな気持ちでクラビーに電話をかけた。

鏡のこと、メモのこと、俺が計画していることを話した。クラビーは長いこと黙りこくっていた。

「よしたほうがいい、ショーン。ぷんぷんにおうぜ。上層部《うえ》に話を通したほうがいい」と、ようやく言った。

「クラビー、君はどうして刑事になった？ 真実と正義を求めているからじゃないのか？ 俺たちがこれを上層部にあげれば、あとはアメリカ人が引き継ぐ。イギリス人が引き継ぐ。俺たちが真実を知ることはない。永遠にだ」

「こいつはいつものとは次元のちがうゲームです。慎重に手を打たねえと。上層部にあげれば、それで俺たちの仕事は完了です」

「それでどうなるかはわかっているだろ、クラビー。揉み消されるだけだ。上層部とアメリカ人はこのヤマを揉み消し、オロークの身に何が起きたかは一生わからずじまいだ」

「絶対にそうなるとは言い切れねえでしょう、ショーン」

「さっき自分で言っていたじゃないか、この件は何もかもがにおうんだ」

「せめて警部には言っとかねえと」

「警部は体制側の人間だよ。オフィスに出向こうものなら、警部がＦＢＩに電話するまで出してもらえない」

クラビーは長いあいだ受話器を握ったまま、考えていた。その葛藤が俺にも伝わってきた。俺を思いとどまらせたいが、同時にクラビー自身も真相を知りたいと思っているのだ。

「じゃあ、その計画っていうのは？」

「オロークが貸金庫に隠したものを見つけ出し、そいつを証拠として回収する。既成事実をつくるんだ。特別部も、どこぞの馬の骨のスパイも、ＦＢＩも、誰も邪魔できない」

「それからどうするんです？」

「貸金庫の中身次第だな。話はそれからだ」

「俺も行かせてくだせえ」クラビーは出し抜けに言った。

それについて一、二秒考えてみた。クラビーが一緒に来てくれたら心強いが、もしこの一件がまちがった方向に転がり、破滅の底なし穴にクラビーを引きずり込んでしまったとなれば、それは俺の身勝手というものだ。

「いや、クラビー。これがとんでもないことになったとしても、断頭台にのせられるのは俺の首だ。俺の首だけでいい」

「とんでもないことって？」

「わからん」

「なら、なおさら俺も行くべきだ。俺が必要でしょう、ショーン」

「そうだ、君が必要だ、クラビー。でも君がこの件で非難される必要もない。貸金庫から証拠を回収して中身を確かめたら、そのときにまた改めて話そう」

「俺は相棒です、ショーン。俺も行って、向こうで力になりてえんだ」

これには心を動かされた。「わかっているよ、クラビー。だからこそ巻き込みたくないんだ。君には養わなきゃならん家族がいるだろう」

ふたたび長い沈黙。それから傷つき、痛み、混乱した声で「わかりやした」

「ありがとう」

「自分が何をしてるかはわかってるんでしょうね？」

「いや」

「気をつけてくだせえよ、ショーン」

「そうする」

電話を切った。

コロネーション・ロードは静かだった。パイントグラスにウォッカ・ライムを注ぎ、UTVのニュースをつけた。クロスマグレンで銃撃、クックスタウンに不審車両、ラーガンで火炎瓶による襲撃――深刻なニュースはひとつもない。上階にあがり、荷造りをして、アラームを六時にセットした。

28 アメリカ

もちろんまえにも来たことはある。七八年のニューヨーク、ウェスト・ヴィレッジ。そのときは昔のガールフレンド、グレシャのところに二週間居候した。幸せな日々。ラモーンズと『セルピコ』とライブハウスCBGBと『狼たちの午後』のニューヨーク。グレシャが当時つき合っていたあほんだらは、そもそも俺が泊まることについて胸に一物あったようで、勝手に冷蔵庫をあけて〝レジー・バー〟を食ったら恨まれた。「そいつはヤンキースのホーム開幕戦でもらったもんだ。物にこだわりがあるわけじゃないが、取っとけばいずれコレクターズ・アイテムになったのによ」グレシャが昔のよしみで一発やらせてくれたときも、俺はちっとも悪いと思わなかった。

今度はボストンへの旅だ。バスでダブリンへ。ダブリンからシャノン空港へ。シャノン空港からボストンのローガン空港へ。アイルランド航空の便の喫煙席に座り、イングマール・ベルイマン監督の『ファニーとアレクサンデル』を観た。あまりに長大な作品で、飛行機が着陸してもまだ終わっていなかった。

ボストンには多くのアイルランド人が移住しているが、ローガン国際空港を見てもそんな印象は受けなかったし、レンタカー店〈エイヴィス〉でもそれは感じなかった。この店で七一年式のロバート・ベクトル風ビュイックを借りた。でかい車で、色はブラウン。夜はレヴィアの〈ホリデー・イン〉に泊まった。俺の発音を聞いたフロント係はオーストラリアから来たのかと訊いた。その晩の十時、テレビのチャンネルをぼんやりまわしていると、部屋のドアがノックされた。売春婦だった。彼女も俺と同じ美しき島の出身で、〝お互いを励まし合う〟よう支配人に言いつかったということだった。メイヨー州出身のぽっちゃりした女の子で、黒髪を似合わないプラチナ色に染めていた。アメリカに来たのは一九七九年で、教皇がダブリンのフェニックス・パークで執りおこなった野外ミサを見たあとのことらしい。ミニ・バーにあったメーカーズマークをグラスに注いでやり、名前を訊いた。キャンディ、と彼女は答えたが、本名ではなさそうだった。わたしとセックスしたいかと訊かれ、今日着いたばかりでとても疲れていると答えた。手でちゃちゃっとすませてもいいのよ、ぐっすり眠れるし、それなら料金はたったの十ドル。彼女は農作業をしてきたごつい手をしていて、鶏だって難なくくびり殺せそうだった。俺はありがとう、でも結構だと答え、手間を取らせたことに対して五ドルをやった。

飲み物をありがとう、とキャンディは言った。俺は『ライ麦畑でつかまえて』を読んだことがあった。だから、五分もしたらフロント係か支配人が部屋に乗り込んできて、彼女の時間分の正規料金を請求されるのだろうと待ちかまえていた。が、誰もやってこず、なんの邪魔も入らず、翌朝の七時までぐっすり眠った。

ひげを剃り、黒のジーンズ、白いシャツ、黒のスポーツジャケットに着替えた。

地図を買い、ビュイックでルート1Aを北上し、ニューベリーポートを目指した。街に着くまえに少し寄り道して、オロークの家を見ていくことにした。オロークの遺体が本国に送還されてから数週間しか経っていないのに、家はきれいさっぱり片づけられ、売りに出されていた。家具はたくさんあるようだが、おそらくはレンタル品だろう。玄関ドアに金庫が据えつけられていて、内見をさせてくれる不動産業者の電話番号が書かれていた。

ガソリンスタンドの公衆電話からこの業者に電話し、今日の午前中に内見できるかどうか問い合わせた。十時はいかがです？　それより早い時間に約束は入っていますか、と俺は訊いた。いいえ。じゃあ十時で問題ありません。

街境を越えたところにあるイプスウィッチの〈ヴィレッジ・パンケーキ・ハウス〉という店に寄り、ピーカン・パンケーキを頼んだ。これがめっぽううまかった。

不動産業者の担当は大柄で陽気なバフィという女性だった。ブロンドのカールした髪、永久に日焼けした肌。ライトブルーのレジャー・スーツはカルト信者のようだ。

オロークの家のなかを見せてもらった。

思ったとおり、家具はレンタル品だった。

故オローク氏の家財はすべて取り払われ、〝家のなかは燻蒸消毒されている〟とバフィは請け合った。

「オローク氏はどうされたんですか？」俺は訊いた。

「わたくしが聞いたところでは、体調が思わしくなく、故郷で最期を迎えるためにアイルランドに帰国されたということです」

俺はガーデニングが大の趣味なんですと告げると、バフィはもぬけの殻になった裏庭の温室を見せてくれた——先日のハリー・マッカルパイン卿の温室と同じく、何もなかった。

バフィに礼を言い、海外戦争復員兵協会支部に向かった。オロークの友人に話を聞きたかったし、鏡の裏にあった五百ドル分の札束ロールをオロークの同胞の退役軍人のために寄付しておきたかった。白い羽目板張りの小さな建物の外に車を駐め、ドアノブに手をかけたが、鍵がかかっていた。

ルート1沿いの〈ダンキンドーナツ〉でコーヒーロールとコーヒーを買い、誰でもいいからオロークの知り合いの協会関係者がやってくるのを待った。ひとりも来なかった。どう考えても時間が早すぎたのだ。コーヒーロールを食べた。うまかったし、コーヒーそのものの埋め合わせにもなった。コーヒーのほうは駐車中の車からガソリンを盗むのに使ったチューブで淹れたような味がした。

車でオロークの家に引き返し、両隣の家の呼び鈴を押した。一方の隣人であるブラウン一家は不在だったが、反対側の隣人である四十代の主婦ドナ・フェリスは、オロークはすばらしい人だったと語った。とても誇り高く、どんなものでも修理できるすばらしい隣人だったと。

「奥さんのジェニファーが亡くなったとき、オロークさんは信じられないくらいつらい思いをなすった。ジェニファーはとても苦しんだ。オロークさんはそれを全部自分ひとりで引き受けようとしたの。それはもう、メダルをあげてもいいくらいの献身ぶりでしたのよ」

　俺はオロークがメダルを何個ももらっていることを話した。これは初耳だったらしい。オロークが政府のためにしていた仕事について訊いてみたが、オロークとそういう話はしたことがないという返答だった。あの人の訃報を聞いてとてもショックを受けたわ。わたしが知っているなかで一番立派な男性だったのに。

「近ごろの人は〝立派〟の意味さえわかっていないんだから」

　昼飯どきにニューベリーポートに到着し、テン・セント貯蓄銀行を見つけた。ステート・ストリートに面した本店に貸金庫はなかった。ジェファーソン・ストリートにある支店に行かなければならなかったが、それはとうに知っていたことだった。

〈フォールズ・ダイナー〉でトーストしたチーズ・サンドイッチを買った。誰かが置いていったちょっとまえの《ボストン・グローブ》紙に『ファニーとアレクサンデル』のレビューが載っていた。批評子は映画を褒めていたが、結末がどうなったかについては触れられていなかった。

　小さな港まで歩き、桟橋を散歩した。ロブスター船と小型漁船が停まっていた。泣き叫ぶ幼児を抱えたきれいな女性に、マクドナルドはどっちですかと訊かれた。自分は旅行者だと告げると、あなたはきっとオーストラリアから来たんでしょうと言われた。「ベルファストです」と答えると、彼女はほほえみ、すてきな旅行を、と言った。

〈モリー・マローンズ〉というアイリッシュ・パブを見つけた。これは低俗でセンチな〝なんちゃってアイルランド節〟が炸裂した店で、ハンストの死者たちの写真や、悪名高い爆弾事件を報じる新聞の第一面を入れた額縁とともに、噴飯ものの妖精《レプラカーン》がところ狭しと並べられていた。バー・カウンターにはIRAのための募金缶があり、〝王立アルスター警察隊に死を〟〝イギリス人に死を〟といった標語が貼られていた。ほんのわずかでも自尊心のあるアイルランド人なら、こんなところでは飲まない。だから店は超満員だった。

隣の安酒場へ行き、一ドル五十セントでサミュエル・アダムズの瓶ビールを注文した。避けられないことを先延ばしにしているだけだとわかっていたので、それを一気飲みすると、また外に出た。

ジェファーソン・ストリート。

テン・セント貯蓄銀行の支店は茶色いコンクリート製の平屋で、核シェルターの美的魅力をそなえていた。そこが肝心なところなのだろう。世界の最後が訪れたとしても、ここに預けておけば安心だ……

〝27〟と刻印された鍵を取り出し、堂々と店内に入った。

客はまず防弾ガラスで守られた受付のまえを通らなければならない。

受付係は痩せた薄毛の男で、そのバーコード頭と毛虫のようなひげが、彼の悲しみを余すところなく表現していた。男はロバート・ラドラムの『狂気のモザイク』を読んでいた。

貸金庫はおそらく、彼のまうしろの施錠された金属扉の向こうにあるのだろう。

「鍵の番号を」と男は言った。

「二十七」

「拝見します」

俺は鍵を取り出し、パーティションの下から手渡した。男は鍵を確かめ、帳簿で何かを確認すると、鍵を返した。

「身分を証明できるものをお持ちですか、オロークさん？」

オロークの免許証をパーティションの下に滑り込ませた。あらかじめストーリーは用意してあった。オローク氏が亡くなったので、義理の息子である俺が遺産の整理をしている、もしくは俺は警官で、オローク氏の遺産を調査している。そのどちらにするか、はっきり決めていたわけではなかったが、結局どちらも必要なかった。男はひとつうなずくと免許証を返した。オロークと俺は似ても似つかなかったが、彼はブザーを押し、金属製の扉をあけた。

隣の部屋は控えの間のようになっていて、武装した警備員がスツールに腰かけ、監視していた。図体の大きな白人で、年齢は三十歳くらい、厄介事が起きてもひとりでなんとかできそうな男だ。警備員の頭上にモニターがあった。

「おはようございます」警備員は陽気といっていい調子で挨拶してきた。

「おはよう」俺も返した。

金庫はこの頑丈なドアの向こうにある。「ここを通ればいいんですか？」

「そうです。どうぞごゆっくり」男は言った。「でも、営業は四時までです」

「ブザーを押してあなたを入れたあと、扉に鍵をかけます。でもモニターで見ていますから。外に出たいときはドアを一回だけノックしてください。そうすればこっちにも聞こえます」

「わかった」

「ありがとう」

男は頑丈なドアをあけた。俺は貸金庫室に入り、またドアが閉じられるまで待った。百個ほどの貸金庫が二列に並んでいて、部屋の中央にオーク製テーブルが置いてあった。

二十七番の金庫のまえに行き、鍵を差し込んでまわした。

金属製の細長い箱を取り出し、テーブルの上にのせた。

箱をあけた。

なかに入っていたのは茶封筒だった。

封筒をあけた。

写真。六切サイズが十枚ほど。白黒で、望遠レンズで撮影されている。

被写体はどれも同じ。

四人の中年男性がレストランで打ち合わせか何かをしている。レストランに入っていこうとする男たちの写真、窓際席に座る男たちの写真、また店から出ていくところの写真。

男たちのうち、ひとりはまちがいなくジョン・デロリアンだった。

自分の見まちがいかもしれないと思い、五分ほど眺めたが、その可能性は万にひとつもなかった。ほかの男たちが誰なのかは皆目見当がつかないし、これらの写真が撮られた場所もわからない。写っている車両はフォルクスワーゲン・ビートルだけで、これは欧米ならどこでも手に入る車だ。

写真を封筒に戻し、腋の下に挟んだ。

空になった金庫を閉め、鍵をかけた。

ドアをノックした。

警備員がドアをあけ、ブザーを押して俺を通りに出してくれた。

日の光がいやにまぶしかった。

さて、どうする？

今やるべきことはひとつ。この男たちの正体を突き止める。デロリアンは誰と会っていたのか？　オロークはどうしてこの会合の写真を撮ったのか？　そして、どうして貸金庫に保管していたのか？　オロークはいったい何者だったのか？

ジーザス。何がどうなっているんだ？

地元警察かFBIに持ち込むべきだろうか？　たぶん。けど、よく考える必要がある。まずは頭を整理し、電話ボックスを探し、クラビーに電話し、ちゃんとした計画を立てよう。

ステート・ストリートを渡った先の駐車場に車を駐めていたので、そこまで歩いた。

まずは海外戦争復員兵協会支部まで行き、例の五百ドルを寄付して、オロークの知り合いと話をしてみよう。もしもオロークが内国歳入庁の調査員なんかじゃなかったら？　退職後に私立探偵か何かを開業していたとしたら？　誰かが何かを知っているはずだ。

ビュイックに乗り込み、ルート1Aを走ってニューベリーポートを出た。街を出て二キロと行かないうちに、点滅する光がバックミラーに映った。

覆面パトカーだ。

スピード違反でもしたか？

このあたりの制限速度など俺が知るはずがない。

ビュイックを道路脇に停めた。

道の両側は深い森になっていて、森の奥のほうには、雪が奇妙なまだら状に残っていた。ウィンドウをさげると、海水と沼気《しょうき》のにおいがした。

スーツ、ネクタイ姿にサングラスをかけた男が俺の後方で覆面パトカーから降りた。銃を抜いている。交通巡査ってのは制服を着なきゃいけないんじゃなかったか？

「車から降りてボンネットに手をつけ」

俺はため息をつき、車を降りてビュイックの屋根に両手を置いた。

「両手を広げろ！」男は怒鳴った。

俺は両手を離して置いた。

俺の背後に男が迫ってくるのが聞こえた。

「スピードを出しすぎていましたか？」俺は尋ねた。

「右手首を出せ。ゆっくり、ゆっくりだ」

俺が右手をうしろにまわすと、男は手錠をはめた。左手も出すように言われ、左手にも手錠をはめられた。

「これでどうやって免許証を出せばいいんです？」

「その必要はないよ、ダフィ」

パニックがちょっとした波となって押し寄せるのを感じた瞬間、首を強打され、俺は地面にくずおれた。

意識は失っていなかったが、頭がくらくらしていた。

男がふたりがかりで俺を森のなかに引きずり込もうとしていた。三人目の男が道路を見張っていた。

道路からかなり離れたところで、男のひとりが俺の頭を蹴り、もうひとりが腹に蹴りを入れた。肺の酸素が残らず吐き出され、俺は痛みに顔をしかめた。どうにかして立ちあがったが、馬鹿でかい男に続けざまに二度、あばらを殴られた。こいつはリーチが長く、ボクサーのようで、すばやく、強靭だった。

心臓がどくどくいい、眼のまえに白い斑点が見えた。

口のなかに吐き戻した。そして、小さな土手の上に転がされたような感覚があった。

一瞬の猶予があり、さらなる蹴り。

血が眼に入った。

背中じゅうに傷ができた。

あらゆる場所が痛んだ。

視界が赤く……

黒くなって消えていき……

顔たち。

「こいつを黙らせろ、意識が戻ってきてるぞ！」

テープで両眼をふさがれ、口をあけっぱなしにされ、バーボンをそそがれた。

俺はむせ、吐き出し、彼らはさらにバーボンをそそいだ。

なんて古典的な手口だ。

笑ってしまいそうになった。

きっちりボトル一本分を流し込めるよう、脂ぎった手で頭をつかまれた。

さすがに怖くなった。酒がまわり、同時にびびっていた。こいつらは俺を殺し、事故に見せかけるつもりだ。

「きさまら！　これはなんのつもりだ？　俺は刑事だぞ！」

腎臓を殴られた。

「おまえはくそ刑事なんかじゃねえ。くそイギリス人、イギリスのならず者だ」

「口をきくんじゃない」別の男が言った。

顔をはたかれた。太鼓腹が俺を殴った。くそったれが俺を殴った。

何本もの手に喉を締めつけられた。

さらに酒。

とっくに限界を超えていた。

痛みの先へ。縁《へり》の向こう側へ。闇のなかへ。

世界が自ら消えていくのを見た。

俺は運ばれていた。

車のなかにいた。

「やるじゃないか、君たち。これが昔ながらの後始末ってもんだ」と俺は言った。

エンジンに生命が吹き込まれる。車が動いている。速い。

死が蹄鉄を踏み鳴らしている。彼女がやってくる。フィン・マックールの槍とオシアンの弓を携えて。悟りの速度で。

車が衝突する。

この上なき沈黙。

炎。

俺は車の天井にへばりついている。上下がさかさまになっている。

横になりたい。

息ができない。座席が燃えている。シートベルトが俺を離そうとしない。

「助けてくれ！」弱々しく叫ぶ。

「助けて！」

「助けて！」

煙。

吐物。

息ができない。

煙。

以下同文。

ガラスが砕ける。

俺の首に一本の腕が巻きつく。

空気。

甘い、美しい空気。

「なんてことだ。君、大丈夫か？」

息をする。

「よかった。私が通りかかって幸運だったな！」声が言った。

「幸運」と俺は言った。

29 飲酒運転

俺はここにいなかった。リージェント・ストリートの〈ランガム〉ホテルにいた。ひとりの男が両手で胸をかき抱き、落ちていくさまを見ていた。男の右手は奇術師が出す鳩のようにはためいていた。俺は十一歳で、ベリルおばさんと一緒にいた。その男は音もなく叫び、俺たちはヤシの木立の下に座り、その驚異を自らに染み込ませていた。あたかも自分たちが星墜つ〝巨人の環〟のなかにいるかのように。すべてが凍りついていた。ただ男の右手だけが、指をかける場所を求めて空《くう》をかいていた。指さえかけられれば自分は助かり、もう一度垂直に立てると考えているのだ。

だがそうは……

ちがう。

そうじゃない。

空中にあるのは男の指ではない。

俺のだ。

俺の指が脈拍計につながれている。腕に点滴。看護師とモルヒネ。

これが二日続き、まわりの誰もが、なんというか、ほんの少し遠くにいるように感じられた。

軽微な火傷が二箇所あり、あばらが三本折れているが、もっとひどいことになっていてもおかしくなかったと医者が言った。

三日目、イギリス領事館の職員が来た。名前はナイジェル・ヒッグス。背が高く、ハンサムなじゃがいも野郎で、ちょっとどもりがあった。十代を卒業したばかりのように見えるが、実際はたぶんもっと大人なのだろう。アメリカ人のようにこまっしゃくれた話し方をするところをみると。

「とりあえず五体満足ですし。命があってとても幸運でしたね」

「何があったんです？」俺は訊いた。

何があったのかはよくわかっていたが、公式の見解を聞いておきたかった。

「まあ、飲みすぎですよ。あなたは車をぶつけたんです。一瞬のことで……命を落としていても全然おかしくありませんでした。通りかかったドライバーが車内から引っぱり出してくれていなければ、生きたまま焼かれていたでしょう」

「ドライバー？」

「ＥＭＴです」

「ＥＭＴ？」

「消防士のことです」

彼はしばらく話し、俺はそれを聞いた。

「アメリカ側は今回の一件について、信じられないくらいよくしてくれました……地元警察はあなたを軽度の酒気帯び運転にしか問わないそうです」

つまりは、俺がこのまますぐ国外に退去すれば、すべては不問に付されるというわけだ。それは口で説明されるまでもなく理解できた。このくそナイジェルにはわかっていないとしても。しかし、ちょっとでも騒ぎたてれば、危険運転、飲酒運転、その他もろもろの罪に問われることになる。連中は確実に一番重い刑を科すため、あのレンタカーに麻薬を仕込むことだってやるだろう。俺は刑務所送りになり……

そうとも。そうに決まっている。

俺が写真のことや眼にしたことをきれいさっぱり忘れ、尻尾を巻いてここから静かに去れば、この件はいっさいなかったことになる。こんなとき、ふつうの男がどうするかは知らないが、俺が英雄なんかでないことはぜひとも強調しておきたい。

「彼らのオファーを受けると伝えてください。でもまずは話がしたい。FBIの人間と。オフレコで。それがこっちの条件です」

「FBI？　何を言っているんです？　あなたは飲酒運転をしたんですよ。あなたを起訴しているのはマサチューセッツ州警察です」

「聞こえたでしょう、ナイジェル。それがこっちの条件です。FBIとオフレコで話がしたい。向こうも話があるはずだ。そう伝えてもらえればわかります。今回の事故が狂言に過ぎないことは先方も承知していますよ。誰かが俺を始末しようとしていたのに、別の誰かがそれをものの見事に台なしにしたんだ」

ナイジェルは頭を抱えたまま帰っていった。

そして二度とやってこなかった。やってきたのはイアン・ハウエル特別捜査官だった。背が高く、日焼けした、あばたの男。整った顔立ち。四十歳は超えている。まじなやつだ。くだらない話に嬉々としてつき合ってくれそうな男にも、涼しい顔をして点滴に致死量のモルヒネを注入しそうな男にも見える――つまり、状況の求めに応じて、なんでもやりそうな男に。下襟がやたらと幅広な茶色いウールスーツを着ていて、ジャケットのポケットのなかでテープレコーダーをまわしていたが、それは本来なら俺には見えるはずのないものだった。

彼は自己紹介をした。

俺はベッドの上に起きあがっていた。体はずっと楽に、固形食を受け付けるようになっていた。彼が来る心の準備はできていた。

「あなたが地元警察に対して重大な申し立てをしようと考えていると聞きましたが」とハウエルは言った。

「申し立てをするつもりはありません」

「苦情の申し立てではないんですか？」

「ちがいます」

「盗難の申し立てでも、個人に対する暴行の申し立てでもない？」

「ええ」

彼は滑稽な飛行機乗りのサングラスを外した。瞳の色は薄いグリーン。やぶにらみ。

「では、望みはなんだね、ダフィ」

「望みはひとつだ。でもそのまえに俺が望まないことを言っておく。デロリアンと一緒に写真に写っていたのが誰なのかは知りたくない。FBIやほかの機関がジョン・デロリアンと協力して——あるいは無関係かもしれんが——何を企んでいるのかは知りたくない。あんたらがテン・セント貯蓄銀行の貸金庫まで俺を尾行してきた理由も、俺と俺の車にあんなことをした理由も。知りたいのはひとつ。それを教えてくれたら俺はこの緑の国を、それほどく愉快でもない国を去り、二度と戻ってこない」

「そのひとつというのはなんだ、ミスター・ダフィ？」

んだ。オロークを殺した犯人だ」

「誰がウィリアム・オロークを殺したのかは我々にもわからないと言ったら？」

「なら、オロークについて、オロークを殺したいることを教えてくれ」

ハウエルは顔をしかめた。

彼はそれについて考え、立ちあがった。

「ここで待っていろ」

「ほかに行く当てもないよ」

ハウエルは電話をかけに行った。

二時間後、俺にサインさせるファックス文書を丸めたものを手に戻ってきた。飲酒運転と危険運転の罪を認める内容だった。

「君が口をつぐんでいるかぎり、この書類が日の目を見ることはない」

ひと眼見て気に入らなかったが、署名した。

「いいだろう」そう言って、彼は似合わない笑みを浮かべた。

「さあ、次はそっちが約束を守る番だ」俺は言った。

ハウエルは椅子に腰かけ、ベッドのほうに引いた。

「オロークは内国歳入庁から引き抜かれた財務省の捜査官だった。公式には内国歳入庁の職員ということになっていたが、最初から財務省に勤務し、通貨詐欺と不正な通貨取引を監視していた。ときどき現場にも出向いていた。できる男だったよ」

「そんなやつがアイルランドで何をしていた？」

「オロークは六十歳になり、内国歳入庁を定年退職することになった。表向きにはそうするしかなかった、という意味だが」

「実際には？」

「まだ財務省のために働いていた」

「そんな男がアイルランドで何をしていた？　ジョン・デロリアンを調査していたのか？」

ハウエルは顔をしかめた。「そうだ」

「何か大きな計画の一環として？」

「そうだ」

「その計画とは？」

「それを君に教える許可は与えられていない」

「財務省の関係か？」

「オローク捜査官が死亡したあとになって、我々はようやく気がついたんだ。アメリカ政府のふたつの別々の機関が、まったく同じ問題に対処しようとしていたことにね」

「ジーザス！　FBIと財務省はどっちもジョン・デロリアンを調査していて、そのことをお互いに秘密にしていたのか？」

「それについて今この場で議論する裁量は、私には与えられていない」

「わかった。じゃあ質問を変えよう。オロークから最後の報告があったのはいつだ？　そのとき彼はどこにいた？　現場の状況は？」

「オロークは毎日の報告を義務づけられているわけじゃなかった。基本的に、ちゃんと裏が取れるまで連絡はなかった。だから財務省としても、オロークが現場仕事を完了するまで報告はないものと思っていた」

「でもオロークは一回目の旅行のあと、アメリカに戻ってきた」

「同僚の引退パーティに出席するためにな」

「で、そのときにあの写真を銀行に預けていった？」

「そのようだな」

「俺を尾行するまで、あんたらもあの写真の存在を知らなかったのか？」

「そうだ」

「どうして尾行した？」

「入国管理局から警告があったんだ。君が入国したことについてね。我々は君がここでなんらかの捜査をするつもりなのだろうと考えた」

俺は病院の硬い枕にもたれた。マサチューセッツ総合病院の二重窓越しに、チャールズ川を滑るヨットとその乗り手たちが見えた。

「誰がオロークを殺した？」

ハウエルは首を横に振った。「それは我々もつかんでいない」

「ほんとうに知らないのか？」

「知らないんだ。王立アルスター警察隊が見つけてくれることを期待していた」

「あんたらが最初から協力してくれていたら、見つけられていたかもしれんがね」

「ダフィ警部補、我々はもっと大きな獲物を釣ろうとしていたんだ。それを理解してもらわないとな。それについてはオロークも了承していたはずだ」

「オロークが殺されたことについて、そっちがつかんでいることはなんだ？」

「君がつかんでいる情報と大差ない。君の書いた調書が我々にとっては一次情報だった」

「オロークがジョン・デロリアンを調査していたことは知ってたんだろ。俺がそれを知ったのはつい先日のことだ」

「この一件については、そもそもからしてＦＢＩと財務省間の疑心暗鬼とコミュニケーション不足がつきまとっていた。たとえば、君は負傷するはずではなかったし、ましてや半殺しになるはずでもなかった。それについては謝罪する」

「じゃあ、どうして半殺しにされた？」

「我々の代理人たちが羽目を外しすぎたんだ」

「なるほど」

「彼らは懲戒処分にされた」

「そう願いたいね。ウィリアム・オロークを殺した犯人についてはなんの心当たりもないんだな？」

「ああ」

「俺があんたを信じなきゃならない理由は？」

「君が受けた扱いを考えれば、ダフィ警部補、私を信じる理由はないだろう。しかし、それでもほんとうのことだ」

俺はうなずいた。

沈黙の時間が流れた。

「ところで、我々も気になっていたんだが、オローク特別捜査官殺害事件の捜査は事実上保留になっているのか？」ハウエルが訊いた。

「そうだ。保留になっている。犯人が見つかっていないから、捜査を打ち切りにはできなかった。とはいえ、捜査は行き着くべき袋小路に行き着いていたからな」

ハウエルは眼を細めた。「アメリカ政府としては、事件の捜査が宙ぶらりんになっているほうがありがたい。少なくとも、ジョン・デロリアンに対する我々の調査が完了するまではね」

「ハウエル捜査官、俺の仕事に口出ししたくはないだろうが、ひとつ言っておく。どっちにしろ、新しい証拠が出なければ、現時点ではオローク殺害事件の捜査はにっちもさっちもいかないよ」

ハウエルはうなずき、俺が署名したファックス文書を手に取り、ブリーフケースに入れた。

「ほかに質問は？」

「山ほどある」

彼は腕時計を見た。「そうか。残念だが、君が今日手に入れられる答えはさっきのが全部だ」彼はブリーフケースをぽんと叩いた。「君の良識を信用していいんだろうな？」

「もちろん」

「今後、君が厄介事に鼻を突っ込むことはなさそうだな」

「このかさぶたが治ったら、鼻はきれいにしておくよう心がけるよ」

彼はドアのまえまで歩き、ドアをあけたが、出ていこうとしなかった。

こっちを振り返ると、ハウエルは声を低くして言った。「ああ、それと、もうひとつ」

「なんだ？」

「ウィリアム・オロークはフロリダにマンションを所有していた」

「知っているよ」

「バルコニーで植物が栽培されていた。我々が分析したところ、何が出たと思う？」

「トウアズキか？」俺は息を呑んだ。

彼はうなずき、病室をあとにすると、ドアを閉めた。

30　ふたたびベルファスト

マサチューセッツ総合病院から車輪つきの担架で運び出され、ボストンからローガン空港まで黒ガラスのプライベート救急車で運ばれた。億万長者のハワード・くそったれヒューズの気分だった。

デルタ・シャトルのファーストクラスでニューヨークのラガーディア空港に飛ばされた。

ＦＢＩの運転手が車椅子の俺を出迎えた。

ＪＦＫ空港。ファーストクラスのラウンジ。コンコルドでＪＦＫ空港からヒースローへ。

やれやれ。ずいぶんてきぱきと厄介払いしてくれるじゃないか。やつらが今何を料理中なのであれ、そいつは熱く、熱く、ひたすらに熱い。食い物といえば。カナッペとシャンパン。ロシアのキャビアに伝統的な薬味（ブリヌイ、茹で卵の白身と黄身を砕いたもの、刻んだ長ネギ、白と赤のタマネギ）。放し飼いの鶏の胸肉に黒トリュフ。フォアグラ、サヴォイ・キャベツ。ロブスターのサフラン・ソースがけ、潰したじゃがいもにほうれん草をまぶし、ブラッディ・マリー風に仕あげたもの。スティルトンのチーズ・サービス。バルサミコ酢をかけた山羊と羊のチーズ。ビスケット、クルミ、ドライ・アプリコット、ドライ・ベリー。ハンドメイドの箱に入ったチョコレート。ポートワインと紅茶。デザートにマンゴーとアーモンドのグラタン。

ニューヨークを午後五時に発った。偏西風が強く、三時間ちょうどで大西洋を横断した。そのあいだ、ウィリアム・オロークのことを考えていた。オロークは自分でアブリンを精製、製粉したにちがいない。もしかしたらずっと以前から鬱病を患っていたのかもしれない。自殺なのか？

ダンマリーのウィリー・マクファーレンのあのB&Bでちょっとでも時間を過ごさなければならないとなれば、俺でも頭が変になっていただろう。オロークは自殺し、死体を発見したマクファーレンがアメックスに不正請求をし、冷凍保管庫を持っている知り合いのところに死体を送り、そいつが最終的にオロークの体を切断して遺棄した？　かもしれない。

マクファーレンをしょっぴいて事情聴取してやったら、さぞ愉快だろう。

ヒースロー。ブリティッシュ・エアウェイズのシャトル便でベルファストへ。あまりに速すぎて頭がくらくらするやつだ。午後十時半にはコロネーション・ロードの自宅のベッドに入っていた。といっても、アメリカの東部標準時での十時半だ。グリニッジ標準時でいうと、理不尽にも深夜の三時半ということになる。

ウォッカとアスピリン。

死んだような眠り。

ふらふらと目覚め、鏡に映る自分を眺めた。絵画のような見目麗しさ、とはいかない。あざ、切り傷。あばらが痛む。鎮痛剤が要る。

部屋着のまま外に出て、BMWの車底を覗き、売店に向かった。新聞の一面は〝特殊《S》空挺《A》部隊《S》がサウスジョージア島を奪還〟という内容で、どの新聞にも多少言葉を変えただけの見出しが躍っていた。

またあの生意気な娘が店番をしていた。ソニア。鼻ピアス。髪はオレンジ色に染めている。

「まるでフィリップ・K・ディックの『ブレードランナー』だな」と俺は言った。

彼女は軽蔑の眼で俺を見た。

「は？　『アンドロイドは電気羊の夢を見るか？』のこと？」

「そうかい？」

「あい、そうよ」

「アスピリンはあるかい？」

彼女は雑誌から眼をあげた。「ちょっとちょっと、何があったの？」

「FBIに酒を飲まされ、乗っていた車ごとぶっ壊されたんだ。ジョン・デロリアンの薄汚い取引について俺が知っている繊細な情報が漏れないようにね」

「今のところ、今日聞いた話のなかじゃ一番ね。アスピリンじゃ駄目。ちょっと待ってて」

娘は店の奥に引っ込むと、白い錠剤が入ったビニール袋を持って戻ってきた。

「それは？」

「四時間おきに二錠ずつ。けど、扱いには気をつけてね。少量のジアモルフィンだから。混ぜ物にチョークの粉が入ってるけど、これなら効くはず。末端価格百ポンドの代物だけど、ひと袋五十にしといてあげる」

「効くのか？」

「満足いかなかったらお金は返す。それでどう？」

「いいだろう。それからマーズ・チョコバーと《アイリッシュ・ニュース》と《デイリー・メール》をくれ」

家に帰り、〝少量のジアモルフィン〟とやらをコーヒーで二錠流し込み、マーズ・チョコバーを食べた。効果はてきめんだった。痛みが何段階も和らぎ、頭もすっきりした。

玄関テーブルの上の電話機を持ちあげ、電話線ごと居間に運んだ。

紅茶を淹れた。

電話機を眺めているとだんだん腹が立ってきた。

電話をかけてきたあの謎の女は俺の身に起きたことを知っているはずだ。マクファーレンのB&Bの四号室の鏡の裏に何があるのかも知っていた。あの女はぶるっちまって、自分じゃ貸金庫に行けなかったにちがいない。そうだ、B&Bの捜索については俺のチームよりいい仕事をしたかもしれない。それについては褒めてやってもいいが、俺をアメリカに送り込み、七色のくそをなすりつけたことは褒められない。何者なんだ？　MI5、特別部、重大不正調査班、軍諜報部、MI6？　だからどうした？　何もかもが常軌を逸している。この状況のすべてが馬鹿げている。

知るか、あんな女。

紅茶が冷めた。マイルス・デイヴィスの《ビッチェズ・ブリュー》をかけた。このアルバムで音をベンドさせ、ロックのフレーズをジャズになじませるため、マイルスはプロボクサーのように練習をしなければならなかったという。

薬をもう二錠。

玄関のドアがノックされた。

ボビー・キャメロンだった。馬鹿でかい段ボール箱を抱えていた。なんだって入りそうな箱だ。爆弾、情報屋の首……

「なんの用だ？」

「この家に冷凍庫はあるよな？」

「ああ」

「うちの冷凍庫はもういっぱいでな。肉を持ってきた」

箱のなかを見るとステーキが詰まっていた。受け取ったが、あまりに重く、いったん床に置くしかなかった。

「顔をどうしたんだ？」

「交通事故だ」

彼はうなずいた。「あい。俺もそういう事故に遭ったことがある。パブでほかの女といちゃついてるのをかみさんに見つかっちまったときにな」

「いや、これは正真正銘の——」

「ただのジョークだよ。BMWの代車を見た。あんたの愛車は修理中なんだろうなって思ってたとこだ。走りはいい感じかい？」

「ああ」

ボビーはステーキを指さした。「欧州経済共同体からだ。プライム・アンガス牛。いい肉だ。なかを見てみな」

改めて箱をあけてみると、ステーキがたっぷり五十枚は入っていた。

「どうして俺にくれるんだ？」

「そりゃまあ、冷凍庫、持ってるんだろ？」

「あい」

「それに、ちょっとした礼のつもりでもある」

「礼？」

「あの黒人女をすんなり追い払ってくれたろ。あんたがなんて忠告したのかは知らんが、ともかくあの女は出ていった」

「俺は何も言っていない。彼女はケンブリッジ大学にかようことになったんだ」

ボビーはウィンクした。「そうか。まあ、何はともあれ、あの女は原住民の村に帰った。血は一滴も流れず、みんなの勝利とあいなった。それでこそ俺たちの警察だ」

ボビーは小径を引き返していき、俺はステーキの箱のそばに突っ立っていた。何も感じなかった。ボビーへの憎しみのほかは。この界隈への、この街への、この国のすべてへの憎しみのほかは。ここを国と呼べるのなら。

玄関ドアを閉め、箱を蹴った。

署に電話し、クラビーに替わってもらった。

「マクラバン巡査部長代理です」

「クラビー、俺だ。二十分後にうちに来てもらえるか？」

「無事に戻れたんですね？」

「そうでもない」

クラビーは愛車のランドローバー・ディフェンダーで、パイプを吸いながら、心配そうな顔をしてやってきた。

「ステーキ、欲しいか？」俺は箱を示して言った。

「盗品ですか？」

「あい。ＵＤＡにもらったんだ」

クラビーは頭を振った。「遠慮しときやす」

俺たちは居間に入った。紅茶を淹れ、神経をなだめるため、アレッサンドロ・スカルラッティをかけた。クラビーにすべてを話した。写真のこと、警官たちと交通事故のこと。オローク が財務省の捜査官だったこと。ＦＢＩと財務省がデロリアンに対してなんらかの〝手入れ〟の計画を練っていて、オロークもその情報収集チームの一員だったこと。

クラビーの辛気くさい、無表情、冷静沈着な顔に変化はなかった。

「俺の推理を聞きたいか？」

「言ってくだせえ」

「たぶん〈デロリアン・モーター・カンパニー〉の経営は最悪の状態で、ジョン・デロリアンはこの事実を隠すために不正な経理操作をしているんだ。アメリカ財務省の捜査官チームがそれを徹底的に調査していて、その捜査官のうちのひとりが、経験豊富な現場担当のオロークだった。オロークは地元で生の情報を手に入れるためにアイルランドに派遣された。で、アイルランドにやってきて、デロリアンがIRA暫定派だか、よその武装組織だか、誰だか知らんが、とにかく誰かと打ち合わせしているところをカメラに収めた。その後いったんアメリカに帰国し、写真を安全な場所に保管した。それからまたアイルランドに戻ってきたが、だんだん孤独を感じるようになってきた。なにせ、いつも雨が降っているし、妻は他界しているし、夫婦のあいだに子供はいなかった。自分はいったいなんのために生きているのかと考えはじめる。今、自分はアイルランドにいる。自分のルーツである国に。ここじゃ毎日が暴動、暴動で、失業率は十八パーセント、何もかもが想像を絶するひどさだ。なのに、自分の任務はこのみじめな国に製造業関連の職を生み出しているたったひとつの会社、〈デロリアン・モーター・カンパニー〉を壊滅させることだ。妻が恋しい。二年間、妻の闘病生活を支えてきた。妻の死を看取り、たぶん最期を迎える手助けすらしてやった……」

「どういう意味です？」

「オロークは化学に精通していた。薬理学を知っていた。フロリダのマンションのバルコニーで、自らトウアズキを栽培していたんだ」

「アブリンは自分でつくったってことですか？」

「それには技術が必要だが、オロークにはその技術があった」

「で、推理の続きは？」

「オロークはダンマリーのB&Bにいる。妻は死に、友人たちは歳をとり、死にかけている。雨が降っていて、みじめな気分で、何もかもが無意味に思える。そして、非常時のために肌身離さず持っていたアブリンを一錠飲む」

「遺書もなんの説明もなしに？」

「遺書は書いたのかもしれないが、マクファーレンが捨てた可能性もある。オロークはあいつが薄汚い盗っ人だと薄々感づいていて、だからこそ私物を鏡の裏に隠したのかもしれない。そこのところはわからんが、肝心なのはこういうことだ。マクファーレンはオロークが死んでいるのを発見し、所持品を調べたところ、くそったれ連邦捜査官だとわかった。パニックになったマクファーレンは知り合い数人を呼び出した。そいつらは食肉業者で、みんなで死体を運び出し、マクファーレンが処理方法を決めるまで冷凍庫に入れておくことにした。一方で、欲深で浅はかなマクファーレンはアメックスに送る請求書にオロークの署名を偽造した」

「で、死体はどうしたんです？」

「それからしばらく経って、暖かくなってきたとか、マクファーレンがオロークの死体をこのままずっと冷凍庫にしまっておいてもしょうがないと悟ったとかで、死体を切断させ、コンテナに遺棄させた。そうすることで警察の眼をごまかし、ボスである〝ミスター・コネクション〟ことリチャード・コールターにばれないようにしたんだ」

クラビーは紅茶を飲み干し、肘かけ椅子にもたれた。

「ありえやすね。でも、どうやって証明するんです？　マクファーレンは前科《マエ》持ちです。ゴムホースで鞭打ってもゲロらねえでしょう」

「吐くさ。そもそもなんの罪に問うんだ？　死体遺棄？　証拠隠滅？　それで何年だ？　一年？　半年？　あっさり罪を認めるなら十週間で出られるだろうよ」

「刑務所には一日たりとも入りたくねえと思ってるかも。ちょいとでもお務めしたら、ガタが来たと仲間から思われちまうかもしれねえし」

「かもな」

クラビーはコーヒー・テーブルの上にあった錠剤の袋を見た。

それから紅茶に口をつけ、椅子にもたれた。

「ひでえ顔ですぜ、ショーン」

「あい。こてんぱんにやられたよ」

「行くなと言いやしたよね」

「言った」

「このヤマはあぶねえって警告サインがあちこちに出てた」

「確かに」

「俺もボスも、そういうサインをもっとうまく読み取れるようになったほうがいいんじゃねえですかね？」

「警部みたいな口ぶりじゃないか」

「俺も今じゃ双子の親だ。将来のことも考えねえと」

俺は何も言わなかった。

その無言の台詞を言い終えるのにしばらくかかった。

もう二年のつき合いになるが、クラビーが何を考えているかわからなかった。俺を責めているのか？　苛ついているのか？　それとも……なんだ？

とうとうクラビーはため息をついた。「俺たちみてえなのにとって、このヤマは深すぎる。底が知れねえ」

「わかっているよ、クラビー」

彼は立ちあがった。「ちゃんと休んでくれ、ショーン。マクファーレンを正式にしょっぴくのはよしといたほうがいい。今はまだ。俺があのB&Bまでひとっ走りして、話を聞いてきます。穏便に、穏便にすませてきやすよ」

俺も立ちあがり、片手を差し出した。

「すまなかった、クラビー。今回のこと全部について。君の言うとおり、俺たちはもっとうまくタロットを読めるようにならないとな」

「次は俺の言うことを聞いてくだせえよ」クラビーは俺の手を握って言った。

車に乗って走り去るクラビーを、手を振って見送った。

〈ハーブ〉の缶を取り、薬をもう二錠飲んだ。

この薬は役に立っていた。

エマに電話した。

「もしもし、俺だ」

「戻ったの？　自由の国のお土産は持ってきてくれた？」

「忘れていたよ」

「ただの冗談。お土産は要らない」

「ここにステーキのでかい箱がある。誰も欲しがらないんだ」

「ステーキ？」

「ああ」

「それならわたしがもらう」

「冷凍庫はあるんだっけ？　とにかくでかい箱なんだ」

「うちにはないけど、ハリーのところにある」

「わかった。それなら三十分後にそっちに行くよ……ああ、それと、腰を抜かさないでくれよ。その、ちょっと交通事故に遭ってね。軽い怪我をしているんだ」

「なんですって、大丈夫？」

「平気さ。言わなきゃよかった」

「運転は？　できるの？」

「ああ。平気だって。じゃあ、またあとで」

「わかった」

電話を切り、はるばるアイランドマージーまでほんとうに自分で運転していけるのかどうか考えた。

まあいい、その答えはすぐにわかる。

とくに苦労せずに着替えをすませると、ＢＭＷのところに行った。下はジーンズ、上は黒いタイトなセーターという格好で、傷を縫うために病院で頭を剃られていたため、ぱっと見た感じは武装組織のごろつきのようだ。その仕あげとばかりに、上階に引き返し、三八口径をベルトに突っ込んだ。

「どこかの馬鹿たれみたいだぞ」鏡のなかの自分に向かって言った。

スピードを出し過ぎないようにしてアイランドマージーに向かった。

ハリー卿の土地に通じる私道は、今日は別の男が見張っていた。耳の大きなガキで、頬は赤く、赤い狩猟帽をうしろまえにかぶっている。

「それは装弾されているのか？」俺はそいつの十二ゲージ・ショットガンに眼をやりながら

言った。

「あい。そうさ。だから引き返したほうがいいぜ！　こっから先は私有地だ」

「俺は警察だよ、君。さっさとその門をあけろ！」

少年はケツをあげてゲートを開放した。

車道を進み、エマの家に向かった。

雨が降りはじめていた。

車を駐め、トランクからステーキの箱を取り出した。俺の冷蔵庫の冷凍スペースにめいっぱい詰め込んだにもかかわらず、まだたっぷり三、四十枚はあった。

箱を玄関ドアに運んだ。そのあいだ、鶏たちは俺の足元をついばみ、コーラはずっと俺に向かって吠えていた。箱をセントラル・ヒーティング用の石油缶のてっぺんにもたせかけた。

エマがドアをあけた。「いらっしゃい」それから「まあ、なんてこと」

「あまりいいツラじゃないだろ？」

「あまりどころじゃない」

「これをどこに運ぶ？」

エマは箱の中身を確かめた。「ずいぶんたくさんね。ふたり分は今日料理するとして、残りはハリーの冷凍庫にしまいましょう」

エマは俺がここで夕飯をすませていくと勝手に思い込んでいたことに気づき、急に恥ずかしくなったのか、頬を赤く染めた。そのせいでよけいに美しく見えた。「ええと、もしあなたにほかに予定とか、お仕事とかが――」

「喜んでご一緒させてもらうよ。どのみち今週は休みなんだ。表向きはまだ旅行中ってことになってる」

「なかでくつろいでて。それはキッチンのテーブルの上にお願い」

俺はステーキをキッチンに運び、居間にいるエマのところに行った。

「何か飲む？」

「強いのを一杯頼む。例の密造酒じゃなければなんでもいい」

「ジョニー・ウォーカーの黒は？」

「いいね」

エマはグラスに酒を注いだ。

「ありがとう」俺は酒に口をつけた。

「そこに座ってて、ショーン。お肉をにんにくと赤ワインに漬けてくるから」

「うまそうだ」

ジョニー・ウォーカーを飲み、太陽がマグヘラモーンとラーン湾の西側に沈んでいくのを眺めた。エマは自分用のジョニー・ウォーカーのグラスを手に戻ってきて、ソファに座っている俺に身を寄せてきた。

柔らかなウールのセーターと褪せたブルー・ジーンズという格好で、髪はうしろで結ってあった。

彼女がそばにいるのは好きだった。

心地いい時間だった。

「で、何があったの？ 走る車線をまちがえたとか？」

俺はいくつか嘘をつき、彼女はそれを信じた。急に罪悪感を覚え、以前ニューヨークに旅行に行った際のことをいくつか話した。エマはレジー・バーの話には笑ってくれたが、ラモーンズやニューヨーク・ドールズはおろか、ブロンディさえも知らなかった。その過ちはきっと俺が正してやろうと約束した。

「ステーキの焼き加減はどうする？」エマは起きあがって尋ねた。

「潔癖症と呼ばれてもかまわないが、レアは好きじゃないんだ」

「ミディアムなら？」

「そうだな……どれくらいかかる？」

「二十五分」

俺は起きあがった。

「冷凍庫は小さいのもないのかい？」

「ええ」

「そうか、肉が悪くなるかもしれないから、残りは箱ごとハリーのところに持っていくよ。

唯一気がかりなのは、パットン夫人に白い眼で見られないかってことだ」

「あら、馬鹿ね。悪い人じゃないのよ。夫ふたりに先立たれて……でもそれは関係ないか。

お屋敷まで行く必要はないし。ハリーのところにキジを干しておくための小屋があって、そこに大きな冷凍庫があるの。そのなかに放り込んでおいて」

「小屋の場所は？」

「ゲートを通ったら左に曲がって、壁沿いに百メートルも行けば見えてくる」

「温室とかがある裏庭のことか？」

エマは俺のおでこをこつこつと叩いた。「頭もどうかしちゃったの？　ちがうってば、お屋敷のなかを通り抜ける必要はない。ハリーの敷地に入ったら、すぐに左に曲がって、壁沿いに進む。それから……やっぱりこうしましょう。あなたはここにいて。わたしが行ってくる。十分で戻るわ」

「俺が行くよ。薬を飲んでいるから、外の空気を吸ったほうがいい」

「じゃあ、ハリーに電話して、あなたが向かってるって伝えておく」

「いいからいいから。大丈夫だよ。懐中電灯はあるかい？」

もちろん大丈夫ではなかった。嘘だと思うなら、雨の日に、しかも夜に、犬に吠えたてられながら泥だらけの坂をのぼって、ステーキの箱を運んでみるといい。

レッド・ホールのゲートに着いた。

頭がぼんやりしていた。私道を使って屋敷に向かい、それから左に曲がれと言われたんだっけ？　それともすぐに左に曲がる？

「たぶんここのことだろう」

木立のほうに向かうと、古い木造の小屋が見えた。ここにキジを五、六日のあいだぶらさげておくのだろう。

小屋はゆうに築百年は超えていて、何本かのヤナギの木の陰になっていた。これなら年間を通じ、獲物のキジは摂氏十二度前後というほどよい温度に保たれる。

ドアは施錠されていなかった。

ドアをあけ、なかに入り、手探りでスイッチを探した。あった。

天井からフックが一ダースぶらさがっていた。鳥は干されていなかったが、奥の壁に肉用の巨大な冷凍庫が置かれていた。

ステーキの箱を運び、冷凍庫の上にのせた。

冷凍庫にはチェーンがかかっていて、南京錠がついていた。が、南京錠はかけられていなかった。

ふたをあけた。庫内は完全に空だった。

ステーキを庫内に入れ、ふたを閉めた。

空き箱を部屋の隅に放り投げ、出口に向かい、電気のスイッチに指をかけた。

スイッチに指をかけたまま、ためらっていた。

ためらっていた。

シナプスとシナプスのつながりがパターンを見出すまでのあいだ。

冷凍庫のまえに戻り、ふたをあけた。

なかを懐中電灯で照らした。冷凍庫の底に何かある。

人間の皮膚の一部。

レインコートのポケットに手を突っ込み、ゴム手袋を取り出した。手袋をはめ、冷凍庫のなかに体を入れ、皮膚を引っぱった。それはぺろりとはがれた。ひっくり返すと、裏側に褪せた青いインクで〝t〟と彫られていた。〝いかなる犠牲も大きすぎることはない〟《No Sacrifice Too Great》という刺青の欠けていた部分。

オロークは殺されたあと、この冷凍庫にしまわれていた。

ハリーがオロークの遺体をここに置いていたのだ。そして、しばらく保管したあと、永久に始末することにした。たぶんハリーが自分でやったのだろう——死体の始末を。

ハリーはエマのところに行き、使っていない古いスーツケースはないかと訊いた。エマはあると答えた。ハリーはスーツケースのなかに自分やエマとのつながりを示すものが入っていないかどうか確かめ、指紋を拭き取り、死体を切り刻み、オロークの首と腕部は沼に捨て、胴体は二度と自分のところに戻ってくることがないよう、何キロも離れた場所に捨てた。

ただ、スーツケースの確認を怠った。もっと念入りにやるべきだったのに。

それだけじゃない。俺たちに事情聴取を受けたとき、エマは嘘をついていたということだ。俺たちが去ったあと、エマはパニックになってハリーに電話した。ハリーは俺たちに疑われていることを知り、冷静に振る舞うようにと指示した。オマワリ？　心配要らんよ。警察に何がわかるというんだ。実際、エマは冷静に振る舞った。ハリーも冷静に振る舞った。そして、警察は何もわかっていなかった。

けど、どうしてだ？

ここで何があった？

それについて考えなければならない。

まずはここを離れ、この証拠を分析する。考えるのはそれからだ。

ゴム手袋で皮膚片をくるみ、ポケットに突っ込んだ。冷凍庫のふたを閉めて振り返った。

「何かおもしろいものでもあったかね？」ハリーが立っていた。レミントンのポンプ・アクション式ショットガンを手に。

「何も。ステーキを置かせてもらっただけです」

「じゃあ、あいていたんだな。子供たちがかくれんぼの最中にそこに入ったりしないよう、ふだんは南京錠をかけているんだが」彼は淡々と言った。

ハリーの顔は仮面だった。病的に黄色い仮面。レミントンの銃尾に予備の弾が一発セットされていて、銃口は地面に、俺の足元に向けられていた。が、それはなんでもない。ハリーがその銃をかまえ、引き金を引くのはなんでもないことだ。

おまけに、なんということか、ここは死体をしまっておくのにもってこいの場所じゃないか。「テレビでそういう公共広告を見たことがあります。小さな子供がかくれんぼをしていて、冷凍庫に閉じ込められてしまう。なかから叫んでも誰にも聞こえない。鍵をかけておくのが賢明ですね」

「なのに、あいていたわけだ」

「ええ」

「私の不注意だ」

「気にすることはありませんよ。ステーキを置きに来ただけです。そろそろエマのところに戻らないと。料理を火にかけてくれているんで」

ハリーは俺を見た。

こいつは知らない。俺が何かを見つけたのか、それとも何も見つけていないのか、はっきりとはわかっていない。きっとこう考えている。冷凍庫のなかに何か残っていたのだろうか？　証拠はひとつ残らず片づけてあっただろうか？　俺をこのまま行かせれば、自らの死刑執行状に署名することになるだろうか？

「そのポケットのなかのものはなんだね？」ハリーは俺のポケットから覗いているゴム手袋の指の部分を見ていた。

「なんでもありませんよ。ただのビニールです。ステーキを入れるときに凍傷ができないように使っただけで」

「見せてもらえるか？」

「こんなビニールの切れ端を見たいんですか？」

「ああ」

「もう行かないと、ハリー。夕食に遅れてしまいます」

彼がショットガンをかまえるのと俺がベルトから三八口径を引き抜くのは同時だった。ショットガンと三八口径。

泥棒と警官。

碧い瞳と緑の瞳。

こうした二項対立のすべてが瞬時に消え去った。見事なまでに。

俺はほほえんだ。

「皮膚の一部だよ、ハリー。ウィリアム・オロークの刺青の欠けていた部分があったんだ。〝いかなる犠牲も大きすぎることはない《No Sacrifice Too Great》〟というモットーの〝t〟の字だ。そんなものがここにあるとは思わなかっただろう?」

彼はうなずいた。

「どうして殺したんだ、ハリー」

「私は殺していない」

「オロークがあんたとデロリアンの関係を探っていたからか? というか、あんたとデロリアンはほんとうのところ、どんな関係なんだ?」

「私は殺していない」

「じゃあ誰がやった?」

「その皮膚片をよこせ。こっちに渡すんだ」

俺は笑った。「そうはいかないよ」

「こっちはおまえがその豆鉄砲の引き金に指をかけるより早く、脚を吹き飛ばせるんだぞ」

「いいや、そうは問屋が卸さないよ。俺の三八口径を見ろ。撃鉄がばっちり起きてるだろ。あんたが少しでも動いたり音をたてたりすれば、この銃は火を噴く。銃口が向いてる先はちょうどあんたの心臓だ、じいさん。あんたの体じゃ耐えられないだろう。あい、確かにそのショットガンで俺の頭は吹っ飛ぶだろう。でもあんたは……楽には死ねない。心臓が胸を突き破る。動脈から胸腔に血が流れ込み、肺があふれる。あんたは自分の血で溺れ死ぬんだ。弟のマーティンのようにな。想像できるかい？　死に際に白い光が見えることもない。知っている顔が彼岸から手を振ってくれることもない。必死に息をしようと、最期の一瞬までもがき苦しむことになる」

ハリーの黄色い顔がますます黄色くなった。

「オロークの身に何があったんだ、ハリー。教えてくれ」俺は穏やかに言った。

彼はほほえんだ。

「いいだろう」

31 死の際で

ハリーは咳払いをすると話しはじめた。「すべての始まりは、マーティンの情報屋からある報告が入ったことだった。オロークがデロリアンの工場近辺をうろつき、写真を撮り、質問をしてまわっているというのだ。オロークは目立っていた。アメリカ人だったからな」

「で、それを聞いたマーティンがあんたに報告に来た？」

「ああ、私にすべてを話してくれた。ジョン・デロリアンと私が大きな成功を収めつつあることはマーティンも知っていた。このオロークという男が現われたことはとんでもなく悪いニュースだと、マーティンにもわかっていたんだ」

「その報告を受けて、あんたはどうした？」

「オロークを拉致して、いくつか質問に答えてもらうことにした」

「どうやって実行した？」

「男たちに眼出し帽をかぶらせ、白のトランジット・バンを盗ませ、ダンマリーのB&Bの外で通りからさらわせた」

「じゃあ、あんたはウィリー・マクファーレンと知り合いってわけじゃないんだな？」

「誰のことだ？」

前腕から三八口径に汗が垂れた。あばらが痛んだ。鎮痛剤の効き目が切れかけてきている今、この体勢のままでいるのはしんどかった。そんな俺とは裏腹に、ハリーはレミントンを手に、くそ落ち着き払っていた。

「オロークをここに連れてきたのか？」

「いや、岩塩坑に運んだ」

「それから何があった？」

「誰もオロークを殺すつもりじゃなかった。そういう計画ではなかった」

「どんな計画だったんだ？」

「オロークが誰の下で動いていて、何をつかんでいるのか、そういったことを知りたかっただけだ。だからあいつを岩塩坑の発電機に縛りつけ、びびらせようとした。やったのはマーティンだ。チクリ屋やタレコミ屋の尋問はお手のものだったからな」

「オロークを拷問したのか？」

「いや。話をしただけだ。拷問？　マーティンは拷問なんかしなかった。そんなことをする必要はまったくないと言っていた。たっぷり時間をかけさえすれば、知っていることを洗いざらい吐くはずだと」

ハリーはショットガンを微妙に動かした。俺は腕をまっすぐにして、三八口径でハリーの顔に狙いを定めた。

「それから何があった？」

「何もないさ。オロークのことを報告してきた情報屋を連れてきて、金をやり、姿を消すように言った。そいつはイギリスに渡ったよ。だからそっちは片づいたが、一番の問題はオロークだった。こいつは何者なのか？　何が狙いなのか？　私とデロリアンの関係や取引のことを知っているのか。そこのところを突き止める必要があった」

「で、どうした？」

「マーティンが任せておけと言うので、私はそれを信じた。なにせ、オロークはあのくそ岩塩坑のなかに閉じ込めていたからな。明かりのない状態であそこに降りたことはあるか？　まるで奈落の底だ。だからマーティンは安心しきっていた。で、オロークにこう言った。知っていることを残らず話さなければ、地獄の苦しみを味わうことになる……と」

「それを聞いて、オロークはなんと言った？」

「絶対に話さない、と言ったよ。なんでもおまえらの好きなようにすればいいが、絶対にひと言も話さないとな。やがてマーティンもオロークは本気だと信じるようになった。そして、あいつを解放したほうがいいと言い出すようになった」

「でも、あんたとしてはそれに同意できなかった？」

「当然だ。だから来る日も来る日も閉じ込めたままにしておいた。ある朝、私たちが岩塩坑に降りてみると、オロークは死んでいた。両脚は発電機に縛りつけられたままだったが、どういうわけか両手が自由になっていた。最初、心臓発作でも起こしたかと思ったが、どうやら自殺らしいとわかった。このまま永久に解放されることはないと思ったのか、自分で自分を殺しちまった。どこかに薬を隠し持っていたんだろう。あのくそ馬鹿たれが」

「自殺なのか？」

「自殺だよ」

「それはよかった、ハリー。あんたにとってな。あんたをどんな罪に問える？　誘拐罪？　そうだな、それならたったの五年だ。それで娑婆《シャバ》に出られる。どうってことない」

俺はドアに向かって歩を進めた。

「動くんじゃない！」ハリーはうなった。

「いいや、行かせてもらうよ、ハリー。ここを出て、丘をくだり、俺の車まで行く。あんたは黙って俺を行かせる。騒ぎたてても意味はない。俺が手に入れた法医学的証拠はオロークの皮膚片一枚きりで、そこからわかるのは、オロークはどこかの時点でこの冷凍庫に入っていたということだけだ。あんたが誘拐したってことは証明できない。何も証明できないんだ。だからそのショットガンで俺を殺す意味はない。一流の法律家でなくたって、こんな事件の告訴は棄却するだろうよ。わかったかい？」

俺はじりじりとドアに向かって進み、ハリーと距離を取ったまま彼のまえを通り過ぎた。ハリーは俺に銃を向けたまま。俺はハリーに銃を向けたまま。

「そんなことになったら、私は破滅だ」

「心配するな。あんたは無罪放免だよ」

「無罪になんかなるものか。おまえは私を犯人に仕立てあげるだろう。私はやってない！　殺してないんだ」

俺はドアのまえにいた。

「信じるよ、ハリー。もう行かせてくれ。馬鹿な真似はしないよな？」

「どこにも行かせはせん！」

ハリーはレミントンを腰だめで撃つべきだった――むろん、ものすごい反動があっただろうが、俺は死んでいたはずだ。

が、彼はそうしなかった。ハリーは火器の扱いについて訓練を積みすぎていた。まだ幼いころに、父親に骨の髄まで叩き込まれたのだろう。ハリーがショットガンを肩にかまえるその一秒の隙に、俺は雨のなかにダイブした。

背後でショットガンが叫び、小屋のドアから暗闇に向かって炎が飛び散った。

俺は壁際に走り、古いコンバインの裏に隠れた。

次の手を考えていると、突然、屋敷のほうからクラクションが鳴り響いた。戦時中の空襲警報のような音だったが、これは空襲なんかではなかった。ハリーが賃借人たちを呼び集めているのだ。急いでここを離れなければならない。

コンバインの裏を出て、まっすぐに光のほうに向かった。どこか屋敷の近くからショットガンの銃声がした。

白熱した散弾が頭上をかすめた。

干し草の山の陰に身を隠した。

男たちが叫んでいる。ハリーの仲間と賃借人たちの集団が。因習的なくそ家来どもが。連中はハリーが望むことならなんだってやるだろう。問答無用で。警官殺しさえも。むしろ警官殺しなら喜んで。

「あそこにいるぞ！」誰かが言った。

「見えた！」別の誰かが叫び、発砲した。

俺は地面に伏せ、泥のなかを転がった。

「釘づけにした！」と声が叫んだ。

いいや、まだだね。けど、それも時間の問題だ。

敷地を囲んでいる石の外壁に登った。

「いたぞ！」

「壁を登ろうとしてる！」

「追え！ ビリー、犬たちを連れてこい！ ジャック、おまえは接続箱の電話線を切れ！

あいつには逃げ道も応援もない！」

丘に向かって駆け、沼地に入った。沼を通れば、犬がにおいを見失ってくれるかもしれない。走って小川を渡り、何かにつまずき、体をしこたま打ち、立ちあがれるようになるまで一分ほどあえいでいた。

車道とエマの母屋があるほうに走った。あばらが絶叫し、体は汚泥にまみれていた。庭をよろよろと歩いていると、コーラが俺に向かって吠えた。

家のなかに駆け込んだ。

「ちょっと！　何があったの？」エマが口に手を当てて言った。

「電話はどこだ？」

「え？」

「電話はどこかと訊いている！」

「寝室よ」

足を引きずりながら寝室に行き、999にかけた。

「どのサービスをご希望でしょうか？」オペレーターが言った。

「警察だ！　急いでくれ、アイランドマージーの――」

回線が死んだ。

何度も何度も試したが、発信音はしなかった。

「何があったの？」

「ハリーに殺されかけた。あいつがオロークを殺し、死体を冷凍庫に放り込んだんだ。証拠も手に入れた」

彼女はうつむき、首を横に振った。

「ちがうの、ショーン。ハリーはウィリアム・オロークを殺してはいない」と、淡々と言った。

「やつに聞かされていたのか？　君はそれを信じたのか？」

「ほんとうのことなの」

　俺はエマの肩をつかんで揺さぶった。「話せ！　手短にな！」

「オロークはデロリアンをスパイし、ありとあらゆる種類の問題を生み出していた。ハリーは湾にある自分の船台を使って、デロリアンのために何かを密輸していた。あなたも見た場所よ。たぶんドラッグだと思う。大きな取引だった。それで、秘密が漏れているのかどうかをはっきりさせておく必要があった。ハリーはマーティンと何人かの手下に指示して、街なかでオロークをさらわせた。みんなに眼出し帽をかぶらせてね。オロークのことは尋問だけして解放するつもりだった。岩塩坑に運び込まれたあと、オロークは手荒く扱われたか、パニックを起こすかしたんでしょう。ハリーにもマーティンにも、オロークを殺すつもりはなかった。岩塩坑にひとりきりにして、閉じ込めていただけ。でもある朝、ふたりが起こしに行くと、オロークは死んでいた。マーティンは心臓発作だと考えた。死体をどうすればいいか、誰にもわからなかった」

　彼女はまっすぐに俺を見つめていた。ハリーの話とも一致するし、涙に訴えたり、裁判所の慈悲にすがったりするようなナンセンスもなかった。

「心臓発作じゃなかったんだ、エマ。オロークは頭がよかった。北アイルランドじゃこういうこともありえるとわかっていて、くそ自殺薬を自前で用意していたんだ。植物を植え、自分で精製してな。拷問を受けて自白を強要されるのはまっぴらだと考えていたんだ」

彼女はうなずいた。「わたしたちはそんなこと知らなかった」

わたしたち。エマはわたしたちと言った。

「マーティンからオロークが死んだことを聞かされたとき、君は警察に行くように言ったんだよな？　でもハリーが――」

エマはさもおかしそうに笑った。「わたしが？　警察に？」

そのとき、彼女の眼に涙があふれはじめた。「警察に行けって？　アイランドマージーのこのあたりじゃ、誰も警察に駆け込んだりしない」

「じゃあ、それからどうなったんだ？」

彼女は頭を振った。「ハリーとマーティンは死体を冷凍庫にしまった。解体して処分すれば、なんの問題もないはずだった。でもマーティンが。馬鹿なマーティンが」

「マーティンがどうした？」

「あの人は愚かだった。信仰を新たにし《ボーン・アゲイン》、イエスを救い主として受け入れるようになっていた。兄のハリーとジョン・デロリアンがいかがわしい取引をしていて、マーティンだってそれを手助けしていたっていうのに。そのことについてはイエスも大目に見ていたっていうのに。でも、イエスはマーティンにきっとこう告げたのね。今やひとりの人間が死んだ。おまえは一線を越えてしまった。このおこないについては包み隠さず部隊長に告白しなければならないって」

「マーティンは君たち全員を裏切ろうとしていたのか？」

「そう」

「それで君が撃ったのか？」俺は驚いて尋ねた。

エマはかぶりを振った。「わたしは撃ってない」

「じゃあ誰が？」

「わたしはハリーに電話して、マーティンの計画を話した。そしたらハリーは自分がなんとかすると言った」エマは率直に言うと、ソファに腰をおろした。「マーティンが仔羊を見に行こうとしていると、向こうからハリーがやってきた。わたしにもふたりの話し声が聞こえた。ハリーはマーティンにあらゆるチャンスを与えたけれど、マーティンは聞く耳を持たず、部隊長にほんとうのことを打ち明けると言った。それがイエスの望みだから、自分はそれに従うって」

「で、どうなった？」

「銃声が聞こえた。それからハリーがうちに入ってきて、片がついたと言った。わたしたちはＩＲＡの犯行ということで口裏を合わせ、警察に通報した」

「オロークの死体についてはなんと説明するつもりだったんだ？」

「それについては考えもしなかった。ハリーは冷凍庫に南京錠をかけ、そのままにしていた。あそこなら誰もなかを覗いたりしないし、誰もなかに入れないから」

「でも、ずっと放置しておくわけにもいかなかった」

「そう。それで数週間前、そろそろ死体を始末しなきゃならないって、ハリーから相談があった。デロリアンの積み荷が入ってくるようになっていて、人の出入りが増えそうだったから」

「それでハリーは君からマーティンの古いスーツケースをもらいうけた」

彼女はうなずき、手探りで煙草を探した。

「それで全部か？」

「ええ」

「わかった。あまり時間がない。俺は野原を渡ってきた。痕跡をたっぷり残してきたから、連中はそこを探すにちがいない。でもちょっとでも脳みそがあるやつなら、すぐにここにやってくるはずだ。こうしよう。この家の明かりを消し、庭に忍び出る。君もBMWに同乗して、俺と一緒に来るんだ。ここから充分離れるまでライトをつけずに車を走らせる。その後はキャリック署に連れていくよ。大丈夫だ。ハリーの罪を告白すればいい。君の罪は警察に事実を話さなかったことだけだ。刑務所には一日だって入らなくてすむよう、俺がなんとかする」

彼女は頭を振り、「わたしはそんなことはしない」と淡々と言った。

「大丈夫だ。だましたりしない。君が刑務所に入ることはない。もし不安なら、イギリスでもオーストラリアでも、どこでも好きな場所で別の名前でやっていけるよう取り計らう」

エマはそれについて少し考え、またかぶりを振った。「いいえ、あなたとは行かないわ、ショーン」

「勘弁してくれ！　こんなことをしている時間はないんだ！」

「あなたは行って」

「時間がないんだ！　来い！」

「いや！」

「二度は言わないぞ、もうほんとうに――」

何台もの車両のヘッドライトが突然、母屋の前庭で光った。

「出てこい、ダフィ！　もう逃げられんぞ！」石壁の向こうでハリーが怒鳴った。

「くそ！　もう来やがった！」

「出てくるんだ、ダフィ！　わざわざ苦しい思いをすることはない！」

BMWが駐めてある場所を確かめた。母屋のドアから運転席まで六メートルといったところだ。連中は三十メートルほど離れていて、得物はショットガンだけだ。家の明かりを消して駆け足で行けば、たどり着けるだろう。

「まだ車に乗り込める」俺はエマに言った。

「あなたはね。わたしは一緒には行かない」

エマの腕は胸のまえで組まれ、両眼は半分閉じられていた。

キッチンに行くと焦げたステーキのにおいがした。

「何を言っているんだ、エマ？　説明しただろう。君が刑務所に入ることはない」

「ハリーに不利な証言をするつもりはない」

エマの肩をつかみ、揺すぶった。

「あいつは君の夫を殺したんだぞ」

「マーティンはここで生まれ育った。だからこの土地のことはよくわかっていた。ここの人間は警察には行かない。口は割らない」

「頭をどうかしちまったのか？　ハリーは君の夫を冷酷に撃ち殺したんだぞ」

彼女はうなずいた。「わかってる……わかってるわ。あなたは行って、ショーン！」

涙が彼女の頬を伝っていた。

「ハリーのためか？　あいつはソシオパスだぞ」

「あなたにはわからない」

「ラーン署の警部補もハリーが始末したんだな？　マーティンを殺したのと同じように」

彼女はうなずいた。

「でも、まったく同じようにやったわけじゃない。ハリーは警部補を撃ち殺したあと、ガレージの壁にも三発撃ち込んだ。なぜそんなことをしたと思う？」

「わからない」

「俺にはわかる。保険だよ。ハリーは女の犯行のように見せかけようとしたんだ。最初の三発は外して、その後に撃った弾で殺したようにな。あいつは君をはめるつもりだったんだ、エマ。事態がまずい方向に転がりだしたら、君が夫を殺したことを示す別の証拠を明るみに出すつもりだったんだろう。賭けてもいいが、ハリーは重要な証拠品に君の指紋を残し、保管しているはずだ」

「ハリーはそんなことしない」

「なぜそう言える？」

「わたしが口を割らないと知っているから。わたしもここの生まれよ。自分たちの問題は自分たちでなんとかする」

「マーティンのように？」

「マーティンのように」

「ハリーは君のことも殺すぞ。一緒に来い！　さあ、来てくれ。まだ逃げられるうちに！」

彼女はやはりかぶりを振った。「あなたは行って、ショーン。行ってったら！」

ひと晩じゅうこうして議論しているわけにはいかなかった。

「くそ、そうかい。後悔しないんだな？」

「ええ」

「君の身は安全なのか？」

「あの人たちはわたしには手出ししない」

「俺は警察隊を引き連れてまたここに戻ってくる。それはわかっているのか？」

「ええ」

「ならいい」

俺は居間の明かりを消し、車のキーを取ると、玄関のドアをあけて走った。一・五メートル行ったところで――

半ダースほどのショットガンが同時に火を噴いた。

白熱したペレットが肩にめり込み、俺は地面に仰向けに倒れた。

車は無理だ。

百万キロ先にあるも同然だ。

さらにショットガンが火を噴き、ライフルが轟いた。母屋のなかに飛び込み、ドアを閉めた。

エマが駆け寄ってきた。「撃たれてる」

レインコートを脱いだ。肩のはほんのかすり傷だったが、ひびの入ったあばらが燃えるように痛かった。

「起こしてくれ」

エマは俺の肩の下に手を差し入れ、力任せに立ちあがらせた。

外にはたぶん六人ほどの男がいる。ショットガンと、おまけにライフルまで持ち出して。

こっちにあるのは六発入りの三八口径リボルバーだけだ。

「どうするの？ 投降する？」

「投降だって？ 殺されるだけだよ。君だってわかっているだろ」

彼女の顔にはなんの表情も浮かんでおらず、遠い眼をしていた。が、突然うなずいた。

「この家には裏口があるな？」

「ええ」

まるで恍惚状態にあるような口ぶりだった。

エマの表情は凍りついていた。

ライフルの弾が居間の窓を突き破り、奥の壁にぶつかって音をたてた。テレビの横の電気スタンドのほか、明かりはついていなかった。俺は居間の床を匍匐《ほふく》前進し、スタンドを倒した。

レインコートのポケットを探り、錠剤を取り出すと、二錠を唾で飲み込んだ。

「裏口は？」

「キッチンの先よ。ドアをあけると鶏の囲いと生け垣が見える。生け垣を越えて野原を突っ切れば、湾のビーチに出る」

「そこからどうすればいい？」

「わからない」

それについてはそのとき考えるとしよう。うまくすれば水のなかに入り、死体となってラーン湾を渡り、マグヘラモーン側に漂着できるかもしれない。

「わかった。俺は行くよ」

エマの顔はもう見えなかったが、彼女は「幸運を祈ってる」とささやいた。

居間の戸口を這って通り抜け、裏口をあけた瞬間、ショットガンのペレットがドアと頭上の空間に撃ち込まれた。

くそが。

この家は包囲されている。

居間に這い戻った。

「先まわりされた。ここには地下室とか、司祭をかくまう秘密の場所とかはないのか？」

「ないわ。そういうのは。表口と裏口だけ」

「逃げ道はないぞ！」表でハリーが叫んだ。

ガラスの割れた窓辺に這い寄り、外を見た。石壁の向こうで六人ほどの人影が配置に就いている。裏手にもふたりほどいるだろう。

「警察に通報したぞ、ハリー！　警察隊がここに向かってる！　ボスと心中したくないなら、手下どもは逃げたほうが身のためだ！」俺は叫び返した。

「おまえが999に通報したときの会話は聞かせてもらったよ。それで線を引っこ抜いたんだ！　私たちがそんなとんまだと思っているのか、ダフィ！」

「くそ！」俺は小声で毒づいた。「くそ、くそ、くそが」

「おとなしく出てくれば、すぐに終わらせてやる。つまらんことはなしだ。拷問もしない。こっちには射撃の名人がいる。苦しまずにあの世に逝けるぞ」

俺はすでに疲れ切っていて、まるまるひと晩が俺たちの眼のまえにあった。夜と朝と、そこから先、ハリーはこの私有地で好きなだけ時間を長引かせることができる。

庭の車両はまだヘッドライトを光らせていて、外で起きていることは逆光でよく見えなかった。が、ひとりの不注意な馬鹿が立ちあがり、家に狙いをつけようとしているのが見えた。俺は両手で三八口径をかまえ、慎重に狙い、引き金を絞った。バンという音、かすかな反動、男は倒れた。

「これでそいつも貴族のお仲間入りだ、どうだ、ハリー！」俺は叫んだ。「きさまら全員、同じ目に遭わせてやる！ 次はどいつだ？ ハリーに突撃を命じられたら、今のをよく思い出すんだな！」

「ごみオマワリが！」誰かが言い返した。

「ハリーのためにこんなことをするのか？ ドラッグの裏取引でハリーを儲けさせるために命を張るのか？ そんなことをしてなんの得がある！ 何もないさ！ 突入してくるまえに、そのこともよく考えておくんだな！」

「心配無用だ。表と裏、両方のドアをおまえがひとりで同時に見張ることはできん。そうだろ、ダフィ！」ハリーが叫んだ。

一理あった。

エマが俺の腕に手を置いた。

彼女は俺を見ていた。

「ひとりではできないわ、ハリー！ でもふたりならできる。マーティンのショットガンを持って、わたしが裏口を見張る。ショーンは表を見張る！ わたしの裏庭に一歩でも入ってきたら、命はないものと思いなさい！」エマが叫んだ。

暗闇のせいでエマの顔ははっきりとは見えなかったが、その笑みと、彼女が二連式のショットガンを持っているのが見えた。

「そんなことをする必要はない。君は白旗をあげて投降するんだ」俺は耳打ちした。

「わたしはここに残る！」そう言うと、彼女は俺の頰にキスをした。

なぜ心変わりした？　罪悪感？　あきらめ？　自殺願望？　どれでもかまわなかった。

銃弾の嵐が窓を破り、床一面に火花が散った。

俺たちは床に突っ伏した。

「君は裏口を頼む。敵に姿を見せるなよ。姿勢を低くして」小声で言った。

エマはうなずき、キッチンに這っていった。

次に何が起きるのであれ、それが起きるのを待った。

銃で狙えるような動きはなかった。

雨が本降りになってきていた。月は出ておらず、星もなく、空は黒かった。

何事もなく一分が経過した。二分。そのときふたつの炎の弧が見えた。一本の火炎瓶は藁葺き屋根の上に落ち、もう一本は居間の割れた窓から家のなかに転がり込んできて、硬材の床に深紅の絨毯を広げた。

俺は壁からカーテンをはぎ取り、炎の上に放り投げた。カーテンに火が燃え移ったので、体を使って消火しなければならなかった。顔が焦げ、火勢が弱まり、しばらくすると消えた。

もう終わりだ。そうとも、連中は俺たちを丸焼きにするだけでよかったのだ。

壁の向こうから火炎瓶を投げればいいなら、ここに突撃してくる意味があるだろうか？

「大丈夫か、エマ！」キッチンに向かって叫んだ。

「大丈夫。そっちは？」エマが叫び返した。

「大丈夫だ」

俺はキッチンに這っていった。「どうするつもりなの？」彼女が小声で尋ねた。

裏庭を覗くと、フェンスの向こうにゆらゆらと揺れる炎が見えた。また火炎瓶を投げ込むつもりだ。

「やつらはこの家を焼き落とすつもりだ」

「そんな！　そんなことなら撃ち殺されるほうがまし」エマはやけになっていた。

「俺が談判しようか？　君はまだ助かるかもしれない」

彼女は頭を振った。「いえ。いえ、もう手遅れよ。わたしは決めたの。あんなことは絶対に……とにかく、もう決めたの」

俺は涙の跡が残るエマの頰にキスした。

男たちが火炎瓶を投げた。俺はキッチンの窓を破り、火炎瓶を投げようとしていた男のひとりを撃った。狙いは外れ、火炎瓶はふたつとも藁葺き屋根の上に落ちた。

ものはやりようとはよく言ったものだ。

煙があっという間にキッチンに充満しはじめた。

「居間に行こう。一緒に来てくれ」エマも腹ばいであとについてきたが、そこも同じようなありさまだった。

濃く、黒い、屋根葺の煙。

ふたりとも咳き込んだ。

俺は嘔吐《えず》いた。

「さあ、君が今何を考えているのか聞かせてくれ、ダフィ」ハリーが叫んだ。

俺は『明日に向って撃て！』のブッチ・キャシディばりの勇ましい最期の突撃を考えていた。

「あんたを殺したらどんなにすかっとするだろうかと考えているよ、卑怯者が！」と叫び返した。

そのとき、聞こえた。

幻聴だろうか？

いいや。

いいや、あれは絶望した心が生み出した幻ではない。

サイレンだ。くそサイレンだ。

「サイレンだ！」俺は言った。

エマのほうを向いた。「わたしにも聞こえる」

「サイレンだ！」割れた窓越しに声を張りあげた。「警察のお出ましだ！　おまえらを捕まえに来たんだ！　俺がおまえらなら、今のうちに尻尾を巻いて逃げるがね！」

またエマのほうを向いた。「怪我をしているのか？」

彼女はうなずいた。「どうってことない」

サイレンがミル・ベイ・ロードをつんざいていた。警察のランドローバーが少なくとも二台。もちろん９９９への通報をたどってやってきたのだ。住所を聞き出す必要はなかった。あらゆるタンブラーと交換台を逆にたどってくるだけでよかった。おまけにハリーが起こした大火事が、警察隊が目指すべき場所の地理的な目印になっていた。

俺は息ができるように玄関のドアをわずかにあけた。地面に伏せ、身を低くしたまま。誰も撃ってこなかった。

「戻ってこい、役立たずども！」ハリーが手下たちに向かって怒鳴っていた。良識ある部下たちはそれぞれの家に向かって、蜘蛛の子を散らすように逃げていた。

「ほんとうに刑務所に入らなくていいの、ショーン？　刑務所なんて、わたし耐えられない」エマがか細い、恥じ入るような声で言った。

「ああ、約束する」

サイレンの音は今では一キロほど先に迫っていた。

「終わりだ、ハリー！　あんたは見捨てられた！　観念するんだ！」暗闇に向かって叫んだ。

「まだだよ、ダフィ！　まだ終わらん！」彼は叫び返した。

エンジンがかけられる音。ハンドブレーキが滑る音。顔をあげ、庭を見ると、ハリーのペントレーが猛スピードでこっちに突っ込んできていた。火のついたぼろきれがガソリンタンクから突き出している。アクセルペダルに重しがのせてあり、ハリー本人はショットガンを持ったまま、車のうしろを歩いていた。

「ジーザス！　急げ！　キッチンに行くんだ！　ハリーが――」俺はエマに向かって叫んだ。

そして

そのとき

すべてが

光に

なった。

32　光の世界で

沈黙。墓場の鼠たちの沈黙。存在しないものの沈黙。無が自らに歌いかけている。
……
……
時間が流れる。
灰。
……
死神の手。思ったより温かい。俺を歓迎している。
……
……
顔にあたる雨。星の光。痛みが俺を呼び、意識が戻る。
ひとりの夢遊病者が立ちあがる。
俺だ。

大した傷はない。

腕が二本。脚が二本。

耳鳴り。

幸運。

幸運なショーン・ダフィ。それが俺の名だ。

家は？

家はなかった。

木端微塵になっていた。

彼女が見えた。

「エマ！　エマ！」

壁に使われていた重い石材のせいにちがいない。

あっという間のことだったにちがいない。

俺はエマの砕けた顔にキスをした。唇に彼女の血がついた。

瓦礫から離れた。

ランドローバーが谷の向こうから近づいてきていた。

サイレンが今ではこんなに近い。

メロディ。

二台のピアノが奏でるグリッサンドのような。一台はショパンを思わせる、下降していく十連符のオスティナート、もう一台はもっと古風な六連符。

そしてハリー。庭に大の字になっている。片腕がもげている。ベントレーのサイドパネルの一枚にもっていかれたのだ。

その隣に屈んだ。

「何を考えていたんだ、ハリー？」

彼はかすかに笑った。「考えていなかった。セントラル・ヒーティング用の石油缶があることを忘れていた」

「エマは死んだよ」

「どうしてエマを投降させなかったんだ、ダフィ、このくそ野郎」

「彼女が行こうとしなかった」

「無理やりにでも行かせるべきだった」

「残らず話してくれ、ハリー。あんたは自分の弟を殺し、ＩＲＡの符牒を使って通報した」

「ちゃんとわかってるじゃないか」

「ドアティを殺したあと、ガレージのドアに三発撃ち込んだのは、エマをはめるつもりだったんだろ？　警察がＩＲＡの仕業だと信じなかったときの保険として」

ハリーは笑った。「これだからオマワリってやつは！　考えすぎなんだよ。外したのさ。私が狙いを外しちまったんだ、それだけだよ。拳銃を撃つのは初めてだったんでな」

「なんだ」

「煙草はあるか、ダフィ？」

俺はハリーの横で膝をついた。

「ハリー、いったいなんのためにこれだけのことをしでかしたんだ？」

彼はウィンクし、にやりと歯を見せた。

「数百万だよ、君。数百万、何百万だ」

こいつを救うことはできた。それはわかっていた。止血帯。ベントレーのドアに使われているゴム・パッキンがある。わずかだが、可能性はある。

俺は立ちあがり、点滅する光のほうに歩いていった。

33 懲戒

病院で特別部の事情聴取を受けた。俺は話した。ジョン・デロリアンはさまざまな政府機関による国際捜査の対象となっており、君は黙秘する必要があると言われた。それはわかっていた。口は閉じたままでいるつもりだった。特別部の馬の骨どもに、公職秘密法にもとづく書類への署名を強要されるまでもなく。

パブリック・スクール育ちのアクセントで話す、ぱりっとしたスーツの不吉な男たちがやってきて、ハリー卿とその義理の妹エマは爆発と不良石油ヒーターからの出火で死亡したという話をでっちあげることになった。俺はふたりを果敢に猛火から救おうとしたが、あえなく失敗した、と。

アイランドマージーの連中がマスコミに垂れ込むことはないとわかっていた。だからこの公式のストーリーがまかり通るはずだった。

地元紙はなんの疑義も挟まずにこのストーリーを受け入れ、数日のあいだ、俺はちょっとした英雄扱いさえされた。俺がエマを炎から救助しようとする場面が創造力豊かな描写とともに紙面に掲載され、俺が〈女王の警察〉メダルを授与されていることも言及された。このニュースは少しのあいだ、《ベルファスト・テレグラフ》の第一面を独占し、その後はフォークランド戦争のさまざまな勝利と失敗のあいだに挟まれることになった。

ハリー卿はなんらかのいかがわしい取引に関与しており、有名なジョン・デロリアンと知り合いで、義理の妹とのあいだになんらかの諍《いさか》いがあった。そう報じられるようになっても、俺は平気だった。

が、やがてアメ公どもがでしゃばってくるようになった。

連中は俺との約束が反故にされたと感じたらしい。デロリアンとオロークの件からは手を引くという約束だったのに、ベルファスト行きのシャトル機から降りるやいなや、根掘り葉掘り調査を始めたと……

彼らは俺がマサチューセッツで飲酒運転事故を起こしたという報告書を公開した。地元紙は次第に、俺が一匹狼の無頼派刑事であり、準男爵とその義妹のあいだのなんらかのスキャンダルの渦中にいたのではないかと推測するようになった。この風説は歯止めがきかなくなり、ハリー卿とエマは実は恋人同士で、派手な心中を遂げたのだとか、ハリー卿とエマと俺は三角関係にあったのだとか、臆測が臆測を呼ぶようになった。

予備検屍では、レッド・ホール・コテージでの一件の説明としては、確かに事故死が最も可能性が高いと判断されたが、にもかかわらず、〝英雄刑事〟が巻き込まれた愛の三角関係のもつれという線を好んで報じつづけるマスコミもあった。

この報道がなかなか終息しなかったので、もしかしたら自分はトラブルに巻き込まれているのかもしれないと考えはじめるようになった。俺はハリー・マッカルパイン卿に近づくなと命令されていた。捜査は保留にしろと言われていたのに、自分の時間を使って勝手に捜査を続けていた。上司に情報を隠していた。それにハリー卿とウィリアム・オロークの死を結びつける唯一の証拠——刺青が施された皮膚の一部——が爆発で跡形もなく消滅してしまったことも、問題を複雑にしていた。

ふたりの警視正から内密の手厳しい審理を受けた。

これこれこういう命令を与えられていたのか？　君はその命令に従わなかったということか？　……などなど。

自分がどんなへまをしたのかは、彼らよりも俺自身のほうがよくわかっていた。ハリー卿が正義の裁きを受けることはなかった。エマは死んだ。デロリアンは——彼がいったい何をしているのであれ——北アイルランド担当省が目こぼしをし、デロリアンが北アイルランドにとってこの上なく大切な事業を続けているかぎり、その何かをやりつづけるだろう。

マスコミもようやくこのニュースに飽き、内密の審理のあと、すべてが終わったかに見えた。俺は復職を果たし、愚かにも、このまま何もかも丸く収まるだろうと高をくくっていた。

キャリック署はすべてが平常運転に見えた。六月のある日、突然、懲戒委員会に正式に呼び出されるまでは。これはまじなやつだ。礼装、問責。君は弁護士をつけたほうがいいかもしれないとまで言われた。

審理はベルファスト中心部の官庁ビルでおこなわれた。委員会は老人たちで構成されていた。灰色の顔をした青鼻の堅物老人たち。彼らは戦時中、もしくはおそらく終戦直後に警察に入った。当時の王立アルスター警察隊は今とはちがう生き物だった。プロテスタントのためのプロテスタントの警察だった。審理のタイミングがタイミングだったので、俺はちょっとどころではなく不安になっていた。あのニュースがこのまま忘れ去られてもいいタイミングがあえて選ばれたからだ。アルゼンチンはフォークランド諸島で降伏目前だった。スコットランド、イングランド、北アイルランドのチームはいずれもワールドカップに出場した。今では評判が地に落ちた元英雄刑事のためにインクを無駄にしようという者はひとりもいなかった。懲戒委員会は俺を破滅させることも、誰の気もひかないまま無罪放免にすることもできた。

俺に対する申し立ては、内部調査班のずる賢そうな警部によって読みあげられた。オロークの事件の本質にはほとんど言及されずじまいで、委員会が興味を持ったのは、俺が具体的にどの命令に従わなかったのかや、俺が警察の手続きに適切に従っていたかどうかだけだった。それは掛け値なしにくだらないことだった。

この罰がベルファストやロンドンではなく、ワシントンDCの意向であることに、俺は薄々気づきはじめていた。

俺はアメリカ人を怒らせたのだ。そして、アメリカ人は俺が罰せられるのを見たがっている。

委員会の老人たちは俺に対する申し立てを聞き、俺の答弁を聞き、各自の意見を述べ、最終的な処分を決定するためにいったん退室した。

俺は待った。

部屋の空気はむっとしていたが、誰も窓をあけようとしなかった。委員会の面々の退室があまり長引かないことは明らかで、案の定、彼らは十五分という形ばかりの時間をあけて戻ってきた。

プルマン警視正が俺の名前を呼び、王立アルスター警察隊の担当弁護士が肘で俺を小突いた。起立しろという意味だ。俺は気をつけの姿勢で立った。両手の親指をズボンの縫い目に沿って下に向けながら。かかとを合わせ。まっすぐにまえを見つめ。礼装も折り目正しく。

プルマン警視正は書類を切り混ぜ、ひとつ空咳をしてから最終処分を読みあげた。「ダフィ警部補、慎重な熟慮を重ねた審議の結果、本委員会は貴職が王立アルスター警察隊の行動規範のうち四つに違反していると結論し……」

女性速記者が俺のさまざまな違反を記録しはじめた。彼女もこれがくだらないと思っているようだった。ごくごく最近まで、こいつらはカースルレー一時収容所で容疑者をゴムホースで鞭打っていたというのに。このじじいどもは自分自身のくそ行動規範違反については俺に話せないくせに。

「君は直接命令をたびたび無視した。そして、外国の地で王立アルスター警察隊の名誉を失墜させ……」

王立アルスター警察隊の名誉を失墜させせた？　俺たちの名前はアメリカじゃとっくに泥に

塗《まみ》れている。今度《ボストン・ヘラルド》を読んでみるといい。

プルマンは話しつづけていた。その唇が動き、ほかの男たちがうなずき、俺はそんな彼らを軽蔑の眼で見ていた。老人たち。愚かな男たち。

「……結果、まことに遺憾ではあるが、ダフィ警部補にはこの懲戒委員会の満場一致の処分を伝えなければならない」

俺は唾を飲み、奥の壁の亀裂を見つめた。

「貴職を巡査部長に降格する。この命令は即時発効とする」

くそが。

「一九八二年一月一日の時点にさかのぼり、君の累積休暇、有給休暇日数、その他の手当は、同様に巡査部長の階級相当に格さげされる」

くそが。

まあいい、こいつはひどい。俺は階級を失った。でも俺をキャリックファーガスに置いておくかぎり、まだ犯罪捜査課を指揮できる。たぶん一年もおとなしくしていれば、またこっそり警部補に昇進させてもらえるだろう。ベルファストの大きな署に転勤させてくれるなら、巡査部長刑事として、もっとおもしろい事件に関われるかもしれない……

プルマンは眼鏡を外し、俺をにらんだ。

「本委員会の決定を理解し、受理するかね？」

俺は速記者のために省略せずに答えることになっていた。

「はい。私は巡査部長刑事に降格され、いっさいの年功と免除を失います」

プルマンは驚いた顔で俺を見た。

「いや、ダフィ。勘ちがいしているようだな。君はもう刑事ではない。ただの巡査部長に降格されるんだ。もう犯罪捜査課の一員ではない」

膝から崩れ落ちた。

ただの巡査部長？　刑事じゃなくなる？

ただの警官？　ただの警官なんてふつうの人間だ。ただの警官なんて、なんでもない人間だ。

俺はまた座った。

俺が大丈夫かどうか、弁護士がこっちを見た。大丈夫ではないとわかると、グラスに入った水を渡された。

「処分の内容を理解したかね、ダフィ巡査部長？」プルマンが言った。

「これを飲んで」弁護士が耳打ちした。

俺はまた立ちあがり、プルマンの醜い顔をまっすぐに見据え、彼の視線に応じた。

「いいや、理解できてたまるか！　こんなの茶番だ！　世のなかがどんなことになっているか、あんたらにわかっているのか？　あんたらがくそみたいな毎日を送っているなか、命懸けで仕事をするのがどういうことか、わかっているのか？」

プルマンが速記官に向かって首を横に振ると、彼女はぴたりとタイプをやめた。

「ダフィ、君の働きには感謝しているし、今回の処分は大いに遺憾に思っている。しかし、君は王立アルスター警察隊の名誉を――」

「何が遺憾だ！　おまえら全員くそ食らえだ！　これもちゃんと記録しておいてくれよ、君」

踵《かかと》と踵を打ち鳴らして敬礼し、部屋を飛び出した。

俺のために車が用意されていたが、電車で家に帰った。

電車は学校帰りの子供たちでいっぱいで、立っていなければならなかった。車中ずっと、頭に血が昇っていた。ダウンシャー駅で降り、酒屋に向かった。ジャックダニエルのボトルと六缶入りのバス・ペールエールを買った。

ヴィクトリア・ロードを歩いた。

「あら、立派ね。礼服なんか着て」ベビーカーを押していたブライドウェル夫人が話しかけてきた。

「ありがとう」俺はぶっきらぼうに答えた。

コロネーション・ロード一一三番地の自宅で、レコード棚からロバート・ジョンソンの《Hellhound On My Trail》を探した。

礼服を脱ぎ捨てると、警察のメダルを壁に投げつけた。

メダルは跳ね返り、あわやターンテーブルの上に落ちるところだった。

一缶目のビールをあけた。

「ただの巡査部長だと！　こっちから辞めてやる！　それで少しは思い知るだろ！」

電話が鳴っていた。

この後何本もかかってくることになる電話の最初の一本だった。クラビー、マティ、クイン巡査部長、トニー、マカリスター警部補、おまけにブレナン警部まで。警部は泥沼の離婚手続きの真っ最中だというのに。

すでにみんなの耳に入っていた。彼らは家族に不幸があったかのような口ぶりで俺に話しかけた。

両親に電話をかけた。

親父は辞めるべきだと言った。優秀な人間はみんな北アイルランドを離れ、イギリスやアメリカに移住している。おまえには大きな可能性がある。王立アルスター警察隊のように偏屈で毒された組織にいては、駄目になってしまう……

飲み、ブルースを聴き、九時にBBCをつけた。

フォークランド諸島の首都ポートスタンリーはイギリス軍の手に落ちていた。

アルゼンチンは正式に降伏しようとしていた。

BBCの特派員は興奮していた。「ここポートスタンリーの通りは歓声に包まれています。フォークランド諸島の旗がふたたび知事の――」

テレビを消し、ジャックダニエルを手に、静かに座っていた。

零時少しまえにまた電話が鳴り、俺は受話器を取った。

「もっとひどいことになっていたかもしれないのよ、ダフィ」女の声が言った。

あの女。ミス匿名。俺をとんだトラブルに巻き込んだ女。

「もっとひどいこと？」

「ええ、それはとてもひどいことに。アメリカ人たちはあなたに対して、すごく腹を立ててる」

「アメリカ人に飛べと言われたら、あんたはどれくらい高く飛べばよろしいでしょうかと答えるのか？」

「そうよ」

「どうしてこんなことをした？　なぜ俺を選んだ？」

「あなたを助けようとしていたのよ、ダフィ」

「俺をはめたんだろ。どうして自分でアメリカに行かなかった？　あんたが自分で貸金庫の中身を確かめればよかったじゃないか」

「それはわたしの分野ではないの。それはもう、全然」

「だろうな。だから俺を送り込んだ。そうだろ？　俺を振り向かせ、正しい方向を示した。俺があの銀行に行ったらどういう目に遭うかわかっていたのか？」

「もちろんわからなかった。わたしたちは友人にあんな真似はしない」

「あんたは誰のために動いているんだ？　MI5か？　くそMI5になら俺にも友人がいるぞ」

「ねえ……ダフィ。いえ、ショーンと呼んでもいい？」

「どんな名前でも呼ぶんじゃない！　二度とかけてくるな！　もう切るぞ！」

「待って！　話を聞いて。ショーン、あなたもよく知ってのとおり、北アイルランドじゃ命なんて安いもの。じゃあ、どうしてだと思う？　わたしたちや海の向こうの盟友たちにこれだけの面倒をかけたあとで、どうしてまだあなたは生かされていると思う？」

「御託はいいから教えてくれ」

「わたしにもわからない。これはたんなる想像だけど、とても大きな力を持つ誰かにとって、あなたは今のところ、まだなんらかの価値があるんだと思う。わたしたちのなかには長いゲームをする者もいるの、ショーン」

「これはゲームじゃない」そう言って電話を切り、壁から電話線を引っこ抜いた。

キッチンに行き、乱暴に辞職願を書いた。

それを封筒に入れ、宛先を書いた。切手を貼り、コロネーション・ロードの端のポストまで歩いた。そこに一分ほど立っていた。考えていた。

ひと晩寝かせてからにしよう。ようやくそう決断すると、封筒をジャケットのポケットにしまい、家に帰った。

エピローグ　奈落の先、徒歩での警ら

これは未来の非対称戦争のイメージ。ジャックされた車から豚の尻尾のように渦を巻いて昇る煙。水溜まりの上にたかる蚊のように、都市の上空をホバリングする軍用ヘリ。重武装の兵士と警官が一列になって住宅街の通りの両側を歩き……

夜が落ちてくる。

空は黒ビールの色をしている。

兵士らはセミオートのSLRを持ち、上から下までボディアーマーに包まれている。俺たち、部隊付の警官たちは、防弾ベストを着てスターリング・サブマシンガンを持っている。

俺たちは窓と屋上を見ている。爆弾やRPGで殲滅されないよう、充分に散開している。百メートルごとに先頭を交代する。ほぼ十歩ごとに最後尾の男が百八十度回転し、一、二歩後方へ歩く。

熟練したベテランである俺たちでも、アドレナリンがほとばしる。通りには一般人がひしめいていて、そのなかの誰がIRAの実行犯《ボタン・マン》の監視役であってもおかしくない。実行犯は車底や排水溝に忍ばせたブービー・トラップを起爆しようと待ちかまえている。窓やドアのうしろには姿の見えない暗殺者たちがいて、スナイパーライフルや対戦車ロケットを持っているかもしれない。

新兵たちはこんな任務のために志願したのだろうか？　このイギリス兵たちは『ズール戦争』や『史上最大の作戦』を観て育っている。

今より先、物事はこのようにある。

都市での戦争。

民間人がひしめくなかでの戦争。

ひとつまちがえば君は命を落とす。

もうひとつまちがえばニュースで報道される。

俺たちはフォールズ・ロードの外れ、赤レンガ造りのテラスハウスの迷路を通り抜ける。

西ベルファストのこのあたりは風土病じみた紛争と、経済的破局と、自爆殉教カルトのせいで荒廃している。

爆破現場。何もなくなった土地。ヘリが砕けたレンガと石の塵を巻きあげている。

敷石の上でブーツがたてる音を思い出せ。君を見ている眼を思い出せ。恐怖を思い出せ。

あの光景を思い出せ。おぞましき襲撃現場を。ＩＲＡの敵に死を宣告する落書きを。通りのまんなかの大かがり火を。

交差点で、一匹の猫が鳥かごに入れられている。若い兵卒が立ち止まり、部隊長を振り返る。兵卒は猫を助けたいと思っているが、誰もが彼に向かって首を横に振る。ブービー・トラップの可能性が高い。同じようなことが、もっとひどいことが、過去に繰り返されている。

通り過ぎる俺たちに野次を飛ばす者。

喉をかき切るジェスチャーをする者。

こんな徒歩での警らを自分がやることはもう二度とないと思っていた。すでに汗が太ももを伝っている。サッカーボールで遊んでいる子供が俺の眼をひく。

「バンバン、はい死んだ」子供は俺に向かってそう口を動かす。

腹に銃弾を受けたふりをすると、子供はにっこりする。

心と精神と。

ひとつの心とひとつの精神と。

パトロール部隊はディヴィス・ドライブで曲がる。

暗くなってきている。太陽はノッカー山の向こうに沈んでいる。寒い。もう少ししたら、雪の予報が出るだろう。俺たちは今、リパブリカンたちがReilig Bhaile an Mhuilinnと呼ぶ場所にいる。君や俺にとってはミルタウン共同墓地だ。

IRAはここに死者を埋める。

「墓場を調べてみようじゃないか」と部隊長が言う。エディンバラ出身のスコットランドの男。男というより少年。サンドハースト陸軍士官学校を出たばかりの。たぶん二十か二十一。ブラックウォッチ連隊の若き将校。俺が生きるも死ぬも、ひとりの世間知らずの中尉の肩にかかっている。初めての、せいぜい二回目の戦闘斥候で、これまで一度も歩いたことのない街を歩く中尉の肩に。

一列でフォールズ・ロードを横断する。

行き交う車が、俺たちが渡り終えるのを待っている。

墓地のゲートを通過する。歴戦の曹長が中尉に何か耳打ちする。中尉はにやりと笑い、うなずくと、曹長の提案に賛成する。

俺は一緒にパトロールしているふたりの警官に目配せする。ふたりは肩をすくめる。兵士たちが何をするつもりなのか、俺たちにはわからない。

パトロール隊はまっすぐにリパブリカン用の区画に向かう。アイルランドのために死んでいったIRAの男や女たち全員の墓がそこにある。

ボビー・サンズ安住の地に到着する。最高位の殉教者。メイズ刑務所でハンストをし、六十六日目に死んだIRAのリーダー。

曹長が防弾ベストの裏に手を入れ、ポケットから何かを取り出し、大理石の墓石の上に置く。

それはダイジェスティブ・ビスケットの包みだ。

兵士たちが笑う。

ほかの警官ふたりと俺は笑わない。

後刻……

みぞれと雨のなか、キャリックファーガスへのドライブ。家に入り、ソーセージを焼く。

グラスにアイラ島のウィスキーを注ぎ、食べ、飲み、テレビのまえでまどろむ。

突然、電気が明滅し、消える。待てど復旧しない。ＩＲＡが高圧線か変電所を吹き飛ばしたのだろう。

暗闇のなかに座ったまま、ピートとスモークの効いた、つんとくる、ほとんどありえないくらい上等なウィスキーを飲む。退屈してきて、短波ラジオに電池を入れる。昔よく聴いたラジオ・アルバニアに局を合わせる。ステレオ・スピーカーからドラマティックなピアノ曲が鳴り響く。音楽がぷつりと切れ、アメリカ訛りのアナウンサーが読みあげるニュースが途中から割り込んでくる。

「――の生産量です。同志エンヴェル・ホッジャは労働者会議の代表団と面会し、鋼鉄の産出量が三倍になったことを褒め称えました」

後刻……

火をくべ、羽毛布団をかぶって横になり、外の音を聞く。赤ん坊の泣き声、子供のわめき声。警官たちが向こうの通りを駆ける音、軍用ヘリが黒い湾の上を威圧的に飛ぶ音……

「あんたの酔った顔なんて見たくない！」立て続けに聞こえてくる音に負けじと、女が声を張りあげる。

「てめえのツラこそ見たくねえよ！」男が応じる。

俺はソファのクッションに顔を埋《うず》める。すると、とうとう静寂が訪れ……

朝の七時、雑音とともにテレビに生命が戻り、ジョン・デロリアンがコカインの密輸で逮捕されたというニュースが報じられる。デロリアンは経営難に陥った自らの自動車会社を立て直すため、アイルランドで大量のコカインを売りさばこうと考えていたらしい。が、すべてはFBIのおとり捜査だった。

「くそF、くそB、くそIが」

俺はテレビのそばに座り直す。

ベルファストのデロリアン工場は操業を停止している。三千人の労働者がただちに解雇され、おかげでベルファストの失業率は二十パーセントを超える見通しだ。

すっかり顔色を失った男たちが工場のゲートからぞろぞろと出ていく。

コメンテーターのひとりが、製造業の中心地としての北アイルランドはこれで終わりだと言う。

「この国そのものが終わりかもしれません！」別のレポーターが同意する。

組合の男がテレビに映り、暴動とデモを起こすつもりだと述べる。その日の午前のうちに、俺たちは休日返上で出動しろとの連絡を受ける。けれど、どれだけ待ってみても暴動は起こらない。なぜなら、組合は弱く、労働者は弱く、この島の真の権力は銃を持った男たちが握っているからだ。

ダンマリーの工場の外に集まったなけなしの群衆は「俺たちに仕事を！　俺たちに仕事を！」とカメラに向かって繰り返し唱和しているが、そんな彼らでさえ、やがては激しい雨から逃れようと屋内に逃げ込み、この雨をもたらしている巨大な暴風雨前線は東への仮借ない進撃の途中で往生し、ベルファスト上空に、長い、長いあいだ留まることになる。

訳者あとがき

エイドリアン・マッキンティが描く刑事〈ショーン・ダフィ〉シリーズの第二作、*I Hear the Sirens in the Street* の全訳をお届けする。今作のストーリーは、意外な結末を迎えた第一作『コールド・コールド・グラウンド』の半年後、一九八二年四月に幕をあける。

通報を受けたクラビーことマクラバンとダフィが現場に赴いたところ、スーツケースに入った男性の遺体が発見される。被害者はどうやらアメリカ人らしい。捜査を進めるうちに、ダフィはもうひとつの殺人事件にも首を突っ込むことになる。

マティ、マカリスター、バーク、ブレナン警部といったおなじみの面々も健在だ。

北アイルランドを取り巻く史実と密接に絡む展開が本シリーズの持ち味であり、第一巻でボビー・サンズを中心としたハンストが通奏低音となっていたのに対し、今作ではフォークランド紛争が北アイルランドに暗い影を落としている。アルゼンチン沖に浮かぶフォークランド諸島の領有権をめぐってアルゼンチンとイギリスのあいだで勃発したこの紛争は、第二次世界大戦以降、近代化された軍隊同士が初めて衝突した紛争として知られている。これがダフィたちの捜査にどのような影響を与えるのかは、ぜひ本書で確かめてほしい。

トム・ウェイツの詩に由来する各巻のタイトルにも表われているように、作中の各場面は多種多様な音楽によって彩られている。訳者はなんらかの曲名が文中に登場するたびにその曲をかけながら翻訳を進めているが、そのようなスタイルで読むと、より一層楽しめること請け合いだ（とりわけ、続刊の第三作では非常に笑えるシーンがある）。

読者の要望もあり、本書を読む上で重要と思われる用語は巻頭にまとめたが、ここではそれ以外の用語について簡単に触れておきたい。なお、以降には軽いネタばらしが含まれる可能性があるため、敏感な方は本篇読了後に眼を通していただくのがよいかもしれない。

・**予備巡査**：イギリス本国の特別巡査に相当するパートタイム警官。二〇〇一年～二〇一一年まではフルタイムの予備巡査も存在した。紛争が最も激しかった時期には三千人を超える予備巡査が存在したが、その数は次第に減少し、二〇一一年をもって制度そのものが廃止された。

・**アレックス・ヒギンズ**：〝ハリケーン〟の愛称で知られるスヌーカーの名プレーヤーで、その常識破りの生きざまも語り草になっている。ベルファスト出身。サッカー選手のジョージ・ベストも同じくベルファスト出身。

・**スヌーカー**：ビリヤードといえば日本ではナインボールが人気だが、イギリス本国およびイギリス連邦ではスヌーカーの人気が高い。赤球とそれ以外の色の的球を交互にポケットに落とすことで得点を重ねていく。一フレームにおける最高得点は百四十七点だが、相手のファウルなどが絡むとこれを上まわる場合があり、アレックス・ヒギンズは百五十五点を達成したことがあると言われている。

・**壁画（ミューラル）**：北アイルランドの街なかで見られる壁画については『北アイルランドとミューラル』（佐藤亨、水声社）に詳しい。写真が多く、非常にわかりやすい解説もついていて、本シリーズへの理解を深めてくれるものと思う。

・**大かがり火**：プロテスタントのオレンジ公ウィリアムがボイン川の戦いでカソリックのジェイムズ二世を破った故事にちなみ、毎年七月十二日は北アイルランドの祝日（オレンジ党勝利記念日）とされている。その前夜に燃やすかがり火は、ものによっては建物数階分の高さがある。前作では〝焚き火〟と訳出したが、実際には焚き火と言われて思い浮かべるものよりはるかに大きいので、本作より〝大かがり火〟と訳出した。

・**〈エウロパ〉ホテル**：作中でウィリアム・オロークが宿泊した、ベルファストに実在するホテル。紛争中に三十六回の爆弾テロを受け、〝ヨーロッパで一番爆破されたホテル〟と呼ばれた。

・**UDAとUDR**：巻頭にも記載したとおり、UDAは武装組織、UDRはイギリス軍の連隊で、まったく別の組織である。本シリーズにはこうした紛らわしい名称が頻出するが、〝アルスター〟という名称は基本的にプロテスタントが好んで使用するということを覚えておくと、とっさの理解がしやすくなると思われる。先述の『北アイルランドとミューラル』によれば、〝ほとんどが十七世紀以降の入植者の子孫である彼らは、歴史が浅いという劣等意識ゆえにかえって「アルスター」という伝統的な呼称を好む〟。なお、アルスターの語はアイルランド諸王国時代に存在した一王国〝ウラド〟に由来する。

・**フェアリー・ツリー**：野原にぽつんと一本だけ立つ木のことで、かつては妖精の住む異界への入口と考えられていた。本書にあるように、さまざまな飾りや供えものがされていることがある。木の種類としてはサンザシやトネリコが多いようだ。

・**ジョン・デロリアン**：実在の人物で、一九八二年にコカイン密輸の罪でアメリカ政府に起訴されるも、一九八四年に無罪判決が出た。

本作でまたも大きな力に翻弄されたダフィは、いよいよ第三巻で密室殺人の謎に挑む。一、二作目に名前だけが登場していたダーモット・マッカンが姿を現わし、ダフィは困難な選択を突きつけられる。来春ハヤカワ・ミステリ文庫より発売予定の *In the Morning I'll be Gone* にもぜひご期待いただきたい。

二〇一八年九月

コールド・コールド・グラウンド

The Cold Cold Ground

エイドリアン・マッキンティ

武藤陽生訳

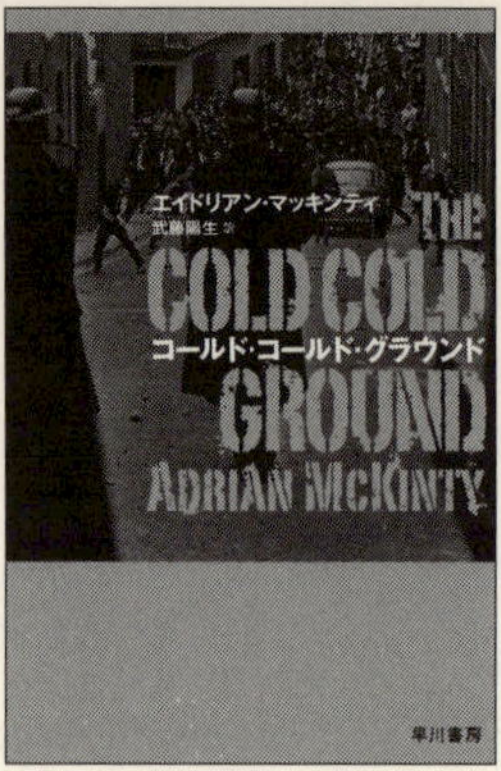

紛争が日常と化していた80年代北アイルランドで奇怪な事件が発生。死体の右手は切断され、なぜか体内からオペラの楽譜が発見された。刑事ショーンはテロ組織の粛清に偽装した殺人ではないかと疑う。そんな彼のもとに届いた謎の手紙。それは犯人からの挑戦状だった！　刑事〈ショーン・ダフィ〉シリーズ第一弾。

ハヤカワ文庫

東の果て、夜へ

DODGERS
ビル・ビバリー
熊谷千寿訳

〔英国推理作家協会賞最優秀長篇賞／最優秀新人賞受賞作〕ＬＡに暮らす黒人の少年イーストは裏切り者を始末するために、殺し屋の弟らとともに二〇〇〇マイルの旅に出ることに。だがその途上で予想外の出来事が……。斬新な構成と静かな文章で少年の魂の彷徨を描いた、驚異の新人のデビュー作。解説／諏訪部浩一

ハヤカワ文庫

IQ

IQ

ジョー・イデ
熊谷千寿訳

〔アンソニー賞／シェイマス賞／マカヴィティ賞受賞作〕LAに住む青年〝IQ〟は無認可の探偵。ある事情で大金が必要になり、腐れ縁のドッドソンから仕事を引き受ける。それは著名ラッパーの命を狙う「巨犬遣いの殺し屋」を見つけ出せという奇妙な依頼だった！　ミステリ賞を数多く獲得した鮮烈なデビュー作

ハヤカワ文庫

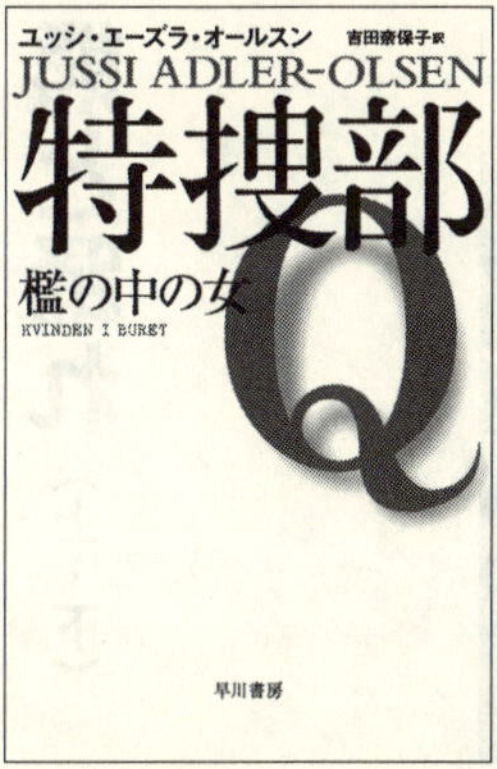

特捜部Q
—檻の中の女—

Kvinden i buret

ユッシ・エーズラ・オールスン
吉田奈保子訳

〔映画化原作〕コペンハーゲン警察のはみ出し刑事カールは新設部署の統率を命じられた。そこは窓もない地下室、部下はシリア系の変人アサドだけ。未解決事件専門部署特捜部Qは、こうして誕生した。まずは自殺とされていた議員失踪事件の再調査に着手するが……人気沸騰の警察小説シリーズ第一弾。解説／池上冬樹

ハヤカワ文庫

熊と踊れ（上・下）

Björndansen

アンデシュ・ルースルンド&ステファン・トゥンベリ

ヘレンハルメ美穂&羽根由訳

壮絶な環境で生まれ育ったレオたち三人の兄弟。友人らと手を組み、軍の倉庫から大量の銃を盗み出した彼らは、前代未聞の連続強盗計画を決行する。市警のブロンクス警部は事件解決に執念を燃やすが……。はたして勝つのは兄弟か、警察か。北欧を舞台に〝家族〟と〝暴力〟を描き切った迫真の傑作。解説／深緑野分

ハヤカワ文庫

制裁

ODJURET

アンデシュ・ルースルンド＆
ベリエ・ヘルストレム
ヘレンハルメ美穂訳

〔「ガラスの鍵」賞受賞作〕凶悪な少女連続殺人犯が護送中に脱走。その報道を目にした作家のフレドリックは驚愕する。この男は今朝、愛娘の通う保育園にいた！ 彼は祈るように我が子のもとへ急ぐが……。悲劇は繰り返されてしまうのか？ 北欧最高の「ガラスの鍵」賞を受賞した〈グレーンス警部〉シリーズ第一作

ハヤカワ文庫

訳者略歴　英米文学・ゲーム翻訳家　訳書『コールド・コールド・グラウンド』マッキンティ，『ポクスル・ウェスト最後の飛行』トーデイ，『アサシン クリード〔公式ノヴェライズ〕』ゴールデン（以上早川書房刊）他多数

HM=Hayakawa Mystery
SF=Science Fiction
JA=Japanese Author
NV=Novel
NF=Nonfiction
FT=Fantasy

サイレンズ・イン・ザ・ストリート

〈HM462-2〉

二〇一八年十月二十日　印刷
二〇一八年十月二十五日　発行
（定価はカバーに表示してあります）

著者　エイドリアン・マッキンティ
訳者　武《む》藤《とう》陽《よう》生《せい》
発行者　早川　浩
発行所　株式会社　早川書房
郵便番号　一〇一‐〇〇四六
東京都千代田区神田多町二ノ二
電話　〇三‐三二五二‐三一一一（大代表）
振替　〇〇一六〇‐三‐四七七九九
http://www.hayakawa-online.co.jp

乱丁・落丁本は小社制作部宛お送り下さい。
送料小社負担にてお取りかえいたします。

印刷・中央精版印刷株式会社　製本・株式会社明光社
JASRAC 出1810945-801　Printed and bound in Japan
ISBN978-4-15-183302-1 C0197

本書のコピー、スキャン、デジタル化等の無断複製は著作権法上の例外を除き禁じられています。

本書は活字が大きく読みやすい〈トールサイズ〉です。